志愿者团队成立十周年

中国社工组织·成长探索丛书

"中国心"在行动
——"5·12"灾后十年助学纪实

高思发　"中国心"助学口述历史编写团队　编著

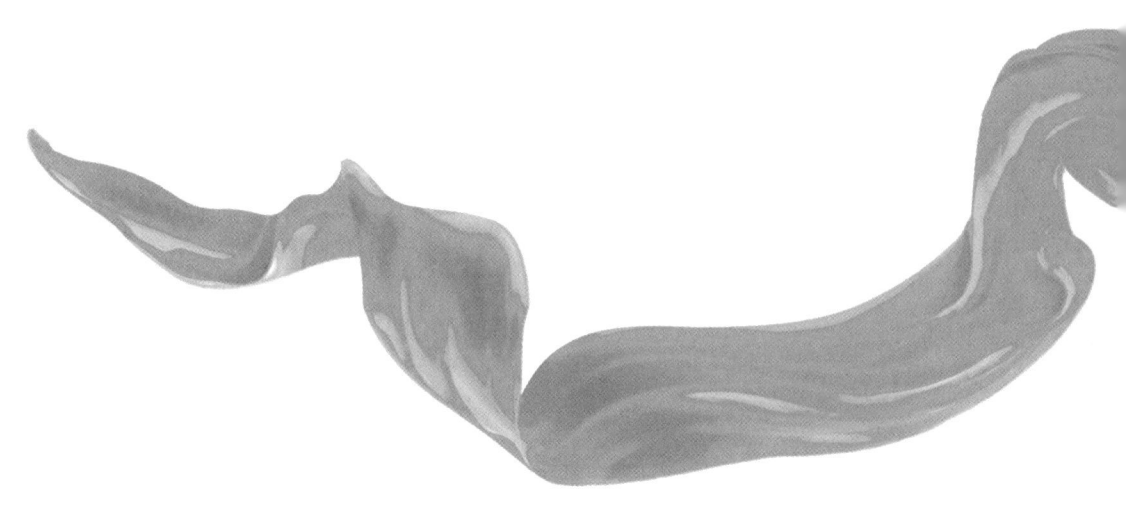

西南交通大学出版社
·成　都·

图书在版编目（CIP）数据

"中国心"在行动："5·12"灾后十年助学纪实／高思发，"中国心"助学口述历史编写团队编著. —成都：西南交通大学出版社，2018.4（2018.8 重印）
（中国社工组织·成长探索丛书）
ISBN 978-7-5643-6142-6

Ⅰ. ①中… Ⅱ. ①高… ②中… Ⅲ. ①纪实文学 – 中国 – 当代 Ⅳ. ①I25

中国版本图书馆 CIP 数据核字（2018）第 073062 号

中国社工组织·成长探索丛书
"中国心"在行动
—— "5·12" 灾后十年助学纪实
高思发　"中国心"助学口述历史编写团队　编著

责任编辑	左凌涛
封面设计	原谋书装
出版发行	西南交通大学出版社 （四川省成都市二环路北一段 111 号 西南交通大学创新大厦 21 楼）
发行部电话	028-87600564　028-87600533
邮政编码	610031
网址	http://www.xnjdcbs.com
印刷	四川煤田地质制图印刷厂
成品尺寸	165 mm × 230 mm
印张	20.25
字数	399 千
版次	2018 年 4 月第 1 版
印次	2018 年 8 月第 2 次
书号	ISBN 978-7-5643-6142-6
定价	58.00 元

图书如有印装质量问题　本社负责退换
版权所有　盗版必究　举报电话：028-87600562

写下这些文字时,还没有看到书稿。但是我了解他们的讲述,也知道他们要说什么,因为我们共同经历了这段岁月,他们中的绝大多数人我都熟悉,他们的言谈举止我都历历在目。

八年前初识高思发,知道了"中国心"——这支由商人、职员、干部、工厂职工、小老板、大学生、家庭妇女等来自不同地区、不同行业、不同领域的普通人所组成的志愿者团队,此时他们在北川已经坚持了近两年。他们来到我所在的"四川5·12民间救助服务中心",希望找到志同道合的伙伴,希望探讨团队今后的发展去向。与在灾区参与震后救援和灾后重建的许多志愿者团队一样,当紧急救援结束,当重建工作开始,当灾民们搬出帐篷板房后,这些凭着满腔热忱和悲悯情怀的志愿者们都面临着何去何从的选择。当时,"5·12中心"(后注册为四川尚明公益发展研究中心)在乐施会的支持下开始了"地震灾区民间组织能力建设网络"的学习项目,通过"川道学苑"为地震灾区的公益组织和志愿者团队提供学习和培训机会,为他们赋权增能,推动职业化、专业化,陪伴着他们的成长和发展。还记得与高思发的第一次见面并不是很愉快的,因为我的一句"志愿者不是好人做好事",引来他的不同意见,他很认真地告诉我,他和他的伙伴就是"好人"就是要做"好事"。我也是在那时起,开始倾听"中国心"的故事。

八年过去了,这本口述史告诉读者,他们是谁?他们做了什么?他们为什么要这么做?他们的初心是什么?他们的讲述会让读者们看到:当空前灾难降临到我们面前时,当我们熟悉的电话、通知、文件、会议都消失于一旦,没依没靠,也没有人告诉我们应该怎么去做的时候,许多人在第一时间站出来,敢于负责、勇于担当,做了自己认为应该做的事——这就是具有了公民意识。公民是权利主体,也是义务主体,在经济、政治和社会活动中,公民还是责任主体。中共十七大政治报告中提出"要加强公民意识教育,树立社会主义民主法制、自由平等、公平正义理念"。公民意识既包括权利意识、法律意识等法制理念,也包括平等意识、责任意识、参与意识等国家治理理念,这些理念构成了了社会主义国家公民应该具有的"公民意识"。《汶川地震灾后重建条例》明确提出"国家鼓励公民、法人和其他组织积极参与地震灾后恢复重建工作"。公民在这次地震灾难中第一次和法人、社会组织一样明确被赋予责任。地震灾难让我们认识到，公民意识对于我们的国家是何等的重要。有了公民意识，我们的党员干部能够明确自己公民－"公仆"的双重身份，在任何情况下都能担当、敢负责；我们的企业和市场部门就能够在市场经济环境中努力做"企业公民"，履行企业社会责任；我们广大人民群众不仅懂得怎样捍卫自己的公民权利，也知道怎样承担和履行自己的责任和义务，顾全大局，团结合作。正是"公民意识教育"使得"中国心"团队和他们的伙伴一步步从志愿者转变成职业公益人。

汶川地震已经十年了，当年的"中国心"也发展成为三个具有不同使命的社会服务机构，继续在北川、在全国各地为有需要的社会群体和机构提供各具特色的、有品质的专业服务，并把"公民意识教育"贯彻始终，不忘初心、开拓前行，用生命影响生命，以行动改变生活，培育出更多有公民意识、有责任感、有专业服务能力、有情怀的志愿者和新公民。希望能够继续看到他们在新时代续写的新故事……

> 成都农禾之家发展中心理事长　郭虹
> 2018-02-01

序 2
SEQUENCE 2

2010 年，乐施会组织了一个四川民间组织行动研究工作坊，邀请了台湾的夏林青老师和我用行动研究的方法协助参与救灾和灾后重建的社会组织整理救灾的工作经验。在这个工作坊中，我第一次见到了高队，他充满活力和激情的样子给我留下了深刻的印象。那时候，我和台湾的夏林青老师一起正好组织了一个农村青年工作者行动研究学习网络，因此决定让高队参加。在一起学习的五六年里，高队非常用心地学习，边学边用，领悟力极高，成为网络中的中坚力量。

当时正值"中国心"建立之初，面对一个从志愿者逐渐转变为专职人员的年轻团队，团队里几乎都是年轻女孩子，在遇到冲突的时候她们用眼泪来沟通，高队和刘队两个男性不知所措。学习网络里，大家一起协助高队面对团队发展的难题，也会介入到他的团队内部关系中去，协助他更好地理清自己和团队主要工作者之间的关系。

青年人学习网络结束之后，由于高队强烈的动能，希望将行动研究让更多的四川在地社会组织学习，因此组建了四川行动研究学习网络。北京近邻支持了一个小额项目来支持高队的四川学习网络。这个网络中，除了高队之外，"中国心"的刘队和太科也参与进来，借助网络学习来更好地促进团队关系。

几年后，刘队退休，全职来做"中国心"的工作，也正好赶上壹基金期望和"中国心"合作承担一些救灾工作。我也参与协助团队内部就壹基金项目对团队的发展给与的机遇和挑战进行了充分的讨论。从现在的发展结局来看，我当时协助的方向是对的。刘队承接了壹基金项目后独立发展，对整个团队来说如虎添翼。

协助行动者整理其经验是北京近邻一直坚持的方向。因此用小额基金项目支持了"中国心"八年助学的口述史项目，协助高队带领自己的小团队梳理从 2008 年以来"中国心"助学项目的经验。我也协助了从制定访谈大纲到访谈资料的整理、书写等整个过程。对于初中没有读完的高队来说，完成这样一个大作是一件超乎想象的事情。这个过程我再次看到高队的不懈努力和追求，对自己高标准的要求。他要面对上百万字的访谈材料，每天给自己定书写要求、读书要求等。书写的过程也拉动了高队读书和学习的热情，也在某种程度上明晰了"中国心"助学的新方向，现在农场的建设就是对助学工作的深度延续。

这么多年来,"中国心"团队的有朝气、有活力、有想法、实干,高队以及"中国心"一直以来传递的正能量,对我作为一个大学老师能持续做公益也是一种鼓励和支持。这八年来我一直和高队、刘队及其团队保持着比较紧密的关系,大家亦师亦友。我也由衷地为他们感到骄傲。

这本书的出版就是他们勤奋耕耘的结果,是他们对近十年公益路的最好诠释。

中华女子学院副教授　　**杨　静**
北京近邻社会工作发展中心理事长

序 3
SEQUENCE 3

2008年5月17日,走进满目疮痍的北川老县城,与两位摩友老哥在汽车站废墟一起奋力捡拾着砖块,数万人紧急撤离发出如雷般的震响,带着恐惧和遗憾撤离,好像什么也没做,但似乎醒悟到点什么——得干点啥。

2008年6月28日,与两位偶遇的志愿者前往任家坪帐篷学校,第一次见到高队、见到"中国心",顿时有一种找到组织的强烈感觉。十年来每次听到志愿者这样说起,都会心一笑。似乎整个2008年的冬天,都在高昂的激情中收衣服送物资,募集一点微薄的运费。"恐高胆小"的高队一次次出入关内,背负责任写下"遗嘱",而我,仅在线上一点点上传微博、记录历史。两年后的玉树地震,捐一件衣物捐一元运费,不仅解决了长途运输费用,还为在地公益组织解决了最后一公里的费用。——有组织的感觉真好,团结就是力量。

2008年9月24日,噩耗传来,四天前第二批助学登记的六龄男童,与妈妈不幸葬身泥石流,父亲与姐姐没能躲过大地震,134天后他们一家聚在天堂。——悲剧真的不能避免吗?

随着登记、家访,资助的孩子越来越多,看到了更多的贫困之源,行政成本也不断增加,改变资助方式,不能再直接打款给家长,需要收取一点家访交通成本,仅经济上的帮助是不够的,开展一些捐赠人体验——有品质、有效果的专业助学更加重要。

成为一个专职公益人的想法,开始在我心中萌生。

2011年8月,得益于川道学苑的培养、尚明公益及公益前辈们的推荐,北川羌魂获得了第一个基金会的项目,在仅有11 200元的人员行政办公费用后,又让我们获得了一笔5万元的专项行政费用支持,也使我们收获了项目财务的规范。

2013年4月20日,而最大的收获是"5·12"震后的第五个年头,灾后重建结束近三年,发生了芦山地震,五年的助学经历让我们在雅安探索了2.0版的实践,良好的财务基础让我们获得了大型项目的财务代管,更是第一次尝试灾后社区发展与抗震农房重建,恰好我所在的事业单位开始改制,成为专职公益人的想法终于得以实现。

2013年12月17日,离岗后的第一天,也是我全职公益人的第一天,怀着兴奋与忐忑的心情,在北川仅待了半天就启程前往雅安,一头扎进是非不断的社区纠葛中,每一次的黎明到来,似乎都要鼓起勇气才能度过。然而,一年多下来,至今记得的,居然都是感动与美好。

全职，顾名思义，可以全身心的投入到工作中，有了更多的学习与实践机会，接触到了形形色色公益人及与公益有关的人，特别是从高队学习行动研究后发生的种种改变，促使我对行动研究产生了浓厚的兴趣，甚至于"羡慕嫉妒恨"。

我意识到，公益人做的工作就是一种带来改变的工作。

改变很难，俗话说"冰冻三次非一日之寒"。一个深度贫困的家庭，造成贫困的原因往往有很多种，而最可怕的就是安于贫困，把所谓的希望寄托在孩子身上，依赖"等靠要"过活。

其实，改变也易，俗话说"吃一堑，长一智"。只要想改变、要改变、自己行动起来，在哪里跌倒就在哪里站起来。改变是一个过程，开始改变就成功了一半。

一个被资助的孩子家庭，其成员有人生病，助学款就会被挪用，孩子上学的生活费就得不到保障，我们与学校商量后，有了助学老师，管理助学款的同时又能经常反馈孩子的各种情况；假期于贫困家庭的孩子而言，几乎是没有选择的，还可能是危险的甚至痛苦的，父母在外打工也好，在本地工作也好，都很难给予孩子有效的陪伴，我们从帐篷学校、辅导班，到夏令营再到成长营及科技营、戏剧营、乡土营，根据不同年龄段孩子的需求设计相应的假期营地生活和实践，了解更多的科学技术，体验父母打工的不易，从志愿者哥哥姐姐身上看见一个不一样的世界；不少贫困家庭的孩子没有到过县城，树立远大的理想甚至无从谈起，我们有了远眺计划，与高校社团合作，让孩子们走出大山看高校，与哥哥姐姐交流学习心得，逐步认知社会；农村逐渐的凋零，城市充斥着垃圾食品，我们有了影像计划、乡土营，用相机发现农村的美、身边的美好，挖掘农村的价值，培育有文化、有理想、有创造力的未来乡村建设者；因叛逆、欺凌、自卑，孩子们的内心话很难被大人听到，诉求难以得到回应，我们有了驻校社工、戏剧班，让孩子们的心声可以放心表达，情绪得以宣泄。

人生漫漫路其修远兮，吾将上下而求索。

在全职公益人的道路上，我们从2个人到一群人，再到一队人，并将自己的命运逐步与服务对象连接起立，成为命运的共同体，共商、共建、共享公益成果。助学的"助"，从字面上就存在着明显的强弱之分，已不适合现在的需要，取而代之的将是教育视角下的、符合共同利益的公益产品。

人工智能高速发展的今天，重复性劳动正在被快速取代，除了"传宗接代"以外，创造力可能将是人类留存于世的唯一价值，培养人类创造力的因子无疑将是人类所独具的艺术性。素质教育已提倡多年，但落实于乡村教育的素质教育还很落后，我们正在尝试将专业音乐教育融入到乡村小学教学中，引入专业师资走进校园，弥补严重匮乏的师资不足，北川儿童乐队应运而生。

2014年，我终于如愿加入到较系统的行动研究学习中，在中华女子学院杨静老师的带领下，首尝了保罗·费雷勒的《受压迫者教育学》，其中关于受压迫者与压迫者的界定，及其关系的微妙，正是我从 2008 年的"醒悟到点什么"后，再一次的醒悟——即为意识觉醒。今天，我所做的一切，看似在帮助他人，实则在帮助自己。

人们常说"人最可怕的不是物质贫困，而是精神贫困"。

当一切动力的源泉归结于自我成长与需要的时候，人的主体性得到充分体现，改变得以自然发生。

不忘初心，之所以会被人们常常提起，我想，是源自于人在当下的最真实的想法，即为当下真实和最紧迫的需求。就如中国心的助学从最初的经济助学到心灵助学，再到以经济发展为宗旨的生计助学，就是一个回到初心的动作，但又有别于当初的初心。

我之于"初心"的理解，更应符合三字经首的"人之初，性本善"，以善为起点才是永恒的初心。书之于我而言，既是重新认知自己初心的过程，也是留下警醒自我的鞭杖。

在十年之际，写下这些文字，既是自我观照，也是自我激励。期待今后继续与团队不忘初心，互相砥砺，携手同行。

刘剑峰（刘队）

2008年的"中国心",还是一支只有17个人的志愿者队伍。十年后,"中国心"团队已经发展为三家独立运作的社会组织,雇用29名全职工作人员。

在北川扎根10年,本土化发展一直是团队的使命。如今,在"中国心"团队的工作人员中,超过80%的成员来自北川,外省同事中也有3人相继在北川和邻近的安州区安家。

我们不是没有想过离开。

但是,一场8.0级地震,造成北川15645人遇难、26916人受伤、4413人失踪、1725人致残,直接损失超过600亿。地震过后,无数的家庭支离破碎,无数个夜晚北川人难以入眠,无数的孩子不知所措,无数的妈妈在绝境中寻找希望……

"中国心",作为一线实务工作者,又怎能离开?

十年的助学不仅仅是助学,更是信任与爱的彼此交融。

十年间,有来自全国各地的2000多名志愿者参与"中国心"的活动,有2000多人次持续为"中国心"的项目捐款,更有1000多名服务对象陪伴"中国心"共同成长。

从经济助学到心灵助学,从心灵助学到生计助学,直到2016年大鱼公益的建立,确立了"助力青少年的成长"的使命,"中国心"一步一个脚印,踏实前行。

十年的历史不长,但值得每一个中国心人铭记。

2008年5月26日我和团队一起到达北川漩坪乡安置点,2008年6月开始筹建帐篷学校,我们从帮助个人到援助家庭,再到支持社区,从资助一代人到影响一家人,期望真正用"生命影响生命"。

2009年,我在郝南的帮助下参加京交会,在共青团北川县委、北川县民政局的支持下正式注册。同样是在2009年,我参加了512中心"地震灾区民间组织能力建设网络"的学习,通过"川道学苑"认识了李健强,在研讨会上认识了夏林清老师、杨静老师。正是在夏、杨两位老师的指引下,我获得了参加"行动研究学习网络"的机会,六年间,在大家的支持下面对和厘清团队发展中的困惑。而我也真正认识到了行动研究的重要性,带动包括刘队、太科、雪梅、石头在内的管理团队共同参与行动研究学习。

行动者即为研究者，作为一线实务工作者，我们的知识怎么生产，实务又怎么转化为知识呢？实践知识的重要性又在哪里？尤为重要的是，"中国心"在"5·12"地震之后的助学经验，又该怎样被记录、整理和传承？

在我徘徊的关口，恰好通过北京近邻社会工作服务中心得知了德国米苏尔基金会的小额基金项目。欣喜如狂的我即刻申请项目，终于得到了对梳理"中国心"助学发展历史的支持，也才有了书写这本书的初衷。在此，我要感谢夏老师、杨老师以及北京近邻社会工作服务中心的支持；同时，我也要谢谢米苏尔基金会的大力赞助，得以让本书付梓。

把行动和经历转化为知识和文字，这对我来说是莫大的挑战。我只有初中文化，虽然每一年都坚持书写大量文字，但与生产知识的要求差之千里。于是经过与团队的协商，决定由我负责这个项目，同时邀请杨静老师作为导师，助力我成为"中国心"行动的研究者。

本书的写作框架和写作方法分别在北京、成都和北川多次讨论，杨静老师就这样陪伴着我们，坚持让我们这些行动者生产知识。经过艰难的上千个日日夜夜的前行，才真正的产出这本书，这个过程，痛并快乐着。

在这一段历程里，在肖涵、孔雪、张经纬、马钰、潘少杰（在读博士）、王凯文共同努力下，本书多次修改思路，一步步找到方向。

在撰写此书的过程中，书写团队共访谈资助人、受助人、老师、志愿者和专职工作者100多人，访谈原始文稿超过100万字。为了从这些文字里面提炼出"'中国心'十年助学的发展历程"，我也花费了无数天在家闭门书写，让自己真正面对十年助学历史的节点，让自己思考团队的未来。

在本书的书写中，我也逐渐发现了社会组织发展中面临的一些问题和挑战：

第一，痕迹资料管理混乱。知识的生产需要详实的档案资料。而在我们书写的过程中，往往最难的就是找资料。面对动辄有10万张照片、有数十个文件柜和纸箱那么多，却缺乏明晰的分类和标签的资料，我们常常感慨如大海捞针一般。

第二，组织发展中的成长与迷失。在"中国心"经历的各个历史事件中，我们可以清晰地看到团队成长的历程。在本书呈现的多个案例中，我们都可以明显的察觉到机构决策的重大失误，从儿童权利保护的缺失，项目的盲目扩张，对服务对象需求的模糊回应，再到从志愿者转型为社会工作者的过程中专业知识的匮乏，每一步都值得我们警醒。

第三，对人的关注。在书写的过程中，我以机构负责人的身份审视团队里的每一个人。回首十年的发展，我意识到，只有有人才能有一切。为此，我真正的再次感受到"以人为本"的理念。

所以，面对这些问题和挑战，我们做出了自己的回应：

我们邀请专业督导进驻团队、从系统培训开始，逐步提升机构的专业性；

我们对服务对象开始更全面细致的陪伴，既关注行为表现、又关注内心世界；

我们把对同事的关爱上升为三个团队共同的、最重要的战略；

我们相信，只有机构负责人把人（案主、同事）放在心上，这样的团队才是最有凝聚力和战斗力的战队。

感恩西南交大出版社的吴老师、左老师及团队。

感恩"中国心"在北川十年发展中提供帮助的每一位老师、朋友。

感恩北川羌族自治县民政局、共青团北川县委、北川羌族自治县关工委、北川羌族自治县妇联、北川羌族自治县教育体育局、北川安昌幸福小学、北川永昌中学的大力支持。

时间短，任务紧，匆忙之下，不仅需要进行大量的文字修改，还需要整理动辄几个 G 的文章录音，加上对文章逻辑性的梳理和图文搭配，真是忙得不亦乐乎！也正因为如此，本书在许多方面都存在缺陷，在此也恳求读者朋友们原谅。这是一份十年的汗水结晶，虽不完美，但一定饱含了我们的诚意！

高思发（高队）
2018 年 4 月 23 日晚上 9 时于妈妈农场

第一章 "中国心"助学的起源（2008—2010）… / 001

第一节 在灾难中长出来的志愿者团队… / 001

"5·12"汶川大地震的志愿者身影… / 001

网络生出来的志愿者团队… / 002

从西藏返乡的药材商人——高队… / 003

诞生在火车上的"QQ群先遣队"… / 004

QQ先遣队队员到北川… / 006

QQ先遣队的"生死状"… / 009

转战任家坪（北川中学驻地）… / 010

余震与谣言中的恐惧… / 013

第二节 助学的先声——帐篷学校… / 014

住在帐篷里的志愿者… / 014

为了他们留在这里… / 016

"中国心"的正式诞生… / 018

志愿者招募与团队规则的确立… / 019

帐篷学校里的欢笑与失落… / 028

从物业经理到灾区"骑士"——刘队… / 030

驰援邓家村… / 032

邓家帐篷学校成立（访谈）… / 033

艰苦生活中的温馨与感动——"鸡毛信"… / 036

翻越杨柳坪的十一位勇士… / 038

第三节 帐篷学校长出来的助学… / 048

第四节 经济助学奠基石… / 051

助学工作的起始与根基——家访… / 051

　　　　　助学倡议书…/053
　　　　　专业化助学的探索——首次调整资助标准…/054
　　　　　李姐（李鸿）的到来与助学标准的规范化…/055
　　　　　从一对一打款到集中打款…/058
　　　　　绕不开的一环——与学校合作的开始…/060
　　　　　两方代理协议的签订…/061
　　　　　无人支付的公益成本——50元管理费引发的风波…/064

第五节　心灵助学垫脚石…/068
　　　　　蓝天幼儿园里的"暑假班"…/068
　　　　　"取经"桑枣——夏令营的启示…/072

第六节　助学——从"杂牌军"到"正规军"…/074
　　　　　"山人进京"——"中国心"公益的新篇章…/074
　　　　　易名"北川羌魂"…/077
　　　　　"川道学苑"——高队的公益启蒙…/078

第二章　"中国心"助学的长征路：寻觅阶段（2011—2015）…/080

第一节　灾后常态助学伊始——艰辛的创业历程…/080
　　　　　从个人到"团伙"…/080
　　　　　告别在旧工厂的岁月——搬家…/082
　　　　　在北川新县城——安家…/087
　　　　　行动研究学习——播下希望的种子…/089
　　　　　行走路上的同行者——基金会…/094

第二节　助学路上的"长征"…/103
　　　　　膨胀的野心——"我们的夏令营真不错"…/103
　　　　　盲目扩张的恶果…/107
　　　　　"当头一棒"之后的反思…/108
　　　　　因孩子需求——逼出来的个案基金…/113
　　　　　助困难重重的"给钱之道"——经济助学…/116

第三节　"品质助学"概念的形成…/122
　　　　　由品质峰会引发的思考…/122
　　　　　品质助学内涵的提出…/123

　　　　　"中国心"助学的"遵义会议"… / 124

第四节　品质助学基本内涵的形成… / 136
　　　　　经济助学的改进… / 136
　　　　　心灵助学的落地与启程… / 136
　　　　　可持续发展的探索——生计助学… / 161

第五节　中国心的"助学之道"… / 164
　　　　　筹款的方向与目标… / 167
　　　　　筹款的方法与实践… / 169
　　　　　筹款中的信任与关系建立… / 171
　　　　　筹款的生根与深耕… / 174

第三章　"中国心"品质助学的发展阶段（2014—2017）… / 188

第一节　品质助学在雅安的扩张与回收… / 188
　　　　　"4·20"雅安地震… / 188
　　　　　回望雅安岁月——收获与教训… / 201

第二节　品质助学的新天地——凉山… / 206
　　　　　凉山助学的背景… / 206
　　　　　凉山助学中的的思考… / 207

第三节　立足北川——品质助学的优化与升级… / 209
　　　　　从"品质助学部"到"大鱼公益"… / 209
　　　　　大鱼公益战略规划… / 214

第四章　"中国心"十周年记忆文稿… / 220

　　　　　那年，那山，那些人——记 2011—2012 年成长营支教… / 220
　　　　　我在"中国心"的故事——祝贺"中国心"成立十周年… / 223
　　　　　和你一起成长——致"中国心"十周年庆… / 225
　　　　　从志愿者到资助人… / 233
　　　　　在北川，我看到的和我收获的… / 235
　　　　　七月，多想回到思绪萦绕着的山里北川… / 237
　　　　　发展自己，照亮别人… / 239
　　　　　愿你心有阳光，绿意葱茏… / 241

003

感谢在你最美好的年华让我遇见你
　　——写给"中国心"、那山成长营 10 周年… / 246
十年——依然坚守… / 248
陪伴，把孤岛相连… / 251
心底的那份牵挂… / 254
资助是为了让他们有一个更好的未来… / 256
放不下的牵挂… / 259
再忆"5·12"，这么近那么远… / 262
十年坚守　铺就我的成长路… / 268
有幸遇见你… / 271
致公益组织"中国心"十周年庆… / 274
十年陪伴，成长路上的爱心桥… / 277
十年，一个孩子的童年… / 282
我的"中国心"… / 284
我与"中国心"… / 286
十年… / 288
感恩前行… / 290

附录："中国心"志愿者名单…/293

第一章
"中国心"助学的起源(2008—2010)

第一节 在灾难中长出来的志愿者团队

"5·12"汶川大地震的志愿者身影

2008年5月12日14时28分,一场突如其来的大地震让地处龙门山断裂带的大地瞬间地动山摇,使之遭受了极其严重的破坏。

"5·12"汶川大地震——2008年5月12日(星期一)14时28分04秒,地震烈度达到11度。地震波及大半个中国及亚洲多个国家和地区,北至辽宁,东至上海,南至泰国、越南,西至巴基斯坦均有震感。

"5·12"汶川大地震严重破坏地区超过10万平方千米,其中,极重灾区共10个县(市),较重灾区共41个县(市),一般灾区共186个县(市)。截至2008年9月18日12时,"5·12"汶川大地震共造成69 227人死亡,374 643人受伤,17 923人失踪,是中华人民共和国成立以来破坏力最大的地震,也是唐山大地震后伤亡最严重的一次地震。

中华民族在最大的灾难面前总能自我觉醒,在中国这片土地上有无数人牵挂着灾区。在国家的号召下,中国历史上最大的一次自我行动开始了,他们(她们)就是由人们自发组织的民间力量——志愿者。

据不完全统计,全世界来到四川参与救灾及灾后重建的志愿者有300多万,2008年也因此被誉为"中国志愿者元年"。这一年书写了中国志愿者永恒的历史,更是谱写了无数壮阔的篇章,不仅为中国志愿者服务与研究奠定了基础,更为推动社会发展做出了贡献。

"北川'中国心'志愿者"便是这样的团队,从2008年5月进入北川至今,在北川的十年间写下了一篇又一篇值得解读的篇章。从 2008 年 5 月 26 日第一批 17 名志愿者进入北川开始，一直到 2017 年冬天，来自全国的 2 000 名志愿者参与北川志愿服务，为 1 000 多名困境学生开展了陪伴活动，捐赠物资数万。"中国心"志愿者团队从 1 名全职人员发展到 27 名全职人员，他们（她们）从外省、外市把家搬到绵阳、迁到北川，他们（她们）成为了北川人，他们传递志愿者精神，传播社会工作服务理念，践行社会工作价值。他们（她们）用马丁·路德·金的名言激励自己："在绝望的大山上，砍下一块希望的石头！"

如今，他们不仅砍下"石头"，还播种了希望！来，让我们一起聆听志愿者、公益人、家长、学生、老师、学者等上百位人的口述，一起见证这个志愿者团队的十年风雨路。

网络生出来的志愿者团队

QQ 群，在 2008 年是比较常用的网络工具之一，当"5·12"发生的那一刻，QQ 群成为志愿者最为便捷的联络工具。有三位年轻人用 QQ 群干了一件事情，他们在中国青年志愿者 QQ 群里发出倡议，招募志愿者到灾区服务。在这之前，他们素不相识，"5·12"让他们凝聚在一起，或许连他们自己也没有想到，这样的善举，会让这个团队在北川延续 10 年。

他们是来自重庆的王欣、西安的陈军和四川的曹鹍。

曹鹍：1988 年出生，四川宜宾人，现从事通信技术行业。

当时情况比较特殊，"5·12"大地震发生的时候，我正在西藏，只能通过媒体对灾情有一些初步的了解，对地震的严重程度并没有一个直观的概念。"作为一名土生土长的四川人，想要为自己的家乡尽一份力，能帮一点是一点。"抱着这种的想法，我在网上联系了王欣，就这样开始了招募志愿者、筹备后勤物资的一系列志愿行动，QQ 群也就这样应运而生。

以前我没有做过志愿者，当时从新闻上看到来自全国各地的物资、捐款汇集四川，爱心的传递形成了一股强大的力量，被这种力量所感染，我想要去帮助更多需要被帮助的人，正是基于这样的想法，我决定回四川做一名救灾志愿者。（曹鹍）

陈军：今年 35 岁，陕西西安人，现从事文化旅游行业。

当时有两点原因让我决定去四川做一名志愿者，一是因为汶川地震是一次大灾难，想着自己也许能够帮助灾区人民做一点什么；二是因为当时我还年轻，没见过、没经历过的事情太多，想去看一看。当时网络也很发达了，于是我通过论坛、贴吧等方式，认识了一群志同道合的朋友，QQ群也就这样成立了。

这场灾难引发了更多人对灾区的关注，还有一位远在西藏拉萨和我一样关注自己家乡的绵阳人，他就是——高思发。

从西藏返乡的药材商人——高队

高队原名高思发，因为带队在北川，被誉为"高队"。提起地震时的经历，高队说他对当时的每一幕场景都印象深刻。

那时我在西藏参加一个招标会，会议期间，有个四川老乡打电话回家，他的家人说："房子裂开了，瓦片掉下来了。"我们在旁边笑他："你们家的房子质量也太差咯！"当时我们并不知道那就是让整个中国都沸腾了的"5·12"汶川大地震。（高队）

一下午的时间里，高队和他身边的朋友们都还没有意识到这次地震的残酷。直到晚上7点多从招标会的西藏山南回到拉萨时，他们一路上看到有很多人排着长队打电话，还有人对着手机大哭。那时他们才明白，家乡真的遭遇了一场大劫难。

高队是绵阳人，距离电视中多次提到的重灾区北川只有60多公里。每天看到电视中播报的关于灾区的消息，他心里非常焦急，却又什么都做不了。他只能每天和同伴们一直守在电视机前关注四川、关注北川，边看边流泪。

悲痛之余，高队开始认真思考，自己究竟能为家乡做些什么。5月15日，当他看到《拉萨晚报》在录制"为四川加油"的公益歌曲时，他去参加了为期三天的志愿服务。这次的经历尽管短暂，却点燃了他内心深处潜藏许久的一个想法：回去做志愿者，实实在在为家乡人民做一点小事情。在与家人简单商量并且得到他们的支持之后，高队立马购买了5月21日的火车票。（团队是在5月25日开始进入九州体育馆，5月26日到安州驾校）

就在他即将离开拉萨之前，在他的脑海中突然又冒出第二个想法：找一些"同路人"。他找到记者朋友帮忙，说："如果还有人愿意跟我一起回绵阳去做一些志愿者工作的话，那你就告诉我。"他没想到，他的倡议很快就得到了回应，这个人叫曹鸥。曹鸥通过记者联系上高队，历史性的见面，改变了高队的一生，或许真没有人可以想得到,这就跟电视剧一样。

一个叫曹鸥的人,他在电话里告诉我,他那边有一个志愿者团队,通过QQ群组建而成,都想去当志愿者,找不到地方去哪里,我听完很激动地告诉他们,我订了21号回绵阳的火车票,可以帮忙找志愿者服务的地方,我们见面只用了五分钟就谈完这些事,而后立马去火车站购买了一起返回的火车票。(高队)

诞生在火车上的"QQ群先遣队"

2008年5月21日,一趟由拉萨开往重庆的列车徐徐驶出青藏高原(从重庆再转回绵阳)。这辆几乎载满了四川人的列车成为一趟名副其实的返乡车。在车上可以见到很多来自擂鼓、绵竹等地震重灾区的四川汉子,一讲起家中的事,他们的眼睛就开始泛红。

在火车上看到的一切深深地触动了高队和他的同行者。大家都恨不得立马就到灾区,尽自己的微薄之力为灾区的人们提供帮助。尽管突然发生的天灾让各位志愿者情绪波动很大,但在当时,大家都敏锐地认识到要保持基本的理性和规则意识,而这也为"中国心"团队后来的发展奠定了基础。

于是在这之后高队与曹鸥一起在电话中与另外两位发起人进行了协商,确定了团队的名字和一些基本的规则。名字即为"四川抗震救灾志愿者QQ群先遣队"(简称"QQ群先遣队"),后来高队每一次提到这个名字还说比较土,不知道读者看见这个名字是不是也觉得土。

接近十年了,在火车上发生的事情,我也记不太清了。当时对于队伍名字,我们两个想了很多,后来老高说,既然我们这个志愿者队伍是从QQ上发起的,那我们这个队伍的名字就叫做"QQ群志愿者先遣队"吧。对于最初的管理制度,因为当时我也才20岁左右,不管是资历还是见识都还浅薄,基本上是老高在拟,拟好了后大家根据自己的经验一起商量了一些细节问题,最开始的管理制度就是这样出来的。(曹鸥)

这支"志愿者QQ先遣队"开始认真而严肃地讨论,制定了八条相关的管理制度,直到形成了最重要的三条规则:

第一,志愿者必须服从团队的管理规定。

当时团队确立了三个领队，分别是重庆的王欣、西安的陈军、四川的曹鹍，我成为联络人，就是帮忙联系地方政府。我们整个团队共有17人，那时没有想过还有第二批，因为都是想的做一周，10天，只有我自己准备做两周，做完大家就撤，而这17人主要以退伍军人和医生为主。

大家在一些问题的讨论上难免会产生意见分歧，基于充分尊重每个人的自由表达权，所有志愿者都可以充分发表自己的意见。然而，对于领队们来说，统一大家的意见并形成最终的决策，就需要较强的个人能力和个人魅力了。（高队）

第二，志愿者必须保持身体健康。

所谓助人的前提是自身要有良好的身体素质和心理素质。否则，不但不能出力做志愿服务，还可能成为需要别人来服务的对象。（高队）

第三，服务期间所有费用自付。

志愿者AA制提供服务的传统从2008年一直沿用至今。你过来的车费，你吃饭及住宿等各种花销都自己承担。你的服务过程要你自己去买单；你付出了，才会珍惜这次提供服务的机会。（高队）

这些理性的制度规定是为了让我们能够提供更加合适的志愿服务，因为"情怀"不可以帮我们"做好"事情，但"规则"可以。

除了三条基本原则以外，当时志愿者的选拔还有一整套严格的筛选过程，"QQ群先遣队"的几位负责人一致认为，在所有的筛选标准中，最重要的标准就是这个人是否认同整个团队的理念、愿景和想法。只有在这一问题上的回答是肯定的，他才能获得以AA制的方式参与志愿服务的资格。

现在回想起来，高队仍然非常推崇当时的志愿者所秉持的"志愿者精神"。那是一种互助不求回报的精神，志愿者凭着自己的双手和知识，无偿帮助那些处于困难和危机中的人们，简单而纯粹。

这些年我看到了很多其他地方，志愿服务的过程中有基金会买单，有大本营，甚至每天还有补贴费……这种服务跟我们在2008年的那种服务，以及"中国心"坚持每年成长营志愿者自费服务的差距很大，初心不一样。但这里需要界定的是到底是志愿者服务还是专业服务，因为专业服务是全职工作者，涉及诸多成本，是需要有人为之买单。（高队）

QQ 先遣队队员到北川

出藏的两名志愿者高队与曹鸥，和西安的其中一位领队陈军协商，先在陕西下了火车，与西安的部分志愿者汇合。在这里他们见到了另外一位发起人，从事旅游业的陈军，同时也见到了陆卫萍。大家一起商量后决定，高思发作为联络员先行入川，确定好整个团队的大本营地点，并负责协调在当地的各种关系。而后，志愿者团队的其他人员再来到震区汇合。

高队 5 月 23 日飞回成都，再回到绵阳家里，先看望了家人，在确认了家里人都很安全以后，立刻开始着手大本营的选址。在此期间，他除了考虑扎营地点的安全性以外，还重点关注在扎营地有多少潜在的服务对象。

高队在选点时，在指挥部认识了北川红十字的蔡凯，照他提供的一些信息，高队在朋友老四杜应双的帮助下去了陈家坝。经历了 5.1 级的余震，这里还有动物的尸臭味，陈家坝的上游更是有唐家山堰塞湖。综合衡量后，觉得此点有危险，遂作罢。

而后高队认识了原在北川羌族自治县纪委工作的王哥，王哥建议高队以北川安州驾校作为大本营地点，主要原因便是那里比较安全。

（"QQ 先遣队"第一批队员 17 人，
此次合影有 2 人不在场：1 位去办事情，另 1 位高队在指挥部）

在经过综合考量之后，5 月 25 日，"QQ 先遣队"的首批 17 名队员全部抵达绵阳抗震救灾指挥部对面的樊华大厦，进行了路线讨论。第二天通过指挥部的联系，派车送团队成员进驻安州驾校，搭建营地帐篷，团队的帐篷就在北川法院的帐篷旁边。对于这一段经历，让我们一起聆听来到北川的志愿者们怎么说。

第一章 "中国心"助学的起源（2008—2010）

因为地震，宝成铁路不通行了，本来是十几个小时的火车坐了 29 个小时，我带着一些救灾物资上了火车，到了成都，很感谢成都几位志愿者帮助，把物资送到了绵阳，然后我们一行人从绵阳到了北川。

当时是不敢相信自己眼前所见到的一切，感觉这样的场景只在电影里面见过，整个人都是懵的。随之而来的是内心的沉痛，因为不知道还有多少生命被掩埋在里面，这也是到现在为止我内心深处的一道仍旧不太愿意去倾诉的阴影。（陈军）

我是当时的第一批志愿者，那时候还不叫"中国心"，叫"QQ 群志愿者先遣队"，"中国心"是后来我们才命名的。我是通过网上搜索有没有志愿者组团去灾区做志愿者，一搜就搜到了"中国心"，然后就加入了。

在这之前，我们从来没有感受过如此高强度、高烈度的地震，所以在地震发生后，从各个媒体和网上看到灾区情况确实非常严重。当时我就有一个愿望，作为一名医者，我想看看自己能否为灾区贡献一份绵薄之力。对于那些在地震中被掩埋的重伤的灾民，我肯定是没有办法的，但是对于那些被安置的灾民或者受伤不重的灾民，他们肯定是缺医少药的，如果是这样，那我就肯定能够出一份力了。（陈出新，42 岁，重庆人，医生）

在当时，安州驾校里已经安置了北川漩坪乡的 1 500 多名受灾群众。由地震造成的唐家山堰塞湖，将漩坪乡的整个场镇都淹没了。尽管漩坪乡在地震中的伤亡人数并不算多，但是他们却失去了自己赖以生存的家园，只能居住在安置点中。漩坪乡也因此形成了地质灾害后全世界最大的堰塞湖。而初入安置点的志愿者们，主要做的就是烧开水和发放物资。

所有的安置点都是刚刚建好，老百姓没有地方吃饭，烧开水是为了给他们泡方便面。烧水的过程中，我们也协助政府部门参与了救援物资的发放。

那么大的灾难，北川县政府工作人员伤亡惨重，幸存的公职人员的压力非常大，没有那么多精力关注受灾户的很多细节。我们志愿者可以在很多政府"看不到"的地方发挥作用。社会有需求，才有志愿者存在。但志愿者和政府的分工不一样，政府做的是一些大事，志愿者是协助者的角色。在这里服务我们认识了社区的侯书记、王主任，到现在我们依然是好朋友。（高队）

在与受灾群众与村干部交流的过程中，我们了解到，在灾区投放的所有帐篷都是没有纱窗的。5月末6月初正是蚊虫肆虐的季节，如果在帐篷里点蚊香，气味浓重且无法扩散出去。尤其安置点的村民对于自己的家——漩坪乡街道被水淹，以及家人遇难等情况仍有较重的情绪，于是经过讨论之后，团队成员决定，以AA制的方式购买纱窗，帮助村民阻隔帐篷以外的蚊虫，这样可以让他们睡眠质量变得好一点，而这次买纱窗，也是在一个相当特殊的背景下进行的：

5月28日下午，我和另一位领队王欣去绵阳买纱窗。在绵阳城的上游，有一个堰塞湖准备泄洪了（"5·12"之后形成，世界地震灾后最大的堰塞湖）。这就意味着绵阳上百万的人需要撤离开。下午三四点钟，整个绵阳城的大街上，商家都开始关店门。我们根本找不到愿意拉我们的出租车。整个绵阳城人心惶惶，很容易让人感慨生命的脆弱，在灾难面前每一个人都是那么的弱小无力。

当晚我住在安县，也就是现在的安州区，我和妻子走路遇见一个骑三轮车的人，一路上骑得都很慌张，一边走一边说："堰塞湖要泄洪，得赶快跑。"妻子忙着向单位打电话咨询，得到的回复是：没有事情，堰塞湖即使要泄洪也需要有方向。现在想想，灾后的谣言真是可怕。（高队）

安州驾校安置点情况比较好一些，环境很快得到了改善，28号开始建灶，29号可以烧开水泡面，这已经是当时算好的生活环境了。指挥部对志愿者特别好，当安州驾校对面的餐厅开始营业，中午和晚上会给志愿者各发了一张餐票，每餐10元，可以凭此就餐。为此，志愿者团队开会时争论很大，有些人认为既然都发了餐票为什么不可以吃；还有人说，我们是志愿者，应该和老百姓一样的生活。最后的决定，吃与不吃不强求，但就是不能穿志愿者衣服出去吃饭，避免老百姓看见了有不良的情绪。

高佳音：哈尔滨人，公务员。

说说让我最有感触的是两件事吧。第一，我们当时到那里的时候，安州驾校安置点还在陆陆续续安置受灾群众。当时是安县人民法院在那里负责指挥，没给我们安排工作，我们就自发地帮人们烧开水，当时出了点意外事故，不小心把手给烫伤了，当时感觉不是什么大事儿，但是后来在安置点医疗站检查的时候医生说烫伤挺严重的，因为当时条件有限没有烫伤药，几经辗转，最终第二天从汶川那里送来了烫伤药，当时真的很感动，感受到了什么叫做团结，非常非常团结，那种力量！在交通不便的情况下，人能互帮互助，那种迅速有效的沟通，感觉特别特别好。

第二，当时的蚊虫特别多，而且蚊子还很毒，叮到就有很大的包，当时团队决定集资买纱窗防蚊虫。当时我见到了一个小孩儿，被蚊虫叮咬得很厉害，都发炎流脓了，家人束手无策，只能在帐篷里面苦恼，我见了很不是滋味，就把一些花露水、消炎药等拿去给孩子上药。没过几天，遇到了孩子的母亲，她为了感谢我们，硬是塞给了我们一只土鸡，说啥都要给，因为在那个条件下，土鸡是一个对谁来说都是很奢侈的食物，当时特别感动，因为在大灾大难面前人与人之间的那种心灵互动是真正的触及内心的。（高佳音）

严欣：四川达州人，自由职业。

因为我是第一次去，之前也没做过志愿者，所以看到自己能做的事情都会去做。我和另外一位志愿者更多的是做心理辅导，去开解受灾的人们。有一件发生在我自己身上的事情我至今记忆犹新，当时一个偶然的机会，认识了一个阿姨，在得知她的孙子因为地震被埋获救后送往外地治疗，至此失去了联系，我询问了阿姨孙子的名字，通过我的朋友将小孩的信息发到网上，经对比，成功为阿姨找到了她的孙子，并取得了联系，这件事情让我很受鼓舞的。（严欣）

QQ先遣队的"生死状"

"QQ志愿者先遣队"的成员在安州驾校一共服务了一个星期左右，尽管做的都是一些简单的工作，却也使团队的志愿者第一次接触到了灾民，第一次实在地了解了灾区的状况。其实，那时反应的问题也很突出，碰到家有遇难亲属的灾民我们就很棘手，因为不懂得怎么去安慰他们，这时团队里的医生发挥了很大的作用，他们和驾校里面洛阳红十字的医生一样，每天都非常忙，因为来看病的老乡比较多，尤其是老人。

安州驾校作为"QQ志愿者先遣队"救灾的第一站，在"中国心"的发展历史中有着弥足珍贵的意义。

　　这段记忆中最为珍贵就是生死协议，因为谣言和余震，我们必须要签订"志愿书"，每一个人的生与死，仅仅几位团队领队是负不起这个责任的。

　　5月26日晚上是我们到的第一个晚上，这一晚我们开会讨论工作安排，还比较顺利。27号晚上开会讨论工作与分配就有些不太平，志愿者与领队发生争吵，有极少数志愿者想自己做事情，不服从安排。这让我对志愿者的管理有了些看法。28号在安装完纱窗后，晚上会议的最后一项内容是签订协议，协议是由我拟定的。（高队）
　　其内容就是：
　　我志愿参与志愿者服务，在服务期间出现任何安全事故均由自己承担，与团队无任何关系。
　　签订协议的晚上是22点过开始，妻子也来到我们的服务地点，安州驾校。
　　安静的夜，悄悄来临的余震，17位志愿者开始签字，签字并不是那么顺利，有一位女性志愿者在余震后停下手中的笔，眼角流泪，因为她不知道在未来的几天志愿者工作里是否有危险，更不知道自己该怎么面对父母。（高队）

转战任家坪（北川中学驻地）

　　从安州驾校转战任家坪，从临时落脚点到新的大本营，这是"中国心"团队依据本心而做出的又一个重大选择。在安州驾校只是做一些"小事情"，距离地震灾区还很远，志愿者内心的需求还是没有得到满足，我们一起协商在5月30日、31日分两批去地震最严重的地方——北川中学所在地考察。

　　在安州驾校服务一周时间，我作为17人中年龄相对偏大的志愿者，发现两个问题，第一是志愿者对制度的遵守意识太差，第二是没有团队意识。因为是志愿服务，又是自费，管理是一个难题。在安州驾校志愿者吵架是常事，还差点打架，更有甚者有的志愿者还会喝酒。（高队）

　　地震之后，满目疮痍的四川迎来了太多的志愿者。当他们抱着这种"救灾民于困厄间的"愿望和想法来到北川，但真正进入安州驾校的灾民安置点之后，每天做的却只是"物资分发—烧开水—物资分发—烧开水"这样的事情。虽说这些事情也有其本身的意义，但和志愿者的心理预期还是相差很大。回想起当时的情况，高队认为，很多志愿者的心思都已经不在安置点了。

我们的大本营所在地漩坪乡，受灾的主要原因是被水淹了，灾情相对来说不严重。每天为灾民烧开水，是我们最开始提供的服务。很多志愿者的内心其实是抽离的，他们想去看一看其他的地方，找一些内心真正想做的事。（高队）

正是基于以上所说的原因，"QQ先遣队"的志愿者们兵分两路去了任家坪及北川中学看下是否有什么需要，老县城当时已经封闭不让进入。他们想亲眼看一看在地震中伤亡最惨重的地方是什么样子，他们想知道受灾群众最需要的是什么，他们更想知道自己可以为这些灾民做些什么。

在北川中学里，旧楼房上还挂着孩子们的衣服，就好像里面还有人在午睡一样。那些被翻过来的垮塌的楼房，遍地散落着的撕裂的书本，一幕幕场景刺痛着志愿者的内心。在远处的楼房里有人来回走动，他们有的背着孩子们的书包，有的在焚烧孩子们的衣服，有的则只是站在那里低着头，半天都没有动静……很多家长都不愿意离开。而在整个任家坪，扑面而来的全是消毒水的味道，刺眼又刺鼻。

北川曲山镇任家坪村，是到曲山镇最大的村，有1 000多人，是北川中学的驻地。外边传言里面已经没有人了，当我们来到任家坪，看到了一些遇难学生的家长在收拾孩子的遗物，更多的还有一些村民在附近，尤其是一些老人。

5月30、31号，我们分为两批人去任家坪考察，任家坪是曲山镇北川中学所在地，那是最艰苦的地方。因为那时候外面传言没有人了。第一批志愿者是30号去的，回来以后很激动，说太需要我们去，于是第二批志愿者31号去了，我也是第二批去的。一路上手机没有信号，我们看到擂鼓山里和任家坪垮塌非常严重。最后我们去了北川中学，那是我第一次到北川中学。一般人内心稍微不够强硬的都受不住当时那个场面，你还能看到散落在地上的衣服，扑鼻而来的味道，两栋老宿舍楼的衣服却是那么整齐划一，就如孩子们还在里面午休，而且孩子们的父母亲在那里拿东西，整理焚烧衣物。（高队）

在北川中学和任家坪的经历带给志愿者们的影响是颠覆性的。在这里，他们直面了地震带给人们最惨痛的伤害。伤心之余，大家也坐在一起召开了团队会议，决定将大本营从安州驾校迁到任家坪。这一天是2008年5月31日，距离地震发生已经将近20天。

"那个地方需要我们，我们也一定可以做出一些事情来。"当时，"QQ先遣队"的志愿者们正是抱着这种不太成熟的，甚至是因一时冲动而产生的想法来到了任家坪。在儿童节那天，他们最后一次为安置在安州驾校的孩子们烧了开水，第二天就正式进驻任家坪村。

到任家坪时，志愿者们带了不少的营养液和药品过去。这也源于当时"QQ先遣队"志愿者的要求：当时，先遣队对招募的第一批志愿者有硬性规定，每个人必须自带1 000~1 500元的药品。在来到灾区之前，志愿者在买药的时候会说：我是到灾区去的。医生就会开一些青霉素、感冒药之类的药品。此外，在安州驾校的时候，"QQ先遣队"还认识了洛阳红十字会的工作人员，他们又为先遣队提供了一些营养液。因此，在那时，"QQ先遣队"的志愿者们认为在药品储备上是十分充足的，而且据当时志愿者判断，药品也是灾民们最需要的东西，并无太大问题。

但是现在回想起来，"中国心"的老队员们会清醒地认识到，当时我们发药、发营养液的行为不是那么地恰当。这是因为，在之后参加的很多救灾培训中，培训老师都会告诉大家牛奶、奶粉以及药品在灾区都不可以乱发。这是因为，一方面，对奶制品和药品都有严格的安全标准，而志愿者对这个标准未必熟悉；另一方面，不同灾民有不同的身体条件和症状，如果贸然为他们提供奶制品或者药品，很可能会给他们的身体造成副作用。可对当时的志愿者来说，他们完全没有这种概念，而只是凭着一腔热情做这个事情。

有生之年，没人遇过这样的大灾，期间也没有任何质疑的声音出现，说我们自行发药这种方式不好，加之，当时发药的人少。山里面的老百姓也有储药的习惯，平日里需要走很远的山路去看一个病，倒不如自己储备一些常见药来得方便。我们发的是他们在医院里常开的药品，只要没过期，就觉得OK。那几年救灾我们很多"规则"不懂。这几年救灾越来越规范了，有更加专业的团队去做这个事儿，我们也已经不需要再发药了。（高队）

靳沙，今年35岁，湖南人，医生。
当时环境比较恶劣，物资比较匮乏，什么都很缺，因为是夏天，蚊虫是个很大的问题，四周都是残垣断壁，环境比较压抑。

因为余震比较多，我们都已经差不多习惯了。当时有几次比较大的余震，现在我能记忆起来的是那一次下山的时候有一次很大的余震，孩子们都跑散了，其实待的时间长了，对于余震有点麻木了，习惯了，所以我对余震的感受不是特别深刻。（靳沙）

刘红丽，今年40岁，湖北人，自由职业。
这段经历对于我来说真的是终生难忘的，我印象最深的是在六月一号的那一天晚上，我们是在大风大雨里面度过的，基本上我们带去的小帐篷都被吹翻了，然后背后有一个堰塞湖有可能往下泄，当时没有电，没有食物，没有住的地方，那时候的团队真的很团结,都在相互鼓励。周围都是地震造成的废墟以及残垣断壁,空气中弥漫着一股尸体的腐臭味,给我的第一印象就是地震很恐怖,人们受灾很严重。(刘红丽)

余震与谣言中的恐惧

余震带给每一位志愿者的记忆都很深刻,并造成很大的心理阴影,有些多年后想起来仍是心有余悸。它能轻而易举地带来恐惧,尤其是晚上睡在帐篷里面,能感觉身体背后在移动,更可以清晰地听到500米外的山上因余震发生垮塌的声音。而谣言,直指每一个人脆弱的内心,让人有说不出的恐慌。那时,每一个志愿者都要接受正面和负面的消息,在这样的情况下,在灾区做服务有很大的压力。

从拉萨回来,有一天中午陪妻子吃饭,妻子坐的椅子背后突然轻轻移动,妻子瞬间站起来,脸上变了颜色。
2008年6月2日晚上,我们五位男性、一位女性住在任家坪的空地上,既有余震还有野狗的嘶叫声。这天晚上,他们不仅被周围的狗叫声惊醒,更有时不时地余震,尤其在对面山体的垮塌声音,听起来让人不由心生恐惧。
在灾区长时间工作,自己的心里一直有些提心吊胆。其实,那时整个四川都在防余震,用的方法都是啤酒瓶(倒立的方法)。(高队)

我记得最大的一次,是我们搬到任家坪准备做帐篷学校的时候,那时候那里有个加油站,大概是几分钟或者是十分钟左右吧,就来了一次很大的余震,然后我记的高队那时马上喊我们赶快跑,我们一行人就都很快地跑出来了。除了那一次,其他的我都记得不是很清楚了,因为在那样的环境中,余震是很频繁的,我们必须要克服对余震的恐惧才能坚持下去。(刘红丽)

在协助政府工作人员发放物资的过程中,也发生过一段小插曲。那时有群众说,有些政府官员从里面"拿"了东西。这虽是谣言,但在信息沟通不畅的过程酝酿,它却能够反映出一个问题:在志愿服务过程中,志愿者团队、普通百姓、政府之间会存在相互信任的问题。而这个问题如何解决,将会对志愿服务的质量产生很大影响。

余震、四处垮塌的房屋、不远处北川中学飘散出的各种混合味道,然而即使是在这样的环境里面,任家坪仍然有许多村民住在这里,这里需要帮助,需要作为志愿者的我们。

第二节 助学的先声——帐篷学校

大灾面前,当我们把老百姓的需求放在第一位,时时刻刻可以帮助老百姓做点小事情,这样,我们的心就有善念,我们所做的事情自然也有了章法,就像帐篷学校一样,没有任何一位志愿者到这里之前就清晰预测出之后要做什么,而是走到了任家坪,走到北川中学,看见了废墟,闻到了消毒水和空气中悲伤的味道,看到了无尽的哭泣和灰暗的天空……我们的心开始坚定下来。

住在帐篷里的志愿者

地震发生之后,手机没有信号,路也不通的任家坪成为事实上的"孤岛废墟"。而"QQ先遣队"的志愿者在来到了这里之后,再也没有更换服务地点。那时候我们并不知道,其后在任家坪所亲身看到的、经历的,所碰到的人,无形之中决定了整个团队的未来走向,特别是"中国心"团队的助学发展方向。

5月30日,我们到任家坪考察时,这里只能徒步进入,手机没有信号,水源浑浊,关键是余震不断。

事实上,并非团队的全部志愿者都来到了任家坪。在商量来任家坪的人选时,有几位志愿者结束了自己一个星期的服务先行离开灾区,最终只有6名志愿者(5男1女)来到了任家坪大本营。为了保障唯一一名女志愿者的安全,在安营扎寨的时候,志愿者们把女生的帐篷安在中间,男生的帐篷在周围围了一个圈。

尽管在来到任家坪之前已经有了一定的心理准备,可是真正到了之后,志愿者们还是被这里的现状震惊了。不夸张地说,能在任家坪扎根生存下来,对志愿者来说是一个莫大的考验。回想起那时的情景,高队是这样描述的:

营地的对面有一个小山,这个山体几乎每个晚上都会垮塌。一个小时几次余震,频率很高,大的可以到5、6级。不停的余震给我们这些没有地震经历的人带来了不小的心理压力。其次，卫生条件也很糟糕：挖了一个坑，搭了一个木板，就成了简易厕所。水奇缺。再有，谣言的恐怖力量弥漫周围。遇难的人数太多了，光一个北川中学，遇难师生就超过1000人，空气中全是消毒水的味道，于是出现了"传染病""水源被污染"各种传言。一到晚上，无家可归的野狗的叫声传来，那种恐怖的感觉一辈子都忘不了。

那种环境至今不忘，第一批志愿者17人只剩下自己一个人，加上临时收留的两位志愿者，三人在任家坪。

6月2日我们到北川当天晚上非常艰难。第一天晚上对我们来说就是很大的考验，只有一个厕所（简易的棚子），很臭而且非常危险，搞不好就容易掉下去。其次没有水，还好我们还有矿泉水。晚上我们还要面对三个问题：第一是北川中学消毒水的气味太重；第二是余震山体垮塌，那个声音听起来就非常近，距离我们不远，睡下后就感觉后背在动；第三是狗，因为狗饿，没有吃的，听说会吃其他动物尸体，狗叫的声音听起来真的非常吓人。这个晚上，我几乎睡不着觉。

我们留下来可以做什么呢？第一个把所有药品发出去，因为医生在那个时候也走完了。我们每天早上出去发药和营养品，中午回来。山上都住着人，我们就一家家的探访。我还记得走到一家姓王的家里，是个军属，女儿从西藏回来，结果遇到"5·12"地震，在家里遇难。主人家是队长，我去的时候家里面非常沉闷，王队长老婆被温总理接见过，她说看到军人与志愿者就感觉有了希望。他们对志愿者很亲热，很感激我们，其实我们也做不了什么，但是当被别人夸奖、被寄予希望后，就总觉得自己还能做些什么。我们真的很想做一些事情，但是能做的又太微小微小了。（高队）

2008年6月"中国心"北川大本营

2008年6月"中国心"志愿者煮饭的地方

为了他们留在这里

环境恶劣、人心惶惶，在那样的环境中，每一个志愿者都背负了很大的心理压力。可是，志愿者们却一直坚持留在这里，没有离开。到底是什么让他们一直坚持下来呢？正是当时发生的一些故事给了志愿者们无穷的精神动力。

第一件事是关于任家坪大队的王队长的故事。地震时因整栋楼房坍塌，王队长的女儿女婿在家双双遇难。尽管居住的老房子已经成了危房，但他们还是不肯离开，偏偏就在老房子的旁边搭了帐篷住了下来。看到志愿者来了，他一口一句感谢，说看到我们就已经很温暖。尽管那个时候我们也没能做什么具体的事情。

第二件事是关于一位姓侯的社区书记的故事。他的妻子在北川县城遇难，他的女儿正在上初中，只是哭、不吃饭，情绪非常不稳定。侯书记希望我们志愿者能陪陪他女儿，可我们没有一个人知道该怎么办。当时我们对"心理救助与辅导"这块儿完全陌生，但我们看到了这方面是有需求的。

第三件事是关于帐篷外玩耍的孩子们的故事。每天当我们在工作时，都会有孩子们跑过来找志愿者们帮忙："姐姐，姐姐，我的脚被钉子给扎了……"地震刚过，任家坪到处都是危房，因房屋垮塌而外露的钉子更是随处可见。没人照管、四处玩耍的孩子们，常常在被扎伤之后跑到我们的大本营，找做护士的志愿者要碘酒擦脚。

第四件事是关于一个普通妈妈胡姐的故事。我们认识她的时候是在6月2日，她一米五的个头，30多岁，头发微卷。她给我们讲了她孩子的故事：在大地震发生之后，她和丈夫立刻跑到学校去找儿子，当时孩子还活着。但是孩子被掩埋的地方，被大梁压住了。胡姐哭着喊着叫人过来，但由于附近没有重型机械设备，只能干等救援部队的到来。整整一夜，她努力地和孩子说话，鼓励他一定要坚持。可是，等救援人员在5月13日到达的时候，男娃娃已经没有了声音。每次见到胡姐，我们志愿者的脑海中总会浮现出一幕肝肠寸断的场景：一个妈妈看着自己的孩子，在一声一声的喊叫声中，慢慢没了呼吸……

这几个故事看起来没有什么关联，但却让我们做出留下来的决定：灾民们需要我们，我们继续留在这里是有意义的。

看到活着的孩子们在废墟前四处奔跑，看到一些遇难学生家长疲惫不堪的样子，我们可以做点什么？我们做了两件事情：为北川中学遇难师生立了一块"无名师生纪念碑"及为活着的孩子建一个帐篷学校。这两个方案，得到后方志愿者、当地学生家长大力支持。

所以我们想，需要有人和他们交流，陪伴他们，给予他们更多的温暖。比如那位胡姐，在大地震后一直不肯吃饭，沉浸在失去孩子的痛苦当中。我们和她还有她的家人商量后决定，请她做我们的"志愿者"，帮我们做饭，让她每天有一些事可做，把情感上的伤痛暂时地忘记。

还有那些孩子们，尤其是家庭受到重创的孩子们，由于失去了家长的照顾，被钉子划伤是常有的事情。那我们又能为他们做些什么呢？受到其他地方在办"帐篷学校"的启发，我们也想要把孩子们集中在一起，给他们创造一个相对安全的环境。在这里，给孩子们补补课，志愿者陪着一块儿玩耍，是不是可以给家庭减少一些负担和压力呢？我们还听说有一些孩子因为地震做噩梦，晚上睡不着觉，那么把孩子集中在一起，让他们觉得这个地方挺好玩的，是不是可以逐步地减少他们的心理压力呢？

基于此，我们筹备帐篷学校，不能让活着的孩子受到伤害。

帐篷学校的开始，也就是"中国心"正式开始新的脚步，高队的足迹随之紧紧相连。

我印象最深的是有一天一个小孩子来到我们这里，光着脚丫，脚掌上踩了很多钉子，已经发炎肿大了，我们问起原因，小孩说他家没有鞋子穿。我们去村里走访的时候，村民们说因为地震，学校成了废墟，大部分老师都被埋了，没有学校，没有老师，没有人管孩子了，大人因为要灾后重建也自顾不暇，孩子们基本处于放养状态。因为这些原因，我们觉得应该先把孩子们集中起来，办一个学校，至少让孩子们有人照看。（刘红丽）

"中国心"的正式诞生

在离我们帐篷不远的地方，2008年6月初山东援建指挥部已经开始工作，我们与指挥部的陈指挥长协商支持我们7间板房，2间办公室，5间教室。6月13日开始我们住进板房，没想到晚上下暴雨，到凌晨的4点左右，我们的屋子里面起水，早上6点过，我们板房区，大约有20~30间板房全部被淹。许多东西被水淹，如方便面、药品等。父老乡亲帮忙我们筹了一点物资，几个人到了加油站里面安顿下来。

于是，加油站就成为所有志愿者的记忆，这里就是帐篷学校，更是"中国心"志愿者大本营。

2008年6月17日，"QQ先遣队"正式更名为"'中国心'志愿者团队"。在外人料想，志愿者团队改名一定有其背后深远的意义和精心的构思。但谁也不会想到，这次改名，不论从原因还是结果来看，都显得异常简单。高队是这样解释这次改名行为的：

以前我们叫"四川抗震救灾志愿者QQ群先遣队"，名字太长，也不太好记。于是我们就在QQ群里开会，经过商量后确定更名为"中国心"。其实这一名字背后的含义很简单，我们都是中国人，每人都有一颗中国心。队名确定以后，我们又有志愿者设计了以中国地图为背景的第一个LOGO。这一次的改名是因为有帐篷学校，没有这个学校就没有改名的事情，更没有后来。（高队）

就这样，这个充满草根意味的志愿者团队起了一个同样朴素的名字。尽管这个名字后来未能顺利注册为公益机构的名称，但是在"5·12"汶川大地震以后，它却始终是北川人民对这个志愿者团队的称呼，即便"中国心"团队后续注册了新的机构名称之后也依然如此；而2008年6月设计的团队logo，至今也依然出现在"中国心"后续形成的公益机构的宣传册中。当然，这些都已是后话。

团队标志一设计出来，志愿者们立马购买了T恤，并印上了"中国心"的标志。团队为每位志愿者分发两件，以保证他们在志愿服务期间有统一的工作服、统一的工作牌，同时还以"中国心"团队的身份统一采购食品和其他生活物资。同地震之初自发形成的"四川省抗震救灾志愿者QQ先遣队"相比，这支团队已经逐步实现了从志愿服务的"杂牌军"到"正规军"的转变。自此以后，在所有的灾后服务中，他们都以"'中国心'团队"的身份出现。也正是在此时，高队也被推举为"中国心"志愿者团队的领队，从此以后渐渐淡化了自己的真名，在圈内只称"'中国心'

高队"。在团队改名的同时,来自全国各地志愿者正前往北川报到。同时,帐篷学校正式开课。

志愿者招募与团队规则的确立

震后的北川县城房屋尽毁,政府系统接近崩溃,很多父母沉浸在失去亲人的悲痛和对灾后的惶恐之中。在此背景下,灾区的孩子们生存环境恶劣,生活缺乏照料,基本的受教育需要和娱乐的需要暂时都得不到满足。那时常见的场景就是,一群孩子在坍塌的建筑前跑来跑去,一不小心就会被地上的钉子和建筑物上的铁锈所伤。

看到这样的情景,"QQ先遣队"的志愿者们下定决心要为孩子们办帐篷学校。怎样才算一个学校呢?那一定要有老师和学生。因此,帐篷学校能否办好,志愿者老师和学生的招募就成为所有工作的重中之重。

首先,关于志愿者招募,"QQ先遣队"的志愿者们建立了专门的招募团队,由首批志愿者杨光青负责拟定招募条件,并全权负责志愿者在QQ群上的面试。当时,团队的重点招募对象是老师、医生、大学生和退伍军人,首批一共从全国各地招募到117名志愿者。

招募到志愿者后,如何团结和带领这一群心怀理想的青年,立刻成为摆在管理团队面前的一大挑战。令人欣慰的是,"中国心"团队的管理者敏锐地察觉到了确立规则的重要性。而这些规则,不仅为团队在灾后服务中的正常运作提供了保障,而且对"中国心"助学的后续发展产生了深远影响。

至于当时为什么要用QQ群招募吧,QQ群可能只是作为一个集合大家、联系大家的平台、媒介。更多是在很多志愿者的协助下,在各大论坛发帖进行招募。再就是因为我们团队一开始组织也是大家通过QQ群自发组织起来的,自然而然的,后面也就想到继续使用QQ群了。当时好像整个大环境也只有QQ群能作为一个实时传递消息的工具。

一共招募了大概有106人,当时和高队商量后,前期志愿者招募条件为:首先年龄在20岁以上,志愿服务时间至少满足7天以上,家人知情并支持,严禁有观光客思想,有教师资格证优先,其次是师范大学在校学生,然后再是有过教学、支教等经历的优秀志愿者以及医生。

俗话说"万事开头难",在招募过程中最难的也就是刚开始的时候,当时QQ群里只有10多人,每天最害怕听到的话就是高队给我发消息说前线需要多少多少人,因为我们是帐篷学校,是不参与救援的志愿者团队,但对志愿者的招募条件又相对较高,当时这真难着我了，我自己私自把志愿者招募条件改成了志愿服务需至少满足 10 天以上。然后一边在 QQ 群、论坛发布志愿者招募信息。后面慢慢就有了一些改善。

那段时间是我一生难忘的记忆，那是一种不能触摸的情愫、情感，在灾难中，我感受到了不同的温馨和慰藉，感受到了没有差别的爱，虽然现在九年多过去了，生活中有很多人、很多事都已经淡忘，唯有关于这场地震的许多细节却一直刻骨铭心；可能也正是因为这一场灾难的洗礼，亲自感受了当时所有志愿者令人起敬的大爱，才让我学会以更坚定的步伐，执着的勇气，宽厚的爱心，坚韧的意志，不退缩，不屈服的精神来面对这后面的风雨人生。（杨东钦）

在当时比较有代表性的团队规则主要有以下三条：

接待室

第一，志愿者在提供志愿服务期间一律不接受采访，这是"中国心"的铁律。之所以会有这样一条规定，是基于以下几点考虑的：

首先，团队担心自己在采访中说的话可能会被改写甚至是歪曲。如果最终在采访中反映的不是最真实的情况，那么"中国心"团队宁愿什么都不说。当年，在"中国心"团队资助了 100 个孩子时，就有记者说 100 个太少，写 500 个行不行？他们想通过夸大数据来吸引公众眼球。

其次，这也是团队对低调做事、真诚做人的风格的坚持。地震之后，在帐篷学校时期，团队会接触和家访很多的潜在受助家庭。很多时候，你稍稍"夸大"一下孩子们的家庭贫困程度，做一些片面陈述，就可以让更多的孩子受到帮助。团队深知镜头的"魔力"，在摄像机前，志愿者很容易将受助家庭的贫困状况和自己的助人行为夸大。这对团队自身的公信力乃至整个公益圈的诚信度都会造成毁灭性的打击。

再次，团队想要保持更加平和的心态。"中国心"团队入住任家坪本来就不是一个跟风随大流的决定。此时正处于团队刚刚起步的阶段，团队还没有做成什么东西，那就不应该去"夸夸其谈"。对于当时的团队来说，更重要、更紧急的事情是沉下来，思考如何把服务的专业性提上来，做出自己的特色，然后才有资格去讲我们做过什么事情。

最后，团队对志愿服务的认识还不够明晰。由于志愿者团队的身份，很多媒体在采访时，必然会问到团队对志愿服务的看法。他们会问：你们所做的事情对社会有什么样的价值，你们所坚持的志愿者规则是什么，你们如何看待志愿精神的内核……对于这些问题，当时的"中国心"团队都没有搞清楚。如果贸然接受采访、表达想法，不仅对媒体的受众不负责任，更有可能对其余志愿者的行为产生负面影响。

第二，志愿服务期间，志愿者内部禁止谈恋爱。

这个要求的提出与当年发生的一个真实事件有关。"中国心"团队在任家坪开展志愿服务的过程中，一位单身的女志愿者给一位已经有了未婚妻的男志愿者写了一封情书。当事情流传开后，当时志愿者管理团队的成员都很震惊。首先，男志愿者已经快要结婚了，在志愿服务这么短的时间内却又和一位女志愿者的关系特别亲密，甚至还可能存在近似"恋爱"的关系，这种行为在道德上是讲不通的；其次，作为女志愿者，在明知道男志愿者已经快要结婚的前提下，还要向男志愿者表达爱意，甚至还想和男志愿者在一起，这样实在太不合适。

在当时的管理团队看来，这不是简单的恋爱问题，而是可能动摇整个团队根基的关键事件。

> 我们做志愿者，就是在"做人心"的工作，这种事情是在"伤人心"。如果我们志愿者都违背一些约定俗成的道德观念，守不住底线，有什么资格来提供志愿服务？（高队）

关于恋爱的规则正是产生于对这一事件的应对方案的讨论中。团队开会讨论，做了以下几条决定：第一，团队劝说事件中的女志愿者离开北川；第二，团队修改了管理制度，加了一条：在志愿服务期间，如果发现有新建立恋爱关系的志愿者，团队会立刻解除该志愿者的职务。因为在"中国心"团队看来，在短短一两个礼拜的时间内，志愿者恋爱关系的建立是"冲动型"的。而且如果恋爱双方本身不是单身，那就是更加不可接受的。此外，"中国心"团队坚持认为此举并不反对恋爱，如果志愿者在平时服务的过程当中建立了情愫，等到志愿服务结束以后再谈恋爱，那时团队绝对不会干涉。

以今天很多人的眼光来看，"中国心"团队当时在恋爱问题上的规则显得过于刻板且不近人情。但我们应当看到，这一规则是"中国心"团队在特殊的背景下为了保证志愿服务的质量而提出的。而且这一规则在很多志愿服务的执行过程中，其效果总体而言还是利大于弊的，它能让志愿者更沉下心去做志愿服务。

第三，志愿服务期间所有费用都由志愿者 AA 平摊。

从"中国心"团队组建之初，这条规则一直就被保存了下来。这既包括了帐篷安置费、住宿费、餐饮费等因志愿者自身产生的费用，也包括为灾民购买物资以及在志愿服务过程中产生的车费等费用。当时每一位"中国心"志愿者都有一个对自己的要求，那就是：参加志愿服务不能给别人添麻烦，最基本的就是不给团队增加经济负担。

以上提到的三条规则，可以算是在地震结束之初的志愿服务中，"中国心"团队最看重也最坚持的志愿服务规则。在此后"中国心"的助学工作中，尽管这些规则并没有被原封不动地继承下来，但是规则背后的价值判断和理性思考却始终存在于每一个"中国心"工作人员的心中。

Logo 照片和队服

在建立了整个团队的规则意识以后，团队领导者开始以各种方式培养志愿者的团队意识。在那时，"中国心"团队会适时组织统一的徒步活动：团队曾花 8 个小时一起穿越杨柳坪，在相互扶持共同走过艰难险阻的过程中，整个团队的凝聚力得到空前增强。除此以外团队规定，在每天晚上必须开会，商讨解决当天出现的新问题，同时也对一天的工作进行总结。也正是在这个过程中，团队将火车上建立起来的 8 条管理制度进一步细化和充实，比如团队已经开始有了对帐篷学校教师备课、家访等管理制度的规定。

自 6 月下旬，应曲山镇一位领导的邀请，"中国心"团队派出志愿者前往邓家开展工作，不久在邓家开办第二个帐篷学校，学校的艰苦超过我们的预期。交通不通，进出只有徒步。

陈晓曦，38岁，江苏人，现在从事自由职业。

"5·12"发生，我还在成都做小学老师，正在听一节公开课，突然感觉到了强烈地摇晃。这场公开课比赛提前结束了，我在回去的路上看到很多人在街头，回家以后发现地上散了一地镜子的碎片。我住的房子也有裂缝。父母都不在身边，因为担心余震还会来，那段时间常常睡在学校的露天操场上。我是在网上知道了"中国心"团队，2008年7月，我放暑假了，和两个江西来的队友万敏和付君竹一起到了北川任家坪。在绵阳下车后我们用平生最快的速度去采购了一些用品，然后前往北川。上午大家一般都在给孩子们上课，我的主要任务是做办公室里的秘书工作，还要给二年级的小朋友上美术课。我感觉到山区的小朋友和市区的孩子们在知识结构方面有些差距，但是他们非常淳朴和懂事，只要老师讲了就很用心在画。小时候，我很怕看见和死人有关的场面，很怕鬼魂之类的东西，看着坟墓就要躲得远远的。可是，在这里我突然不怕了，站在这里，望着那些废墟和无言的青山，我只觉得很沉默，我不知道该说些什么……我只能用我有限的精力，为他们尚存于人间的孩子们做点什么。（陈晓曦）

段祖琼，教师，陕西人，今年35岁，现在在政府宣传部门做文化宣传工作，出过一本关于北川经历的书，

"5·12"在电视中看到四川的灾情，感触很深，每次都哭得稀里哗啦的。我觉得自己要去做一些力所能及的事情，就在网上取得了高队的联系方式，在和高队取得了联系之后，我7月4号请假，5号便抵达北川开始志愿服务。

服务期间遇到很多次余震，有两次印象深刻，第一次在8月2号左右，下午四点多，那时刚回到任家坪，余震发生时整个人都站不起来，因为我是老队员，所以必须自己先镇定下来，再来安慰新队员和同学。还有一次是在8月14号晚上，余震很强烈，大约是凌晨五点多，当时住在帐篷的人都处在熟睡之中，余震来临时把大家震得两边晃，我们第一时间冲出帐篷，然后整夜都没有了睡意。（段祖琼）

黄绎霖，43，广东，教育专家。

"5·12"发生当时我在深圳，准备给一个幼儿园办讲座，当时知道了这个消息过后，就马上跟我的母校联系，问我们怎么可以参与进去，学校让我们等等，然而我自己有些耐不住了，我就自己在网上搜索相关的志愿者团队，当时就进了一个群，我介绍了我是心理学老师，经过中间人的转介，就和高队取得了联系。那个时候已经是六月份了，加上学校一直没有回消息，媒体一直在播报灾情，以及自己的性子实在耐不住了，也就因此与"中国心"结了缘。

6月8号我抵达成都，当时由团省委接待所有外来的志愿者，他们叫我们等等

再安排。由于我已经和高队有了联系,所以我在早上六点钟自己又偷偷地溜走了,坐火车到绵阳,从绵阳坐车到安县,从安县到擂鼓镇,高队他们派车下来接我,记得到北川差不多是中午十一点五十多,那天是6月9号。(黄绎霖)

薛林,47 岁,在政府部门工作,做志愿者时在广西一所大学教书。

在 2008 年地震发生的时候,我就萌生了去做志愿者的想法,碰巧在网上看见了团队当时在招募志愿者,于是就这样加入了 QQ 群,并在六月初动身奔赴北川。到帐篷学校结束一起与高队撤出。当时工作主要是管理帐篷学校教务工作及人员安排。(薛林)

李向菲,今年 38 岁,陕西人,教师。

"5·12"发生时我正在复旦大学读书,在上课。我当初加入"中国心"的初衷,只是想去看看,做一点点力所能及的事情。从而让我们这些过久了安逸生活、没有经历过苦难的一代人,对于突如其来的灾难,保持一种应有的心态。

当我有了强烈的赶赴灾区的念头后,就在网上四处寻找志愿者招募信息,曾先后联系过好几个团队,最终选择了"'中国心'志愿者队"。其他的一些团队(当时看起来)要么目的可疑,要么昙花一现。只有这个团队看似比较正规,他们在受灾严重的北川县创办了一所帐篷小学,招募有教师资格证的大学生、经验丰富的教师和后勤人员。报名程序是要先在网上加入他们的 QQ 群,实名登录,接受简单考察,确定了申请资格后,对方直接用电话联系。我在一个队员的 QQ 空间里还看到了他们和灾民在一起的照片。所有这些给我的感觉是这个团队比较可信。我从 6 月 12 日加入 QQ 群,于 6 月 27 日下午抵达"中国心"大本营——北川县曲山镇任家坪村,成为"中国心"志愿者队第四批第 44 名队员,那时我对这个团队其实并没有多少了解。

我被安排为辅导老师,带四年级到六年级的语文课;7 月 1 日被派往曲山镇邓家片区协助片区政府安置灾民;7 月 6 日返回任家坪,负责团队的宣传及文档管理;7 月 14 日邓家片区辅导班开办后,再次前往邓家做辅导老师;7 月 27 日返回大本营,随队长带辅导班 6 名学生到成都,参加"爱心之旅"夏令营活动,出席了开幕式后离队返家;8 月 7 日受邀再次前往北川,参加 8 日的团队的集体活动,9 日上午返乡。

在北川短短一个来月的时间,我经历了太多的事情,所收获的远远多于我的付出,那将是我一生都难以忘怀的一段时光。(李向菲)

庄敏,今年 45 岁,上海人,自由职业。

"5·12"发生时我做什么?当时我还在上海做小学教师,正在办公室,后来在网上查找到有这样一个 QQ 群组成的志愿者团队,当时觉得这个团队还比较靠谱吧,就这样加入了。想去做就去做咯,我本来就是一个热心于志愿服务的人,一直在做一些志愿活动，加上我小时候在四川待了将近十年的时间，所以这也算是对四川的一种特殊的感情吧！

我主要是对五年级孩子的开展教学工作，我们班孩子里面只有两个孩子是失去了亲人的，其中有个孩子特别顽皮，可能是想引起我们更多的关注吧，另一个孩子非常沉闷不爱说话，但是在家访的时候我们了解到这个孩子以前是很开朗的。在后来遇到余震的时候，我们还是能够看到孩子们眼中那种惊恐的、紧张的情绪。为了安全考虑，每天放学时我们都会送孩子回家，主要是因为在放学回家的路上我们可以和孩子们欢歌笑语增进彼此的感情，还有一个原因就是可以更多地了解这些孩子。

帐篷学校里面本身职业是老师的志愿者也比较多，为了更加了解孩子，我们开始了家访。家访当时是团队要求的，因为只靠在帐篷学校的观察是比较片面的，去家访后可以看到家庭环境，与父母互动，通过父母谈吐等可以更多地了解到孩子的性格和心理，更好地做好对孩子的志愿服务。（庄敏）

王宁，"80后"，河北人，教师。

"5·12"发生的时候正在石家庄一家公司上班，当时觉得不得志，在QQ群里看到招募志愿者的信息，觉得正好可以体现一下自己的价值，就辞职了，然后在网上搜寻一些志愿服务信息，加入了当时的一个QQ群，就这样加入了"中国心"，有幸认识了大家。

其实我不喜欢外人（没经历过那次地震的人，包括我）讨论那些孩子们心理的阴影。首先我不是心理学家，我说的可能没有科学根据。其次，我看到的只是一些个例，并不一定具有代表性。我不喜欢说他们有阴影，是因为我并不觉得她们一定有阴影。我们又不是她们本人，怎么一定知道她们有阴影呢？我觉得大部分孩子都是积极乐观的，都愿意开心地过每一天，如果不是特定的人时刻提醒她们，她们并不会天天把那场灾难放在心上，从而影响她们的生活。我教过的一些孩子有的上大学了，有的结婚生子了，每天都过着普通且正常的生活！我们每个人都会有伤心的过往，只不过她们的更悲惨一些，难道每个人心里都有那些往事的阴影吗？

帐篷学校最开始的家访就是到经济比较困难的家里去了解情况，看能不能给予适当的帮助，再有就是了解一下孩子在家的生活表现。（王宁）

张玉磊，今年34岁，内蒙古人，刚辞去工作，目前待业。

"5·12"发生时正在上学，大学还没有毕业。

我知道四川大地震之后，就一直在找志愿者团队。当时我在网上开始搜索，"中国心"是我在无意间搜索出来的，在论坛里面找到QQ群号，才联系到他们。我加入"中国心"其实也是为了能贡献出自己的一分力量。当时的情况非常严重，灾情很惨烈，为了对得起自己的良心，为灾区尽一点绵薄之力吧。

记忆中的余震非常可怕，当时在帐篷学校，我们中午休息的时候，发生了一起不大不小的余震，当我们赶过去时，看到所有的孩子们都聚在一起，特别无助，特别恐惧，相互坐在一起，很无奈很迷惘，他们不知道要做什么，每一个孩子都在发抖，但是却没有一个孩子哭。他们特别害怕，特别是没有家人在旁边的时候，孩子们很恐惧，都抱着我们志愿者不敢撒手。

我记得还有一个孩子，他妈妈在地震中遇难了，感觉他特别怨恨自然灾害，总喜欢一个人待着，对所有人都特别排斥，也是特别害怕余震的一个孩子。

正是因为这样，放学只要是家里没有人来接的孩子，我们就会把他们送回家，不让孩子自己回去。一方面是为了孩子的安全，一方面也是为了让孩子们放心，还有一个原因就是让孩子体会到有人关怀，有人帮助，这样他们对灾害的恐惧就能够减少一些。

当时是薛老师、高队等一致通过的家访提案，是为了能够更加了解孩子们的家庭情况。我接触家访这一块比较少，所以感受不是特别深。（张玉磊）

张海军，今年37岁，内蒙古人，医生。
"5·12"发生的时候我在单位上班，刚刚上班，在收拾诊室。

从网上经网友介绍加入了"中国心"，加入的初衷很简单，只想为灾区做些力所能及的事情。

最常见的是孩子们对地表的震动特别敏感，印象最深刻的是有一次正在上课，旁边公路上来了援建的重型卡车，经过时产生的震动很大，孩子们眼中一下有了惊恐的情绪，吓得紧紧抱住了志愿者老师。（张海军）

时晋，今年32岁，四川人，目前就职于某金融机构，现为"中国心"资助人。
"5·12"发生的时候我在人民大学读研究生，当时正在教室里面。

当时我们学校有很多同学都报名去灾区做志愿者，当时的网络已经很方便了，我记得当时是在一个论坛上看到的咱们这个QQ群志愿者队伍的，加群的时候与高队取得了联系，高队给我发了一些照片，我觉得这个团队还是比较靠谱的，所以就这样加入了咱们团队，毕竟自己也是四川人，也应该尽一份自己的力量，加上当时研究生有要求暑期实践课程，所以就这样加入了奔赴灾区的志愿者队伍。（时晋）

张梅，今年35岁，北京人，高中教师。
"5·12"发生时我正在北京，在学校，当时没有什么特别的感觉。

后来看了很多报道，想着自己能够为灾区人民做点什么，一直在网上搜索，想去灾区做愿者，就搜索到了一个QQ群。加入了群之后，在六月底，听到消息说北川的学校因为地震已经大部分毁坏了，有一些孩子没有办法上课学习，没人去看管，虽然已经有很多人报名去了，但就是很缺数学老师，刚好我就是学数学的，所以在那个时候，就去了北川。

在帐篷学校我觉得孩子们可能比较害怕余震，其实我也很害怕。在北川住的时候余震很频繁，小朋友在那个时候一般不会单独外出，都是结伴而行的。记得有一次挺大的余震，孩子们当时真的挺恐惧和害怕的。

为了保障孩子们的安全，有些人还是住在山上的，才三四年级的孩子，山路又很危险，由于地震很多地方已经毁坏了，咱们办的小学，叫孩子们来上学，就要对孩子们的基本安全有所保障。

当时就发现一些孩子的家庭情况比较困难，孩子天天中午吃泡面，学习用品很缺乏，那既然我们办了学校，肯定不能去只关注孩子们的学习方面，我们需要关注到更多的东西，熟悉之后我们才能更好地去关心关爱孩子们的成长不是吗？（张梅）

胡婷婷，今年31岁，四川德阳人，目前在银行工作，现为"中国心"资助人。"5·12"发生时我正在上大学，正在准备上课。

当时就在网上看那些帖子，看到了一个QQ群，加进去之后看到了在召集志愿者去灾区服务，就这样我加入了"中国心"。当时就觉得因为自己没有受到地震灾害，自己和家人都挺好的，但是就在离自己不远的地方有人们正在灾害中受难，就想着自己要去做些事情，为了灾区的同胞。

我觉得其实小朋友们对灾害并没有什么特别大的感觉，也许是因为小孩子这个年龄段的天性吧。给我印象最深的是有一个小孩子，他的一个妹妹是北川县城里面的，家里很多亲人都被掩埋，这个小孩子想起他的妹妹就会哭得很伤心。（胡婷婷）

周晖，今年31岁，浙江人，商人。

记得2008年我在北川待了一个月，因为个人原因没有待到最后撤营。走的时候高队正好有事要去绵阳，所以我们坐的同一辆大巴车。车一直开着，没有人说话，车厢很安静，但是一回想这一个月的点点滴滴，跟小朋友的朝夕相处，与志愿者的同甘共苦，以及在帐篷学校的各种酸甜苦辣，心里万般的不舍与留恋，有些人有些事可能我这辈子再也不能遇见。大暴雨送孩子上石椅山的情形历历在目，悬崖边、泥泞里，还有随时有滚石落下山的惊险遭遇。"坚持就是胜利"原本是我激励孩子的，但是却成了孩子激励我的话语！我想哭，但是不能哭，不能给高队丢脸。但是不争气的眼泪还是忍不住往下流，我望着窗外默默地流着泪。

我想回去，想回去再看看北川的变化，看看孩子们过得怎么样，看看胡姐徐哥过得好不，看看席伟现在的状况如何，看看乔茜家店铺生意怎么样……

2008 年在帐篷学校我做的是后勤，因为没有教师资格证，所以就干起了后勤。说是后勤其实就是打杂、做"苦力"，反正什么脏活累活都干。不是说自己有多能干，主要还是人手不够，任课老师也都是课后帮忙一起干。最多的时候一个人干六七样活儿，打扫卫生、洗厕所、消毒、接收物资、发放物资、库房整理，等等。2009 年的时候学校是在安昌蓝天幼儿园，跟朱晓春园长合作的，那个时候的条件好，活儿还是干的后勤，不过我那时候去已经是老队员的了，做的是后勤主管，整个学校的后勤工作都是我和于雅芳老师主持安排，一干就是三十多天。

去灾区做志愿者原本就是打算好干苦活、累活的准备，那时候年轻嘛，才 22 岁，有冲劲有干劲。正所谓初生牛犊不怕虎，但是后来回想还是有点后怕，后怕的是当时的余震、山体滑坡、泥石流，还有翻越原始丛林的危险。但是话又说回来，我不后悔我所做过的，因为每当我看到孩子们开心地在操场上玩耍，那种纯真、质朴的笑声出现在你面前时我觉得世界充满了希望，我们的辛苦都值得，我们的努力换取了孩子的笑声。我个人力量虽小，但是成千上万的志愿者拧成了一股绳，在 2008 年大地震救灾以及重建工作中做出了巨大的贡献，感谢他们！（周晖）

帐篷学校里的欢笑与失落

志愿者招募和团队规则确立以后，"中国心"团队立马启动了帐篷学校的招生工作。在任家坪的北川中学附近，团队一共招募了 150 多个学生，分属于 100 多个帐篷家庭。生源的构成以小学生为主体，另外也有少部分初一、初二的学生。

在志愿者教师和学生的招募工作都完成之后，帐篷学校很快就开课了。当时一共有 6 个班，其中一二年级 1 个班，三、四、五、六年级和初一各 1 个班。那时，志愿者们会给孩子们上语文、数学、英语、自然、社会等学校里的常规课程，除此之外，他们也会带着孩子们玩游戏、唱歌……由于地震之后游戏场所和娱乐方式的匮乏，孩子们参与课程和游戏的热情度都很高。尽管那时帐篷学校的环境很简陋，就在马路边上，灰尘也非常大，但是不论孩子们还是志愿者都从中得到了无穷的快乐。志愿者们收获了帮助他人的满足感，孩子们则收获了久违的知识、游戏和陪伴。

队里给新队员都有三天的选择期，三天后，能够适应这里的生活便留下，成为正式队员，交队费和伙食费；觉得不适应或者不认可这个团队的可以走。团队前后有104名队员,据我所知,三天后主动离开的只有两位。第一位是在我去之前离队的,我不清楚情况;第二位就是和我同去的一个女队员,也是我认识的第一个队友。那时在成都,我和她联系好一起坐车到绵阳。在成都昭觉寺汽车站,她身着一身迷彩出现,巨大的背包上还插了一面小国旗,很专业的样子,让我看着自己的打扮和小提包自惭形秽。她和我同龄,四川人,是个警察,现在因为身体原因在家休养。又听她说起地震后已参加过三次救援,到过映秀、茂县、汶川,我不禁肃然起敬。到了大本营后,我们几个队员都是住队里的帐篷,用队里的被褥,只有她自带帐篷,而且她的帐篷里小桶、小灯什么的,野外生存所需的那些物品一应俱全。她体格比较健壮,又抽烟,性格很豪爽,到了大本营就跟队长说:"有什么脏活、累活尽管找我。"于是队里安排她做后勤。

三天后她打包走了,说是和朋友联系好了,去绵竹。我想,也许她受不了这里的平淡。或许在她看来,做志愿者是一个壮举,像她参加过的三次救援,惊心动魄。可是在这里,每天上课的上课,不上课的打扫卫生,照顾孩子,水车来了接水,吃饭了去帮厨,大家做的全是一些平淡无奇的小事情。这确实和我们在外面时想象的差距太大,每个人的一腔热血与激情在这种平淡面前都会完全落空,我也是慢慢适应下来的。(李向菲)

我应该是和高队一起最后撤出来的,一共在北川待了两个多月。第一次面对这样的场景,对于大自然的伟力、对于整个社会志愿力量、对于生命的脆弱与顽强,我都只能用震撼来形容。

管理帐篷学校是真的不容易,师资调配、孩子安全保障、志愿者流动性大等问题都困扰着大家。

在六月份的时候,因为志愿者团队很多,开始有一些无序的情况出现,在北川已经开始清理,团队能够在这样的情况下获得政府以及百姓的支持,是非常不容易的,这对于团队管理者的考验是巨大的。因为团队决定挺进北川地震受灾一线,所以第一批的志愿者基本都签订了生死状,在志愿者中,我看到了咱们很多队员的自我挑战与改变。

对于孩子,其实我内心是很复杂的,孩子们受了这么大的灾难,还能够那么灿烂的微笑,我是非常震撼的,但是我也注意到,在触及敏感的地方时,孩子内心的创伤其实还是很大的。(薛林,广东)

刚开始的时候还挺单纯的,因为人很少。但是后来人多了起来,就开始变得有些复杂了,那时候的年轻志愿者蛮有愤青情结,也因为年轻,有时候没有考虑到一些状况,就会做出一些不理智的举动。我们就和高队商量,一致觉得对志愿者进行管理是十分必要且迫切的。

当时我们觉得有几条死规矩——第一，不谈政治，第二，不单独去老乡家里，第三，不私自接受老乡的给予。有志愿者来一定要填表，先在网上初次审核基础信息，抵达后一定要面谈，讲志愿者规矩讲注意事项，且要亲笔签字。（黄译林，广东）

志愿者管理是一个难题，志愿者组织是一个公益组织，因此对于志愿者的管理应当依法、严格、规范，特别是组织者要明确规定详细的守则、管理条例，在日常管理中严格执行管理的规则，既要严格要求志愿者遵法守善，又要激起志愿者从事公益活动的积极性。管理需要组织者善于协调、沟通，遵守原则，严守底线。（陈小武）

胡姐：46岁，北川任家坪村人，地震时候孩子在北川中学遇难，她的家庭成为我们志愿者的煮饭的地方。

应该是在2008年6月3号，我的孩子在地震中遇难了，听说地震时我的孩子和他的一个同学被压在废墟下的同一个地方，那个孩子获救了，我想知道我的孩子是否给我们留下了什么话，就想去找到我孩子的同学，问一下她，就这样找到了高队他们，想让高队帮我们联系一下。当时我们两口子每天给各位志愿者们做饭，我们夫妻有一辆摩托，每天跑去擂鼓买菜，除了我们两口子，有时候还有一些村民来帮忙做饭。那么多人支援我们北川，帮助我们北川，我虽然没有那么大公无私，但是也知道谁是真的关心我们、对我们好的人。我没有其他的本事，只能做一些自己会做的事请来报答志愿者们。（胡姐）

从物业经理到灾区"骑士"——刘队

刘队在一个偶然的机会加入"中国心"，他与高队成为10年里的最佳拍档，更为"中国心"的发展带来了巨大的力量。

我是一名共产党员，也是"5·12"的亲历者，那个时候，我还是绵阳久远物业公司的业务部经理，负责所在商务楼的日常管理。"5·12"那天办公室只有我和另外一个同事两人，第一次晃动的时候，因为时间很短，也没特别注意，但还是有点紧张。第二次更长更剧烈的晃动来的时候，我大喊一声："快跑！"然后和同事一起跑到了街道上。

因为我的单位附近有个化工厂，怕震出点问题来，我就看周围哪里最安全，结果就只看到整栋大楼都在剧烈地晃动！

稍微稳定点后，我就从其他地方借来了安全帽，回到了大楼里组织保安挨着电梯、房屋去检查看还有没有人在大楼里。

"5·12"单位组织送药分队，我第一个报名参加，到404医院送饭，等等。因信息不通未能赶上院里组织的北川县城救援行动。当16日深夜从汽车电台听到夏老师（记者朋友）发出贺晨曦获救的报道时，我再也按捺不住，连夜联络摩托车友，并通过广播电台邀约摩托车友赴县城救援，趁着第二天周末换休，悄悄骑上摩托车与十余摩友赴北川县城协助挖掘废墟。

之后，也作为民兵参与了单位分派的疏散、安置任务，看着倾国之力的大爱汇聚，以为自己做不了什么了！然而到了6月中下旬，两位志愿者到办公室门口要报纸，说是要带到北川禹里的灾区里去，与他们交谈后知道了在北川的任家坪村有一个帐篷学校，有很多的需求。他们就是被称为"行者"的广西志愿者刘世海和在四川做电缆生意的山东人张悦，他们答应一周后出山时可以带我去任家坪。

果然，一周后刘世海、张悦如约返回，趁着周末我们来到了任家坪的加油站，见到了此前在电视中才能见到的人和画面，一种找到组织的强烈信号萦绕脑海，可是没有教师证、没有时间，咋加入呢？管它呢，留下联系电话再说！时年35岁的我早被生活打磨得没有了激情，此次从任家坪回来后却久久不能平静，辗转难眠。看到帐篷学校的情况那么艰苦，总想为他们做点什么。终于，想出一辙，当绵阳的联络员，任家坪没有网络，后续的支教队员与一线联系困难，最重要的是还能直接了解一线的情况，以便做好各类准备。

终于接到高队的一个电话，需要一批书架，书堆在帐篷里一下雨全湿了。此后我的工作渐渐多起来，需要接待新队员，需要运送外地寄到绵阳的书籍到任家坪，需要电视，志愿者、受灾的孩子和家长都需要了解外界信息。然而电视到了，还是看不了，没有信号，那就买"大锅盖"接收，所幸不负使命，一样样都解决了。

这里还要感谢一大帮的朋友，为解决这些给予我的各种支持与建议，感谢夏老师及绵阳电视台的几位记者朋友，以及我技校的老师、同学们给予的肯定和鼓励。

在任家坪帐篷学校，有一个见过就无法忘记的孩子，他就是乔××，弹指即破的皮肤、撕心的哭喊，强烈的无力感袭来，不知谁提议的去擂鼓镇的野战医院寻求帮助，以减轻孩子的痛苦，找到我开车去，在野战医院，医生用上最好的手术纱布，孩子终于可以在不哭的状况下更换创口的纱布，算是给一起前往的志愿者心理些许安慰了吧！

2008年7月25日，星期六，我听说任家坪的志愿者要去邓家徒步送物资，于是周六一大早就赶了过去,被分配背水,保障途中饮水之需。第一次翻山越岭并徒步穿越老县城(地震遗址),不少无主的猫、狗、鸡还在遗址里游荡,大家都不敢接近,担心着会被传染上什么病。封闭的地震遗址显得格外凄凉,大约五个半小时后终于抵达邓家海元村帐篷学校。

为了不占用邓家志愿者的"床铺",徒步进入的志愿者们自带了睡袋和彩条布,铺在地上就当床了,主人"王哥"家的堂屋睡了7、8人。由于是周末,这一次我没有见到上课孩子,"接班"的志愿者留下了,"交班"的志愿者第二天与我们再次徒步返回,只是,更加惨烈的是,老县城进不去了,必须翻越景家山,近8个小时的雨汗交织,大白天的森林犹如黑夜,劣质的迷彩服磨破了皮肤。

当第二周再去时,我机智地换成了越野摩托车,肉啊、菜啊,就都由摩托车"托运"了,现在已经记不清是哪个男生坐在我后座背这些东西了,但记得越野摩托车的前后轮胎都被泥巴填满了,不得不用树枝刮掉后才能继续前行,因为坡度太陡,第二天下山买矿泉水,上山时翘头摩托车差点掉下山崖,带着上海(来的志愿者)的庄敏返回途中因为翘头还摔了一跤。

这一次,终于见到在上课的孩子们了,从此,跟邓家的这帮孩子们有了许许多多的故事,其中一个后来还成了我的干儿子,现在可是一米八几的大个子了。(刘队)

驰援邓家村

2008年7月初,唐副镇长在一个晚上找到高队,期望能派出志愿者前往邓家协助政府工作,"中国心"派出两位志愿者,在四川教书的李雪松老师和警校毕业的陈小武。

李雪松,46岁,四川人,教师。

"5·12"时在学校,当时快上课了,正在办公室。后来民政部招募的志愿者,在成都培训,当时"中国心"团队也有志愿者在那里培训,也因此与"中国心"团队结缘。我在6月22号抵达北川。邓家当时据说是救援最迟、物资最晚(到达)的灾区,刚去邓家的时候,那里基本上没什么人,主要是建立物资分发站,因为没有路运输物资,都是部队在河滩强行开辟的路,交通很是闭塞,物资运输很困难。我觉得自己应该尽自己最大的努力,需要帮助的人很多,特别是小孩,因为每天的工作很多。因为想到灾民回来之后进行灾后自救,小孩也是一定会回来的,孩子没人管怎么办?当时环境艰苦,很多地方都受了灾害,想到能够把孩子安顿好之后,

让家长也能够放心,能够集合灾民进行灾后自救,能够提供一个解决灾民后顾之忧的保障。(李雪松)

陈小武,32岁,广东陆丰人,警察。

"5·12"发生的时候我还在位于辽宁沈阳的中国刑警学院读大学,当时正在准备毕业论文和答辩,正是满心愉悦准备迎接毕业典礼。

2008年5月31日毕业后我先是应征了成都金牛区武装部组织的一个志愿者招募,前往都江堰青城山协助搜救失事的直升机,两周后结束任务返回成都准备离开四川时又在网上看到了"中国心"的志愿者招募,才第一次知道了"中国心"这个志愿者团队,并再次应征"中国心"团队的志愿者招募,原定2008年6月15日前往北川任家坪报道,因连续大雨,道路交通中断,最后在6月18日抵达北川曲山镇任家坪。我和李老师接受队里的派遣前往邓家协助管理救灾物资工作,既感到荣幸也感到压力巨大。在镇党委、政府特别是唐副镇长的领导下救灾物资的管理、存储、发放、使用等工作有序进行,也庆幸能给灾后的重建家园的人民群众带来一点帮助,我感到大爱的温暖,也和当地的群众结下了深厚的友谊,虽然我们的血肉身躯无法抵挡无情的自然灾难,但是我们中国人的团结、无私和友爱能够筑起我们重建美好家园的坚定信念和精神城墙。在协助镇政府开展救灾工作的同时,我利用业余时间走访了周边的村庄,了解当地民众特别是小学生因为灾害导致学业中断后对重建临时校舍的需求和愿景,在实地调查后发现存在大量希望尽快重返校园的心声,将该情况反馈给"中国心"志愿者团队的管理层并层报镇政府、教育部门后,"中国心"决定在邓家借用希望小学的场地组建教学团队,开办帐篷小学,但是由于各种原因,我们在邓家相应希望小学举办帐篷学校的举措没有成功,只能转为到海员村的山上办帐篷辅导班。该辅导班虽深居高山,但仍吸引了许多各个不同年级的小学生前来报名,该辅导班一直办到8月中旬结束,并顺利交接,得到了家长和孩子们的认可。(陈小武)

邓家帐篷学校成立(访谈)

邓家片区隶属于曲山镇,距离任家坪18公里,整个片区有九个生产队和一个街道办事处。灾情严重,道路没有修通,电力尚未修通,移动信号弱而不稳定,联通偶尔会"飘"去一点信号。此次地震中很多基层干部遇难,人员缺乏,给各项工作带来不便。6月26日,团队应曲山镇政府邀请,派了两名队员前往邓家片区协助镇政府工作。7月1日上午,高队又带着我、王宁、胡婷婷三名女生,前往邓家。

当然，除了协助政府部门，我们还有自己的任务，那就是走访灾民，了解片区小学生情况，考察是否有办学条件。

从任家坪到邓家片区如果穿过北川县城或者翻山，也就三个小时左右。可是县城封锁了，山路还不熟。我们坐上曲山镇唐副镇长的吉普车，一路绕过绵阳市、江油市，从早上7点多一直走到下午1点。唐镇长三十多岁，精瘦干练，是地震后新提拔的一个副镇长，主管旅游与宣传，负责邓家片区重建工作，我们去邓家也是应他的邀请。地震发生时他正在开会，从会场跑出来时捡到一台摄像机，他当即提起摄像机，拍下了地震发生时的宝贵画面，中央一套曾经播放过一段北川的黑白、无声的画面就是他拍摄的。我们到绵阳时接了一个记者随行，记者手中一直握着一张报纸，上面一个很醒目的标题是"村官火线升镇官"，说的正是唐镇长。对于重建工作，他很有想法。一路上他给记者讲他的灾后重建规划，主要从两方面着手，一是抓经济作物，唐家山堰塞湖泄洪后下游良田全部被淹，他想将这些受灾的土地建成蔬菜基地，再搞猕猴桃种植；二是建地震博物馆，发展旅游业。

唐镇长是个退伍军人，车技一流。越接近目的地，山体滑坡越严重，路越难走，他带着我们跋山又涉水，一路上惊险刺激。看着两边的青山渐渐变成了小"戈壁"，唐镇长说这景象就像他在新疆当兵时经常看到的。"戈壁"上时时会看到一个小红旗，据说旗下都是被掩埋的遇难者，来不及救援，只好插一面旗子做个标记。北川的羌寨在地震中基本上被山体滑坡毁了。

这里的条件和任家坪相比有差的地方，也有好的地方。差的是就像一个孤岛，不通电，在有柴油的情况下，每天下午由发电机发电；手机偶尔才有信号，我到了邓家之后就和家里失去了联系，以致家人担心了好几天；更没有电视、收音机，完全不知道外面世界发生了什么事；饭菜和任家坪无法相比；对我来说，最大的考验就是蚊虫叮咬，别人被蚊子叮了很快就好，我一被叮就过敏，成片成片的起包，奇痒无比，白天还可以忍住，晚上意志力薄弱的时候就使劲抓挠，抓的时候很痛快，抓完就感染、留疤。我用过很多种药，和很多单位的医生都打过交道，当地卫生所的、济南医疗队的、青岛援建队的、部队的、特警的……我有一大堆各种各样的药膏，每天挨个抹过去，大家都说我的皮肤是试验田。不管是在邓家，还是任家坪，我的胳膊、腿上的伤疤都是参观者的一个参观项目。也是在邓家，我知道了蚊子一共有128种，叮人的是母蚊子。

邓家好的地方就是空气清新，山清水秀。虽然山体滑坡已经使往日的青山变成了"戈壁"，但也还可以看出曾经的秀美来，我们不用再忍受铺天盖地的黄土，可以自由地呼吸新鲜空气；水是山泉水，长流不断，我们习惯了任家坪的节约，每天看着那哗哗长流的水很觉得可惜，很久不能适应，不停地洗衣服、冲厕所、给院子

洒水。我们三位感觉在这没有多少事情，便向高队申请回大本营，回去没有几天，邓家帐篷学校便开课。（李向菲）

任家坪阳光小学作为"中国心"的大本营，而邓家海元村的家庭式辅导班则是我们的第二根据地。7月11号凌晨5点我们5名队员在高队的带领下来到邓家希望小学，准备在那里开办第二个阳光辅导班。在此之前队长和几名队友在邓家做过调研，了解到那里有400个左右的孩子没办法接受辅导和学习，他们的家长忙于灾后重建，根本无法照顾他们的日常生活，很多孩子被迫在田间村头游荡。同样是灾区，同样是孩子。当任家坪的孩子在帐篷里书声琅琅时，看着眼前小不点们一双双求知若渴的眼睛，没有人能若无其事地走开。

我们几名先遣队员11号奔赴邓家就是为了筹备15号邓家辅导班开课的工作。当我们在当地希望小学的操场上丈量好场地，搭起了一顶顶蓝色的帐篷时，却突然接到通知，说这块地方要用来建板房，我们的辅导班必须撤出。

几经周折我们的辅导班终于在邓家半山腰的海元村如期开课了。当然我们的服务范围也缩小了，很多孩子想来上课，却因为路途太远被迫放弃。当看到一个个远道而来的孩子失望地离去，我们的心很痛，恨自己没有办法帮助他们实现迫切地想要学习知识的愿望。

14号那天的瓢泼大雨没有阻断"中国心"志愿者前进的脚步，一行16人背着沉重的行李，穿着笨拙的雨衣，沿着崎岖泥泞的山间小路手脚并用向山上爬，背包里除了被子和日常用品外，还装了大量的学习用品，为了能够在第二天顺利开课，我们再苦再累也无怨无悔。

15号上午雨并没有停，但是闻讯赶来的孩子却达到了40多人。我们的学习场地就设在了海元村里几户农家的院子里，每个院子之间都隔着几百米甚至几千米的距离。而且要上坎，要爬坡。但是这些都没有吓倒我们英雄的"中国心"志愿者们！孩子们上学很辛苦，每天要从家里带一个小板凳和一块小木板，平常就坐在小板凳上听老师讲课，要写字时就把小木板放在腿上当桌子……

尽管条件如此艰苦，可是想要来学习的孩子一天比一天多。当孩子总人数达到70人时，我们举步维艰，没有场地，也没有条件解决孩子们中午吃饭和休息等问题。特别是有的孩子要走两个小时左右的山路来上课，路途安全是最让人担心的一个大问题。

我们迫不得已把孩子的人数控制在80人以内，为了确保每个孩子的路途安全，放学后志愿者们分三个组把每个孩子送到家中。不仅如此，我们几乎每天都要安排家访，为每个孩子建立个人档案，以方便时机成熟时给予家境特别贫困的孩子帮助。我们队里有很多来自大城市的老师，他们从没走过山路，可是在邓家每个人每天的行程不低于两小时。特别是家访的时候，大部分队员饿着肚子上山，到天黑以后才回来，而且有些是被好心的村民送回来的，因为走得太远，根本找不到回来的路了。尽管这样，队员里没一个叫苦，没一个喊累。

除了山路难走外，在邓家第二个大的难题就是吃饭问题。由于住在山上买不到蔬菜，老乡家的土豆和小白菜没几天就被买来吃光了，方便面和饼干便成了我们最奢侈的食物。如果天晴，老乡会带队员去山下买菜，但大部分时候由于交通中断，蔬菜运不进来，看着商店里货架上发霉变味的豆腐干，买菜的队员可犯难了。更糟糕的是很多队员开始拉肚子，大部分队员感冒，声音沙哑。可是却没有一个队员请假，也没有一个队员缺过一节课。就像队长说的他每次从大本营到邓家吃饭的时候，拿不动筷子，他心疼呀！

于是一个翻山越岭为邓家战友送物资的队伍默默地出发了。在21世纪的今天，鸡毛信、背背肩扛的种种"落伍"的工具再次有了用武之地。由于邓家通讯不畅，每隔三五天就会有队员翻越高山，穿过森林来往邓家和任家坪送信和捎带一些食物。那些大本营写给我们的"头发信"（他们没有鸡毛，就拔了自己的头发来代替），成了鼓舞我们士气的最好精神食粮。我们回给战友的是正宗的鸡毛信，（感谢老乡家的鸡为我们做的贡献！）就这样两个营地彼此隔着一座大山，而我们心在一起，一起努力，一起奋斗！

从上个周末开始，大本营星期六会准备丰富的食物由队长带领十几名队员用5个多小时翻越杨柳坪去到邓家，为那里的战友送去新鲜的蔬菜，同时送去的还有"中国心"志愿者团队的精神：同心，同力，同行！

今天也不例外，在高队的率领下，15名队员（其中有且仅有5名男队员，男队友们别不高兴哟！没办法呀！）在上完半天课后斗志昂扬地开赴邓家，明天下午他们再返回来，不至于影响星期一正常的教学。

"有福同享，有难同当！"用这句话来诠释我们"中国心"真是再恰当不过了，"中国心"志愿者无论在哪里永远都会是一条心！（"中国心"新浪博客志愿者文章，写于2008年8月3日凌晨）

艰苦生活中的温馨与感动——"鸡毛信"

在21世纪，科技如此发达的今天，"鸡毛信"这个词怎么听也觉得新鲜。然而，"中国心"在北川的两个营地之间的鸡毛信却演绎了一段温馨与亲情的故事。

记得我们还在指挥所住的时候，那里每天晚上会用柴油发电两个小时。于是四里八村的乡亲们就会涌到指挥所来给手机充电，这时候移动发射塔也有了信号，手机才会临时发挥与外界联系的作用。

7月15号上午，队长把邓家的工作安排好了以后又匆匆回大本营去了。我们这群年轻的战友在邓家开始了新的征程。在山下移动手机塔有信号的时候，我们也会收到几天前或者几个小时以前大本营或者朋友们发来的信息，但更多的时候我们与世隔绝。我们戏称自己来到了世外桃源，在这里有孩子们的欢笑，有老乡们的厚爱，更有清澈的山泉，还有鸟语花香……

下午没事的时候，战友们围坐在老乡家的院子里，轮流讲笑话，关于那个小白兔系列的故事成了我们队的经典，不是故事本身具有多大的魅力，而是听故事的队员时不时冒出来的经典语录让我们捧腹大笑，而他自己却还丈二和尚摸不着头脑。

突然有一天，从大本营翻山越岭到邓家来了一名老队员，除了给我们拎来了卤菜猪耳朵、鸡爪子之类的荤菜打牙祭，更重要的是带来了精神食粮——大本营战友们情真意切的问候，他们把自己的情谊化作文字倾注在纸上，并拔下自己的头发作为信物，由一名老队员千辛万苦地送到了我们分队战友的手里。那份感动与激动只能是包含在一次又一次热烈的掌声之中。

几天后，外协组长陈小武要回大本营汇报工作。我们分队的战友也纷纷拿出自己写好的书信，交小武带回去。不知是谁说了一句："整根鸡毛插着，那才有意思呢！"于是傅君竹和房东王哥欣然受命前去拔鸡毛。可怜了王哥家的那只老母鸡呀！当时正在鸡窝里生蛋，冷不丁从旁边伸出几只"毒手"按着老母鸡，一把揪光了尾巴上的毛。老母鸡吓得咯咯直叫唤，吓得阿姨以为是黄鼠狼偷鸡呢，从厨房里箭步冲出来，边跑边喊："我的鸡呀！"

每个信封上都粘了一根鸡毛，为了欺负大本营的战友们没有鸡毛可拔，我们把多余的鸡毛写上"赠品"二字，装在信封里捎到大本营去。

小武回来的时候，我们看到他的军用挎包里鼓鼓囊囊的，拿出来一瞧，好家伙，大本营的战友们用卡纸糊了一个超大的信封，封面设计相当的精美，几只振翅欲飞的蝴蝶剪纸贴在正面，封底是一座绝望的大山上藏着几块闪闪发光的希望的石头。这别具匠心的信封让我们热泪盈眶。抽出里面的书信，这帮贼精的战友，竟然使用车轮战术赚取我们的激动的泪水。在厚厚的一沓信纸上，大本营的二十几位战友一个接一个地往下写。把他们的思念和对邓家战友的鼓励统统挥洒在这方小小的信纸上。在信封的夹层里竟然还装着21颗阿尔卑斯奶糖，据说这是特警"叔叔"送给大本营战友的礼物，也不忘千里迢迢捎到邓家来和我们分享。

几根头发、几支鸡毛、几颗奶糖，连接起了"中国心"战友之间心灵沟通的桥梁。尽管在桥的两端我们很多战友从不曾相识，或者只是互相听过名字，见了面也对不上号，抑或是只是听其他战友提及过，但这都不能影响我们战友之间的交流与团结，因为我们都拥有一颗又红又亮的中国心。（陕西志愿者段祖群）

翻越杨柳坪的十一位勇士

7月27号是我这一生永记于心的日子，也更是"中国心"志愿者铭记的日子，我和战友们从邓家出发，在暴雨泥泞中翻爬高山穿行在渺无人烟的原始森林，终于历经6个半小时到达北川曲山镇任家坪"中国心"大本营。

上午九点，随同大本营送物资返回的11名战友（王欣、刘斌、杨茹、孔繁成、杨焱森、薛林、王宁、张海军、毛玉华、高思发、刘剑峰）以及邓家分队支教结束调回大本营的9名战友（庄敏、陈哲、胡婷婷、陈玉琴、李娜、常志凯、李向菲、何家清、段祖琼），在天空暗沉下来已开始飘着雨点的时候，一如既往地出发。

翻小山时天空开始有些闷热了，团队中的胖哥孔繁成已经显得分外吃力，毛玉华、陈哲、杨焱森、刘剑峰紧紧地伴随他。刚进森林，豆大的雨点就开始一阵紧似一阵地打在我们的身上，战友们纷纷拿出雨具，一步步在戏谑的"水泥路"（水和泥的路简称水泥路）中滑行，不时传来女队友摔倒的尖叫声和队友善意的哄笑。我在这走过三次的原始森林中回头看着这些在泥泞小道上翻爬早已狼狈不堪的亲爱的战友们，心里有一种说不出的感动和难受。陈哲的头上已有一层雨雾包围，即使拿着木棒也是艰难的连滚带爬；繁成走得虽然吃力但他从未放弃；王队居然越走越勇，逐渐显出曾当兵的豪气；刘斌所戴的眼镜模糊看不清表情，来团队的第二天就参与这"残酷的拉练"；杨茹已步履维艰；杨焱森斗志高昂，他头上的帽子就是象征；博后薛老师就像骆驼不知疲惫，笑看人生；被蚊子叮得全身疤痕的王宁在暴雨中不忘发型；队医海军腰痛还不忘边走边关心他人；体院的毛玉华号称"中国心"女人中的男人，特真实；我在雨中鼓励大家不抛弃、不放弃；绵阳联络员——"中国心"的背后英雄——刘剑峰戴着眼镜边走边喊："高队等一下，后头没跟上！"上海的庄敏从不掉队；成都理工大学的婷婷在雨中欢笑；"80后"的陈玉琴娇弱的身体毫不逊色；白皙肤色的李娜紧跟其后；在成都演讲引起全场感动的常志凯沾满湿泥的脚步沉重；上海复旦的李向菲被蚊子亲近后冲在最前；小个子何家清从不认输，还说高队来一支；带病坚持的段祖琼，不时传来爽朗的笑声。

雨，顺着我的头顶直泻，在瞬间包围了我的脸颊，看着同样被雨水浸泡的兄弟姐妹，看着大城市里第一次翻山的战友，我的头一阵阵剧痛，牢牢地用双手抓紧头发，我的心灵在颤抖，一遍又一遍责问自己？为什么让战友们走这条路，为什么在暴雨中行进，我的良心受到无情的鞭打，我无法面对亲密的好战友及关心他们的亲人。

当我问身边的战友，高队带你们走这条路是不是错了，战友毫不迟疑地回答："没错，这是我们一生的骄傲，这是我们人生的超越。"

我一次次"欺骗"大家，"快到了""快到了"，走出阴暗便是光明，快看，有亮光了。其实前面又是茂密的树林，大山中的巨石在地震的咆哮中已摧残了一排排树木，我们一个个互相挽扶着心有余悸地往前走，风夹着大雨无情地考验着战友，我们走走停停，边吃干粮边喝水，在雨中欢笑。当我们在疲惫中坚信快到时，终于看到我和陈哲在大树上雕刻的三个字"中国心"，这一刻，大家没了困惑，没了疲倦，战友们欢呼着冲向前方。

这段经历6个半小时的征程，是"中国心"战友最困难、最艰险的一次跋涉，我们将铭刻于心。（高队）

7月27日一大早，我们匆匆吃过了早点就浩浩荡荡出发了。邓家有8名队员服务到期准备离队，从大本营送物资过来的战友也要返回，而我因为胆囊炎复发也随战友返回大本营休整。就这样在高队和王队的带领下，20名队友沿着蜿蜒崎岖的山路向山顶进发。战友杨焱森帮我背了所有的行李，我空着手还累得气喘吁吁。尽管身体不适，但也不想成为队伍的累赘，所以我拼了所有的力气前行。山路两旁灌木有一人多深，人走在草丛里只见人头晃动不见人影。山势越来越陡，天公不作美偏偏开始下起雨来。雨越下越大，大部分队员都把雨衣和雨伞留给了分队的战友，我们只能是眼睁睁地淋雨了。队长总是在前面开路，他站在一块大石头上冲着队员们喊："加油哇！战友们，只要再加把劲，走进了森林里就不会淋雨了。"在高队的鼓励下，我们又咬着牙向上攀爬。

森林里光线很暗，越深入越黑。有队员打开手电筒，却根本无济于事。我们走在前面的队员在杉树林里休息，等待后面的战友。我们靠在粗大的杉树下避雨，杉树叶子像针一样扎在身上，又痛又痒。背包的战友把包里装的水和干粮拿出来分给大家，给队员们补充一下体力，也给自己减轻一些行李的重量。

由于战友孔繁成比较胖，走山路很困难，队长派了一批战友陪着他在后面慢慢走。我们这些女生没背行李或行李较轻的就跟着队长在前面开路。每走一段距离就会前后吆喝一阵子，相互打打气，鼓励一番。山路很难走，在森林里根本没有路，队长确立了大致的前进方向，我们沿着雨水流下来的沟壑向上爬。地震导致很多树木横七竖八倒了一大片，估计是被山上滚落的巨石砸倒的，白花花的树干裸露着，踩上去特别滑。每个队员的身上都已经找不到一块干的了，鞋里灌满了泥浆和雨水，走起路来特别沉重。在最艰难地一段路上，我的胆囊炎不合时宜地发作了，剧烈地疼痛让我放慢了前进的脚步，最后靠在一棵大树下，用手使劲按压住疼痛的部位。眼看着队友们一个个从我面前走过，为了不让他们发现我的痛楚，我只好背对着他们，挥手让他们上前。大雨滂沱，大家都无法开口讲话，因为雨水不停地顺着脸颊流淌。每个从我身边走过的战友都会轻轻拍拍我的肩背，给我信心和力量。

就这样艰难地一步一步向上爬行，4个小时后我们终于到达了山顶。走过一段真正的"水泥路"，一尺多深的泥浆和水潭，我们无法绕行，干脆挽起已经湿透的裤脚，踏着雨水和泥潭朝着大本营的方向大步前进。

太阳出来了，路边的野花也格外的鲜艳，每个人的脸上都绽放着笑容。挥舞着手中的衣服或"手杖"，下山的路变得宽敞平坦，队员们的脚步开始变得轻盈，笑声也格外的清脆，女生们开始扯着嗓子唱山歌，虽然不怎么着调却是一片欢腾。

在我们这支第一次大规模的翻越杨柳坪的队伍里，女同志占了一大半，而且大部分是来自祖国南方的大城市，他们有的从没见过这么大的山，更没走过山路，我们"中国心"的战友们胜利地翻越了杨柳坪，不仅是征服了这一座山，而且每个队员更是征服了自己心灵里的困难，达到了一个高度。没有我们完成不了的任务，只要我们努力了，只要我们尝试了，就一定行！（段祖琼）

李向菲，复旦大学博士。

当我有了强烈的赶赴灾区的念头后，就在网上四处寻找志愿者招募信息，曾先后联系过好几个团队，最终选择了"'中国心'志愿者队"。他们在受灾严重的北川县创办了一所帐篷小学，招募有教师资格证的大学生、经验丰富的教师和后勤人员。报名程序是要先在网上加入他们的QQ群，实名登录，接受简单考察，确定了申请资格后，对方直接用电话联系。我在一个队员的QQ空间里还看到了他们和灾民在一起的照片。所有这些给我的感觉是这个团队比较可信。但是，从6月12日加入QQ群，到27日到达北川，我对这个团队其实并没有多少了解。QQ群的管理人员是已经从灾区撤回的队员，由于与前方信息传递的不畅通，他们对前方情况的进展也不甚了解，群空间里公布的信息都很简单、滞后。比如，我按照要求携带的物品，到了那里才发现很多根本没有用，而很多必需品我却没带。对于"中国心"，是在北川一个多月的时间里慢慢了解，并将信任融入其中的。

之前和队长高思发联系时，他告诉我要早点到，开玩笑说天一亮这里就开始"军事演习"了。当时不明白什么意思，到了大本营才体会到。

北川县是山东省的对口援助单位，青岛援建队正在为任家坪灾民搭建活动板房，施工现场就在加油站后面，辅导班处在工地和公路之间，距离公路不到1米。每天天一亮，施工车辆就轰隆隆地、不间断地从辅导班前开过，扬起阵阵尘土，能见度最多3米。到处都是厚厚的黄土堆积，公路都早已看不出柏油路面。每天洒水车会来洒一到两次水，可是洒过水不到10分钟又恢复原样。尽管有帐篷遮蔽，黄土仍然铺天盖地而来，无论是教室的课桌、板凳，还是上课的小学生与志愿者，都是"灰头土脸"。队里买了一次性口罩，可是大家很少戴，太闷，也遮挡不了灰尘。

给朋友发短信时我说这里简直就是一个"黄土窝"。

这里没有通水,我们喝的是矿泉水,开始是队员进来时自带,后来团队出去统一购买,在我到的时候已经由当地政府提供了,只是数量有限。生活用水和做饭用水则每天一次由政府的送水车送进来,我们辅导班有十几个白色储水桶,就摆放在接待室旁边的空地上,送水车开进来时,我们就和灾民一起去接。水很金贵,大家都比较节约。洗脸的水都存起来冲厕所、洗手;洗衣服只能在水里过一遍就拿出来晾。其实都是自我安慰,因为灰尘大,我们的队服又都是白色T恤,很快就脏,即便洗过晾出来,没等干就先脏了;洗澡更是一件奢侈的事情,有时周末不上课又没什么事的时候,队里会组织大家轮换出去,到附近的安县或绵阳市去洗澡;因为没水,厕所没法冲,经常会堵,又脏又臭,新来的人总是要适应好几天。我刚到时每天都尽量少喝水,一是因为矿泉水数量有限,二是要尽量减少上厕所的次数。

吃饭是在一个老乡胡姐家里,伙食费每天十五块钱,包括给老乡的工钱。第一天去吃饭时,看到四五个菜和汤摆满一桌,有荤有素,比我在学校、在家里吃的都要丰盛,我暗暗吃惊。去之前从QQ群得到的信息是队里才解决吃饭问题没几天,之前都是自带干粮,进去之前高队还给我发过短信让我带点好吃的,没想到这里却吃得这样好。灾民们可都在吃方便面啊,这让我心里有点愧疚。

白天很热,帐篷里温度有四五十度,戴眼镜的人一进去眼镜就被热气蒙住看不清东西了。所以从早上六点多起床后到晚上十一二点休息之前,我们都待在外面,几乎完全暴露在太阳底下,我这个自以为不会晒黑、从不用任何防晒霜的人,很快被晒黑、晒伤,裸露在外的皮肤留下了很多瘢痕。晚上温度比较低,潮湿,时不时又会有暴雨,导致帐篷进水,我到的第二天就开始长湿疹。

但是,受到在噪声中扯着嗓子上课的队友们的热情感染,又是和那些活泼可爱的孩子们在一起,听着他们朗朗的读书声,我还是坚持了下来。

因为环境的艰苦,志愿者所有费用自理,所以大多数人的服务期限都是队里规定的最少期限——十五天,后方管理人员也根据一线队员的服务期限组织新队员进去。最初一线队员人数基本保持在十六七人左右,英语、数学、美术、体育各科老师都有。

总领队高思发是绵阳人,38岁,之前在拉萨做生意,据说地震发生后,放弃了发展正好的事业来做志愿者。我曾在网上看到过他的照片,典型的四川人,中等个子,肤色黝黑。我对生意人一向没有多少好感,尽管因为他做的这件事对他心怀敬意,也听说过很多队员对他的崇拜,直到走近他才一点点地发现了他的魅力所在,他也成了我最尊敬的、对我影响很大的战友。刚到第一天,觉得他人很亲切,又有点幽默。他一口四川普通话,介绍自己时总会说:"我姓高,叫高队。"他把"QQ群"念成"口口群"，把"北川"读作"百川"，他说"北京"，我老以为是说"百金"。他喜欢召集大家开会，几乎每天晚上一次会议。总结每天的工作，讨论遇到的问题，下一步的打算，更多的是大家彼此的交流。我们在那里没有任何娱乐，只能在辅导班四百平米之内活动。每天送走学生，天一黑，只有一个办公室帐篷通电，需要备课的去备课，其他的人就只能在黑暗中坐着。所以高队的"会"比较受欢迎，后来每到吃完晚饭，大家都会主动问他几点开会，偶尔晚上不开会了大家还会不适应，有时候他不在辅导班，我们也会自发组织开会。每次等高队说完严肃的事情，大家就开始摆"龙门阵"。高队的开场白就是："我这人有个毛病，开会的时候不喜欢听见手机响，所以请大家把手机关了。"第一天开会，他给我们讲了团队创建以来走过的路，强调了团队的管理制度。我听得有点吃力，队规只记住了三条：一是不准私自行动，二是不能私自赠送老百姓钱物，三要注意言行，不准对老百姓发表任何个人言论。

  后来听大家说队里有条不成文规定，所有队员四川话必须过"四级"，有的队友很有语言天分，像陈小武，广东人，比我早到十天，就已经可以用一口蹩脚但流利的四川话和当地人摆龙门阵。我是望尘莫及，一个多月口语始终没过关，但是听力水平提高很多。

  教学组长薛林，广西师大的一个女老师，队里唯一一个博士后，三十来岁，人很和气，做事任劳任怨。高队每次给大家介绍薛老师时，总会提到她掏厕所的光荣事迹。加油站的厕所很小，不光我们自己在用，还有辅导班的孩子们和附近灾民在使用。打扫只有我们在做，因为缺水厕所经常会堵，薛老师督促大家把用过的水存着去冲厕所，自己则套上塑料袋去掏厕所。她吃苦耐劳，我几乎没有看到过她有闲坐的时候。我刚到的那个周末，她去绵阳洗澡，一回来放下东西，就拿起扫帚打扫教学区卫生。她的这种热情很能感染人，我们都渐渐养成了习惯，不用安排，每天自觉打扫教室卫生，冲刷厕所。而我们这些行为也渐渐影响到了周围的灾民，有时候看到他们在上厕所时提着水进去，我们都很欣慰。

  薛老师对教学和管理都很有经验。我到的时候已经给我排好了课，教四到六年级的语文。孩子们在地震后就没有上课了，除了六年级的学生外，其他孩子课本都还没有学完，但是考虑到他们复课后学校会给他们补课，所以我们的教学以课本为基础，再加些别的内容。比如语文课，薛老师给四年级的学生讲三字经，六年级则加强写作练习。我没有给小学生上课的经验，虽然去之前向几位小学老师请教过，一开始上课还是掌握不好。很多队员和我一样没有经验，为了帮助大家，薛老师组织大家每天晚上训练，轮流上去讲课，其他人则扮演各年级学生，模拟各种课堂上会出现的状况，锻炼大家的处理应变能力。通过这种游戏训练的方式，大家的教学逐渐成熟起来。

  黄老师是个心理学专家，在这里很与众不同，人长得漂亮，也带着美女特有的那种高傲。刚到时我就注意到她,因为这么多人,在这"黄土窝"里,只有她总能保持衣着洁净,很是显眼。她和薛老师一起负责教学工作,教六年级的作文课。我看过她批改的作文,并不像我印象中的小学老师批改作文时一副居高临下、批评的口吻,而是以朋友的身份和孩子讨论问题。这一点也影响到了我,我后来在带六年级语文课时,也学着运用这种方式。

其他志愿者分别来自全国各地,有在校大学生,在职教师,也有个体户。他们大多属于"80后",我这个"70后"在这里比较少见。有一次吃饭时,人多坐不下,一个男生请我先坐,说因为我的年龄属于"前三甲"。以前我一直对"80后"没有什么好印象,觉得他们受到过多关爱,以自我为中心,不懂得感恩,不懂得珍惜,不懂得关心别人……所有这些偏见,在我和他们相处的那些日子里逐渐被修正了。(李向菲)

孩子们

辅导班的学生最开始有100余名,后来渐渐增加到近200名。在这里,很难找出有哪个学生家里没有人员遇难的,高年级孩子已经懂事了,地震对他们的影响比较明显。我教六年级学生写作文、写日记,只要不命题的,他们大多会写地震,地震当时的情景,地震中如何逃生,怎么失去亲人朋友,我看得很心酸。六年级有个男生,他一个好朋友在地震中遇难了,他从此很少说话,即便该时班里很多学生都是他以前的同学。高队对他进行了多次心理辅导,那孩子才慢慢开朗起来。低年级的学生少不更事,我平时看到的基本上都是他们欢乐的笑脸,只是有时候他们会在你毫无防备的时候突然表现异常。

有一天晚上,大家在门道上打乒乓球,一年级的两个小女孩跑来观战。我给她们一人拿了一支胭脂花,教她们站在前面做啦啦队跳舞。小姑娘们很兴奋,喊得也很卖力:"张美女加油!""璐璐姐加油!"忽然,一个小女孩回过头来对我说:"我妹妹死了。"接着,另一个小女孩也回头说:"我弟弟也死了。"两人脸上兴奋的表情也没有变,说完又转过头去继续喊。我愣在了那里,一时以为自己听错了。后来在邓家的辅导班,遇见一个二年级的小姑娘,很可爱,我去教室时她会拉住我的手,不说话,只是安静的笑,让人怜爱。有一次课间,正玩着她就忽然哭起来,说,以前都和妹妹一起玩的。我们能做的只是安慰她,陪她玩,让她重新露出笑脸。听高队说,班里一个男孩子,问高队他妈妈在哪,说:"我爸说我妈妈死了,我今天看到坟了。"高队只能安慰他说:"妈妈会回来看你的。"

灾难虽然已经慢慢成为过去,可是孩子们的心理到底遭受了多么大的伤害,我们无法判断,所能做的也极有限。

看望灾民

队里规定晚上十一点半之前睡觉，早上六点半到七点起床，吃过早饭，八点半上课。在学生来之前要打扫教学区卫生。课程安排是早上三节，下午三节，周一到周六上午上课。不上课的时候，有时会安排去山上看望灾民，发放药品。我们的药品有队员自己带来的，有队里集体买的，也有外界捐赠的。

我们到的第二天是周末，不上课，就由一个老队员张玉磊带我们上山。一路上满眼都是倒塌的房屋，我们去的是山体滑坡最严重的村子，村民都从山顶迁下来了，山下的板房还没有建好，他们都在半山搭的帐篷。我们去其中一户人家坐了一会儿，地震中，他们家共有十三人遇难，只剩下老两口带着一个四五个月大的孙女。老人家说起救灾物资的领取，情绪比较激动，说他们住在山上的要先领票，等拿票去领东西就只能领到矿泉水，方便面都被山下的人抢光了。由于队长再三叮嘱我们要注意言行，所以对这些抱怨我们就只能听着。从山上下来，我们给沿路的灾民发放了风油精等一些常用药品，随行的张医生给一些受伤的灾民处理了伤口，有生病的也来找他看病。那时正是吃饭时间，灾民都在帐篷前的简易锅灶上煮方便面。

也许因为地震已过去一个多月，人有点麻木，也许是我反应有点迟钝，当时并没有多少感觉，但是张医生却反应很激烈，回去就哭了，吃饭时说他想打架，因为他看到好多病人，了解他们真实的病情和严重程度。

后来我们又上山去过一次，那天下着小雨，生不着火，很多人都喝不上热水，吃不上饭。每天，灾民们都在废墟上清理东西，在收拾倒塌的屋顶。对农民来说，辛苦一辈子才能盖个房子，却在一瞬间一无所有了。他们物质上的损失，精神上的打击，什么时候才能恢复？（李向菲）

陈哲：

7月6日抵达北川，7月28日离开北川。前后23天的日子，待过两个地方，一个是北川县曲山镇任家坪村，另一个是北川县邓家片区。前者是我们团队的大本营，离北川县城只有3公里，离北川中学不到两百米；后者是北川灾后重建进度最缓慢条件最恶劣的地方之一，离北川县城5公里，离唐家山堰塞湖8公里。

在那主要做后勤保障工作，后期在师资比较紧张时，我带了三个班级的数学课。

任家坪是我们的大本营，从我们团队最早5月21日进入灾区时，就是在这进行抗震救灾工作。最早做的是医疗和灾民安置的工作，之后则主要做教育方面工作。我们没救什么人，没做过什么惊天动地的大事，但是我们努力把我们做的每一件小事做好，我们努力做到对得起自己的良心，对得起北川的百姓。在任家坪，我们学校选在了一个加油站,一个离马路零距离,对面曾发生山体滑坡,每天上课都尘土飞扬的地方。这里没有水,每天从洒水车接的一点水都要循环利用几次,有的女队员十天半个月没洗过澡,她们依然坚持了下来。这片我们能找到的唯一平整点的地方,也是附近最低洼的地方。半夜一下雨,帐篷就进水,感觉后背一下子全湿了。人无所谓,有些捐给孩子的物资也潮了,这真的让我们觉得很对不住外面好心人的期望。

邓家片区,是我这次主要战斗的地方。一个不通水、不通电、移动偶尔有信号、联通肯定没有信号的地方,在那待了半个多月。它离任家坪只有12公里,可由于山体滑坡道路不通,我们一直是靠翻山往返。最长的一次负重走了近7个小时。那里由于道路不通,所以物价特别高,唯一让我们感到庆幸的是大山里那清新的空气,淳朴的民风,和小孩子们对知识的渴望。在这里,我们创办了一个分校,从无到有,我都参与其中。当背着帐篷上山时,听见孩子们朗朗的读书声,那是对我们所有汗水的最大肯定。

这里的孩子很懂事。小学二年级就有自己洗衣服、做饭的。小学五年级就有帮奶奶背着自己家种的土豆下山去集市上换米的。这里的孩子很辛苦,每天上下课最多都要爬近两个小时的山路,自己手拿小板凳背着小书包。有天下午,我们以为到的孩子会很少,可是,大家几乎都来了。这里的孩子很聪明。山里的孩子都特别调皮,上课不常遵守纪律,男孩子喜欢抓小虫子来吓唬同学吓唬女老师,可是,他们写作业、写作文时真的很棒。

其实很想写点什么,可是真的不知道该写什么。那天,跟队长一起带几个孩子到成都参加夏令营时,主办方安排我们几位队员介绍一下自己的经历和想法。那天,是我来这后的唯一一次哭泣。想起了即将离别有可能再也见不着面的战友,想起了那些调皮而又懂事的孩子,想起了自己在这二十几天来做过的每一件事。我们每一个人都一样,深深爱着这每一个孩子,深深怀念这的每一寸土地。北川之行,是我生命中最厚重的一笔。

在那里时,我们写过一句话,爱在心中,路在脚下,希望在明天!(陈哲)

庄敏老师:

7月26日,星期六,阴有雨。早上听见门在响,说又是余震。外面飘起了小雨,很担心会下大,希望太阳出来,那样衣服才能干,路才会好走些哦。后勤下山买面粉去了,今天要吃饺子。外面挺凉,穿上两用衫,还把领子也竖了起来。喉咙怎么又疼了起来,真怀疑它是周末综合征。高队说提意见,就这么说可能有的人会不好意思说,让大家把建议写在他的笔记本上。有人在写,其他人就忙着开始拍照了。天上雷声隆隆作响,一会儿工夫,便下大了。高队给大本营打电话,让他们雨停了再来,那边却说下雨也要来。问了高队关于资助安的事。

后勤买了肉、菜、面粉上来了,下午包饺子。中午集体吃泡面,我挑了包不辣的吃。吃好坐在灶前烘队服，那件干的昨晚签名签掉了，这件还湿得很呢，下午大本营队员来要穿着拍集体照的。何他们等大家都吃得差不多了，和傅、常、许下面煮着吃，还放了青菜，开小灶！

　　吃过饭，雨停了，太阳也出来了，太好了。李老师宣布下午活动分组名单，哲、菲、许、军、伟是接待组，负责去县城出口处接大本营的队员；傅、婷、何、王为摸鱼组，去山下的河里摸鱼给咱改善伙食；段、常、我、娜、琴、成就是包饺组了。哲、傅戏称"接待组"名字应为"接客组"，这俩家伙，凑在一起就能让大家笑翻天。接待组下山了，我们组把帐篷搬到了院子东头，段和琴打扫干净院子，常他们把小方桌抬到院里，铺上白纸晒面粉。面粉是从山下老乡家买来的，可能是受潮了，长了好些虫，太阳一晒就纷纷往外钻。把虫一一拣掉，常就开始和面。找来两个脸盆，在干面粉里加温水，先用筷子搅，再用手揉。琴明显手小、力气小，揉也揉不动，婷的力气显然就大多了，一下一下都能按到底。她们和着，我跟常去田里割韭菜。穿过浴室往下走，半天也没找着韭菜，还是王弟来了指点才发现原来它们就长在路边，刚才我们只顾找成片的，根本没留意到这小小的一块。这韭菜细细的，像野草，听说韭菜长得很快，割了两三天就能长出来。割了一簸箕，常不小心把左手食指拉了一条口子。端回院，我、琴、段拣杂草、枯叶，挑好了我拿到后面去洗。水比昨晚清多了，不过看上去还是挺浑浊的。分成两盆直接用管子冲，洗了三四遍，让党员拿到上面桂林家的清水池又冲了两遍。平负责切肉、菜，娜也帮着切。两盆馅很快出炉了，一盆韭菜鸡蛋，一盆白菜肉。面也好了，常准备擀皮。王弟家原来的擀面杖超大，又粗又长，像根金箍棒，常用不来，阿姨就出去砍了两根比较直、细，短一点的树枝回来，削去皮，就成新的擀面杖了。常擀得挺快，说要在馅里加水，这样的蒸饺才好吃。可我们一包，也不知是因为皮太软还是馅水太多，反正包得不成形，歪瓜裂枣，这边漏那边漏的，看得常直摇头，大呼上当。他示范给我们看，还别说，真是又快又好，三捏两捏就成了。我们又包了两个，似乎样子好些了。娜包的馅最足，个头大，样子好些。常叫琴帮他擀皮，琴根本不会，就左推推右推推，反正连成个圆就行了。很快，第一屉差不多满了，那饺子的模样真是糟得很，四角的、饼状的……奇形怪状，常摇着头端进去蒸了。这时，记者的电话进来了，问我是几时来的？刚没说两句话，信号弱，就断了。只能发短信了，就是慢点。中午高队给了我一些伤亡人数和建队时间、学生人数什么的，说可能记者会问到，其他资料群空间都有，可以去查。

　　屋里，段、高在写东西；屋外，包的饺子越来越有创意了，干脆变成了小笼馒头。第一屉出笼了，夹了几个大家尝尝，嘿嘿，虽然模样不咋地，味道还是不错的，这下我们总算有点成就感了。摸鱼组的何从坡上冲下来，搞了半天就抓了几个小螃蟹而已，还有几只超级小的，这帮家伙，真残忍哦！过了一会儿，傅和王空着手回来了，在我们眼前晃了一下，又说要去采野梨了。馅不够了，常叫我们再去割点韭菜。问阿姨镰刀在哪？她干脆就和我们一起去帮我们割了，这回不加蛋了。雪拿着盐水瓶坐外面看她们包，评论皮太软，说该用开水和，馅嘛水太多。大家开玩笑说找到理由了，这个模样差那主要是原材料不好，跟咱的技术水平无关哟！傅他们拎着一大袋梨回来了，说是摘的，雪姐笑他们肯定是买的。馅还是不够，就蘸点馅汤包了几个实心的，最后几张皮索性叠在一起摊开，倒上最后一点点馅，卷起来，再切成几段。所有的饺子一共蒸出来两大脸盆，大约有三百个左右。蒸的时候只要15分钟，然后得马上夹出来，否则就很容易穿掉。可惜我们包得实在太烂了，好多早就穿了，根本夹不起来。

忙乎了半天，正在清理桌子上的面粉，大本营的人到了，个个满脸红通通，精疲力竭的样子。最前面的是毛毛、王队、杨茹，还有几个我不认识。幸亏刚才凉了很多冷开水，倒给他们喝。一会儿，第二拨也到了，还抱了两大扎的矿泉水，这下不用凉开水了，本来热水瓶也空了。一共上来13个，坐在院子里，满满的。傅洗了梨给大家吃，还问我要不要削皮的，我以为他又诳我呢，就自己出去拿了一个。刚咬了两口，他真的给我削好了一只，哎呀，感动，赶紧拿过来。趁他不在，给娜和琴吃了，不知他知道了会不会骂我哟！哈哈！

怕饺子不够，又烧了豆腐、炒了菜。8点多，终于开饭了。端上来的是醋白菜、豇豆、西红柿炒蛋和辣酱浇豆腐，一个菜汤。我、菲、婷、娜、琴、成、茹、宁、许、阿姨坐一桌，哲一开始也坐着，他们饿坏了，就偷吃菜，刚放进嘴里，被正走出屋的高队"逮"了个正着，又惹来一通笑。哲见只他一个男的，就搬到隔壁桌去了。一群女将，三下两下饺子盘就空了。领导桌有带来的白酒，隔壁猛士桌喝啤酒，今天特意去山下买的。我们这桌也有厉害的，毛、宁、成、菲都每人一瓶，拿着瓶喝。等高队、王队、大刘过来敬酒时，我们已经吃得差不多了。成喝了两瓶，醉了，开始讨酒喝，走起路也摇摇晃晃了。拉她坐下休息。问大刘绵阳有没有好玩的？他说他们单位有个科技馆，他们是生产核什么的，去成都一天没意思。我想那也行，就跟着他吧。一会儿，外面叫看碟片，原来是绵阳电视台的一个记者19号拍的我们阳光小学的录像。大家围坐在一起，电脑放在桌上摆在前面看。正看着，老公来电话了，跟他说不去成都就在绵阳玩玩了，他说那不如改签机票到明晚直接走好了，我说行。又去找大刘，说明天跟他回绵阳直飞了。

来的人太多了，看完碟片就自由活动。看了看人员，让菲、娜、军还是睡帐篷，婷、琴跟雪姐睡大床，我、成睡窗下，段跟阿姨睡后屋，一大一小的垫子正好给来的5个女生睡。谁知，一会儿段跟茹睡外面沙发了，这下屋里就改成琴跟雪姐睡床，我、婷、成睡大垫子，两个小垫子她们两人一组。大本营的男生在厅里铺了张大塑料纸，钻进他们带来的睡袋就睡下了，一溜排，好有趣。他们还带了一个帐篷，女生睡了进去，常终于可以睡自己的帐篷了。十点半，我们先睡下了，婷、菲、哲上山散步还没回来,很多人在院里聊天。高队催他们都快点睡。气枕被军拿出去了,我垫了衣服当枕头,吃了粒康泰克。迷迷糊糊,大本营的女生进来了,指点了一下睡法,他们一共带上来11个睡袋,不怕没被子了。

这一天,好热闹!(庄敏)

第三节　帐篷学校长出来的助学

地震之后,学校里的房子都倒了,孩子们失去了学习知识和与朋友玩耍的场所。在满目疮痍的废墟之上,一个个蓝色的帐篷搭起来,成为孩子们的临时学校。尽管那时"中国心"团队并没有将这看作是一种助学行为,但在回顾"中国心"助学的发展历史时,我们却很容易得出结论:帐篷学校正是"中国心"助学的起点。这是因为,"中国心"很多带有助学标签的工作都是在这一时期完成的:第一次家访、第一次为学生寻找资助、第一次为孩子们开展辅导和活动……而从单纯的授课到狭义上的助学(即资助学生)的转变,则要从志愿者放学后护送孩子们回家这件事说起。

帐篷学校

任家坪学生辅导班

2008年7月"中国心"邓家辅导班

那时候，每天放学以后，很多家长都在忙于生产和生活恢复，无暇亲自来帐篷学校接自己的孩子回家。由于地震之后灾区的生活环境复杂，出于孩子的安全考虑，"中国心"的志愿者总会亲自护送一些距离较远的孩子回家。在护送孩子回家的时候，志愿者常常会在孩子们的家里坐一坐，与他们的家长聊一聊家里的情况。正是在护送学生回家的过程中志愿者们发现，很多孩子的家庭都陷入困境。不仅因为家庭本来的经济状况就不乐观，更是因为地震带给家庭的毁灭性破坏。团队经过讨论后认识到，除了办帐篷学校以外，还可以为灾区的这些孩子做更多的事情。当时他们没想那么多，只觉得可以找到一些家庭贫困的孩子，了解他们的家庭状况，然后寻找爱心人士为他们捐款。

于是，随着时间的推移，每天护送一部分孩子回家已经成为"中国心"志愿者们常规工作的一部分。不过除了安全方面的考虑，志愿者们更加关注这些孩子的家庭状况，通过实地查看他们的生活环境并与家长对话，更好地了解孩子们和他们家庭的需求。可以说，那时所使用的这种粗糙的家访形式正是此后"中国心"团队所形成的完善的家访制度的最早雏形。随着家访频率越来越高，"中国心"志愿者逐渐意识到，家访的目的是为了搜集这些孩子的家庭资料，从而锁定潜在的帮扶对象。

志愿者下课之后，把没有人接送的孩子送回家，顺便看看孩子们的家中的房屋毁损情况如何。家用电器，像电视机、洗衣机这类的，一定会拍照记录下来。还有就是关于家中的人员情况，是否有死伤，有无残疾人员……综合这些信息，决定是否需要"助学"。那时候"助学"主要就是"给钱"。（高队）

当时就发现一些孩子的家庭情况比较困难，孩子天天中午吃泡面，学习用品很匮乏，既然我们办了学校，肯定不能只关注孩子们的学习方面，我们需要关注到更多的东西，熟悉之后我们才能更好地去关心关爱孩子们的成长，不是吗？（北京志愿者张梅）

家访过程中也曾发生过一些令志愿者久久难以忘怀的事件。尽管猝不及防的天灾带给了人们巨大的心理伤害，可是孩子们在灾难面前的冷静，甚至比他们的泪水带给志愿者的感触还要深刻。

2008年8月18日，"中国心"志愿者全部撤离，物资全部交接给当地学校，这一天，"中国心"新浪博客发布第一期资助名单。2008年有的志愿者开始成为第一批资助人，这样的开始，高队和刘队自己并没有想到，他们二位未来的志愿之路在何方，未来应该怎么做呢？高队与刘队协商，邀请老志愿者那崇翰到北川，协助开展助学。

2008年9月24日，任家坪小学发生了震后的次生灾害，很大的一场泥石流，山上死了十几个人。当问负责家访的那个孩子怕不怕时？他说：我不怕！我习惯了！

你知道吗？他只是一个小学三年级的孩子。

2008年震后的另一场泥石流加剧了伤害

尽管"中国心"在这一时期的助学还带有很强烈的自发性、随意性和草根性的特点。但是随着家访频率的增多，志愿者们也逐渐总结出一些家访工作中的规则。这些朴素的规则尽管欠缺系统性，却无处不体现着"中国心"志愿者对孩子们的尊重、接纳和同理心。

和孩子一块儿聊天的时候，一些问题是不可以问的，比如不可以直接问孩子家人的死亡情况；你可以把孩子先支开，问家中的成年人……要特别注意规避心理上的二次伤害。大多数时候，孩子们还是很天真很乐观的。但另一方面，我想那只是这个时间点他没有表现出来而已……我们不去问你家里面怎么样，不去触动它，他就不会表现出来那种难过；但如果你走近他的内心，谈及一些敏感的话题……就像一个伤口一样，不碰它肯定是没事的，但是一碰的话肯定会痛，会裂开。（那崇翰，"中国心"最早的助学主管，现在在重庆做公益。）

除此以外，正如上文提到的"中国心"团队的三大规则之一——团队媒体采访中的忌讳。其原因之一也是想要避免志愿者在采访中透露自己在家访中发现的情况，从而给灾区的孩子们造成心理伤害。至今，作为"中国心"团队的第一任助学主管，那崇翰仍然非常认同团队在当时家访中的态度和做法。用他的话来说，那个时候整个"中国心"团队的风格就是踏实、低调。

灾区所有学校将在 8 月 20 日开学，无论小学和初中、高中，一律都要进行 10 天的军训。8 月 15 日星期五，任家坪帐篷学校正式移交，我再一次请假前往，和战友们一起归还课桌、移交所有捐赠来的物资给任家坪希望小学，战友们陆续悄悄离开，最后离开的一拨人没能瞒过聪明的孩子们，守在路边要跟我们合影，回看照片，除了我，所有人的表情都很凝重，试图让大家欢快点的我也笑得那么勉强，很遗憾我没有太多时间跟战友们、孩子们相处！（刘队）

第四节　经济助学奠基石

助学工作的起始与根基——家访

家访，作为评估一个家庭情况的重要手段，是整个助学工作中非常关键的环节。

对"中国心"团队的志愿者来说,当然需要在家访时保持理性的工作态度,时刻谨记团队的助学标准,做一个冷静的观察者和判断者。但是在这个过程中经历的一些事件,还是会带给工作人员很大的心理冲击。

刘队家访

特别是曾经家访过的一个妈妈,给志愿者留下了深刻的印象。

那场泥石流造成我们刚刚家访完的一个孩子遇难了,那个孩子的妈妈志愿者至今还记得。"5·12"地震使她失去了丈夫和大儿子,9月22日见面时,她说一定要把小儿子供养成人,但没想到两天过后就音散人去……那段日子,志愿者队伍亲眼见证了太多的生死之别。

参与家访给当时的"中国心"志愿者带来了极大的心理触动。看到这些刚刚经历过天灾磨难又生活在困窘之中孩子们,志愿者们常常会联想到自己的生活经历,从而对这些孩子有更多的怜爱。特别是当时担任团队负责人的高队,更容易对这些孩子的经历感同身受。

家访助学是真正让我的内心有所触动的志愿服务经历……小时候我自己家里非常穷,上不起学,初中毕了业就没再读书。三年级的暑假,天气很热,我跟着一帮邻居到山上去偷割别人的莎草,汗流浃背还被马蜂追着咬,就为了能卖几块钱。那个时候的几块钱于我而言是万分万分的珍贵,来之不易的珍惜。因为只有卖了钱,下个星期才能读书,才能去买本子,买笔。

回到眼前来说,北川任家坪这个地方,每个家庭都有自己的伤痛,房屋垮塌,亲人逝去……我们的这些孩子他们怎么去读书?他们读书又会面临着什么样的压力?很多因素的综合,触发了我们开始想要帮助孩子们完成学业,去家访,去给他们找一对一的资助人,首先是解决他们经济困难的问题。(高队)

通过当时志愿者的叙述可以看出来,彼时"中国心"团队的资助更多的还是停留在灾后应急助学的层面。在"家访——找资助人——捐款"的资助模式下，一些刚经历了地震的贫困孩子得到了救急的捐助。

而在帐篷小学结束之后，"中国心"的工作也逐渐从灾后应急助学转移到比较常态的资助上面来。

如果把"开始助学"看作"中国心"志愿团队发展的一个里程碑的话，估计很多人会认为，应该找个好日子、好时间，团队成员聚在一起庆祝，这才是一个里程碑事件应该有的注脚。然而在当时，"中国心"团队既没有条件这么做，也没有明确认识到哪一天才是助学工作的开端。正因为如此，当时的"中国心"团队并没有仪式般地把某一个日子当作里程碑式的助学起点来铭记。

只是在当时，志愿者们看见很多原本贫困的家庭，在灾后又遭遇雪上加霜的困境。孩子们的处境让人担心，恰好又有很多好心人想要为灾区的孩子们提供经济上的援助，而"中国心"团队恰好成为这两者之间的纽带。而且，在帐篷学校期间，"中国心"团队已经积累了丰富的志愿者资源和社会声望，很多曾经在帐篷学校里服务的志愿者都成为团队的资助人，而这些志愿者通过他们的经历，影响到了自己的社交圈，拉动了更多的亲友成为资助人。

面对这一现象，"中国心"团队的志愿者最初只是简单地想在资助人和孩子之间搭线，抱着这样的想法出发，谁也想不到，从资助 1 名学生到资助 1 000 名学生，从 1 位资助人到现在的 300 位资助人，从 2008 年筹助学款 6 000 元到现在平均每年筹助学款 80 万，从不收取项目管理费用到向资助人收取每一名学生 50 元的项目管理费，到现在每一名学生 200 元的项目管理费，这条助学之路，"中国心"团队用了 10 个年头才走到现在。

团队正式确立助学想法的准确日期，现在已经无从考证。但是通过查阅"中国心"团队的历史资料可以发现，团队在 2008 年 8 月 15 日这一天发布了助学倡议书，8 月 18 日发布助学名单。于是，我们通常将这一天作为灾后常态化助学阶段开始的标志。当助学帷幕拉开的时候，我们懵懂地上路并写下了这些文字，那是我们的初心，是我们当年不完善的见证。

助学倡议书

助学倡议书

2008 年 8 月 15 日

亲爱的战友们：

首先感谢大家积极加入"中国心"志愿者团队，并投身于前期的救灾与支教活动。我们团队在北川灾区的工作将暂告一段落，后期工作重点将转入协助达成社会人士与北川特困学生的一对一帮扶计划。在此，我们向大家提出倡议如下：

1. 在自己的能力和财力所及范围之内，参与到我们的一对一帮扶活动中，奉献爱心，与我们的特困学生结成帮扶对子，帮助孩子健康成长，使他们与其他的孩子一样享有幸福和充满希望的童年。

2. 保持对我们北川特困学生的关注，联系周围的爱心人士，积极促成这些爱心人士参与到我们的一对一帮扶活动中来。

3. 我们将在网上（博客和QQ群，以及拟建设的网站）公布特困学生家庭情况表，并随时进行信息更新和资助情况跟踪，同时将公布我们的阶段性工作总结，请大家经常登陆，并予以监督，给予建议。

4. 博客备有特困学生情况表供查阅，请有资助意向的战友找高思发队长或者薛林、刘剑峰联系。我们已筛选出25个学生，目前已资助12人。

高思发 138×××××××× 薛林 135××××××××
刘剑峰 159××××××××

"中国心"志愿者团队于北川任家坪总部

简单明了的倡议书正式拉开了助学的道路，更是拉近了"中国心"与志愿者，"中国心"与学生，"中国心"与北川之间的关系，这些关系成为"中国心"团队的助力器。一直从2008年跑到2017年，更成为"中国心"口述历史助学部分的篇章。

专业化助学的探索——首次调整资助标准

在推进助学的过程中，"中国心"团队的志愿者也在不断提高助学工作的专业化程度。在助学的一开始，"中国心"团队只是粗略确定了一个助学的标准，即对困难的学生统一给予每月300元的补助。但是通过更多的家访后团队发现，不同类型的学生在资助标准上差异比较大，有必要对现有的资助标准进行调整。于是在助学工作启动约两个月之后，团队发布了资助标准调整的通知。

关于"资助标准调整"的通知
2008年10月18日

首先团队感谢爱心人士对孩子的帮扶，根据我们最近了解的情况，现将帮扶标准调整，第2批按此标准执行。

1. a 类（每月 160 元）房屋在地震中塌毁，由地震造成的单亲家庭。a 类家庭标准：1）一个父亲或母亲带两个孩子，且两个都在上学。2）一个父亲或母亲带两个孩子，一个上学，一个还小无法上学。3）一个父亲或母亲带一个孩子，且老父老母两个都在身边，由自己照料。4）一个父亲或母亲带一个孩子，父亲或母亲是残疾。5）地震孤儿。

2. b 类（每月 100 元）房屋在地震中塌毁，由地震造成的重伤家庭。b 类家庭标准：1）一个父亲或母亲带一个孩子，或老父老母其中一个在身边，由自己照料，且无法打工。2）父母其中一个在地震中造成的残疾，现在还在治疗中，且两个孩子读书。

备注：由于第一批属特困生标准为 300 元/每月，团队 11 月将对第一批特困生家庭进行回访，资助人对帮扶标准有异议的请与团队总领队助理刘剑峰联系，电话：159×××××××××。助学负责人：那崇翰，电话：138×××××××××

"中国心"志愿者团队

李姐（李鸿）的到来与助学标准的规范化

即便如此，当时团队的管理人员仍希望能够进一步提高助学工作的专业化程度。2009 年初，团队邀请绵阳的李鸿老师加入团队，帮助主持助学工作。李鸿老师是一个已经拥有 10 多年助学经验的公益老将，她的到来，为"中国心"团队助学标准和方法的改进做出了很大贡献。

在李鸿老师到来之前，"中国心"团队在资助标准的确定上往往会采用比较随意的做法。这很大程度上源于团队成员对受资助孩子的同情和怜爱。然而在李鸿老师来到团队以后，很快调整了这种工作方式。在她的主持下，"中国心"团队用更加理性的方式开始确定家访资助的标准。作为当时的团队负责人，高队清楚地记得当时助学标准转变的状况。

我们因为热情满怀的开始助学，标准定得会偏高些。那时候总觉得，这个孩子太可怜了，这个家庭太辛苦了，我们的钱给得多一些，再多一些。李姐过来之后，结合她自己多年的助学经验，很理性地帮我们依照一些具体的标准，比如每个孩子的生活费多少，家访费用多少等，计算出一个适合的资助额度，把我们相对来说比较高的标准降低下来了。李姐的到来让我们感觉工作方式高了一个档次，有经验真的不一样，那个时候我们还不懂理念和工作方法。（高队）

在上文也提到过，在2008年刚开始做助学的时候，"中国心"的资助模式带有自发性、零散性的特点：听到哪里、哪个家庭有问题，就去走访了解情况。而且，"中国心"团队虽然一开始就形成了在家访时记录有关信息的习惯，但"中国心"最初的家访表格里面，只有最基本的收支信息。在一次又一次的实际家访过程中，团队志愿者不断地发现新的需要了解的信息，并不断更新已有的家访表格。

在长期的助学过程中，"中国心"团队一直坚持每户必家访的原则。这种家访的方式带来了极大的工作量，也从侧面反映了"中国心"团队成员在助学上的保守态度。团队当时的助学负责人李鸿，是这样阐述原因的：

我们在北川做助学，采用的是百分之百的"家访+助学"方式，这是很锻炼一个团队的。相比那些不进行家访的资助，或者是只进行一次家访，后面就不再跟进的助学，我觉得这种助学方式更让人感到踏实。

大多数的资助人想要知道她资助的孩子的情况，而不是给了一次钱，再给第二次、第三次钱，却不了解对方的任何信息。

另一方面，助学不仅是经济上的交流，更是心灵上的互动。对受助方来讲，每年都有善良的人走近他们，鼓励他们。在被尊重、被理解、被倾听、被懂得的过程中，他们更有勇气和力量面对自己暂时困顿的生活。

助学，甚至公益，都不是简单的商品交换。除了钱和物资，它还涉及感情、信任、尊重、理解。

受助方的感恩之心同样可以丰富资助人的心灵，于这个社会而言是正能量的传递。所以我们每年至少进行一次的家访，我觉得很好。

尽管这种家访方式便于增加对受助对象的了解，但是由此带来的考验也非常明显。作为家访志愿者的"中国心"团队队员，必须要用自己的经验和技巧来获知受助对象最真实的家庭状况。

在长期的工作过程中，团队的工作人员发现，家庭评估并不是一个单向了解老乡家庭情况的过程。从某种程度来看，它也是人和人之间的一个交流过程。在这个过程中了解的程度有多深、效果有多好，完全取决于当事人的投入度和双方的信任度。

为了规范家访流程，也为了向资助人和受助对象公开"中国心"团队的受助标准，李鸿曾经撰写过一篇名为《助学中的数学题——我们的资助标准如何确定》的文章。在这篇文章中，李鸿阐述的最重要的内容，就是计算受助家庭的收入与支出状况，再比照"中国心"团队的助学标准，确定是否资助。可以说，李鸿的这篇文章为"中国心"资助标准的确定打下了最早的基础。

《弟子规》里面有讲，"凡取与，贵分明。"所谓"分明"，就是要用数据说话。

他们主要的收入来源就是种玉米、种土豆、养猪、养鸡、养鸭。所以我们在调查表里面，要记地的亩数，树种的数，养猪多少养鸡多少。

山里的老乡没有什么大的支出，很多东西都是自产自销。平日就买些山里没有的大米、面粉。

他们的主要压力就是，当孩子读书了，这些只值几毛、一块钱的东西，全部要变成几百块钱的东西。"变现"对于他们这些不熟悉市场交易的人来说，有很大的压力。

其次，交通费用也是一笔较大的支出。孩子上学距离的远近，出行方式，坐摩托车还是走路，都会影响这一部分花销的大小。

最后我发现，这很锻炼做公益的人。黄连的价格知道了，大黄的价格，杜仲的价格，厚柏树的价格，多少年成材，都知道了。这就需要做公益的人做的有一定的"专业性"或者说"经验性"了。（李鸿）

实际上，了解家庭收支信息并不是一个轻松的过程。庄稼的收成有好有坏，农作物的价格有高有低，对很多住在山里的家庭来说，每年几百块钱的交通费也是不小的开支。

在志愿者不间断的家访中，家访表格也在不断地完善，每年都会有调整。在最开始的时候，家访表格里只有最基本的收支信息。后来在实际家访的过程中，志愿者不断地发现和补充需要在家访中了解的新信息。比如：在此之前志愿者没有考虑到的国家补助、社保等，被陆续添加到家访表格中来。

后来"中国心"团队还在家访表格中加入了村干部的联络方式。一方面，"中国心"团队可以向村干部核实这个家庭的有关信息；另一方面，当团队成员需要去联系这个家庭时，可能因为他换了号码等原因联系不上的时候，就可以找村干部代为联系。

当年，在一次典型的家访中，"中国心"团队的志愿者会首先观察受访家庭的房子外观，房间内家具、家电的摆设情况，家庭成员的穿着和生活用具等；然后再了解这个家庭的成员构成、入学或工作状况等，把家庭的具体情况都了解一番。最让志愿者感动的是在这些询问过程中，大多数老乡通常没有隐瞒，什么都愿意跟志愿者讲。

当然，在家访过程中，也会有一部分老乡有所隐瞒，这就需要家访志愿者用自己的社会阅历来进行判断。作为在助学领域浸淫了多年的"老江湖"，李鸿老师也形成了自己判断老乡说话真实性的方法。

辨识老乡是否有所隐瞒，需要社会阅历。一般来说，眼睛是心灵的窗户。我会看他们的眼睛。一般说谎的时候他会眼光闪烁，眼神会不专注，并不时故意地闪来闪去。他有点慌张，眼神会透出一点慌张的东西出来。所以我觉得山里面的老乡很可爱，因为一般他们撒点小谎，都瞒不过我。对我来说，这都是太容易辨别的事了。做了这么久，有了这么多经验之后，再遇到乡民撒谎的时候，还会产生"啊，他怎么欺骗我？"的想法。有时候我也会产生一些负面的情绪，但是我也在学习理解他们的做法。

目前，我们主要是找大学生志愿者来做家访，填写评估报告。对于这些初出茅庐、生活阅历不多、经验也不丰富的孩子们来说，我们给他们培训之时压力会比较大。孩子们需要有经验的人带。另外，需要得到当地的支持，跟村里其他人聊，跟老师聊。这样得到的情况会更真实。（李鸿）

从一对一打款到集中打款

2008年8月15日"帐篷学校"结束之后，"中国心"正式启动助学工程。彼时，团队承担的是"信息发布者"的角色，即团队在网上发布需要资助的名单，资助人认领以后，将钱直接打到学生家长的账户。

汶川大地震之后，最艰难的时期已经过去了，大部分志愿者业已回到自己的常态生活轨迹之中。那时候，整个团队只剩下高队和刘队两个人。刘队是兼职在团队做事，而高队心中还留存着回西藏做生意的想法。两位负责人身份的不稳定性也给当时助学方式的延续造成了隐忧。

我们考虑的是，资助款项的钱我们不能亲自去经手，主要为了避嫌。同时，也考虑到我们自身"助学"的不稳定性，万一哪天高队就回西藏了呢！所以，家长提供一个银行卡号，资助人直接打钱过去。我们会给捐赠人快递一式三份的捐赠合同协议。

那么多的协议，要快递到不同的地方。那时候的快递业没有现在这么健全，有的路上就走丢了。寄挂号信，挂了号丢的也不在少数。这个人说没收到，那个人说没收到，非常麻烦。给人家寄过去了，签了字盖了章还要寄回来，也是经常弄丢不见。（刘队，"中国心"志愿者团队副领队）

存在很多风险和不确定性的不仅仅是邮寄捐赠协议的工作。彼时为了避嫌，助学金直接在资助人和受助人之间流动，因此，资助人和受助人直接联系的较为频繁，二者也常常因为"资助金"产生直接的对话。此种资助方式尽管看起来足够公开透明，却给"中国心"团队的工作带来了很大的困难。

首先，在"三方协议"中会明确提到资助人打钱的时间，或每月一次，或半年一次，或一年一次。"中国心"团队需要及时跟进，确保资助人的款项能够及时足额到账，然而这个跟踪落实的过程却非常非常麻烦。

比方说，资助人说我按月打了。很多孩子在山里面，山上没有银行，没有信用社。父母呢，又没有意识每个月去查钱，可能三五个月查一次，查一次也不知道钱是从哪里来的，每个月进了多少钱。资助人那边说我每两个月打了一次，受助家庭这边却没有办法说清楚每两个月收到多少钱。他只能回答"好像打了"，或者"好像收到了钱"。这不是很确定的回答。

在打的频率上和打的总数上都存在很多落实方面的难题，甚至有些家长说他没收到钱，可能只是因为他们没有去查款或者查的账号不是他留的汇款账号。总而言之，乱得很，每家都有每家的处理方法。（王玉阁）

除了确认打款以外，当时的资助方式还存在另一个隐患。由于资助人和家长直接、频繁地沟通关于"金钱"的问题，很多孩子产生了"资助人是有钱人"的假想。在这种想法的影响下，一些孩子会变相地向资助人要钱：一个电话打过去说"叔叔，我想要一个什么什么东西，手机啊，衣服啊"又或是"阿姨，我家里又有什么什么困难了"。

每年资助1000元或2000元的资助金额对大多数资助人来说不是问题。但如果受助家庭有什么变故，虽然也是需要帮助的，但却不在资助人的预期范围之内，可能也不在资助人的可承受范围内，但他们又不好直接拒绝。这种情况的发生，对于资助人来说，其实是一种过度的负担，对受助家庭来说，又容易对资助人产生依赖心理。这两方面都不利于建立一个长期稳定的资助关系。（王玉阁）

此外，家长取款成本高昂也是摆在"中国心"团队面前的问题。北川全境多山、地形复杂，尤其是受"中国心"资助的家庭，大多生活在交通不便的山区。对很多贫困家庭而言，单次取款的来回成本就会高达100元，这使资助款能够发挥的效用大大降低。

受助人收款问题，不能确认家长是否收到了钱。还有一点要特别注意，家长取钱不便的问题。对于一些特别偏远的山区地区来说，跑出来取一次钱的交通成本可能高达100元。（高队）

最后，当团队将钱打到孩子家长的账户以后，照理说这笔款项是应当用于孩子的助学的。但是如果家长需要急用，这里刚好来了一笔现钱，他们怎么可能不用？这种将资助款用作他途的情况很难控制。然而，这些钱毕竟是资助人的"定向助学金"，正是因为这类的情况发生，"中国心"团队意识到，必须得增强对这笔钱的"控制"。

我们开始想，将这笔钱放在学校，用到孩子的生活费里面，不能给家长。我自己多办了一张专门收助学款的卡，让资助人把所有的钱打到我们这里，由我们统一地去执行发放，收到之后转给学校或者哪一个老师卡上，或者拿现金去学校存到学生的饭卡里面。（刘剑峰）

绕不开的一环——与学校合作的开始

在此期间，"中国心"的资助模式也开始改变，从非常零散和无序的对接学生的方式，逐渐转变成"以学校为单位先行申报，然后有针对性地进行家访评估"的形式。在转变为这一模式之后，家访助学逐渐走向了体系化和制度化的轨道。据当时的助学负责人李鸿回忆，转变是这样发生的：

汶川地震之后，"中国心"驻扎在任家坪。那时候，我看到的他们的家访资料是零散的。碰见哪一个学生，他觉得需要资助，就去帮助哪一个。

2009 年我进入团队，说按学校片区来；不要谣听哪个地方的学生需要帮助，我们就去走访；成本高、效率低。

助学变得更加稳定。由学校推荐给我们学生名单，我们再去走访。这样一来，就从一种很"茫然"的状态变成了"有序的接触"。

除此以外，"中国心"团队还尝试引入编码的方式，从而实现对所有受助学生的体系化归档管理。

那什么是"编码"呢？从距离来说：比如今年安昌小学的孩子们是第 5 批受资助的孩子，这一批有 20 个学生，那么"中国心"团队就会有 20 个编号，0501，0502，0503……0520。如果永昌中学的孩子们是第 6 批受资助的孩子，那么他们的编号就是 0601，0602……之所以采用分批编码的方式管理受资助的学生，一方面是为了档案管理方便，另一方面也是为了便于资助人查找受助孩子的相关信息。如果你让资助人记某一个序号，比如 0813，090，他未必能记住；但你要是让他记批次，那就会容易得多。他告诉"中国心"团队批次，团队也能够很快地找到他资助的孩子的信息。除此以外，分批编码也有别的好处：

编了批次号的话，你就能知道是哪一年的春季哪一年的秋季，有几个学校分别多少人得到了捐助。在跟学校沟通的时候就很清楚，我们今年春季增加了两个批次，你们学校占了一个批次多少人。这样，不仅与学校的沟通很方便；我们自己相当于做了类似于档案管理的东西，方便我们自己查找学生信息。（李鸿）

尽管助学模式在逐步走向正规化和体系化，但是在实际的执行过程中还是暴露出一些问题。最明显的莫过于与受资助学生保持联络的困难：由于团队同时资助着几百名学生，因此很难与每一个学生都保持密切的联系，从而了解他们家庭的情况。在那个时期，甚至出现过受资助孩子已经辍学，然而团队工作人员却对此毫不知情的情况。在此背景下，"中国心"团队将与学校的合作继续向前推进一步，在建立了学校申报制度以后，又将学校老师纳入到了整个助学体系中。

在此背景下，学校将委派专门的老师担任兼职助学老师。在学校里，他们除了完成自己的日常授课任务以外，还需要协助"中国心"团队了解受资助学生的家庭情况，代表学校完成贫困学生申报工作，并协助助学款的发放、反馈以及受助学生参与夏令营的报名统计等工作。这一工作模式的确立，正式明确了学校在"中国心"助学体系中的重要地位，也将"中国心"助学工作的专业化程度推上了更高的层次。可以说，时至今日，"中国心"团队仍在沿用那一时期形成的与学校合作的助学工作制度。

开始的时候，我们是逐步地向学校这边转移的，转移的过程当中还没有很明确地说"我是跟学校合作"这样一种形式。这个过程中，可能学校说让哪一个老师协助一下你，像"友情支援一下你"这种形式，并非老师的"工作"或者"义务"。可能就在那一天现场，我帮你召集一下学生，剩下自己处理。他没有义务平时去注意这几个孩子，或者孩子有什么问题，他没有义务第一时间反馈给我们。再后来，老师方面开助学会议，请了学校一些领导，慢慢地确立了这样一种制度，每个学校指定一个老师协助我们助学工作的展开。（王玉阁）

总之，在这一阶段，"中国心"团队与学校的合作关系迈向了正规，这也成为灾后常规助学阶段的重要特征。

两方代理协议的签订

在有了相对较为完善的资助标准以后，"中国心"团队又很快地草拟了一份资助协议，在协议中对资助人、受助人和"中国心"团队三方的权利和义务做了界定，从而为助学工作的开展提供了协议式的保障。以现在的眼光来看的话，"中国心"

团队当时的这个做法无疑是非常有前瞻性的。助学协议的签订不仅规避了三方协作过程中可能存在的违约风险，也为此后逾9年间"中国心"助学的规范发展走好了第一步。从现有的档案资料中，我们找到了"中国心"团队在助学开始之初签订的资助协议。

"中国心"早期的资助协议

甲方：资助人

乙方：受助人（备注：填写的是孩子的家人；并注明孩子与乙方的关系）

丙方：中国心志愿者队

甲、乙、丙三方经过协商，就甲乙双方结成一对一帮扶对子一事达成以下协议：

1. 甲方决定通过丙方以一对一的形式向乙方的孩子　　　提供资助，以帮助其生活并顺利完成学业。

2. 甲方以下列第　种方式向　　提供生活及学习费用　　元人民币/月，资助期限为　年。

（1）每月邮寄

（地址：　　　　　　　　　　　　　　　　）

（2）每月通过银行转账

（账号：　　　　　　　　　　　　　　　　）

（3）每月面交

（4）每年预付全年费用

3. 乙方同意通过丙方接受甲方的帮扶资助，并保证将捐赠款项全部用于孩子的学习与生活。

4. 乙方有义务并督促孩子定期或不定期向甲方和丙方报告学习和生活情况。必须保证每月至少一次电话报告，每学期期末寄送学习成绩单和家长报告书复印件。

5. 在资助期限内，甲方不得以任何借口停止资助。如因不得已的原因，不得不停止，必须提前3个月通知乙方和丙方，且须丙方寻找到合适的资助人后，方可终止资助。

6. 如发现甲方的资助不利于孩子成长，丙方有权利与甲乙双方协商变更资助人。

7. 如发现乙方有违反协议的行为，或者乙方的孩子　　表现实在差强人意，甲方可以通知丙方，经丙方查证属实，甲方可终止资助。

8. 甲乙双方如需变更协议内容，须征得丙方同意，并重新签署三方协议。

9. 因本协议产生的纠纷由三方通过协商解决，协商不成，可以向有管辖权的人民法院提起诉讼。

10. 本协议一式三份，甲乙丙三方各持一份，每份具有相同的法律效力。
11. 本协议三方签字盖章后生效。

甲方：　　　　　　　乙方：　　　　　　　丙方：中国心志愿者队 代表：

年　月　日　　　　　年　月　日　　　　　年　月　日
地　点：　　　　　　地　点：　　　　　　地　点：

通过以上几个历史资料我们不难发现，即便是在"中国心"助学的开始阶段，团队也有意识的以标准化、规范化的形式来开展工作，而不是盲目的、无计划的资助。作为一个当时刚刚起步的草根志愿者团队，能做到这一点是十分不易的，无疑也是令人啧啧称奇的。因而我们有理由做出这样的判断："中国心"助学之路的起点并不低。

"一对一助学打款"程序上的过度烦琐性；资助人的打款及时问题，不能确认钱是否打到了家长账户；受助人的收款顺畅问题，不能确认家长是否收到了助学款；资助人与受助人之间的关系可持续问题；资助款用途性质问题等，基于此五点因素的考量，"中国心"开始考虑转调整现有的资助方式，要求资助人集中打款到团队的指定账户。

与之配套的是我们的"两方代理协议"的签订。一方面，"中国心"团队和受助家庭签订授权委托书，获取合理地使用受助人个人和家庭信息的权利，方便在筹款时向资助人交代受助家庭的情况；另一方面，"中国心"团队通过和资助人签订授权委托书，建立起"代理捐款"以及"代理发放助学金"的制度。虽然在那时，"中国心"团队有意识地通过签订授权委托书的方式规避一些法律风险；但事实上，当时的"中国心"团队并不具备公募资格，更没有合法的身份筹集助学款。

集中收取、管理助学款，签订代理协议帮助解决了助学工作中的一些难点。但在另一方面，"中国心"团队成员的工作量也成批增加。原先，"中国心"团队的成员只负责牵线搭桥和信息传递；现在，他们不仅需要寻找合适的资助人和资助学生对象，还需要跟进资助人的打款情况，更要将学生的相关信息反馈给资助人……这些工作的叠加，使得"中国心"团队的人力成本提高了很多。这也成为"中国心"团队向资助人收取管理费的原因之一。

代理协议是一元协会陈老师给予的建议。（高队）

无人支付的公益成本——50元管理费引发的风波

"贴钱"做公益,在"中国心"的助学工作中持续了将近一年的时间。这一特点在助学家访中体现得尤为明显。作为当时的助学主管,李鸿老师从来没有想过让资助人为自己的公益成本买单。

从2004年开始做北川片区的助学,花自己的钱走访学生家庭已经成了我的一个习惯。在我看来,做公益就应该花自己的钱和时间为别人做一些好事……当时我还没有意识到,和大学生志愿者相比,我是一个有稳定工作和收入的人,但是他们却没有。(李鸿,"中国心"最早的助学主管)

2009年底,"中国心"团队渐渐感受到了贴钱做公益的压力。首先,做助学家访的主要团体是大学生志愿者,这一部分人群并没有独立的、固定的经济来源;其次,这时团队已经来了第一位助学专员,需要有行政费用来支付工资。于是,团队成员萌生了向资助人收取50元管理费用的想法,其中包括25元家访费用,25元行政管理费用。但是,在讨论这一问题的过程中,我们明显可以感受到两方存在分歧和意见。

上文也提及,作为"中国心"的助学主管,李鸿老师一直很排斥向资助人收取助学期间产生的行政成本。在这次讨论中,她自然非常担心收取行政管理费的后果,她尤其担忧这一举措会给资助人带来不信任感。

当时我是不太理解这个事情的。因为我做公益十多年,都认定"做公益是花自己的钱的一个事情"。家访费用这个钱,如果是从资助人身上出的话,我会感觉这个事情有点说不清楚,很容易造成一种不信任,然后这个公益项目变得很难做。(李鸿)

但是,在"中国心"其他工作人员看来,要保证助学工作的可持续性,这部分行政管理费用就必须收取,可以没有工资,但家访需要路费,这部分费用对大学生志愿者而言,是个负担。

在2008年的冬天,记者勒克儿在采访"中国心"时写到:一杆旗帜、一个人、一个账户76元钱,在这之后我们就开始结束捐赠,主要作为运费,往北川关内运物资,现在的几十公里,那时从都江堰、汶川、茂县来回三天,940公里。这就是公益的成本,可是这样的路程,谁来支付车费呢?(高队)

承担家访工作的主力军是大学生志愿者,我也曾经是一名志愿者;那时候(2009年),家访的费用全部由我们自行承担……当时我就觉得这种形式有些不合理,毕竟大学生没有收入。如果他们需要一直贴钱来做"公益"的话,这一部分人是会慢慢流失的。(王玉阁)

除此以外,在长期的工作过程中,"中国心"团队的工作人员也渐渐地发现了做公益所需要的成本。

为什么要收这50块钱,大学生团体的特殊性可能只是一个引子,究其根本,是"公益也有成本"的问题。

比如,有人在网上看到了一个可以捐赠物资的邮寄地址,他把很多衣服和食物给寄过来了;但他忘了,这些东西运到山里面是要运费的;我们的工作人员去陪同运送物资是需要人力成本的。你只是把东西寄了过来,之后的工作你如果不承担费用,那么就需要我们自己来贴钱;我们可以拿钱,但总会有资金不够的时候,到时候我们不做这个事情了,那你的"爱心"也就献不成了。(刘队)

但是,李鸿老师并不是一个固执己见的人。经过讨论之后她也意识到,收取管理费有其必要性,特别是对维持家访志愿者群体的稳定性和团队工作的持续性而言,是非常重要的。

经过讨论我也意识到,绝大多数的家访是由大学生志愿者在做,大学生能有多少钱?2008年进关内去家访只能走擂禹路,那条路刚修好的时候,路费是300元,只到禹里,交通成本非常高;还没有算从乡镇入村入组的费用。后来,交通费有所下降,但是平均下来,到一个学生家里家访也需要几百块交通费。这个费用让并没有经济来源的大学生来承担,确实有不合理之处。

另外,我们每年为资助的孩子们举办很多活动,几百个孩子的管理,团队的运作方面,总不可能用手写字,所以电脑要配;工作上的电话费补贴、协调费;办公室电费、水费、打印机的费用……所以,还是有充足的理由和底气向资助人收取管理费的。

一个孩子50元,高队提出了这笔费用的价格。当时还讨论,资助是一年秋季一次,春季一次。那到底是收一次,还是收两次?我们都有讨论。后来觉得,作为一个团队,这种行政费用已经不可避免了。而且,主要参与的人是大学生。如果不给相应的费用的话,可能就把公益的这个门槛设得有点高了。后来,很久后,我意识到高队可能想由此开始给志愿者寻找补贴款项,想为以后专职社工考虑生存的办法。

从我个人来讲，如果是个人做助学的话，这个管理费当然还是不收取的为好。因为个人的话，你收取就好像变成了一种工作了，变成了一种有收入的事情了。我选择做公益，应该还是花自己的钱，用自己的精力和时间去为别人服务，让别人快乐。而且，义工和团队要收取管理方面的费用这件事，让社会理解和接受也需要比较长时间。尤其是义工，现在看来，有钱又有精力长期做义工的人真的不多，应该说很少。志愿者的主要力量仍然是大学生。有些年轻人愿意来做公益，就是没有收入也愿意来做。家里人问起都不敢说，偷偷摸摸的，我们也很矛盾。高队的一些理念我还是蛮喜欢的，他说做全职公益的人，也应该有一个好的生活。如果做公益做得连家里人都不敢告诉，就不叫做公益了，公益就太可悲了。他说公益人应该是理直气壮的，敢跟家里人说，还有能力谈恋爱成家。我当时很高兴他这样想，觉得很新奇。不过不知道怎么解决。如果现在收费已经得到资助人的理解和支持，已经再好不过了。（李鸿）

经过一段时间的讨论之后，"中国心"团队内部最终达成了一致——收取管理费。大家将助学期间可能会发生的行政支出和家访支出统计以后，最终得出了收取50元钱管理费用的决定。

事实证明，李鸿老师的担心不是多余的。确实有极少部分资助人因为这件事而对"中国心"团队产生了怀疑，并且坚持"公益就应该是自己掏钱来做事"的理论。但是，迫于人力成本增加的压力，团队始终坚持向资助人传达"公益有成本"的理念。由于"中国心"团队坚持做出收取家访费的决定，一部分曾经无条件信任"中国心"的资助人选择了离开。在当时，这件事情带给"中国心"团队的冲击还是非常大的。

回到我们的50块钱管理费，当我们要收这个费用的时候确实流失了一部分资助人，他们觉得我们想从中获利，不值得信任了。但那时候我们很坚持，我们认为有必要向资助人传达"公益成本"的概念。家访可以少做啊，很多助学机构家访做部分，学校报上来谁贫困就给谁发钱，每人发的都一样；但是这里面可能会出现资助不到位的情况，也有可能出现对孩子资助过度，对他人帮助过度依赖的情况。（刘队）

其实，在"中国心"的发展历史中，这场关于收取管理费的讨论是一个值得铭记的标志性事件。因为它表明，"中国心"团队的助学正式走上了持续化的轨道。而对于当时选择不再信任团队的资助人，我们所做的，只有表示深深的感激和遗憾。

"做公益不都是有钱人玩的小众游戏吗？"公众对于公益往往存在这样的误解。但这样的误解从来都不是单方面造成的结果，如果公益从业人员始终认为"做公益就应该像雷锋做好事一样"，又或是"收取必要的行政管理费用会带来信任危机"。那么，社会大众产生诸如上述的误解，一直不会有很大的改观。

对于50元管理费用要不要收取的内部讨论，虽然在此过程中产生了意见分歧，但也是在这个契机下，"中国心"团队开始重新思考自己对于"公益"的理解和认识。

涉及钱的问题，总是需要格外地小心谨慎，生怕一个不小心就会被人误解成公益金的私用。自助学开始后，"中国心"团队严格做到了两点：第一，为每一个孩子筹得的助学款，全部都是专款专用；第二，给不同类型的受助群体的资助金额全部有章可循。因为这是我们团队依据家访评估的结果做出的决定，团队可以保证资助人的每一分钱都用在孩子们身上。那么为什么不可以理直气壮地收取一定的行政管理费用呢？

从这里不难看出，整个团队的想法也在逐渐发生改变。从传统的慈善观念"公益即做'好事'"逐渐转向新的公益理念"公益是把事'做好'"转变。由此，团队的做法也在发生改变。从害怕失去资助人到可以自信满满地说服资助人再一次交付信任。可以说，正是有了当时收取50元管理费，"中国心"团队才逐渐摸索出可持续发展的公益模式。否则，即便团队做得再好，资助人再满意，零成本的行事方式也注定无法维持多久的。

老志愿者于姐发放助学款——孩子们收到助学款

第五节　心灵助学垫脚石

2009年7月，蓝天幼儿园的辅导班的开办是"中国心""心灵助学"项目新里程的开始。这一年，"中国心"不仅办辅导班，同时在另一个地方——安县的桑枣，高队开始学习夏令营动作。"中国心"2008年助学工作步入正轨后，开始成长营志愿者招募，2008年冬天，在绵阳本地大学生志愿者招募与宣讲，"中国心"与当地大学开始了互动。从最开始的物资发放到后来的学生家访，再到2009年开始辅导班的准备工作，"中国心"助学工作逐步规范，辅导班选点在北川安昌蓝天幼儿园，幼儿园的朱园长是一个非常热心的人。她也在后来成为"中国心"理事。

蓝天幼儿园里的"暑假班"

在2008年的冬天，那时候起接收了一些从任家坪、擂鼓一带的孩子到蓝天幼儿园。从学生和家长那里知道了"中国心"志愿者团队，知道了高队、刘队。当时我们也有一些很困难的孩子，"中国心"也给我们幼儿园的孩子捐了很多物资。所以，我们在很早就认识了。

2009年暑假，我们好多孩子没有房子住，有些孩子甚至失去了父母，那这些孩子该怎么办呢？当时高队就想在我们幼儿园办暑假班，来陪伴这些孩子度过一个长假。在当时，我就觉得很有意义。我们通过这样的活动可以帮助这些孩子，让孩子们的假期变得有意义。既然有这个活动，大家都挺愿意去做的。

办辅导班的这个举措是非常有意义的。我记得我们幼儿园有一个孩子，这个孩子在平时非常不愿意表达自己。当时经过了一个暑假后，你都不知道这个孩子现在有多优秀。就是从那个暑假开始，改变了自己，他开始愿意和别人去接触。我们的活动非常丰富，有活动课、文化课，等等。我们好多孩子都表达出了一个想法——长大了也要像志愿者哥哥姐姐一样，成为一个能够帮助别人的人。现在，那个孩子的母亲见到我都会跟我说谢谢，自己的孩子能够变得这么开朗，也能这么优秀！

其实我觉得这些孩子——志愿者，就是这些大学生真的挺不容易的。站在这些孩子们的父母的角度去想，自己的孩子来到北川，那个地震重灾区的地方，有很多隐藏危险的地方，会有很多的担忧。但这些孩子还能够来到这里，利用自己假期的时间，尽自己所能来帮助咱们北川的孩子。怎么说呢，我对这些孩子真的是很佩服的。我的孩子也是这样，一开始他并不了解志愿者，后来尝试过一次志愿活动之后，第二次的活动他主动报名参加，看到我的孩子能够这么懂事，我也很开心。（朱园长）

夏伟，朱园长的儿子，今年27岁，北川安昌人，从事教育培训行业。
那会儿因为我是本地人，我母亲和高队是朋友，当时是要去北川关内做家访。这个工作由本地人做志愿者牵头会好一些。所以就这样，我成为"中国心"的一名家访志愿者。

大概有一个多月时间，家访这块由我来负责。在这里做家访志愿者的一段时间里，觉得不可思议的一点就是，我身边怎么会有这么穷困的地方？很多人生活在大山里面，真的很艰苦！第二个明显的感受就是，做志愿者真的会上瘾的，以前我觉得暑期这么多时间为什么要去做志愿者，做着一些自己的事不是很好嘛。但当你真正做了志愿者后才发现，原来自己真的可以帮助到别人，也会获自我成就感。所以，做志愿者真的是会上瘾的！（夏伟）

余雅芳，今年55岁，黑龙江人，目前在绵阳休息，"中国心"第一个专职志愿者。
2009年的时候，已经有很多志愿者团队来北川援建了。那时候，我辞去了原来的工作，加入了"中国心"。当时也没有想那么多，就是觉得有什么困难需要有人来救，有人来帮助吧。至于辅导班，当时我也没有太多的想法吧。其实我挺佩服咱们高队和刘队的。辅导班这个事情是在他们的拍板下弄起来的，我只是负责辅导班的后勤工作部分。当时的情况就是这样的。2009年暑假辅导班开始，那个时候我们要通过家访，还有学校推荐来了解地震一年后的一些家庭的具体情况。一些特别困难的，就需要我们走访。对这一部分的孩子，我们让他们加入辅导班。这个对于孩子还有他们的家庭来说都是有好处的。将我们资助的孩子召集起来，就这样做了一个辅导班。

志愿者招募环节对我们而言不是很陌生，在2008年就有了经验。

那时候我们和各个学校是有一定联系的，比如学校的学生会或者是团支部。我们不可能去一个一个学校地走，一般是通过联系这些部门，寻找我们的志愿者。

其实志愿者刚来的时候，我们都是要先进行等级注册，并且附有照片。根据我们的计划，对志愿者的服务类型都有明确划分，而且每一个志愿者我们都会购买保险。关于志愿者们的一些详细资料，我们都会留有备份记录。（余雅芳）

任霜，29岁，绵阳人，公务员。
我记得当时是通过一个朋友介绍咱们团队的QQ群。我在2008年就准备来北川的，但当时有些事情耽搁了，没有来成。所以，在2009年我一早就准备，就这样来到了北川。

在北川待了大概一个多月吧，我主要负责后勤工作。就是帮志愿者和孩子们做饭，负责生活起居之类的事情，相当于生活老师吧。

自己认识了很多志愿者，也认识了很多小朋友。在这其中，志愿者最大的意义不仅仅是支教服务，而是尽自己最大的努力去陪伴孩子们从地震的阴影中走出。让孩子们每天开开心心的，树立一个正确的人生观、价值观。（任霜）

赵鑫，29岁。

2009年暑假志愿者信息招募不是我看到的，是我一个同学，他好像是在一个网站上看到的然后问我去不去，我说当然去，就这样结伴去到了北川。2009年和2010年暑假都在那里度过。

2009年那次大概有20天左右时间，主要是做生活老师，负责保障后勤吧。还有是对一些学生进行家访。在整个过程中我最大的感受是，我是幸运的，是不掺杂任何功利心去做的这件事，得到的也是纯粹的快乐。不是说为了完成什么暑期实践活动之类的，所以我也能直观去感受，去思考。在做志愿者的那段日子，与其说是我们帮助了他们，不如说是他们在指引我们。帮助我们反思自己的人生，去思考我要成为什么样的人。所以，对我来说非常感恩这段经历。（赵鑫）

常湛，今年28岁，重庆人，目前从事游戏开发。

在2008年的时候我就在"中国心"做志愿者，到了2009年的时候我直接给高队电话，问团队还需不需要志愿者，高队说需要，然后我就去了。

我待了一个月左右吧，那时教孩子们语文、英语、美术还有数学科目。

对我来讲，我不是第一次来北川做志愿者，所以在2009年的时候就没有太多的感受。更多的是，让孩子们接触到他们原本没有机会接触到的一些事情，多了解外面的世界，让支教更有意义。我发现在2009年的时候，孩子们整体上来说，都更加乐观开朗了一些。其实我觉得，虽然社会关注得很多，有爱心的人也有很多。但是，我觉得当时对个体的关注还有点缺乏。（常湛）

王伊玥，今年28岁，北川人，公务员。

2009年参加了辅导班项目，因为我母亲和高队是朋友，当时是母亲告知我的这个事情。

待了一个多月吧，当时我带了一个班。平时就给孩子们讲课，带着孩子们玩。

首先，认识了很多朋友。志愿者们大都来自五湖四海。我本身是北川本地人，很感谢志愿者们千里迢迢来到北川为孩子们做了这么多事情,那是一段很美好的时光,大家相处得非常愉快。

还有小朋友们也非常可爱。分别时,我们大家都哭了。很难想象我们能在一个月的时间里面建立如此深的感情。(王伊玥)

周晖,今年31岁,浙江人,商人,2008—2009年参与志愿者服务。

记得2008年在北川待了一个月,因为个人原因没有待到最后撤营。走的时候高队正好有事要去绵阳,所以我们坐的是同一辆大巴。车一直开着,没有人说话,车厢很安静。但是一回想起这一个月的点点滴滴,跟小朋友的朝夕相处,与志愿者的同甘共苦,以及在帐篷学校的各种酸甜苦辣,心里涌出了万般的不舍与留恋,有些人、有些事可能我这辈子再也不会遇见。大暴雨送孩子们上石椅山的情景还历历在目;悬崖边、泥泞里,还有随时有滚石落下山的惊险遭遇。"坚持就是胜利"原本是我激励孩子的,但是却成了孩子激励我的话语。我想哭,但是不能哭,不能给高队丢脸。但是不争气的眼泪还是忍不住下流,我望着窗外默默地流着泪。

时间到了2009年暑假前夕,"中国心"志愿者团队再次招募暑假辅导班志愿者,我毫不犹豫就报了名。我想回去,想回去再看看北川的变化,看看孩子们过得怎么样。看看胡姐、徐哥过得好不,看看席伟现在的状况如何,看看乔茜家店铺生意怎么样……

2008年在帐篷学校做的后勤,因为没有教师资格证,所以就干起了后勤。说是后勤其实就是打杂、做"苦力"的,反正什么脏活累活都干。不是说自己有多能干,主要还是人手不够。任课老师也都是课后帮忙一起干。最多的时候一个人干六七样活儿,打扫卫生、洗厕所、消毒、接收物资、发放物资、库房整理,等等。2009年的时候学校是在安昌蓝天幼儿园,跟朱晓春园长合作的。那个时候的条件好了很多,活儿还是干的后勤。不过我那时候去已经是老队员的,做的是后勤主管。整个学校的后勤工作都是我和于雅芳老师主持安排的,一干就是三十多天。

去灾区做志愿者原本就是做好了干脏活累活的准备。那时候年轻嘛,才22岁,有冲劲和干劲。正所谓初生牛犊不怕虎。但是后来回想还是有点后怕,后怕的是当时的余震、山体滑坡、泥石流,还有翻越原始丛林的危险。但是话又说回来,我不后悔我所做过的一切。每当我看到孩子们开心地在操场上玩耍,那种纯真,质朴的笑声出现在你面前时,我觉得世界充满了希望,我们的辛苦都值得的,我们的努力换取了孩子的笑声。我个人力量虽小,但是成千上万的志愿者拧成了一股绳,在2008年大地震救灾以及重建工作中做出了巨大的贡献,感谢他们!(周晖)

李鸿老师是"中国心"助学第二任主管,第一任是那崇翰,她自己助学已经有8年时间,"中国心"的助学与她曾经的助学有什么不一样呢?

现在的助学与自己曾经的工作差异非常大。比如我以前助学是不会考虑夏令营这一部分的。"中国心"是一开始就设立了夏令营。助学不仅是给钱,做夏令营只是为了让孩子得到更多的快乐和成长。我做助学还没能力把受助方变成一个公益的力量,但"中国心"做到了。"中国心"有很多受助的孩子都会在假期来帮忙,这点让我特别感动。让孩子画心目中的资助人,我也觉得很好,很感动。这种方式更像是爸爸似的教育。"中国心"走向了品质助学,而不只是因为贫困而助学。心灵拯救比经济援助更重要。我们所帮助的家庭都有很贫困的孩子。只要这个家里的精神意识比较强大,有愿意振作的精神力量,他们就会有出息。(李鸿)

"取经"桑枣——夏令营的启示

在志愿服务的过程中,每当看到更好的活动,更有利于孩子们健康成长的教育理念的时候,"中国心"团队就积极汲取新的营养。这也是团队从开设"辅导班"到举办"夏令营"的这一转变的初衷。

在2008年地震之后,"中国心"团队一直以开办"帐篷学校"的方式帮助灾区儿童。到了2009年的夏天,"中国心"团队又开设了"辅导班"。顾名思义,就是把辅导孩子们的假期作业作为主要任务。在那个时候,志愿者们考虑更多的是让孩子们的学习成绩不要因地震而受到影响,对孩子们在其他方面的需求考虑不是很充分,而志愿者本身也缺乏给孩子们提供多元服务的能力。

在那时,安县的桑枣镇有一支志愿者队伍正在为当地的孩子们举办夏令营。彼时那个夏令营已经做过4期,每一期都会招募100名志愿者。由于"中国心"团队在做帐篷学校和辅导班项目期间积累了一些管理志愿者的经验,因此他们邀请高队参与并指导夏令营的志愿者管理工作。对以前从未真正接触过夏令营的高队而言,那次经历中所听到、所看到的东西给他带来了很大启发。

这次营会我见到了来自美国、加拿大的志愿者老师。他们给我留下了非常深刻的印象,两个字——敬业。我第一次知道,外国人所说的"自由"不是不受限制的"自由",而是在规则下面的受到约束的"自由"。他会说:"我做这个营会挺累的。其他的时间你不要管我。"但是他在营会期间非常认真。大夏天,四五十岁的人带着孩子们玩疯了,真正地和孩子们融合在一起。那时他整个人的衣服都湿透了。我就想，我们的志愿者是不是也可以这样全身心地付出与投入？

外国志愿者与小学员

除了志愿者的敬业精神以外，高队看到更多的是夏令营安排活动的充实和孩子们在营会期间快乐的体验。在 5 天的营会期间，每天都会有一个不同的主题，由志愿者们带领孩子们一起。尽管没有任何的课业负担，可"纯玩儿"却也不是"瞎玩儿"。志愿者们在游戏之中也加入了一些自己想要达到的目标元素。比如，培养孩子们的团队意识和关爱他人的意识，等等。在那种形式下，志愿者之间，孩子们之间，他们相互之间都有了更高的默契度。而且在夏令营期间大家会保持持续的开心状态。

于是，这次在桑枣参加完夏令营之后，高队就开始思考一个问题：为什么"中国心"就一定要办辅导班，而不是做夏令营呢？

辅导班的重点是放在孩子们的课业辅导上，少了一些玩耍的时间，非常枯燥。孩子们会觉得太过于乏味。那在夏令营中，我们可以添加一些趣味性的活动。（高队）

游政，今年 41 岁，四川人，现从事公益行业。

因为高队的邀请，大家又是朋友，我们都有共同的公益情怀。就这样，我加入了"中国心"志愿者团队。而且我们一直在做志愿者的培训，目的是让志愿者能够关心好青少年。从 2009 年开始到蓝天幼儿园给志愿者做拓展，再接着后来又连续去了三年。

我们的拓展属于生命力训练，是针对志愿者能力及心理素质上的提高。做志愿者服务不只是一腔热血，也需具备能力和过硬的心理素质。这样，才能更好地做好

志愿服务。尤其是做好对青少年的关怀服务。(游政)

为了让团队里的其他成员了解到自己的想法，高队专门邀请了桑枣夏令营中的一些国外志愿者过来，为"中国心"团队的志愿者们做团建。参加完团建后，"中国心"团队的核心成员，刘队、李姐、于姐等人也认可他们这套做法。于是，团队一致做出决定，从 2010 年开始，以后都办暑期夏令营了！

也正是从 2010 年开始，"中国心"团队的夏令营开始有针对性地招收自己资助的孩子当营员，并选择容量合适、关系良好的学校作为营会营地。

第六节 助学——从"杂牌军"到"正规军"

"山人进京"——"中国心"公益的新篇章

因情怀留北川

自 2008 年的 5 月高队回到北川开始算起，他原本计划 15 天的志愿者之旅最后变成了 9 个月。

2008 年之后，像他一样因为大地震而涌入四川的志愿者人数高达 300 万。但随着时间的推移，很多人都陆续结束了志愿服务，回归到自己原本的生活中了。对"中国心"志愿者团队而言，这个问题同样存在。参与服务的志愿者越来越少，最少的时候就只有高队一个人。

高队也曾反反复复地纠结过，要不要先回西藏继续做生意，等赚了钱之后再回来做公益呢？当时他甚至还想过让刘队以兼职的身份来做团队的负责人。但他最终为什么会选择留下来呢？说到底还是离不开"情怀"两个字。

当初留下来，不排除有一些"情绪"或是"情怀"的东西在。我想，只要真正亲历过一次灾区现场的人，都做不到"放下"。只要亲自走过一次那些孩子上学的山路，亲眼看过一次他们的生活环境，都做不到"放下"。放不下，所以只能留下。2008 年底，全国各地的志愿者正如来的时候一样，如潮水退去般地消失了。能够理解大家都有自己的生活，不可能一直留在这里。但是，仍然不免为这些来去匆匆的热情和热心所留下的冷漠所伤。(高队)

因此，在 2009 年的 3 月份左右，高队决定留下来，成为一个全职公益人。在绵阳的时候，有志愿工作就来北川做，没有就花时间照顾家里。他说，要全心全意地做"中国心"的高队。

但是理想和现实之间的差距很大。如果不回西藏做生意，首先必须面对的是经济收入的大幅下降。在那时候，绝大多数志愿者都以兼职身份开展工作，在自己的业余时间里为公益发光发热。对于高队这样的全职公益人来说，在现实环境中拿着低薪，有时甚至没有工资领。他们在公益道路上的体验倍感艰辛。是啊，没有物质基础的情怀就像是用流沙堆积而成的塔，经不起一点风吹雨打。

一次改变命运的学习

2009 年 8 月份，高队突然收到一封从北京发来的邮件，邀请"中国心"团队参加"社会组织 5·12 行动论坛暨首届公益项目交易会"，但条件是全部费用自理。这对当时的高队来说，是挺困难的一件事情。当时他不仅没有工资也没有伙食补贴，团队账面上也根本没有用于培训、交流的费用。他断了去的念头，转头进山进行对受助学生的家访。

进山的路上，深陷自身与机构发展困惑的高队，在内心终于爆发了"理想"与"现实"之间的拉锯战争。

2008 年 7、8 月的北川，在任家坪和邓家坪之间隔了一座大山。期间不通手机信号，走路翻山要 6 个小时。当时我们要去到两边办的帐篷学校。路上途经老县城，这是上万条生命消失的地方……铁丝网拉开拦住，我翻过去，走过荒芜之地，心里有些发寒。帐篷学校开得并不顺利，和学校、相关部门沟通不顺畅……酒喝多了，我对自己说马丁·路德·金的那句话自我激励："在绝望的大山上，砍下一块希望的石头。"这句话后来成了"中国心"的队训。

很清楚地记得 2008 年的自己豪情满怀。一次又一次，一个人，行走在黑夜里，即使害怕，也没想过要往后退。2009 年，那时候的自己走在一条更加安全、更加平稳的山路上，反而清楚地看到了自己的迟疑和想要退缩的冲动。

一直在思考一个问题，这个团队未来怎么办？没有费用，没有具体的规划，助学之路也漫长无绪。（高队）

此时，高队已经做了 9 个月的志愿者，成为大半年没有任何工资的全职公益人。同地震时参与救灾相比，那种为了情怀吃喝拉撒都可以不顾的那种激情已经退去了。高队自己都有可能都坚持不下去了，那么其他人呢？

想到这儿，高队发现，自己没有办法从已有的经历、经验和知识当中寻找到解决方法。这时他忽然想起那封邮件，于是他想："可不可以走出去看一看？或许别人有和我们相似的问题，或许有人可以给我们帮助。"

于是他拿起手机给交流会的主办方拨打了电话谈及"中国心"在汶川大地震之后就一直待在北川，做了哪些工作……希望主办方可以给相应团队一些经济支持，让"中国心"可以去北京学习。令他又惊喜又意外的是，在报名时间已经过了的情况下，组委会还是很快就同意了他的请求。

他可以去北京了。转机往往就在不经意间悄然出现。

豁然开朗的"中国心"

那时候的"中国心"，对外界的"公益现状"几乎一无所知。团队没有基金会支持，也不知道基金会是什么，没有企业支持，也没有政府支持。资助孩子们的爱心捐款大多通过QQ平台筹集。由于对公益行业的"无知"，"中国心"团队在发展期间经历了很多的纠结、苦恼、困惑。除了小心翼翼地开始倡导资助者捐赠行政经费，几乎没有找到任何让机构持续发展的良方。

更局限的是，"中国心"团队一直待在北川却从未出去过，和其他的公益机构交流甚少。有时候团队甚至还抱有一些"清高"的心态做事，觉得不用你们帮忙，我们自己也可以。当没有任何外界支持的情况下，我们也能做好自己想做的公益事业，有时甚至还会看不上那些因为没有基金会支持就做不去的团队，直到自己也无力面对和解决一些问题，这种想法才得到了改变。所有这一切都在说明一个事实：团队的视野真的太狭窄了。去北京参加公益交流会正是改变以往这些错误认知的最好时候。

就这样在误打误撞之中，我去了北京。再一次见到了"四川公益妈妈"郭虹老师，还认识了很多以前只听说过名字的前辈和同行，徐永光老师，杨团，高小贤，廖晓义……印象很深的一件事是和"儿童希望"的老吴聊了一个多小时，聊到北川有一家专门做心理辅导和救助的公益机构，因为没有基金会的支持，缺钱做不下去了。那时我就特别不理解，为什么有钱才做？难道这些事不是你自己想做的吗？

但等到那次会议开完了以后，我想的却是：每个团队都有自己的使命和远景，都有自己努力的方向和追求，有基金会支持是很好的一件事，也是挺正常的一件事。更重要的是，我第一次知道，哇，原来基金会可以支持公益机构，我瞬间觉得这是一个新的世界呀！（高队）

此次参会带给高队的另外一个重要收获就是，做公益的信心得到了极大增强。

在会议上，他见到了很多白发苍苍的公益老人，这些老年公益人的事迹给他带来了很大的触动，同时也在激励着他。

> 这些人年纪这么大了，还在为公益事业奔波劳累，非常地鼓舞人心。当时我想的是，公益是很有希望的，不然这些老人为什么要坚持呢？（高队）

高队终于不再有先回西藏做生意，赚了钱再回来做公益的想法了。但他也认识到，如果想要得到基金会的支持，唯一的前提是得成为注册机构。于是高队立马打电话跟刘队说，团队一定要注册，只有注册团队才有发展的希望；只有注册我们才能获得合法的身份。今后才有可能获得基金会的支持。

从"黑户"到有身份

刘队轻描淡写地叙述了他跟高队关于做机构注册决定的过程。但是他们万万没有想到的是，在这之后的注册历程要远比他们想象的困难得多。

> 高队参加完"京交会"回来后，有很长一阵子"吹嘘"注册好，和基金会合作好，问我要不要做得更加专业，更加长久，我说"要"，就这样注册了。（刘剑峰）

易名"北川羌魂"

满载着公益热情和信心的高队从北京归来，立刻开始着手机构注册的事情。

因为注册需要有主管部门，团队首先得找到官方机构。因为以前与北川县团委有过合作的经历，所以高队就数次找到当时的团委负责人马艳书记，与她商讨机构注册的问题。现在回想起那段经历，高队仍然对马艳书记非常感恩。他常常提到，那时候团队挺穷的，每次出去吃饭都是书记给钱。不仅如此，马书记对机构注册的事情也非常支持。但问题是，由于"中国心"是北川第一家要求注册的公益机构，所以团县委也不知道该如何办理注册手续。

于是，高队又去到了县民政局，说县团委愿意做"中国心"的主管部门，可县民政局说，"中国心"团队得到绵阳市去注册。高队又去找到了绵阳团市委，当时的副书记是冯昆敏。他们那儿很快就答应做"中国心"团队的主管部门，但当高队兴冲冲地来到绵阳市民政局时，却又被告知不行，要返回北川注册。当时的"中国心"团队和高队都在注册过程中被搞得晕头转向。

大家都是第一次,所以政府(有关部门)晕,我们也晕。前前后后折腾了三个月,但还是非常感恩,最后注册下来了。(高队)

2009 年 11 月 19 日,"中国心"志愿者团队正式注册成为"北川羌魂文化传播中心","羌"代表北川,"魂"代表志愿者精神。注册像是给"中国心"这个"黑户"办了一张身份证。从此,团队可以有一个合法身份继续从事公益事业了。

公益的世界如何?一两句话肯定说不清楚。高队很喜欢用电视剧《士兵突击》里的一句话来回答这个问题:"那个世界很纯净,人活得单纯、认真,人与人之间重感情,人们的生活追求意义、目标和希望。"能否达到这个世界,没有人可以回答,但是"中国心"团队至少可以朝着这个方向努力迈进。

"川道学苑"——高队的公益启蒙

川道学苑一年 12 期,高队参加 11 期的学习,为团队的可持续性发展打下基础。谈及学习,高队估计是团队里面文凭最低的,只有初中文化,但他善于发现机会,因为在北京的"洗脑"之后,他真切感受到公益发展的路径,尤其被郭虹老师、高圭滋老师多次引导后,他开始了真正的学习与思考。这就是年龄不一样,生活阅历不一样,公益领路人的不一样。

在学习期间他不仅获得两位老师支持,也得到执行"川道学苑"的原乐施会北京办项目官员李健强的支持,并与他成为朋友。

郭虹老师,60 岁,四川社科院社会学研究所研究员,四川 NGO 人称"郭妈妈"。
我是从 2009 年开始认识高队的。2009 年我们开始办川道学苑,给四川的公益机构提供一个学习的平台。高队是我们第一批的学员,从开办他就过来了。川道学苑办了十几期,他基本上一期不落地都参加了。当时他们还是一个志愿者团队,一个纯粹的志愿者队伍。在这个过程中,怎么从一个志愿者团队走向职业化、专业化的公益机构,我们参与了很多。因为 2009 年我们工作很重要的一个部分就是推动四川公益组织的职业化与专业化。包括像高队这样的组织,也不止他一家,好多家都是这样。我们当时是根据他们自身的发展状况,努力推动他们完成职业化和专业化的转型。

我记得跟高队深谈过很多次。其实从这个团队一开始,我们就鼓动他们去做注册。在注册了以后,团队就往专业化的方向走。关于一个社会工作服务公益机构和一个志愿者团队有什么不同,以后要怎么做事情的这些问题,这些我跟高队有过多次沟通。同时我也是在看着这个队伍一点点成长起来的。在这个过程当中，我们川道学苑每月一期培训，为他们提供了学习机会，让他们有了成长……应该说，"中国心"的所有员工都来过，大家都是轮着来的。这一次是这两个，下一次又换两个来。但是高队，他是坚持每期都来。包括刘队也来过，那个时候他还在上班（在"中国心"是兼职），所以我一直了解他们在做什么。

高队在四川NGO里是比较特殊的一个存在。他的出身跟学生、公务员、高校老师或者退伍转业军人都不一样，他经商，是一个典型的商贩和小型业主，自己多少都有些产业。地震的时候，他在拉萨听到消息，满腔热血就回来了。他跟我无数次讲到"中国心"是怎么在火车上成立的。刚好是合适的时候碰到合适的人，又刚好是在北川的这种特殊情况下，"中国心"于是就这么成立了。给别人帮助是一方面，另一方面是他自己也得到了一种完全不一样的人生感悟，让他生命的另外一种价值体现出来。在这个过程中，也有很多关键的转折点。到现在我都还记得，我第一次跟高队见面的时候，我跟他讲，做志愿者不是来做"好事"的。

高队当时是直接跟我拍了桌子的。他说，"郭老师，不对，你们不了解我们！我们就是好人，我们就是来做好事的！你不能说我们不是来做好事的！如果你说我们不是来做好事的，那我们来做什么来了？"当时他是很激动的。当然我说的"拍桌子"，只是形象的一种说法，主要是说明他当时的情绪有多么激动。当我说，我们做志愿者不是来"做好事"这样一个概念时，他是不能接受的。他觉得这是对他们的一种不理解。

之后我跟他讲，我说你不要激动，坐下来慢慢说。不是来做好事的，那你是来做什么的？是把事情做好。地震之中我们会看到很多人是来"做好事"的，但做下来的结果是什么？是伤害，对当地民众、对孩子们，甚至对以后的整个社会风气的伤害。正是由于这种"做好事"造成了很多问题。这句话有一段时间是做成标语，写在我们"5·12"的走廊上的。因为天天要做培训，天天要讲这句话，说到最后都不愿意讲了。我们从小受的教育就是"学雷锋做好事"嘛。我去给志愿者上课，第一堂课就是：做志愿者绝对不是学雷锋做好事。当时我们在"5·12"的所有志愿者，都是经过培训之后，才送到了灾区参与志愿服务。（郭虹）

第二章
"中国心"助学的长征路：寻觅阶段（2011—2015）

第一节 灾后常态助学伊始——艰辛的创业历程

从个人到"团伙"

对于公益组织的发展来说，"人"是第一生产力，发展初期尤为艰难，但也有非常有利的地方，就是初心未改。在这个时期加入的全职，都是依靠情怀生活的人，能满腔激情投入到工作。从这个时期来划分，"中国心"在人的经历与团队的经历有几个过程：

1. 人的经历

（1）满怀激情：2010—2012年。
（2）激情减退——面对生活：2013—2015年。
（3）成长期，理性聚增——事业：2016—2017年。

2. 团队的经历

（1）初创期：激情当先，方向不是很明确，责任意识不够清楚。
这与发起人有很大关系，发起人有经历、有思考，可以带团队顺利走向探索期，这时期最为艰难的有两点：一是与政府的关系，需要取得合法的身份；二是与媒体的关系，要避免被鲜花和掌声埋葬自己。这个时间段最大的问题就是团队，没有形成共同的价值观，各自为政，这时最容易出现个人英雄主义。
（2）探索期：激情减退，理性增加，开始思考过正常人的生活（有家庭，有工作）。
从初创期到探索期，其实很难，难在机构发起人与负责人的意识，这个机构是一个人的还是一个团队的，个人就很简单，自己拍板决定，无需协商，就如"中国心"2011成长营，高队拍板，导致事情推进失败。2011年、2013年、2014年也有类似经验教训。如果是一个团队，就是共生关系，虽然发展看起来慢，但其实每一步很稳，不可能投机取巧。

（3）成长期：理性第一，谋求发展，开始思考事业发展。

从探索期到成长期其实是一个非常艰难的过程，这个过程不是从表面看到成长，或者是从做事情中，关键是需要建立规则，这包括学习规则、监督规则、考核规则等，否则，必死无疑。这个阶段，"中国心"同样有2016年和2017年的经验教训。

建立规则：建立规则是为了生存，必须要面对，建立规则很简单，几个人协商讨论修改就可以建立。

学习规则：建立规则之后怎么组织大家学习，这一点就是"中国心"发展的硬伤，学习时间相对较少，不知道公益组织如何，但如果不学习，就会因为无视规则的存在而犯错误。

认同规则：加强学习与理解，是认同的一种方式，成长期里面最为重要的是事业，怎么让大家有共同的认同呢，这里需要有共同的价值观。2017年遇到一个案例，当时有人认为不一定要按照规则做也可以把事情做好。其实，认同规则不是把事情放在第一，而是把态度放在第一。比如大鱼公益的文化是家的文化，"中国心"也是家的文化，大鱼公益里面每一位自己怎么融入这个家？一起做饭，一起吃饭，相互交流，相互帮助，这才是家的起点。对于大鱼公益而言，在这里，家的过程中就不需要再走实践的道路，需要找到有共同价值观，认同大鱼理念的人一起行走，这也是公益组织在建立规则、学习规则、认同规则最后的一个环节，更是关键的一个环节。

根植规则：价值认同，是一个机构的重点，认同初步建立后，需要植入内心，如日本非常出名的匠人大师秋山利辉的"匠人精神30条"，若要将其内化于心就要时刻诵读，在现实中践行。"中国心"10年时间里也有自己根植的规则，这些规则就是团队文化的部分，温暖而又让人容易接受。

监督规则：规则很多，但关键是怎么落实？尤其是公益圈子里，面对来自各行各业的志愿者，会遇见很多不一样的人，像商业圈子，规则意识非常强，自然效率也很高。而像做公益的"中国心"团队，怎么落实规则呢？有两个部分需要监督：第一是刚出校门的大学生，规则意识相对淡薄，第二是在圈子里面待得太久的的志愿者，一副养老的样子，没有危机意识，更没有了发展视角。尤其在最后一点的监督非常非常重要，2017年"中国心"出现了失败的案例，这个案例就明显地突出了监督的重要性。没有了监督，权力就可以恣意妄为、不知轻重，最后导致害人害己。

考核规则：监督的目的就是要推动考核，不然监督意义不大。监督问题，面对问题，然后解决问题，最后避免问题再次出现，否则，只有死路一条。考核非常重要，考核是公平和公正的，需要公开，以达到监督的目的。只有这样，我们的规则建立与运营才会只是对事，而非对人，只有这样才能奠定团队发展的坚定基石。

"中国心"志愿者团队阵容（部分）

高队：2008年5月加入，在发展过程中一直彷徨不定，2010年玉树和2010年11月的台湾之行后对自身产生很大的影响。

刘队：2008年6月兼职加入，2013年11月开始全职。

余雅芳：兼职+专职，家住绵阳，2009年6月加入团队，2010年4月因家里事情退出。

李鸿：兼职，家住绵阳，2009年1月加入，2010年8月退出。

蒲永红：兼职，家住绵阳，2009年6月加入，同年12月退出。

王玉阁：全职，2010年7月到9月实习，2010年11月计入全职，2013年后离开两年再回到北川。

黄萍：专职，2010年10月到2011年7月，从资助人到专职。

告别在旧工厂的岁月——搬家

在旧工厂的岁月

"中国心"是在救灾的大环境下开始参与到助学工作中的。那时，团队一边发物资，一边给贫困学生寻找一对一的资助人，后来考虑到团队的长远发展问题，就去注册为民间组织。而注册最重要的目的，就是拥有一个合法的身份与基金会合作。那是"中国心"开始"求生存"的阶段。

在注册后的初期，"中国心"团队没有固定的办公场所。据高队和刘队回忆，那个时候两个人各自的家就是他们的办公室。有什么工作他们都在家里完成，有需要讨论的时候也是相约在家中进行，工作就是他们生活的一部分。

2010年夏天，"中国心"团队终于有了自己的第一间办公室，而这还要感谢当时在绵阳从事后勤相关工作的刘队。

注册之前的办公地点，就在我家和高队家。注册之后，当时我还在绵阳上班，做物业管理。一个工厂在我所管理的物业楼里租了一个新的办公用地，所以之前的那个小的办公楼就改成一个职工俱乐部了。刚好有空房间，就把以前的总经理办公室给我们用了。当时团队只有我和高队两个人。有了办公室之后，格格说要来实习，就过来了，打地铺。我们的办公物品，包括电脑、办公桌等都是爱心人士捐赠的。办公桌是工厂留给我们的，水电费都不收我们的，因为他们知道我们没钱。二手电脑都是网友捐赠的，有的好用，有的不好用。（刘队）

尽管只是在废弃工厂里的一间旧办公室，但是它对"中国心"团队的意义却是至关重要的。因为它意味着，这个草根团队至少有了一个据点，至少有了一个让别人可以在参访时看到的实实在在的办公室。因而，"中国心"团队早期的工作人员对这间办公室的印象异常深刻。

2010年的夏天，我第一次来到"中国心"的办公室，当时在绵阳工业区内的一个废弃工厂里面，大概20平方米……是刘队帮忙找的，不要钱，那时候"中国心"也没钱……虽说是正常的办公室格局，带卫生间、洗手间，但都不能用……2011年过完了春节，我们搬到了新北川办公室。（王玉阁）

家是什么，家是希望，更是温暖，"中国心"的第一个家就这样开始诞生。

第一个家很难，可谓白手起家，很多东西依靠网友捐赠。这里面有五位志愿者在里面办公，我、罗俏、黄萍、格格、余姐。偶尔刘队也会来。记忆中最深的事情有几件：

吃饭：有时间我早上吃米粉，就给格格带到绵阳办公室，中午我们几个人吃饭，要么到刘队单位去，但大多时候是我、刘队、格格在外边吃饭，一般是两菜，门口的打工的餐馆就是最好的地方，很简单，但却呈现出很安逸的状态。我那时才开始真正认识王格格，对她的印象就是简单单纯，还好刘队的耐心真的很好，慢慢教，格格她自己的坚毅和自我改变的主动性非常强，所以，"中国心"在成长的过程中，我们里面的每个人都在成长和改变。

休息：格格睡的是刘队家里捐赠的床，我早上来上班，需要在门口敲门，格格和黄萍在那边住，那时我们助学的系统化不行，晚上工作很久，早上她们也起不了床。这样的初创期全部是为孩子考虑，更没有想到团队发展、自己的未来。说实话，这一个过程中我已经想到做生意，让刘队管理团队，感觉做公益蛮艰难的，日子清贫。那一个时段的坚持，作为有两个孩子的父亲，真的非常佩服我的妻子，为什么那个时候没有抛下我呢？（高队）

2010年经历三个大事件，给依然彷徨的发展的给予了方向。第一是在川道学苑的学习，第二是"4·20"玉树地震，第三就是台湾之行。

第一，川道学苑学习，开课视野，有山里娃看见太平洋的感觉。

四川尚民公益（原"5·12"民间救助中心）高圭滋老师：

"5·12"地震的民间救援，到2010年时，解放军撤出，志愿者退潮，但灾区仍有大量的服务需求，一些有组织架构的志愿者队伍，面临解散或继续这样的艰难抉择。为了促进中国和四川的公益组织和公益事业的发展，帮助这类志愿者组织转型，四川"5·12"民间救助服务中心特别是设计针对公益组织的系列培训，为这些组织指出发展的方向，并且提供具体的咨询服务。这个系列的培训，我将之命名为川道学苑。川道学苑自2010年起，至2015年，根据公益发展的新情况，持续地提供系列的培训，为四川等地的公益组织发展做出了重要贡献。"中国心"志愿者团队，就是这些组织中的一个。

高思发刚来时给我的印象，就是一个热情的志愿者。但是对于志愿精神，对于公益，对于NGO了解不多。但他是属于那种特别好学、特别勤奋、善于思考的人，每次学习机会都不放过，认真听讲，积极参与提问交流，因此他的进步和提升也是非常突出的。后来他也邀请了我们去"中国心"团队和大家一起交流，做"中国心"的发展规划。应该说川道学院和"中国心"是相互陪伴成长的。

川道学苑的初衷就是陪伴四川的NGO共同成长，帮助在地震中兴起的志愿者和志愿者团队成为公民社会的建设者，成为中国社会发展的推动者。

因此当初我们设计的学习大纲，学习课程以及学习内容，都是为了这个目的。就是推动四川志愿者团队的职业化和专业化。和后来的社会组织孵化平台不一样，川道学苑是以公民教育为宗旨，倡导社会发展理论和参与式的方法。因此，川道学苑也许对个人成长的意义更大（高圭滋）

第二，"4·20"玉树地震。

"4·20"玉树地震的前三天我刚从西藏回来，地震当天是我母亲的生日，19号晚上到家，20号早上发生了地震，当时我就感觉有些坐立不安，当天上午11点团队协商决定参与玉树救灾，刘队为我订好火车票。这是我第一次去，心情很忐忑，很想为玉树做点什么。在与郭老师通过电话后，现实问题来了：我们与当地的文化、信仰怎么解决？这里有需求，那北川呢？那里的后续需求谁来关注？……

这一年我去过四次玉树，与绵阳的公益组织合作捐赠冬衣，捐赠图书，更加感受到公益成本问题，我们要求每捐赠一件冬衣便捐赠一元成本费用。这样的要求不仅仅完成任务，更在市民中倡导公益的成本。四次救灾之后，我们真正明白：我们应该在北川扎根。（高队）

第三，台湾之行。

去台湾地区交流学习是川道学苑郭老师、高老师推荐的。

2010年11月台湾之行对于我有两个重要的影响，更是促成我一生的改变，我相信在公益路上的十年时间里对于我有影响的事情比较多，但有些起到了决定性的作用。

台湾之行，"长青村"的村长和爱人触动了我对家的理解，更是深刻体会了公益背后家的支持与深刻解读。通过"桃米社区"对台湾新故乡文教基金会廖老师夫妻创业的理解，也深深触动了我，他们，扎根社区，十年如一日，有着寻常人难以理解的坚持。那一刻，我理解了扎根的意义和价值所在，决定扎根北川。（高队）

台湾长青村

说起台湾南投县的埔里镇，也许很多大陆人都不知道它是什么地方，也不清楚它在哪里。但是如果说到日月潭，大家一定都知道那是台湾最著名的景点之一。其实，日月潭就静静地躺在埔里镇边上的鱼池乡，而埔里也是从公路进入日月潭的必经之路。1999年9月21日凌晨，台湾发生了百年来最大规模的7.6级强烈地震，造成了重大的人员伤亡和财产损失，其震中就是在埔里。

"9·21大地震"造成埔里众多的人家失去了亲人，很多家庭都不完整了，特别是有一部分孤寡老人没有人照顾，这引起了很多热心人士的关注，后来这里成了孤寡老人的乐园——菩提长青村（以下简称"长青村"）。

长青村的位置有点偏僻，坐落在台湾地区6号高速公路边上靠近下埔里的一块河床上。隔开一条马路就是一片墓区，但与富丽堂皇的中台禅寺却遥遥相望。走进长青村，首先映入眼帘的是5排整齐的板房区。每当有客人或来访者问起：地震10多年了，老人们为什么仍然居住在板房里？长青村村长陈芳芝总是乐呵呵地答道，你（们）别小瞧了这些板房，那可是用环保材料搭建的，冬暖夏凉，住在里面习惯了，根本不想搬出来。

陈芳芝是长青村社区的发起人，"9·21大地震"发生后，埔里镇遭到了巨大损害，有很多老人因失去了亲人而无依无靠。当时天气逐渐变冷了，老人们如果没有合适的居所，也许没有办法度过当年的冬天，所以，陈芳芝和她的丈夫王子华（也是这个老人社区的发起人之一，现任南投长青老人服务协会理事长和总干事），决定创办老人社区。他们当时的想法很简单，就是要解决老人们的燃眉之急。给他们提供一张温暖的床，让他们有热气腾腾的三餐。就这样，老人社区从最初获得捐赠的74间组合屋开始发展起来，至今已经变成拥有佛堂、教堂、图书馆、绘画室、医疗室、美发室、KTV、老人网络咖啡吧和陶艺教室、行政办公室等各种设施的老人社区。

长青村的居民刚开始时都是"9·21大地震"后需要帮助的老人和长辈。这些不同族群、不同方言、不同背景、不同信仰的老人,在这里生活的人数最多达到近百人,至今还有30多人居住于此(其中包括一些附近地区的孤老),平均年龄约80岁。目前,共有近10名志工(即志愿者)和行政人员一起照顾这些老人。

这里对我最大的影响是改变了我的看法,让我明白妻子的付出及我对家人的责任,看到了村长的爱人,王先生对村长的支持,去读了研究生来支持长青村的发展。这就是事业,我从中更是看到了夫妻团结对于公益发展的重要性,而我自己,自己任性地做志愿者服务两年多,在别人的表扬下,自我感觉非常好,没有去考虑妻子,考虑孩子的感受,非常的自私,那一刻,真的有一些揪心。

在台湾自我唤醒的那一个夜晚,我当时拿出手机,给妻子打出第一个电话,告诉妻子,今后不管在哪里,每天一定要给妻子报告自己的足迹,不能亵渎妻子的爱。除此,更要回看我自己的妻子在对我在公益路上的重要性。(高队)

台湾新故乡文教基金会

随着台湾游的热潮,和日月潭一起被我们所了解的,还有附近一个叫桃米里的小山村。1999年台湾"9·21"地震后,一对夫妻记者——廖嘉展和颜新珠,放弃台北的繁华,放下笔杆子,创办台湾新故乡文教基金会,与当地居民一起打造出一个"社区理想国"。

地震前,桃米是一个传统农村,经济凋落,年轻人纷纷跑到都市谋生,还因为埔里镇的垃圾填埋场在村落附近,当地居民自嘲为"垃圾村"。12年过去了,桃米变成了游客青睐的"世外桃源",预计今年游客量将首超50万人次,光旅游这一块营业额就有1亿多新台币,即2200多万人民币,令人刮目相看。

新故乡文教基金会在去之前有所了解,但真正的走进社区,走进坚持11年的地方,却又是另一番滋味。当廖理事长讲述桃米社区发展的路径,聆听到开辟生计之路的艰难,感同身受。桃米的"青蛙、蝴蝶"都是社会组织与社区、高校、公共部门联合推动的价值资源。但是社会组织推动中的难点又在哪里?难在关系的处理,合作关系中彼此的利益是什么,社区的复杂关系没有文化与理念的笃定很难开展,难以站定自己的位置。价值又在哪里,价值在于坚持推动了社区的改变,看到社区在不断地学习与思考。这是需在桃米学习取经的地方。

两次的外出学习，奠定了扎根的基础。（高队）

当年以志愿者身份参与"中国心"团队工作的"大象"对此也有很深印象。在他看来，当时的"中国心"团队，不论在硬件还是在软件设施上都处于比较初级的阶段。

2010年4月，团队招募夏令营志愿者，这是我第一次接触到团队。印象就是，从硬件到软件，每个地方都不行。只有格格一个全职。办公室在绵阳的废旧工厂的活动中心。一直到2012年，我大三，才想留在团队做全职。因为习惯了这样的氛围，习惯了学校的这些活动，习惯了这些伙伴，习惯了这些娃儿，习惯了这种生活。（瞿晓龙）

在川道学苑的学习过程中，高队认识了李健强老师，之后有了2011年的故事。李健强老师与高队亦师亦友，既是好朋友，又是老师，每一次他们在一起总能碰撞出一些火花，这些小小的火花就成为高队在北川的实践场。就如2010年的行动研究学习，播种了高队对行动研究的认知，通过学习认识了行动研究的夏老师和杨老师。

他们在2010年认识，2011年5月1日李健强老师和他女朋友到北川为"中国心"做规划，"中国心"第一次开始寻找方向，尤其是李老师提出了原点的理论，提出"中国心"在发展中始终不能放弃灾害求助，这才是最为重要的一点。在2013年"中国心"成立三个部门，其中一个部门就是"灾害应对部"。

在北川新县城——安家

2011年春节前我们和北川新县城的居民一起搬家，他们搬进新居，我们搬进新的办公地点，开始在北川新县城扎根。

作为一支出生在北川并且在名称中还包含北川的草根组织，"中国心"意识到，不能老在绵阳那儿"搭伙"办公，应该回到北川了。而且，"中国心"团队所使用的那个废旧工厂迟早也是要被回收的，不可能是长久之策。可是，在漂亮的新县城，团队又该去哪里找一间办公室呢？高队还是想到了自己在北川县团委的老朋友——马书记。北川县团委还是一如既往的支持"中国心"，在他们的协调下，"中国心"团队在体育馆旁边得到了一间免费的办公室。

北川新县城不仅仅是新，它更是"中国心"这类组织的生命的改写，历史的机遇需要有人去把握，只有把握住机遇才可能屹立不倒。

办公室照片

家长和学生来访

  自此,"中国心"团队终于在北川有了一间名正言顺的办公室。但是团队得到的支持绝不仅限于此,在新办公室里的各种办公用品也是来源于不同组织和个人的捐赠。特别是联合国捐赠的办公桌,不仅是新办公室的第一张办公桌,至今仍在"中国心"的办公室里当做会议桌来使用,它可以算是"中国心"得到多方援助的最好见证。

  团队办公室里面那张最大的、平常开会围坐的那张桌子,就是正儿八经的联合国捐赠的桌子。联合国本来只在北京有一个办公室,"5·12"地震之后他们要做我们这儿的扶贫项目,就在绵阳设了一个办公室,就租在我所管理的物业楼里面。项目周期到了之后,他们所有的办公物品都要捐赠给绵阳市的扶贫办。其他的办公桌都可以,只有那张超级大的办公桌扶贫办放不下。当然了,在他们给扶贫办之前,我也找过他们,要他们给我们一点东西。最后,就给了我们那张桌子。

还有办公室里面那个很老很老的柜子,是一元爱心的会员找他们单位给我们捐的。联合国捐的会议桌后面的那个木沙发和茶几,就是我们从化工厂搬走的。总而言之,我们的各种东西,都是爱心人士东拼西凑给我们捐过来的。(刘队)

访谈原团县委书记

行动研究学习——播下希望的种子

我 2011—2014 年加入行动研究农村学习网络,2015—2016 年加入四川 NGO 行动研究读书会,2017 年参加"中国心"内部行动研究读书会,2018 年重新开始筹建四川 NGO 行动研究读书会。

"中国心"现在有 30 名全职,70%是北川人。2011 年只有 5 名全职,没有一位北川人。而我自己,一篇日记都写不清楚,然而到今天,我可以在家一天写一篇文章。行动研究触动我改变,更触动我去看见一个更好的自己!这就是行动研究的魅力所在。(高队)

行动者即为研究者,行动研究学习的目的就是可以看见另一个自己,有的人历经数十年也难以看见,有的人在短短的几年就能看见,任何的学习方式都对致力于改变自己的人有效。每一个人都有机会改变,只是时间的节点与造成的内心触动不一样。

没有想到行动研究学习逐步会成为一个流行的词语,借此我们十周年口述历史的机会，梳理我六年的学习与收获。行动研究学习使我和团队身上发生了很大的变化，而这个变化是我和同事都可以看见。许多朋友说，高队学习行动研究的变化没有可比性，对，我内心敢于直面淋漓的鲜血。那么，刘队的变化呢？我相信，在"中国心"还有雪梅、太科、石头、格格都在变化，只是我们从不同的角度看到不同的变化。

行动研究的核心就是在于是否敢于面对镜中的自己！这才是学习的核心。其实，自我认知有两种，一种是表面认知，一种是内心认知，表面认知很容易，但对自身的意义不大，尤其对于一些喜欢讲话的人，满嘴是情绪，满嘴是对方的错，从来不去正视自己，也从未想去看见自己。而我，在学习中去看见自己，更看见在阵痛中徘徊的自己，但我们没有选择，有团队，有家庭，更有看见最为理想的自己，我选择了自己认知的看见。

记得第一年行动研究学习是一个焦虑的状态，与几位女孩子一起工作，没有好的方法，怎么去管理团队是一个问题，因为没有经验。更有自己膨胀的一年——2011年，从营会的扩张到资助学生数量的庞大，就如一匹脱缰的野马——狂奔！

没有目标，什么都想要，就有点像穷怕了的人，只要有生存的机会，什么都想去做，没有静下来去梳理自己，更不懂得怎么去梳理，那时虽然觉得有生存的压力，但觉得更多的是方向不清晰，所以在2011年来学习行动研究，逐步对自己未来方向给予了有辨识的机会。如果我来比喻的话，行动研究就是一服中药，慢慢地调理，逐步达到知行合一。

从故事到情绪的梳理

在行动研究学习时我们都要讲故事，它不是像一般意义上的讲故事，需要导师根据观察来确定学员的状态，有针对性去讲。讲故事就是逐步打开自己，更是一个放下的过程。前提是有安全的环境，需要有同理心及未来互动的、值得交心的朋友才能讲述。在讲述过程当中，每个人都可能带有自己的情绪，故事的很多部分是每个人自己的主观印象，讲故事虽然有内心的疗愈功能，但有导师协助才能做到事半功倍。

导师可以看见你是否是在发泄情绪，情绪在哪里呢，才能逐步开始去梳理，这个时候对人会有考验，我愿不愿意从情绪当中出来，有的人就在情绪里面很多年也出来不了，而有的人选择出来，从梳理当中愿意去认知自己，自己的情绪需要自己去面对，而这个情绪里面就是有自己太多主观的东西，一般情况下，内心不仅没有发觉，更没有认知。

从情绪到对话的看见

当我们在行动研究学习中，讲自己的故事是一个放下的过程，在一个安全环境，让自己的情绪得到发泄，安全且有情感。那么从情绪到对话的看见，是一个非常艰难的问题。

2011年我们在河南开封梁老师那边学习，这一次主要是练习对话，从对话找出症结，导师直接指向问题。那时的我从来没有发觉自己不会讲话，当别人提出问题，我们总是惯性地把自己当成"老司机"，没有通过用对话的方式来梳理每一个问题背后的问题是什么？搞不清楚脉络，就直接给出建议，每一个人都有自己的脉络，更有不同的情境。对话就是要去逐步的梳理出背后的脉络是什么？

对话，成为我们在行动研究学习中的一个重要的环节，而发起对话的老师需要有较强的洞察力。练习六年，找到一些对话后寻找脉络的途径。

在河南学习时我和兰书记一组，我们与贺敏对话，分分钟被夏老师卡住。

说实话，那个时候当静下来，才发现自己不会说话了。我们从小生长这个环境，尤其我们在20世纪90年代，刚改革开放不久，每个人都在快速地发展，家庭教育、传统文化、信念信仰几乎没有，这样的发展导致我们对人的陌生，往往只是关注自己的感受，从而忽视群体，忽视他人。我们快速地去面对和处理事情，没有去搞明白每一个事情背后的原因，只是按照自己的方式。尤其在说话方面最为突出，每一次我们自认为自己表达的意思别人听懂了，对方也认为自己听懂了，其实，我们再来重复这个问题或者事情时，你会发现完全是两个意思。

所以我们梳理两到三人的对话问题的过程中，当每一个人在说话的时候，其实导师会去看你每个人讲话背后的逻辑，对话结束后会根据你说话的语气，你说话的面部表情，会看到你背后到底隐藏什么东西，所以当我们一层一层剥开来看的时候，情绪自然裸露出来。

我们每一个人是否敢于去看见自己的情绪在哪里？

看见自己，自己长什么样子，自己是什么样的状态，敢不敢去看呢？所以很多时候，我们拿镜子去照自己的时候，自己不愿意多看，是不敢多看。因为，没有看见自己想要的样子，那自己想要的是什么样子，不知道？

从对话到反思的阵痛

从对话到反思的阵痛，对话容易，反思艰难，在对话中看见裸露的自己，其实就是自己最不想看见的自己：自私、爱抱怨。怎么办呢？我们愿不愿意去反思？

因为反思，就是需要逐步开始找到一些问题，对问题要进行深度自我探究。但在生活里面我们往往总是说别人错了，从来没有去问自己哪里错了，这就是一个很大的问题，这不是说了一个人有问题，因为这是这个圈子、这个环境的一个状态，当我们不去反思不去正视自己问题的时候，那就很简单了。我们是谁？你是谁呢？我会为什么会去反思，那些都是别人的问题，所以在学习里面最大的阵痛是难得看见，即使看见也会装作看不见，因为这种痛不是每一个人都可以去面对和承受。

王芳萍老师写到，行动研究就是用针去拨开长在我们身上的疮，疮里面的脓根需要被挑出来，不然，难以治愈。一针又一针，针针见脓，但没有见到根，这就是艰难与阵痛的过程。

而我选择了阵痛，是没有退路，我不想把公益当成儿戏，我有家庭、有生活、有团队，背后更有强大的支持队伍，我不能在温室里面成长，需要在磨炼中找到生的法则，所有的阵痛都是值得。

从反思到认知的责任

这才是最核心的东西，反思需要认知，更需要责任。

我们每一个人都要有对自我清晰的认识，自己与家庭的关系，自己与团队的关系，自己与社会的关系。三层关系应该去承担什么？

从反思，到认知再到责任，我们反思到什么？我们认知到什么？只有搞明白这样两件事情，才能感受到责任。就如我们讲"道"与"术"的关系，我们没有搞清楚"道"，讲"术"又有什么用呢？

我的反思

无目标：在2011年的当下，我们有助学也有社区，我们到底要走到哪里？团队没有目标，更没有方向，当时的几位志愿者，又怎么去寻找方向。

无专业：老师说，细心就是专业，那时的我们对专业不仅生疏，而且总想有一个捷径去快速解决问题。其实我并没有对问题认知的能力，又怎么去解决问题呢？这就是矛盾点，但自己不知道。专业是什么，是态度、是用心。

我的认知

自己的现状：寻找方向，为团队找方向，也就是我要奋斗的目标，需要有专业的学习提升增加理论的基础，让所做的事情有价值感，更要有可持续性。

团队现状：寻找方向，团队有方向，同事就有奔头。要本地化发展，需要有本地人加入团队，融入当地的文化。

社会现状：当年号称300万志愿者大军到四川，到北川最少也有30万人，2011年留在北川还有多少人呢？"5·12"不能忘记，老百姓因灾需求还很大，只是我们在表面上没有凸显出来。

我的责任：带领团队转型，找到一条可持续性的发展道路，带团队进行本土化转化，让人和心都在这里扎根。（高队）

每一个团队的成立都离不开好的导师支持，正如高队所言，川道学苑学习就是奠定坚实的基础，行动研究的学习，就是回看自己到团队。高队的文章和社会组织分享都离不开行动研究的对自己和团队的影响。学习六年，我们看到了改变的力量，而杨静老师怎么来讲这一段经历呢？

杨静，大学老师，"中国心"顾问。

我们2010年的时候，乐施会做了一个灾后经验整理行动的研究网络，邀请了我和另一位夏老师去到这个网络中去讲行动研究。就这样认识了高队，当时我看到高队在灾后做得比较踏实，那时候我有一个青年人的行动研究网络，我就把高队拉进来了，就这样，高队一直跟着我们学习了差不多六年的时间。在整个学习过程中，高队一直非常用心用力，所以高队成长和进步特别迅速。同时，高队对那时候的机构发展也存在很大的困惑，处在一个从志愿者团队转型到一个专职的社会组织的过程中间，在那个时候高队正好在我们这里学习，高队在学习中会带着这些困惑，所以我们一方面帮助高队个人，另一方面我们团队也会介入到他的团队关系中去。

还有另外一个方面，当时我有一些小额资金项目，也就支持高队做了一个四川的行动研究网络，所以也就一直和高队、刘队他们保持着紧密的关系。在这个四川的行动研究网络里面，也是协助高队的团队处理一些团队发展中的一些困难和问题，在这个时候正好是刘队作为公职人员退休，然后全职来做"中国心"的过程中间，究竟刘队和高队之间这个整体的规划盘子怎么拿捏，那个时候壹基金的项目正好也下来了，所以在团队转型过程中间我也参与了一些意见。那么就现在看来，我当时参与的意见和战略还是对的，让刘队和高队各自独立发展，从现在的结局来看，刘队承接了壹基金项目独立发展过后，对整个团队来说是如虎添翼，高队这边也有了自己的一块阵地，同时也避免了"一山二虎"的情况出现，现在他们两位既有联合但也各自独立，我认为现在的局面也还不错，这个大的战略转型中是我参与到高队这个团队的协作过程中的。其实，我也看到团队成长过程中的"放"，高队是一个能放下的人，关键也需要团队其他管理者能接得住。

雅安地震以后有很多资源，"中国心"当时完全可以留在雅安发展，但是我自己觉得"中国心"如果选择雅安，"中国心"就等于分裂了，而且这样东拉西扯的，其实事情也会做不好。我觉得最大的选择是"中国心"如何去面对雅安那么丰富的资源的诱惑，是因为这个诱惑留在雅安，还是因为在雅安有事情可以做，还是其他的什么原因，我觉得在这个讨论中间，我协助"中国心"认识到，以"中国心"的现况，其实应该总体撤回北川会有比较好的发展，尤其是如果是刘队留在雅安，我觉得对刘队的个人发展，甚至对刘队的家庭来说，应该是弊大于利的。当时我就觉得应该回北川，当时"中国心"还不是那么多人、那么有经验、那么牢固的一个团队，北川也需要人。我协助"中国心"的目的是让他们看到其实"中国心"留在雅安不是真的有事情必须去做的，而是当时受到了资源的诱惑，当高队和刘队看到了这一点后，决然撤回了北川，这是"中国心"发展历史的记忆里厚重的一笔。

我认为在行动研究的推动上，高队自己的收益最大，改变最大，所以高队自己推动的动能也就最大，在他的带动之下，我认为高队的转变是让他的团队看到了行动研究的力量，因此才会带动他的团队来学。刘队是后来者居上，尤其这一年多，刘队开始在学习行动研究中间，也尝到了行动研究的好处和感觉，我觉得刘队现在的动能也迸发出来了，因为行动研究这种方法的的确在他们身上的体现第一，对他们个人有很大的改变，第二，对他们和团队的关系有很大的改变，第三，我认为也是最重要的一点那就是对他们看问题和分析问题的工作思路带来了很大的收获，这也是为什么高队和刘队现在两个人并驾齐驱来共同推动行动研究的一个主要原因吧。

还有一个事情就是，我有一个小额资金去协助高队梳理从2008年以来"中国心"助学项目的经验，所以在这个过程中，从制定大纲到所有的整个过程我都在协助参与，还有就是我做中间人，将"中国心"介绍给了米苏尔基金会。在高队的团队处于转型期最困难的时候，米苏尔基金会给予了"中国心"很大的支持，应该这就是高队所说的我的一些帮助吧。

我记忆最深的就是我认为"中国心"这个团队有朝气、有活力，团队人员实干、想做事，而且也走正道。我认为在现在这个社会组织里面，"中国心"还算是一个比较能做事和走正道的一个社会组织，就是有活力、能扎根，有正能量，这些是我印象最为深刻的。（杨静）

行走路上的同行者——基金会

第一次与基金会牵手

很长一段时间以来，"中国心"唯一的生存方式就是收取助学的项目管理费用，仅能维持基本的办公条件，摆在团队面前，就是需要寻找出路，在2010年年末，"中国心"两个负责人奔波在路上，以期寻找到几个助团队进入新发展的支点。

找基金会筹款，这是高队2009年11月到北京学习交流后的决定，经历了注册和玉树"4·20"地震，团队与基金会的资源链接并非一帆风顺。筹款需要有尊严，"中国心"的尊严就是在一线能踏实干活，那时一直坚持做的就是对困境学生的帮助。那时的北川留有的志愿者团队已经不多，一般都是依靠基金会和国家的相关政策项目支持，而此时的"中国心"依靠自己的坚韧力量。

2011年是幸运的一年，不仅有了新家，还有了新的支持。中国扶贫基金会、千禾基金会、米苏尔基金会，都在这一年给予我们支持。

在这三家基金会的支持下，我们从背后就梳理出不一样的脉络，但相同的只有一条路径，就是从郭老师、高老师他们的川道学苑开始的。

在川道学苑认识了高老师、郭老师，经两位老师介绍认识高天和小刚姐，认知了千禾基金会、中国扶贫基金会的招标。

由乐施会北京办支持，在学习中我认识了李健强老师（原乐施会北京办项目官员），通过李健强支持的中大绿耕行动研究学习，认识了台湾的行动研究老师夏林清，中华女子学院的杨静老师。从杨静老师之处我们认识了米苏尔基金会，2010年冬天，杨老师带我去了米苏尔基金会办公室，对方说让我交一个团队简介，说实话，我们连简介都没有怎么搞清楚过，我的文笔太差，只能依靠刘队的文笔。对方说要给我们解决几千欧元生存的费用，大约人民币4万元，对这个事情，我们最初还不抱什么希望，觉得国外基金会对我们不了解，凭什么直接给你支持费用呢？后来才发觉，我的顾虑是多余的。

经川道学苑，由乐施会北京办支持，认识了李健强，经健强牵线认识了陈汉信、龙总、唐亮、巧灵、翟凡、沙冯老师……认识了壹基金李总、沙总、高博士、魏总……

这一年非常幸运认识了四家基金会，到今天，我们依然得到四家基金会的支持。（高队）

在一个地方学习，不仅仅是增加了社交阅历，更是有了一个网络，至今，这些老师依然关注"中国心"，"中国心"团队一直受着老师的指点，得到他们在发展中的大力支持。

基金会需要找靠谱的NGO做事情，NGO更想找有共同战略思路的基金会获得支持，这一点我非常认同我们刘队和李会计的观点，财务清是做团队的首要任务。只有低头做事，谦卑做人，是金子一定要发光。（高队）

解决了办公场所和办公器材的问题以后，另一个亟待解决的问题就是经费。在那时，在那个"求生存"的阶段，只要逮到机会拿到基金会的项目，"中国心"团队就先做着，好"养人"。而第一次与基金会的项目合作，就是做中国扶贫基金会的北川新县城城市社区服务项目，配套的行政费用就是广州千禾社区基金会项目。2009年11月，高队在北京参加对他而言可以说是改变命运的一次大会，在会期间听说中国扶贫基金会2010年发布项目招标。后来在四川省社科院的高圭滋老师和郭虹老师牵线下，"中国心"参与中国扶贫基金会的投标项目，得到了中国扶贫基金会的支持，项目内容是为北川新县城的新川社区提供社区服务，包括关于儿童、亲子关系和老年人的活动。可以说，这个项目和团队当时主要从事的助学工作没有直接关系。团队之所以选择做这个项目，更多地考虑还是在生存，让机构可以生存，也让在机构工作的同事可以生存。

尽管如此，与基金会的合作还是给"中国心"团队带来了"生存"以外的东西。至少在当时的管理者之一刘队看来，"中国心"团队的项目规范性和财务梳理，最早就来源于同基金会的合作。

中国扶贫基金会老师访谈

访谈对象： 米志敬，中国扶贫基金会项目处长。

问： "中国心"在2011年获得了中国扶贫基金会支持，在七年中获得了北川社区发展支持、"4·20"、"8·03"、百度点赞等多个项目支持，当时对北川这样的NGO支持是什么样的感受？我们想听听米老师的解读。

答： 就感觉整个"中国心"的团队执行能力以及学习能力是比较强的。我们与"中国心"之间的合作是从中国扶贫基金会支持NGO参与汶川灾后重建开始的，当时应该是"中国心"刚刚成立了"北川羌魂"这个组织，做的是北川社区服务类的工作。羌魂当时处在从志愿者转化为社会组织的前期，基金会支持NGO的流程其实都是通过公开招标、评选、专业评审筛选出来的，当时在选择了"中国心"之后有一个特别明显的感受，觉得这样一个初期的NGO能够做到很靠谱，执行能力很强，很具有开放精神是很不容易的。其实我们给那时候的20多家机构，做过一个财务管理培训，在我们监测时，发现年轻的"中国心"在没有太多财务管理经验的情况下，能够将基金会的这套财务管理体系应用得很好，很规范。一个新成立的机构能够做到这样，就表明它能够接受一些标准化的东西，有一个开放的心态而不是抱怨，还能够愿意将这些标准化的东西落到实处。那我们会觉得这个团队有一个开放的心态以及很强的学习能力，而且在之后的合作中会看到"中国心"在专业的领域上提升也很迅速。

还有一个事件就是雅安地震，让我们看到了"中国心"一直在扎根于原来的一个助学项目上，在专注于一个领域同时能根据社会问题的不断变化去拓展其他的领域，但是一直是有一个根在那里的，我们能看到"中国心"的每一步改变是基于发现社会问题或是社会需求的新的变化来不停地优化改进自身，"中国心"在坚持与变化之间能够做到很好的平衡。

其实我们的第一次合作是起了关键作用的，我们看到了"中国心"的学习精神以及它自身的开放性。

后来还有一个事件就是在雅安地震之后，中国扶贫基金会是有一个三年的支持计划的，当时在雅安的资金进驻量还是蛮大的，雅安那会儿整个的资源是特别特别丰富的，但是"中国心"在合作了一年之后还是选择了回到北川，那会我们看到"中国心"还能够知道自己的初心在哪儿，机构自身想往什么方向发展，能做到有所为有所不为，这就说明"中国心"自己很明确自己的方向是什么，要走一条什么样子的路。这就会让中国扶贫基金会也好,还是其他的资助方也好,都会很尊重这样的团队,因为它知道自身的使命是什么。而且在种种资源的诱惑面前,还能够坚守自己的初心,这个是很不容易的。(米志敬)

第一次和基金会合作,意义也不在于"钱"。那时我们写项目书的能力很差:高队写完了之后我们内部改,改完了之后发给很多和扶贫基金会合作过的我们认识的伙伴,请他们帮我们再改……问我们理念是什么?远景是什么?……从来没有想过这些问题啊!不知道该怎么写,怎么呈现,脑袋里是懵的。和基金会合作的开始,是我们很多项目策划规范性的开始。

借由基金会要求我们提供财务报告的契机,我们开始了规范性较高的财务梳理工作。每年好几百个孩子的常规助学,对资助人收取的助学款包括学费、生活费、参加暑期成长营的费用以及家访费,过手的资金总额虽不大,但问题在于,多年以来我们的财务都没有系统整理过。助学项目是我们团队自己的项目,我们内部对"形式"的要求不高,需要用的时候自己看得懂、能和别人解释得通就行嘛!但是基金会不会认同我们这种风格。他们要求的不仅是财务报告的规范性,还要助学项目财务、成长营财务的历史脉络和发展变化。(刘剑峰)

无论是第一次和扶贫基金会合作,还是之后的和其他基金会合作的经历,"中国心"团队不仅发现了自身规范性的一些问题,也学习到了很多关于如何书写项目书、财务报告的新内容。这些收获尽管看起来与助学无关,但是却对之后助学工作的规范化发展起到了不可估量的作用。

但是尽管得到了基金会的支持,随着项目执行的进展,"中国心"团队越来越意识到现有基金会项目对草根组织支持的有限性。由于项目经费中行政经费所占的比例极低,因而团队仍然很难养活已有的工作人员,即便当时"中国心"团队只有高队和王玉阁两个全职,以及刘队一个兼职。

以记忆力好和耐心细致著称的刘队,对当时和基金会合作的细节仍然记忆犹新。

2011年和扶贫基金会在成都签完协议。当时,扶贫基金会给我们支持的行政经费的比率,按他们的要求,不能超过8%。也就是说,当时14万的项目资金里面,只有1.12万行政费用。1.12万,1个人1个月1000块钱不到,一年的项目,怎么活啊?所以我们当即开始着手该项目行政经费的筹集。也是在那里我们认识了阿拉善(阿拉善SEE基金会)的理事长小刚姐。我们先和她聊了聊刚刚和扶贫基金会谈拢的项目,再说一下我们执行项目存在经费困难的情况,看看有没有给予我们行政费用支持的可能。

大家一同去了一个书吧，很多公益人也喜欢到那里围一桌聊天，我们稍微旁听了一下，听得有些云里雾里……我们介绍了自己的情况之后，刘女士觉得我们确实挺艰苦的，就想支持我们。可她觉得阿拉善作为一个环保机构，不太合适出面支持我们的项目。她除了是阿拉善的秘书长，她还是千禾基金会的理事，所以她非常痛快地说让千禾支持我们 5 万块钱行政经费。这笔钱对于那时候的我们来说，可是雪中送炭的事情啊，让我们真正缓解了很多压力。（刘队）

与阿拉善秘书长刘女士的这段交流，至今仍让高队和刘队感恩。如果没有她牵线搭桥捐赠的 5 万元行政经费，可能"中国心"团队早就没有办法支撑到今天，更不会有如今从事青少年发展、社区发展和灾害应对的三大公益机构了。

助学发展——生存之本是什么

但是回想起那段经历，刘队却并不将当年机构发展的困境归咎于某一方，他认为，那只是基金会和公益组织共同探索的一个阶段。

当时很多基金会对于 NGO 行政经费的概念都不怎么清楚。先前我们团队本身对于行政费用收不收取的问题也有分歧嘛！其实不仅是 NGO 自身的意识在逐渐发展，对于基金会来说也是同理的。"做社会服务"主要是"做人的工作"，"做人的工作"就需要"有人去做人的工作"，这个人的成本肯定是最高的。所以现在有很多基金会在人员经费这方面最高可以达到项目费用的 70%，甚至更高，这是我们喜闻乐见的一个变化啊！

从这件事情联想到我们助学工作的未来发展，我还有一个构想，找基金会合作。如今我们自己的品质助学项目是一个可以每年自筹资达到 80 万、100 万的项目，如果有基金会可以支持我们的行政经费 5 万、10 万，项目的投入产出比是很高的。不用你支持孩子的助学款，我们自己筹资；支持我们行政经费就够了。

甚至有可能的话，它还能采购我们的项目，做活动做宣传的时候冠上他们的名。未来可以这样操作，也想朝着这个方向发展。（刘剑峰）

高队在自己的分享中尤其谈到 2011 年夏天，一位北川的女孩，社会工作专业毕业，那时"社会工作"这个词高队还比较陌生，这个女孩子提出一个要求，每月 1500 元待遇，我的妈呀！高队觉得这是天文数字，不可触摸。那时的生活补贴每人每月才 500 元，当时瞿大象到团队，高队说："你只有这样的一点补贴，但未来我们会改变。"

那时的高队，他知道，公益必将成为自己和团队骨干的事业才能改变，如果只是生活，那还是得完蛋，生活与事业差距非常大，生活不管怎么过都可以过，还可以自由更换，事业是需要付出毕生的经历去做。所以，摆在团队面前不仅仅是生存这么简单。在"中国心"助学的路上还有一个重要的奠基者，从她的足迹看到哪些生存与发展的动力呢？

自 2010 年 1 月份开始接触公益，王玉阁正式加入"中国心"已有 7 年的时间。时至今日，每当谈起自己在团队"二进宫"的经历，她总要提起那句话，那是她 2013 年离开团队时高队和刘队对她说的话："不论什么时候想回来，'中国心'的大门永远都会为你敞开着。"她说，这句话，最让她暖心。

再次回到团队之后，她的心中充满了感慨。她为多年不见的孩子们仍亲切地叫她的名字而感动，也为自己遗忘了一些孩子的面容而遗憾。她知道，这一次她再也不会走了，她的命运已经和"中国心"紧紧地连结在了一起。被称为"文艺女青年"的她这样描述自己的感受：

6 年时间足够让一个新生的婴儿成长为可以系上红领巾的小学生，足够让一个爱哭鼻子的小男孩成长为周到、体贴的暖男，足够让一个梦想无处安放的少女成长为信心满满的励志女王。六年，就这样看着孩子们的成长，这就是我最开心、最幸福的事。

7 月份的成长营，9 月份的资助款发放，平时的周末遇到她们，有些孩子兴奋地喊"阁阁姐你回来啦"，感动之余是失落，因为我几乎想不起他们小时候的样子了，变化太大，个子也都长高了。

那一瞬间，想起了那些背井离乡外出打工的妈妈们，因为省车费几年不得回家，几年之后见到自己的孩子如此变化该是怎样的心情？（王玉阁）

而最让她感动，也是让她选择重回"中国心"的最大原因，无疑就是对这些孩子们和家长们的牵挂。这些经历了各种生活不幸的儿童、妇女和老人，总是喜欢用最朴素的语言表示他们对"中国心"工作人员的感谢。每当看到听到这些话，王玉阁常常觉得，自己为他们做的所有一切都是必要的，也是值得的。

犹记得一个婆婆拉着我的手，一遍遍地说着感谢。这些年听"谢谢"听到耳朵起茧，但倘若你知道她孙女开学的生活费是贷款交上的话，你会明白这份感谢有多重。另外一个阿姨在我面前忍不住流泪。她弟媳妇在娃娃 1 岁左右离家出走，弟弟今年 7 月底也因病去世了，留下孤苦伶仃的孩子跟着她这个姑姑生活。阿姨希望我们可以和她一起陪伴孩子度过这段艰难的时光。

我想，那些在寒夜里艰难行走的少年们，是我们欠了他们一份本该有的美好。

许许多多的故事，许许多多的人，构成了今天的你和我们，构成了明天的他和她们。栽棵树还需要十年呢，那陪伴一个孩子呢？（王玉阁）

正如格格所言，她和团队的每一个人都被孩子所鼓舞，在这之后开始了没有自己的生活的工作，因为你不知道孩子什么时候会找你。

很多时候都是这样的，那些孩子们才是让许许多多的一线公益实践者坚守在助学领域的最大动力。谈到这里，我们一起来读读一些信件，看那时团队的行动给孩子们带去了什么？

孩子们的话

1. LC 小朋友

李叔叔，谢谢您！在这里我祝您：

福如东海，寿比南山。

身体健康，万事如意！

2. RXB 小朋友

尊敬的 L 阿姨：

您好！我是您资助的孩子，感谢您的支持。是您给了我信心，我原本以为我的语文和数学分数提不起来。可是自从您资助了我，我的数学分数从三十几变成了九十几，语文从五十几变成了七十几，是您给了我勇气。我一定会好好学习，将来成为国家有用之才来报答您的恩情。

祝您：工作顺利，身体健康。

3. LY 小朋友

我要感谢"中国心"志愿者，是你们让我们感到了快乐。（PS：小姑娘长大了，总是笑眯眯的，分开的时候会给我们拥抱。这些年，希望我们带给你们的，更多的是快乐！）

4. ZXY 小朋友

尊敬的 YCH 弟弟：

虽然我们没有见过面，可我知道你的内心是多么好。我非常感谢你在我最困难的时候，你帮助了我，我当时是多么的高兴，当我知道是你帮助了我。我不知道我该说些什么。

我这里祝福你：天天开心，学习天天向上，身体健康。

5. ZL 小朋友

尊敬的"中国心"的哥哥、姐姐、叔叔、阿姨，主要是红霞姐姐（ps：这个强调非常坦诚!),您最近的工作顺利吗?我知道你资助了我这么多年,我非常感动。我知道我是单亲。但是我不气馁,不放弃。因为,有您们的帮助,我度过重重困难,我非常高兴。我祝您们身体健康,工作顺利。我在这里再对您说一声谢谢!(PS:没有"您们"的用法,不要被小娃娃带歪了!)

6. HJJ 小朋友

尊敬的 MGC 哥哥:我多次得到您们的资助,表示感谢!我一定好好学习,做一名乖孩子,来报答叔叔的恩情。祝叔叔阿姨身体健康,万事如意,阖家欢乐!

7. LGH 小朋友

亲爱的尹哥哥:你好。今年我以经(PS:错别字)11岁了,也离开我的妈妈一年多了。我每天都在想我天上的妈妈,可是以经看不到我的妈妈了。因为她已经死了。在这几个学期里,谢谢您,谢谢您每一学期里都给我送钱,谢谢您!我长大以后回去看你,我现在也要好好学习天天向上。

8. LHR 小朋友

Part1:邱妈,还记得我与您的第一次见面,您在操场散步,我与朋友去操场玩。我当时觉得您的声音,十分像我的资助人,但又不能确定。您离我越来越近时,您认识我,而我的内心还在判断,你是不是邱妈妈?认出来了认出来了。是的,确实是您。邱妈,您当时也十分惊讶,您以为我不认识您,而我却说:"我还在判断您是不是邱妈妈呢?"我很快乐,当你要回上海时,您给我买了双凉鞋,和妈妈的衣服。当您走后,我看鞋时,眼泪不经控制落了下来。室友问我怎么了,我没有说。

Part2:邱妈,对不起,我近两年的成绩十分差,可能让您失望了。我向您保证,我今年一定把成绩努力追回来。今年我不敢向您说成绩,打电话,可能您太忙没接。今年我考得很差,语文90分,数学82分,英语100分,科学才77分。我当时很难过,不敢面对我的老师。今年夏令营我参加了。我听他们说,您很忙,没有来,我有点小失望,希望您明年夏天一定有空来我家玩。妈妈还一早给您准备了干笋子什么土特产。你一定要来。

Part3:因为有阳光,大地更欢畅;因为有雨露,禾苗更健壮;因为有希望,生命更顽强;因为有关爱,心灵敞高(ps:你想写的是"亮"吗?)……邱妈,因为有您,我们一家很幸福。小学六年的时光,是您一直关心我,关注我,帮助我们家的经济,而我却无能为力,只能发自内心地对您说:谢谢!爱您哟!

9. PXT 小朋友

送给郑叔叔以及送给"中国心"的大姐姐和大哥哥:谢谢你们一直照顾我,当我很困难的时候,你们帮助我鼓励我。用你们的血汗血来帮助我(ps:"中国心"的哥哥姐姐不卖血资助人!)。你们不需要我们的回报,只有我们长大了能当好好学习!(ps:所以现在还不能好好学是吗?)

如果看完上面呈现的所有信件，我们会发现：有些孩子的信写得很"官方"；有些孩子特别喜欢分享：我在学校里的好朋友有谁，这些天我都干了什么；高中生信件的交流性更强，会谈到自己的学习和理想等。

资助人和资助学生如果见过面，可能情感上的连接会多一些。当然，有的资助人反应很平淡，也可能是自己的工作、生活本身很忙碌，并没有太多的时间用在"反馈"上面。也有资助人会和团队工作人员说："哇，好感动，好温暖。"

在这个快节奏的社会，太多人用键盘代替了笔头，用打印机代替了纸墨，在追求"高效"的过程中，我们无意识地丢掉了亲自书写让心与心更贴近的机会。有的资助人太久没有收过纸质的信，因而感触颇深；也有的资助人会直接回信给孩子的，重拾一些笔尖的温情。而每一个像王玉阁一样的一线助学工作人员，都是这些温暖文字的传递者和见证人。从这些孩子们的身上汲取到的力量，支撑着他们一路前行。

总的看来，到2011年年底时，"中国心"团队的硬件条件已经基本得到了改善，而团队发展所需要的行政经费也得到了初步保障。可以说，到此时，"中国心"已经是一个看起来比较规范的公益机构了。

高队全职管理团队，刘队兼职管理财务，没想到钳工出身的他管理得非常靠谱，至今管理着"中国心"大团队的财务。

高队一人管理团队，大部分同事都是非专业人员，对于团队的发展几乎没有策略，就只能靠高队、刘队两个"拍脑袋"，这样的探索迟早会出现问题，到底要出现什么问题呢？后文将叙及此段经历——权力的膨胀，这就是高队在书写案例讲到那一段非常危险的时刻。

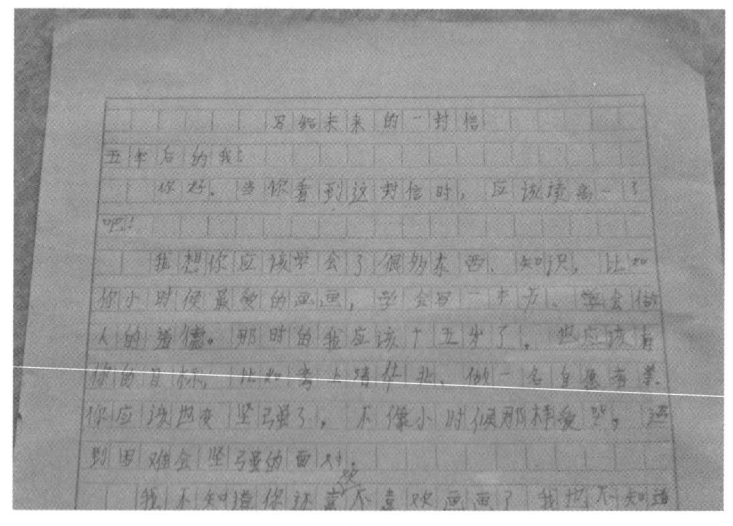

写给5年后的自己的一封信

孩子们早起念"弟子规"

第二节 助学路上的"长征"

膨胀的野心——"我们的夏令营真不错"

夏令营的"大跃进"——做强做大的野心

"取得的成绩会让人膨胀","我们也是有骄傲心的凡人",这两句话某种程度上反映了"中国心"2011年的夏令营盲目扩张而最后却不得不吞下失败苦果的原因。

2010年时,"中国心"的成长营反响不错。当时,团队做了两个点的营会,在志愿者和孩子身上都收到了不错的效果。而得出效果不错这一结论的标准,现在看来却不免有点牵强。因为对不错的评估指标是什么,却没有详细的标准。

从孩子们的角度里看,玩得开心是一点;志愿者离开的时候,孩子们哭得跟泪人一样,是情感的宣泄。

志愿者的触动就更大了。本来就觉得自己是来做一件"高尚"的事情。一两个礼拜的时间,就把孩子们搞得一把鼻涕一把泪的,个人价值感和存在感都"爆棚"。

有个老师是这么说的:"我教了一辈子书,你们这些志愿者在这里才教了两个礼拜,就抱头痛哭。"这给我们带来的思考是,我们到底要给学生,给孩子们带去什么东西?我们是否应该要注意减少这种"脆弱"情绪的渲染和扩大。(高队)

当然,高队上文所提到的思考已经是后面的事情了。至少在当时,包括高队在内的团队成员整体而言是非常欢欣鼓舞的。因为，他们感觉孩子们和志愿者的反响都不错，也觉得是时候要扩大营会的规模了。

当然，看到孩子们和志愿者的反响都不错，我们就想着2011年的夏令营要做"大"做"强"。五个点就是这么出来的。(高队)

更为悲剧的是，高队一个人就可以做决定，尤其五个点的管理人员完全不具备，就是当时的团队工作人员力量也非常薄弱，难以承担管理的风险与责任。

公益组织的成长，机构的负责人如果权力没有被关在笼子里面，为所欲为，一定会酿成苦果。这是许多公益组织迷茫的真实案例，这个"大"的后果是什么呢？

兰洋武，四川人，自由职业。
2008年冬天高队他们在募集过冬物资，我那时也在另外一个志愿者团队，有合作过，就这样认识了高队，知道了"中国心"。

我是在2011年参加了成长营。那时候我已经大四了，那时候时间很充足，还有就是我比较喜欢高队和刘队的做事风格，做看得见的实事，他们做的事情也很有意义，我觉得我能学习到一些东西，所以我就去了。负责2011年成长营招募。2011年那年的夏令营确实扩张得很迅速，当时就是不好做管理吧，那时候志愿者和学生来得很多，我们一共做了三批营会，志愿者也就换了三批，然后也出了一些小的安全事故，志愿者内部也有一些不和谐的因素，当时"中国心"的管理层面可能是因为没有经验吧，也是有些混乱的。

我对有一个事情有些印象，因为当时作为营地的那个学校是新修建的，当时有些志愿者不是很守规矩，将学校的篮球架弄坏了，将学校的墙壁弄花了，就因为这些事情当时专门开了个会议，大家都觉得很气愤，因为经过层层选拔招募而来的志愿者都是素质比较高的，但是仍然出现了这样的情况，也许是因为人数太多了吧。(兰洋武)

王昕，山东人，微博编辑。
我是从网站上看到的"中国心"，在2011年参加成长营，我觉得咱们这个成长营挺有意义的，自己也刚好有时间。

我记得那一年是在永昌小学，我负责的营地的日常管理和运营吧。

我记得那一年参加的成长营地人数特别多，我不觉得当年的成长营是很乱的，我现在能够回想起来的都是那时候咱们很多志愿者一起努力的点点滴滴吧，除了人很多有些应接不暇而外，其他的我没有感觉到有多乱。

之后的话我也去过北川两次，我自己觉得吧，那其实是一个比较纯净的环境，在那里我觉得时间过得比较慢，人与人之间相处起来比较简单，让人去了还想再去，还想再参加，让自己的生活变得特别有奔头，不像在城市里面生活那么功利，另外心里面多多少少都会有那么一点社会责任感，尽一份自己微小的力量吧。（王昕）

张芬红，浙江人，教师。

2011年我是在网上搜索到的"中国心"，在2011和2012年都参加了成长营，其实去山里支教是我很早之前的梦想，那一年我儿子初中毕业，我刚好有时间，在2011年四月份的时候我就在准备。2011—2017年则是做资助人。

2011年7月18日，我带着学校的捐款、同事的委托和孩子们的捐赠物资同儿子一起踏上了前往北川的行程。大家都知道，2008年的"5·12"特大地震几乎摧毁了整个北川老县城，那年我是一边看电视一边流眼泪，今天能踏上这片土地，看看灾后的北川和这里的孩子，心里充满了一种特别的情感。那个小小的县城在2008年的5月12日变成了废墟一片，原先2万多人的县城，幸存下来的据说只有七千多人，是这次汶川地震中受灾最严重的县城。2008年，灾难发生了，让所有的中国人感受到了人类的渺小和脆弱。但是，地震之后，报纸、电视、广播，所有媒体人、志愿者、解放军用自己的生命去换回更多的生命的时候，放下手中的书本去关注那一次次的重生，是一种感动、一种震撼。那年的"感动中国"最后一奖项得奖的是全体中国人，白岩松颁奖时所说的话曾让我热泪盈眶，"我为自己是一名中国人而骄傲。"今天，当我踏上这片土地，我的眼眶又一次湿润了，我不知道，三年过去了，北川的人民是否从阴影中走出来，北川的孩子们是否忘记了那个噩梦一样的日子。展现在我眼前的北川新县城，虽然还有排屋，但是，规划建设一新的新县城却让人感觉温暖。但是走进这片土地，却让我感觉不到县城的繁华，县城中人很少。我的心还是沉的。我这次是永昌小学项目点二三期的志愿者，当我到达永昌小学时，漂亮的校舍使我忘却了那是一个灾后重建的学校。"中国心"团队的创建者高思发队长，以及副队长刘剑锋，志愿者博士生导师邱格屏老师和前期项目负责兰洋武热情接待我。看到我的到来，非常高兴。志愿者队伍以大学生为主，缺乏成年的且在教育一线的老师。一看到我，几个居然马上决定让我去了另一个项目点安昌二小，担任项目点的二三期总负责。

到达那里，完全不是我想象中的样子，曾经无数次想象在偏远的山村角落和山里的孩子一起上课、玩耍，照顾他们的生活的情景，可事实并非如此，看着忙忙碌碌的一期志愿者们，我迷惘了，大约180名的学生，从一年级到高二，有七八十名志愿者，生活学习工作，等等，一切的事物工作需要忙碌，晚上10点多了，还在召开工作会议。生活条件如此艰苦，蚊子多，没有电扇、空调，没有浴室，十多人住一间⋯⋯对着这些我感觉不知所措，不知道自己可以做什么，高队过来了，我说："我不知道做什么？"随同而来的一位导师说："志愿者是自己找事做，不是把事情摆在你面前让你做。"这句话似乎给我指示了方向，我开始着手自己的工作了。（张芬红）

分别之时的孩子们

马槽辅导班：欢呼的孩子们

蓝天幼儿园辅导班——小组讨论

一场夏令营活动，需要借助学校的场地，同时也是我们和学校之间关系维护、亲近和加深的一个过程。

2010年我们两个点的营地做得效果还不错，就想着2011年我们要让更多的孩子参与进来。继而推论出，不就是多招一些志愿者的事情吗？

盲目扩张的恶果

扩大夏令营的举办规模"不就是多招一些志愿者么"的这种想法现在看来当然显得幼稚和天真。但在当时已经被前一年的胜利冲昏了头脑的团队成员来看，这大体上没有什么逻辑错误。于是团队做的，就真的只是多招一些志愿者了。

五个小营，三批志愿者，每批服务一个礼拜就"撤退"，新的一批又上来。那一年，志愿者报名人数高达1500人，最终招来了510个，全部是自付差旅费、生活费用来到北川，提供志愿服务。这其中，还包括了牛津、哈佛的留学生。最终参与夏令营儿童的数量高达800人。

然而古训道："欲速则不达。"在我们对于项目本身的理解不到位，相关人员配置和管理没有跟上来的情况下，就想着扩大影响力和做大做强，最终带来不太好的结果也就并非完全不可预料了。

其中，志愿者不遵守营会各种规范的现象频发。

我们的管理制度里面非常明确地说了：不能穿拖鞋，不能穿短裤。但就是有志愿者在值班期间穿拖鞋。这样的规则意识如何给孩子们做表率？

穿拖鞋的那个志愿者是西南某大学一个志愿者团队的领队。当时，邱姐是该小营的负责人。（邱姐是谁呢？她每年给团队10 000元的行政经费，基本什么要求都不提，完全信任我和刘队，当我们自己兄弟。她还是华东师范大学的博士生导师，能力强不说，她本人还疾恶如仇。）

当时，她打电话给我，非常生气地要我过去她那个小营。见到我的时候，气哭了。大致是说，以穿拖鞋值班的志愿者为首的一行30多人的志愿社团，既不听招呼，又不服从安排，不尊重老师，还跟她吵架。邱姐说，你不开除他，我就走。

当时"开除"是要挂在网上公示的，对于志愿者是一种太大的伤害。考虑到他们毕竟付出了，最后只做了个"劝退处理"。（高队）

更令人震惊的事情还出现在后面。由于当时团队一共有5个点，找不到那么多的全职工作人员当营长,所以就从志愿者中选拔了一位出来当营长。然而那个营长对管理完全没有概念。

山里面的那两个点比较小,所以我们选志愿者当营长。选的还是比较靠谱的志愿者。我们的期望只是最后不要出安全问题就好了。不过比较奇葩事件还是出现了,有一个营长带着孩子们偷跑出营地去烤羊,还摘老百姓的瓜。(王玉阁)

没办法,各个地方都特别容易出事。我就东跑西跑各个地方去"灭火"。偷肉吃的最后做了"警告"处理。除此,在永昌小学内的小营,有人在保温墙上打了10个印,保温墙的材质是高科技产品,赔了不少钱;还有人把学校栏杆给掰断了,又是赔钱……这些错都是志愿者干的,最后只能由我们兜底。(高队)

"当头一棒"之后的反思

经历了混乱的盲目扩张的2011年夏令营之后,团队收获了很多的经验和教训:

第一,营长自身管理水平和抗压能力有待提高。

五个项目点,每个负责人的个人能力并不足以支撑去单独负责一个点。所以高队和刘队不停奔波于各个项目点去"灭火"。(瞿晓龙)

不仅仅是2011年的夏令营"营长能力问题"明显,还有就是生活经验、工作经验都不太多;其次不懂管理技巧,加上管理人员性子或急躁或内敛,都不是管理者该有的状态和风格。这一代的孩子们,不论前面是坑与否,都要亲自去尝试的"品性"。很多地方提醒了,反复说了,还要犯错。最大的问题,是没有建立好支持系统,从培训到督导,从负责人到志愿选拔都太粗放了。(高队)

第二,志愿者分期招募、分批提供志愿服务的制度,不利于建立志愿者和孩子们之间更加稳定的、深入的关系的建立。

第一个点:马槽小学管理比较好,主要是以成都理工大学和陕西科技大学艺术学院志愿者为主,陕西科大每一年都有老师带队,效果比较好。非常不理想的就是有人走的时候掉了东西。

第二个点:墩上小学,志愿者做管理,带队以天津大学为主,效果一般。

第三个点：香泉小学，西华大学大山天使带队，只做了两周，效果不错，主要问题是管理不过来。

第四个点：永昌小学，问题相对较多的营地点，志愿者分为三批，管理人员对志愿者管理存在多方面的问题，而管理人员对于这些问题非常缺乏解决问题的方法。其中出现过有一位学生翻墙走了，最后还好，被追了回来。

第五个点：安昌幸福小学，志愿者三批，管理者是老师，有经验，更是身先士卒。

记得有一天下午三点三十分，高队、刘队、晓龙、兰洋武才吃午饭，刚吃饭接到邱博士电话，说了其中一个点的问题，需要马上处理。

第三，上一点问题同时造成了志愿者能力参差不齐的状况，给志愿者管理增加了困难。

> 志愿者招募招这么大的量，第一，我们的标准定得就太不严格，求"量"足不能保证"质"优；第二，对志愿者也不太熟悉。经常是处理各种危机事件，下午三点了我还都顾不上吃中饭。（高队）

> 2011年的夏令营我是家访组的组长，那个混乱局面啊！明明经过了培训，有的志愿者交上来的家访资料还是"看都不能看"的地步！明明有规则，不可以随意脱队，就是有这样的任性的有个性的志愿者逆道而行。（王玉阁）

第四，除了资助的孩子以外招募了太多的非资助孩子。团队对这些孩子们的了解程度和熟悉程度都不够高，对于个体关注得也不够多，管理起来的难度成倍增加。

> 小孩刚刚熟悉了一批志愿者，又换了一批人。这导致整个营会的效果大打折扣。（瞿晓龙）

> 高队那时候应该是一天到晚都睡不着觉吧！一个点出一个安全事故，这个组织就完蛋了。永昌小学有一个熊孩子，在教室睡着了，我们找遍了各种地方都没见着人，真的是吓坏了那次……（王玉阁）

基于以上判断，团队的夏令营策略做出了重大调整：收缩，减少项目点！除此以外，团队也加强了对大学生志愿者的管理。"中国心"团队希望通过这样的举措，可以切实的改善夏令营的效果。

在没想清楚"要给孩子们带去什么"的问题之前，我们不再不负责任地扩点扩招。

志愿者这块儿出了这么多问题，自此，对于志愿者规范管理的重视程度提高了很多。

经过 2011 年的暑期夏令营，我也渐渐知道了，原来有越来越多的大学生在加入志愿者行列，其实我也有一些话特别想和这样一个群体说：

第一，少说话，多做事。不要急着提建议，因为你们都还没有实践过。先干活！把活干好了，再给点建议，这是可以接受的。刚出校门的大学生的通病就是不接地气。

第二，年轻的大学生们做起事来热情度非常高，但是得有人好好带、领好头。要有严厉的管理制度去督促他们、管理他们。我见过太多的人个人行为习惯很不好，东西乱丢，不按时起床，不按时吃饭。而在我们营地里面，你不按时吃饭，就没饭吃了，就得饿着。一定要有铁律来治他们的"病"。（高队）

把项目点压缩到两个。从那以后，志愿者不再分期招募。自始至终都是同一批人提供志愿服务，也没有再公开对外招募过非资助学生。（瞿晓龙）

以现在的眼光来看，2011 年的夏令营无疑是一段失败的经历。尽管如此，这次成长营在"中国心"的发展历史中却具有非常重要的意义。因为通过这件事，团队已经基本摸清了举办夏令营的模式。因而，自从 2011 年以后，尽管"中国心"举办的夏令营也出现过这样那样的事情，但再也没有发生过像 2011 年那样混乱的景象。

从成长营探索来看，失败是必然的，我们回看自己的团队，专业的角度、社会的阅历，这几样对于我们而言都是问题。只有对专业的认同，从项目评估到设计都要从根部解决问题才会有效果，否则，营会只是热闹而没有真正为孩子带去改变。（高队）

在 2011 年这一年成长营快速扩张，从两个点到五个点，从第一年的一百多名志愿者招到 2011 年招了 500 多名志愿者，这样下来之后就导致整个管理的混乱。

管理的混乱主要是在哪些方面体现呢？

第一，目标不明确。我们需要服务的对象怎么去选择？当时我们定的对象不仅是资助孩子，还有非资助的孩子也去参加营会，我们到底要去为谁做服务呢？我觉得这一点是需要思考的。

第二，招募志愿者。我们到底需要什么样的志愿者？需要多少志愿者？这个不是临时决定，而是按照规划来的，所以我们需要什么样的志愿者？这个也是目标不明确，所以两个目标的不明确就导致事情的发展出现问题。

那时的我们第一是无专业知识，第二是无社会阅历。无专业知识是指什么呢？是指我们那个时候对社会工作心理学、教育学这些东西，对于专业项，像我们做社会工作，其实对社会工作这一块的专业是不理解的，那个时候对于我来说对这些也只是刚刚有一点了解,对社工也只是有一点皮毛的了解。这个时候在专业上是一个很痛苦的事情,比如我们对小组、对个案,那个时候完全没有概念,就完全没有这种知识去把团队做好,在这样的情况下就会出现问题。

没有社会阅历,我们的同事,他们一般是大学毕业之后就到团队工作,当没有社会的工作阅历的时候,他的管理就是一个很大的问题。这从五个项目点就可以看出来,这些大学生在参与管理的时候,我们的内部体系根本没有出来,我们成长营的整个操作体系也都没有,所以管理就跟不上。那个时候我们每天都很焦虑,睡不着觉。每个地方跑,有时候我们在管理,给团队配人也配出了问题,如何把人匹配到合适的位置,怎么去匹配负责什么样的事情,这也是问题。

第三,管理的独权。那个时候都是我一个人在管理,说实话都是我一个人说了算,出现了两个问题,这个成长营招了500多名志愿者。有一个点是做了两期,其他的全是做三期,那这体现了一个什么样的问题?第一是我内心的膨胀,这是每一个NGO老大觉得在团队发展十年以后,在扩大的时候,那个内心的欲望就非常的强烈,就觉得没有人能控制得住,他觉得我挺牛的,其实这里有埋着很大的"炸弹",而这个"炸弹"没有人看得出来,第一无权力可干涉,这在NGO是可怕的事情。NGO的负责人随便怎么做,没有人去干涉他。这很容易让一个机构做死掉。为什么我要这样来讲,一个NGO负责人如果是40~50这个年龄,阅历非常丰富的,这样相对会好一些,如果阅历相对浅一些,或者没有责任心,还没有摸出来的时候,这个时候机构负责人去做,内心做得很膨胀那么机构就很容易出大问题,没有人去管。所以我觉得在这几年,尤其在2011年,作为我自己的膨胀和独权来让成长营的快速成长,而快速膨胀的过程当中又没有一个机制制约,这是非常恐怖的,所以在2011年出现有一个孩子把腿摔断了,还有一个孩子跑了的状况。还有一些项目点管理完全是一片混乱,所以我觉得不能从只陪孩子玩,玩我觉得只是另外一种方式,我们怎么玩儿?玩到什么样的效果?就要基于他的专业性做他的评估,我觉得在这个时候作为NGO的负责人,怎么去承担他的责任,怎么有人去监管负责人,这才是一个很大的问题。我觉得理事会的建立来监督机构的负责人是尤为重要的,这也是这么多年NGO建设探索当中非常重要的一环,谁去管机构的负责人,我觉得这也是一门功课,而这门功课我觉得是"中国心"团队里每一个人都要去学习面对的东西,只要搞清楚管理的构架,把权力给关起来,组织才会发展得好,才不会出现重大的问题,否则这个团队真会永无宁日。

筹款的方向和目标在2011年这个时候对于"中国心"而言,我们主要还是想以助学筹款为主体,那个时候到了新县城,我觉得还是考虑第一个问题——"生存"。

那时面临两个问题：第一个是我们筹款的方向到底是什么？第二个是筹款的目的是什么？

先讲第一个，我们的方向到底是什么？2011年这一年我们的方向第一是在助学，第二个方向我们也在做社区发展，是中国扶贫基金会支持的。我觉得做社区发展是为了生计的问题，助学是一个常态化的项目，这会衍生一个什么样的东西，那就是机构的方向到底是什么？所以在2011年的11月16、17号两天时间我们分别请了郭虹老师、高老师、韩老师，以及全职同事一些校长参与我们两天的讨论，我们的方向到底是什么，"中国心"到底要往哪里走？方向明确我们思路才能明确，如果方向不明确那你这个团队到底要往哪儿带，带到什么地方，其实是不清楚的。所以清楚方向是一个团队非常重要的一环。那个时期我们的方向主要是生存，有些团队很多年还在谈生存，因为生存的机会不是给你那么多，而是你能不能去把握住这些机会，我觉得把这些机会把握了之后，一个团队才能从生存到发展。如果老是去讲团队还在生存，那说明这个团队几乎是一个原始的状态，就没有怎么去改变，因为团队需要去思考可持续性发展的问题，如果没有可持续性发展，就没有办法来谈，所以生存也是很多人搞不清楚的一个方向，包括现在我也看到我们自身机构在发展过程中，当分成小机构以后生存也一样的艰难。

在筹款方向与目标方向，这个目标到底是什么？我分三个问题，筹款解决什么样的问题，我们需要为谁筹款？要筹多少款？通过这三个问题来讲。

第一是我们筹款解决什么样的问题，在2011年那个时候，我们筹款最原始的目的，就是让孩子们不因家庭受到影响而不能上学，那个时候是解决他们其中一部分的生活问题，孩子的生存权，当时在我们机构是有一些体现的，生存是第一个问题。第二个才是关于发展的问题，在2011年的时候，我们对于发展理解还不多，我们的目标方向还是比较明确。我觉得我们要解决多少孩子的目标还不清楚，因为那个时候是一个欲望膨胀的时候，从成长营也看得出来，从我们资助的孩子也看得出来，因为那一年我们资助了六百多人，天天也面临着筹款的压力。

第二个问题是我们为谁筹款？我们的服务对象是清楚的，现在在我们受资助的这些孩子，清楚我们那个时候在两块区域做助学，第一是安县，第二是北川，对于这个我觉得是没有问题的。

第三个问题我们要筹多少款，在那个时候我们不太清楚，我们觉得凡是有需求我们就做，就没有一个自己的长远规划出来，所以要筹多少款在这个时候是不太清楚的，知道给谁筹款是知道的，但是要筹多少款这个是不清楚的，因为我们对量没有限制，那是一个快速膨胀的时候，所以膨胀是一个非常艰难和痛苦的事情。（高队）

因孩子需求——逼出来的个案基金

个案救助的初次尝试，由自信到担忧

为白血病患病女孩小雨筹款的事情，给"中国心"团队"个案基金"的发起开了个好头，也积累了经验。当时以网络众筹的方式，"中国心"团队很快为小雨筹集到所需的治疗费用，也在筹款过程中积累了信心。当时的亲历者刘队是这样评价这件事情的：

咱们都觉得这件事挺有成就感。当时我们的策划非常好——高队的宣传意识很强，说要选择一个好的时间点把小雨的故事推出去。我们选了 2009 年羌历年这个时间，在那个特殊的节日里以一个八岁女孩的告白书的方式把她的困难呈现出来。引发了公众的关注，最终效果也不错。通过我们的渠道募到了 10 万多块钱。另一方面，也影响了北川的教育局、政府部门来为她捐款，虽然最后钱没有从我们这边走。给小雨治完了病，还剩下 3 万 1 千 6 百块钱，她妈妈反捐到了我们的"个案基金"里，希望这个钱以后可以帮助别的像小雨一样的普通孩子。（刘剑峰）

小雨个案捐赠跨越了三年多，我去过多次，写了几十篇的情况报道，所谓的报道就是发布在 QQ 空间，让所有捐赠者看得见。一个个案，我们可以跟踪三年多，更为主要是把钱的去处说得清楚，这是一个非常重要的事情。（高队）

小雨的事情顺利完结之后，"中国心"团队又同时得到两个北川白血病孩子的信息。但依靠当时团队的筹资能力，只够救筹集一个孩子的治疗费用。因此，大家商量后选了一个治愈可能性比较高的孩子接受团队的资助款，而另一个患白血病的孩子，"中国心"团队则请求"绵阳一元爱心协会"帮忙筹款。

"一元爱心"的经验丰富，他们能力比我们强，所以我们就选择了一个相对容易（治愈）的孩子……当时也是迫于无奈的选择。因为我们本身没有能力把两个孩子的款都募到，如果都承担下来，做不好，反而耽误人家的救治时间。（刘剑峰）

但是，与信心相伴的就是接踵而来的压力和挑战。自小雨事件以后，"中国心"团队的烦恼就来了。此后，有越来越多的北川人开始给团队打电话，说他们那里也有白血病人，他们那里也有人得绝症。团队的成员终于渐渐认识到，我们团队自己恐怕没有能力做"大病个案"。

首先我们不够专业，像小雨那种治疗周期特别长，耗资特别大的个案，长远来看，我们承受不起。当时我们开了一个紧急会议，就确定我们团队不再做大病的个案，毕竟不是这方面专业。我们还是回到我们的老本行，专注助学。

那段时间找我们的人很多……从良心上来说过不去，所以专门从网络上收集了一些专业治疗白血病的一些网址、信息等，有人问我，我就把信息发给他们，但要让他们自己去想办法……

虽然我们的定位在这，我们有局限性帮不了大家，但是我们可以帮你找到更好更合适的机构去帮你。他们在大山里面信息封闭，我们提供一下。有时候也会出点主意，把一个家庭的困难重点找出来，宣传才可能有效果。这种方式对我们自己也是安慰，要不然自己心里过不去。明明看到了有人需要帮助……但是我们无能为力。

（刘剑峰）

个案基金的确立

如果说"中国心"团队做的事情到此戛然而止，那么我们会说，他们是一个靠谱且清醒的团队，但不会认为他们是一个专业且具备反思力的团队。幸运的是，"中国心"团队的成员具备敏锐的洞察力和反思精神。尽管已经不再专门的接手大病个案筹资，但是"小雨事件"让他们开始思考：如果他们资助的孩子得了重病，或是受助家庭的其他成员遭遇了一些紧急的特殊情况，如突遇车祸，影响到孩子们正常上学的时候，我们该怎么办？

这些思考是促成"中国心"团队此后设立"个案基金"的重要原因。

2012年10月，北川坝底中学受助学生"小树"家里出现了需要救助的紧急情况。事件发生以后，浙江应行久外语实验学校发动学校师生捐款26 520元。此笔款项中，有2000元作为该家庭突发疾病的救助，3000元作为开展生计活动的启动资金。而剩余资金经浙江应行久外语实验学校和北川羌魂社会工作服务中心商定之后，决定用于应对"中国心"品质助学项目受助家庭发生重大变故的应急救助资金。至此，"中国心"品质助学的个案基金正式成立。

个案基金的确立标志着"中国心"团队在助学工作上又向前迈出了一步。团队不仅仅关注学生的上学问题，还将与上学问题紧密相关的家庭突发状况纳入关注的范围内。当资助的孩子家庭出现一些紧急的特殊情况，比如重病时，团队会及时甄别并为孩子启动个案基金，帮助受助家庭度过这段困难时期。至此，团队的公益理念也发生了一些转变，不仅要"做好事"，也要考虑团队的整体定位和长远发展，能更专注地做一件事，并把这件事做得更加专业。这件事很明确，就是助学。

还有一个问题，这一次我们找到了人帮我们，下一次又出现了类似的情况，我们再去找,下下次再去找吗?这样的话,我们的朋友圈隔几天就是谁谁谁生病了,谁谁谁又缺钱了,我们会把公益做成每日的"悲情大戏"。别人看到这个孩子好可怜啊,今天我捐几百块钱,过两天又看到了一个类似这样的情况,别人会说,算了,算了,捐来捐去没有个头啊!这和"狼来了"是一个道理嘛!在这种情况下,大家觉得可以有一个类似"个案基金"的设立,有稳定的捐赠类型以及稳定的捐赠渠道。当孩子家里遇到一些紧急的特殊情况,我们会为孩子启动个案基金,帮助受助家庭度过特殊困难时期。(王玉阁)

2012年的10月8日,是我做"中国心"全职的第一天。晚上从成都回到北川,9点多刚到家,接到了小树的电话……打电话过来问我怎么样,我发觉他情绪有些低落,问他怎么了?他一下就哭了,说爷爷犯病,吐血吐了好几摊,当时把我吓坏了……第二天把他爷爷送到北川的医院做检查,北川的医院就说医不了,就真的吓到了……送到绵阳去,医生检查说是支气管炎扩张要做手术,需要钱。

他们家里哪儿有钱?小树妈妈死了,爸爸在外面,基本不管家里的小孩和老人。后来我就在微博上发了一个帖子,号召大家给这个小孩捐款,很快就筹了8000多块钱。8000多块钱,算上新农合医保,小树家还卖了一头猪,医疗费基本凑齐了。结果呢,刚刚解决完这事儿,我们的一个资助人,浙江应行久外语实验学校的张老师打电话给我,说她们学校的学生一共为小树募捐了26 520元。当时我就愣了。

听到张老师说的话,我一下就不知道该怎么办了。张老师解释说:他们在学校搞募捐,因为要做策划,好让学生回去跟家里说,所以比较晚。于是,"中国心"团队赶忙和张老师一起商量怎么处理这笔钱。张老师提出,这个钱既然已经捐出来了,我们就先放在那里,这一次没有用上,下一次可能用得上。这就成了"中国心""个案基金"的原始启动资金。

在小树爷爷住院期间,"中国心"团队从基金里面拿了2000元作为补充医疗费。爷爷出院之后,又拿了3000元钱,让已经没有办法再以做重活(帮人卸水泥)为生的爷爷,在街边摆了一个小摊,卖一些鞋子和袜子的小东西,赚取一些日常收入。

张老师,个案基金发起人。
2012年10月15日,四川绵阳北川羌魂文化传播中心(原"中国心"志愿者团队)通过网络为受助学生的爷爷募集医药费,避免因王爷爷生病造成失助兄妹俩辍学。

一看到这个消息,我的心就揪紧了。每每看到类似的消息,自己就希望可以有帮助他们的能力,尤其是北川的孩子,我的内心总有难以割舍的感情。忙碌的工作让我很难投入更多的精力关注他们。学校一直很支持我,便将此事向学校领导汇报,得到学校领导的大力支持,由五(6)班学生向全体师生发出倡议,得到了全校两千多学生及老师的积极响应,共募集善款26 620元,并于10月26日汇至"中国心"团队账户。

因其他爱心人士也通过网络为王爷爷定向捐赠了爱心善款,"小树"也有爱心人士资助其读书。经"中国心"团队与我校协商,将我校的多余的爱心捐款成立专项基金,用于"中国心"团队资助学生个案应急,避免资助学生因家庭变故而辍学,海润个案基金应运而生。

为了保证个案基金的资金稳定,学校将一部分爱心义卖、慈善一日捐的善款用于个案专项基金,并于2016年12月与大鱼公益签订了三年的捐赠协议,每年为个案补充2万元的基金。

直到今天,浙江的应行久实验学校仍在不定期为"中国心"团队捐赠个案基金。个案基金也在持续为"中国心"资助的学生家庭提供援助。但是,团队工作人员也承认,个案基金仍在某种程度上面临可持续性不足的压力。(张老师)

困难重重的"给钱之道"——经济助学

无序带来的思考

在"5·12"之后,由于无数的爱心人士、志愿者团队献爱心,尤其是大量的发物资,让当地的社会组织饱尝苦头,我们只要一去,别人以为我们是发东西去的,老百姓的内心欲望在无序的救灾中开始有了变化。2009年的春节,有爱心人士在永兴板房选择几户遇难学生家庭发放几千元的慰问金(北川县城幸存者安置点),这下让其他人知道,跑到政府部门去闹,政府部门也很冤枉,他们根本都不知道。那么我们到底是献爱心解决问题,还是给当地带来不安定呢?

2009年5月,由爱心人士捐赠,"中国心"采购了大约600把电风扇,在板房区发风扇,这时,我们不能私自做主发放,需要与政府部门协商,协商的结果是不敢发,因为数量太少,家庭太多,一旦发放要引起老百姓的不满。这会给当地的管理带来新的问题。为此,我们的电风扇运到另外的安置点发放。

社会组织需要思考,我们到底是把事情做好,还是只顾自己的感受呢,有些人就是随便选一个地方,拉起条幅,就开始发,没有与基层政府部门协商,多少人,应该怎么发?无序发放给当地组织带来很大的麻烦,政府部门会感觉你志愿者团队不专业,反而让志愿服务发展空间完全缩小。(高队)

你们的爱心把她毁了——助学路上的失败案例

有时候我们会困惑,如果是我们的"爱心"毁了你,那我们存在是为了什么?下面这些故事会给我们很大的教训。

案例一　一落千丈的小叶

成绩好,人还乖巧漂亮,震后父母双亡。北川女孩儿小叶(化名)好像忽然成为社会关注的中心。

大地震对这个女孩心灵的冲击很大。被救出来之后,小叶一直怀疑自己被父母放弃,因为爸爸妈妈没有去找她。这是除身体创伤之外的另一种精神伤痛。直到后来她的父母都被证实遇难。

失去知觉后的小叶被送往医院后,她的二爸、二妈短暂关照过她一段时间;再后来,她从外地医院转回来做康复治疗的时候,几乎就没人管她了……出院的时候,还是刘队打电话联系。

经历了如此不幸的她,在那个倾全国之力援助灾区的年代,得到了许多人的帮助。

在"5·12"大地震的刺激下,很多人的热情"爆发"了。有时候,仅仅是在网上看了几段文字,就觉得"我要去捐助他,我一定要去捐助他"……一次给孩子打个 4 000 元、5 000 元的都有……小叶的情况就是一个很典型的会引起人们爱心捐款热情的孩子。

可是,一次性给老乡们几千块钱,给他们带来的冲击是很大的。你不觉得钱很多,但对于他们可不一定。可能他一年都挣不到这么多钱。

不需要通过努力轻而易举获得的钱,会带来很多问题。但是我又没有办法站在高山上,振臂一呼,让全世界的人都听我的——不能这么捐!(李鸿)

震后羽泉组合到北川举办演唱会,在刘队的鼓励下小叶去报了名。在演唱会中,她甚至还得到了羽泉组合的伴舞、伴唱。那时候感觉她整个人的状态都不错,可是随着地震热度的降低,关注她心理状况的人就越来越少了。

身边的人,从同学、同桌到父母全都没了,一个 10 多岁的孩子,她的情绪和感受,自己如何去正确调试?她的心理关怀很匮乏。我觉得那个孩子的改变,最重要的原因是"关怀的不到位"。

从全世界被关注的中心,到大家的热情退却只剩下她一个人的世界,那个落差非常大……(刘剑峰)

于是,这个孩子渐渐变成了大家不太希望看到的样子。

有一次,她突然找到我,是为了借钱。我找到她之后就告诉她,借钱不行,如果你吃饭或者买啥东西,我都给你买,但我一定要把你送回家;一边就开始联系她的舅舅和舅妈。那个时候她就开始骗我了,说要我陪她上街,到了街上又非要见一个朋友,让我在街上等她一会儿,结果我足足等了两三个小时。当时风挺大的,想上厕所也没去,就怕她回来的时候没看到我会难过。但是,一直没有等到她,电话也一直联系不上……(刘剑峰)

当年的助学主管李鸿说,那个女孩儿琴棋书画都比较在行,舞也跳得不错,本身属于多愁善感的类型,经常会有一个人难过的时候。她受到了来自社会各界的很多关注,但表面的光束太多,真正关心她的却很少。她跟舅舅舅妈不太合得来,有时候她还怀疑舅舅、舅妈想要她手上的财产。由于家里面有地,政府重建规划要征地赔了不少钱;还有各种社会捐助,没有人知道她卡上到底有多少钱。

直到后来,这孩子的身体虽然在逐渐康复,但已经开始厌学、逃学、抽烟。

政府的补贴,来自"中国心"的经济帮助,以及社会各界的捐赠都汇到了小叶的身旁。但是当"中国心"的工作人员对她的家庭进行回访时,她的二爸是这么说的:"这个孩子已经没读书了;她钱太多,读书干什么呢?她给朋友买烟抽,经常请班上的同学出去吃饭。自己呢,就在街上闲逛,看见什么买什么,也不管贵不贵。"

临走的时候,她二爸说:"你们的爱心把这个孩子一辈子给毁了。"这也成为工作人员心中一把沉重的枷锁。

2009年的秋季,她的成绩一落千丈,不得不离开北川中学的"尖子班";第二年的时候,她终止了高中学业进入了职业中学;再后来,她职中也没有读完,"中国心"团队也终究失去了有关于她的所有消息。

提起小叶的故事,每一位"中国心"成员的心中都充满了懊悔和遗憾。

小叶的故事在我心里分量很重,可以说影响了我全部的助学工作。当时我听到那句话时非常震撼,就好像被打了一记耳光。我本来是要把事情做好的,结果把一个人一辈子给毁了。我常想,我到底是在做"好事"还是在做"坏事"?

后来我终于明白,就算我们的初心是好的,但当具体的执行策略和方法不够成

熟完善的时候，就有可能造成永久性的伤害。（那崇翰，"中国心"最早的助学主管）

并不是说单独的某个助学机构造成了这种伤害，很多捐款不是通过"中国心"的助学工作打给她的，很多事情我们没办法控制。我想，整个社会都需要反思这种助学方式的问题……（孔雪）

我们可以看到，在震后的灾区，经济上的救助达到了前所未有的高度；民间组织所能发挥的作用也达到了最大化。钱，我们有了，有时候还远远超过了我们所需要的程度。但是，钱可以解决一切问题吗？还有两个孩子的故事会引导我们更好地思考这一个问题。

案例二 一言不发的小思

小思（化名），地震造成的孤儿，当时读初中，只有一个70多岁的爷爷，不大爱说话。

他是"中国心"团队资助的孩子，可是除了资助他上学的费用以外，"中国心"团队却没有办法改变他任何行为和心理上的问题。由于地震中的惨痛经历，他自己的心里留下了很深的阴影和障碍，加上他处在比较叛逆的年龄，反映在行为上，他就有了种种让人担忧的表现。

这孩子老出去打游戏。同学们有时候笑话他没有父母或是其他言语不善，他就自己一个人搬桌子坐到后面去……跟同龄人相处得不太好。后来打游戏打到辍学……爷爷管不了他，爷爷还凑钱给他买了电脑。怕他半夜打游戏不回家不安全，买电脑让他在家里打。

你跟他说话，他就会点头和摇头，说"嗯""好"。半个小时的聊天，我们说了25分钟，他用上述反应回应了5分钟。想到的想不到的，能说的不能说的都说了，他还是没什么反馈。（王玉阁）

可是在当时，"中国心"团队没有能力也没有想到要将他列为长期关注的个案。团队里的格格找他聊天，更多的是出于非常感性的原因，如个人感情、道德的考量，但是却无法给予更加专业、更加系统的跟进。

当时我们没有想到，要把他列为"个案"或者是专门长期跟进的一个孩子。我们之所以找他聊天，是出于非常感性的东西，如个人感情、道义的考量，这个孩子我们认识,现在状态不好,所以我们必须跟进他。

出发点是好的,但我们没有能力也没有方法。

这是一种什么样的行为?我们应该采取什么样的方式方法来和这类孩子交流?要不要设计一个方案去跟进?

没有这些专业的逻辑和理论支持……有时间就跟他沟通多一些,没时间就少一些。但我们,我和另一个跟进他的同事,都是20岁出头的年纪,我们的沟通方式、生活阅历本身就很单薄;机构也没有其他的工作人员可以来仔细跟进孩子的情况。(王玉阁)

小思应该算是需要关注的特殊儿童,团队成员逐渐意识到这点,但为这部分儿童提供服务,其实已经超出了团队的专业能力范围。

这就是为什么我们把"心理助学"从我们整体的助学框架中剔除出去了……遇到了很多这种孩子,越来越看清楚我们自身的能力受限。(瞿晓龙)

案例三　爱慕虚荣的小海

第三个案是关于小海(化名)的,当时是高中生,因"5·12"地震一只脚高位截肢,另一只脚也受伤。

"中国心"团队结识他是在2008年11月份。当时,志愿者去他家所在的板房区发放爱心衣物,偶然得知了他的状况,之后就开始持续性的关注。

那时候的小海人长得比较帅。在一只脚高位截肢之后,另一只脚在养伤中,他的性格有了一些变化,情绪也不稳定,很容易生气。

地震刚过去那会儿,关注他的人特别多,他的状态还算比较好。他还写自传体小说,写地震那时候发生的一些事情。但过了一段时间之后,好像就没有公开连载了。等到他人对他的关注度降低之后,他渐渐就有了一些心态上的不平衡。好像所有人都抛弃他,自己没有得到应有的关注,有点"自暴自弃"的感觉。

于是当"中国心"团队再见到他的时候,他已经不是当初那个样子了。

等我几年之后再见他的时候,戴着金戒指、金项链,全身都是名牌……我就感觉,这孩子有点不太对劲了。人很浮躁,追逐的是物质上的虚荣。和我印象当中的简单、青稚的少年差别太大。还好,后来学会专门学了一门技术。(高队)

他在QQ空间还会发一些有些吓人的类似于"生无可恋"的状态。(瞿晓龙)

这个孩子也已经长成了"中国心"团队不希望看到的样子。就像当时的亲历者瞿晓龙讲的一样：只是短期过度的关注，没有一个良性的持续的关注，可能给孩子带去更多的负面影响。

"5·12"是一个特殊事件。在那个特殊时期，孩子们得到的关注比较多。他们不同于"中国心"团队的常态化助学所针对的普通困境儿童。这些孩子所受到的关注力太大了，而一旦这些关注力突然间都没有了，他们的心理落差是任何人和任何事都没有办法弥补的。

而那时的"中国心"团队尽管在做助学，做的却只是给钱，没有精力也没有时间和能力把关注点放在引导孩子身上。而且，当时的团队也没有多少经验，不知道该如何引导。

这几年，我们在探索"品质助学"的过程中不断地思考，在我们自己本身还没有能力的情况下，可不可以借住外力？比如，面对这些心理状态不是很好的孩子们，可不可以请专业的心理老师过来聊天和疏导？

类似事件的发生，提示我们要在"心灵助学"方面下更多的工夫。

回看北川十年的助学，我们见到更多的残疾朋友，这些在地震中留下的伤痕有谁能慢慢地陪伴他们，帮助他们从心底到外表真正地站立起来，像我们认识的代国宏、黄梅花、郑海洋，他们（她们）都是依靠自己的努力去改变了命运。地震后留下的伤害太多，有些可能是一辈子，而不是十年、二十年就可以过去。

我和代国宏多次聊到，我们在未来用什么办法可帮助这些在地震中高位截肢者？（高队）

我们的助学是时候改变了——对钱的反思

十年助学工作中，"中国心"团队遇到过很多个像上文提到的让自己无能为力的个案，最终不得不承认自己的"失败"。在一次又一次的碰壁中，团队越来越清楚一点：助学工作从来不是简单的财富流动。当我们沉浸在因为个人捐款而带来的成就感和自豪感之中时，接受捐款的人可能还在黑暗的深渊中踽踽独行。花花绿绿的钞票后面，有太多无人问津的孤独内心和从天而降的财富裹挟而来的不平衡。

所以，从那时开始，团队开始反思之前的"经济助学"工作，是否对于孩子的内心关注得少了？又是否需要在金额上做一些调整和规定以减少"过度捐赠"？"心灵助学"概念的产生已经具备了足够的基础和土壤。

这些失败的个案也影响了离开"中国心"的老同事。之后，当第一任助学主管那崇翰回到重庆开展相关助学工作时，也一直坚持着只做"有限助学"的原则。

如果一个孩子一学期需要500块的学费，那我们只会给300，不管他家里有多困难，必须要自己解决一部分钱，绝不全额资助。我们可以帮助你，但是我们决不能拿走你为生活努力的信念和力量。因为，那是多少钱都换不来的。(那崇翰）

对"钱"的反思

高队给萌娃剪指甲

第三节 "品质助学"概念的形成

由品质峰会引发的思考

"品质峰会"是2010年冬天华夏公益联合会在杭州举办的一场玉树地震救灾总结会。该联合会由上百家公益组织共同组成，"中国心"团队也在其中。

参会的高队、刘队和同样来自四川的公益人"老黑"住在同一个房间。大家闲聊之中谈及本次会议取名为"品质峰会"的含义和意义，接着又谈到助学方面的问题。谈着谈着，老黑不禁问高队："你们为什么不做'品质'助学，把助学做得更加有'品味'些？"当时，高队并没有给老黑明确的回答。连老黑本人也没有意识到，这一句话究竟有什么特别之处。然而，正是公益人的这一句无心之话，却成为了"中国心"助学的一个长远目标与追求。

我们在助学过程中遇到的"棘手"个案那么多，催促着我们不断反思助学工作中"经济支持"的意义到底有多大？

当我第一次从老黑那里听说了"品质助学"这个词，就感觉很好。这个词语一定程度上是对我们一直以来困惑和纠结的问题的一种解答。（高队）

回来之后，高队、刘队就和格格一起讨论，商量要把机构助学的名字改成"品质助学"。听到高队和刘队的描述，格格只是说："你们觉得好就好。"于是，机构助学项目改名这样一件大事，就这样简简单单地确定了下来。

现在回想起当初的决定，尽管认为这个决定本身没有问题，但高队却认为，当时的决策过程略显草率。

过程简单，这个东西有利有弊。不是说每一件事情都搞得那么复杂就一定更好；但另一方面，思考讨论多一些，那么风险会降低一些。就像现在，围绕一个项目，一堆人坐下来，画图讨论好几天。我想，如果那时候，我们好好梳理"品质助学"的概念，可能发展得会更快更好一些，逻辑也会更通畅一些。

所谓"品质"，应该体现在对待不同的利益群体，服务方式的改变和服务方式的深入。这几年改变得比较慢，但我们有了这种意识。（高队）

品质助学内涵的提出

2010年年底高队跟刘队参加了品质公益峰会，在这之前高队还去台湾参观学习过。两次学习的经历带给了他很大收获，也促使他与刘队不断探讨与"品质"相关联的想法和要求。从2011年起"中国心"团队正式开始使用"品质助学"的概念，其下包含三大块内容：经济助学、心灵助学和心理助学。

作为整个决策过程的亲历者，刘队对当时"品质助学"的含义做了这样的阐释。

经济助学主要是经济资助，发放助学款。

心灵助学，以成长营、陪伴计划、影像计划、远眺计划等陪伴活动提升学生自信，促进他们身心健康成长。在当时，只有"成长营"项目。

在近半个月的营会里面，我们首先希望让孩子们度过一段开心的暑假时光，其次，才是给予他们一定的心灵支持和改变契机。但在那之后，我们有意识地去开发一些关注和帮助孩子们心灵成长的项目，如"远眺计划""影像计划""留守儿童周末陪伴计划"等，都是"理念先行，行动跟上"的例子。

心理助学，针对的是特殊儿童，比如震后创伤型遗孤。为这个群体的孩子提供助学服务，所需的专业性比心灵助学更强。我们在这方面能力比较欠缺。提出来这个概念之后，也就是遇到了棘手的处理不下来的个案去请专家做专业的心理疏导。但是，这一块的内容，我们一直以来都做得不是非常好。能力受限是最主要的原因。（刘队）

到这里，我们先不谈论当年品质助学的内涵是否准确，是否符合机构发展的要求和儿童的需求。至少，"中国心"团队已经将助学概念的外延大大扩充了。而团队也已经不再过分强调经济助学的重要性，相反的，更加强调儿童心理需求和其他需求。实际上，直到现在为止，那时候确立的"中国心"助学的基调都没有发生过大的变化。

改变服务方式，让儿童有尊严的受助。这说起来容易，做起来艰难。

如从钱的角度，不再将孩子的正面照片发在网上、不在发现金时拍照片；从项目设计的角度，要让儿童参与，发出自己的声音。（高队）

"中国心"助学的"遵义会议"

我们想要把自己的助学项目做得真正具有"品质"。但何为"品质助学"？"经济助学"的"品质"体现在哪儿？"心灵助学"的"品质"又体现在哪儿？我们如何把"追求品质"这种理念运用到实际工作中来？这一系列问题中的每一个小问题都不是那么容易回答的。

2012年冬天，"中国心"团队在郭虹老师与高圭滋老师的共同协助下，召开了为期两天的战略规划会议。会议上除了梳理团队历史、个人工作经历和心路历程以外，还对助学工作未来的发展思路与工作方法进行了探讨。这次会议对"中国心""品质助学"概念的形成有关键作用，可以称为"中国心"助学项目的"遵义会议"。

现在回忆起当时的场景，"中国心"团队的老成员们还清楚地记得当时讨论的问题。关于经济助学中所体现的"品质"。瞿晓龙、高队和郭虹老师都提出了自己的看法。

经济助学,简而言之,就是给钱。经济助学的"品质"从何体现?

其一,筹这个钱要筹得有品质。比如,现在有一个企业给我们30万;还有一种情况,30个人每人给我们1万。后者就更有"品质"一点,因为有更多的人来关注我们的助学项目。在筹款的过程中,要跟捐赠人去倡导一些观念,有意识地去教化一些问题,比如"公益成本论"。通过筹款,我们的目的不仅仅是要筹到钱,还要筹到人心,筹到理念。筹钱,同时是一个融入了"公民教育"的过程。

其二,钱花得要有品质。花得有品质,首先体现在花得要透明,财务公开,没有问题。其次,花得有品质之后,需要我们去跟进接受资助的小朋友花得有没有品质。小朋友们拿这个钱是去买零食了呢?还是被家长拿去打麻将了呢?还是给小朋友买文具了呢?这些是后期需要跟进的问题。(瞿晓龙)

经济助学,是单纯地"给钱",还是说以契约的形式来约定还钱借钱,还是说家长必须得承担一定的社会服务来换取这个钱,以使这个钱更有品质地给花出去……(高队)

400元给一个孩子,不如用这个钱去调动全班的孩子帮助这个孩子;后者是在"营造环境"。孩子们也许会想一些方法出来,比如卖废报纸,或者每个人带一点菜等,创意是无穷的。我们一定要给捐助者讲这样的故事。我们的文化中缺乏这样的意识,没有"公共事务"和"公共空间"的概念。地震之后有志愿者放《猫和老鼠》的电影,很多人不是真看这个节目,而是大家聚在一起有交流的空间和机会。后来我们去灾区调研的时候,有灾民就说还是住板房的时候热闹。(郭虹老师)

除此以外,心灵助学的理念也在这一次会议中得到了一步步厘清。

心灵助学,是我们助学工作理念的一大进步。我们不仅希望解决孩子们学习上面的物质贫困,还倡导在这个过程中对于孩子们的心灵成长有所关注,真正地陪伴他们成长。那么,心灵助学的品质又体现在哪儿呢?

原生家庭和整个社区环境其实是互相影响的两个方面,就放在一起来说。怎么在社区里面给小朋友建造一个有品质的生活环境,比如说路不好,涉及孩子的安全问题,我们可以给他解决一下修个路。再比如社区穷,我们可不可以考虑生计助学发展项目,从根本上解决受助家庭的贫困问题,授人以鱼不如授人以渔!社区的大环境，还可能是打牌、抽烟、吸毒，对孩子们影响很大的父母，是不是天天吵架？是不是有不良恶习？我们是不是可以尝试改变这样的环境，给小朋友更加良性的生活环境？（瞿晓龙）

我们助学过的 800 个孩子，我们希望他们以后会怎么样？在台湾考察了一个"中国心"类似的台东的孩子书屋，我们的问题是，我们帮助了这么多的孩子，现在这些孩子在哪里？希望工程，萤火虫助学，全国有这么多钱投入助学，我只想知道他们现在是不是都成长为好公民。现在 NGO 里面有多少是原来被助学过的孩子。

我们可以不功利，但是不能做完就算了。作为一个社会组织，要去承担我们的使命。不能只管播种，不问收获。最早的环保组织就是这样，但今天已经不一样了，时代要求公众参与，需要传播、培力，我们在助学中把理念放进去。从发育社会组织的角度，一个"中国心"就能变成 10 个、100 个"中国心"。连锁反应、爱心引起爱心、生命唤醒生命，这些怎么去影响？

我们这个团队还有目标，还应该承担什么使命，现在北川的同类机构还有几个，他们在做什么？我们还能做些什么？我们的项目能够做些什么。想想这个几个问题，再想想我们的使命和目标。（郭虹老师）

从品质助学来说，只要孩子能够正常读书就可以了。第一个是关于儿童成长，和品质更为密切些。儿童要怎么成长得更好些，要根据活动范围、年龄阶段稍有不同，总的来讲受家庭影响比较大。第二个是社会，最终会落实到哪里？骂粗话，没有读书就会骂怪话了，小孩越大受社会影响就越大，就开始操社会了，信奉潜规则，老师的话不会听了；学校的影响就是对学生的影响，老师素质跟不上，学生品质就不够。

要说品质，学校和社区都可以归结到大社区的范围里面，是很关键的。社区服务和助学有什么关系，研究老师对孩子的影响和孩子的课余活动，还要多对社区居民进行教育，把环境改造成适合儿童成长的地方。（高老师）

为什么提"品质助学"，因为过去的受助方是不被尊重的。我们不仅希望孩子们有尊严的受助，而且希望孩子能够在健康的环境中成长。何为健康环境？就是有提高能力的机会。这就是我们品质助学希望做到的。而这与一个社会的公平公正，与十八大所讲的"社会建设"密不可分。（郭虹老师）

由于这场会议对"中国心"帮助非常大，现在来看，依然有方向性的意义，特收录如下：

时间：2012年11月16-17日19：00—22：00，17日邀请了学校校长代表参加。
地点："中国心"团队办公室
参与人员：郭虹、高圭滋、格格、婷婷、莹莹、高队、刘队、晓龙、毕老师、丽丽、伟琼、汉信
关键词：战略规划开展，回顾大事记，最看重的，做得最好的，今天印象最深的

高队：今天上午把大家请过来，主要研究接下来的品质助学怎么发展，确定什么样的走向。郭老师是四川社科院的老师。多年来一直指导我们帮助我们。首先介绍参会人员（过程略）。下面的时间就交给郭老师。

郭虹：大家手上拿到了"中国心"的简介。从08年开始，"中国心"在板房里看到孩子，不希望有因贫困失学的情况发生，然后开始募集资金。这两年国家越来越重视，学校的投入也在加大，情况有些改变。但同时孩子的成长问题就凸显出来。我的学术背景是社会学，一个孩子成长离不开三个环境，第一个是家庭教育，父母外出打工，由爷爷奶奶来替代，多数的农村孩子在家庭教育中是比较缺失的。第二个就是社区教育，玩伴越来越少，社区空心化以后或者过早离开社区进入学校。比如汶川茂县的多声部，高中低音是没有指挥的，没有分工的，然而合起来是非常和谐默契的，是因为他们喝酒时所有人聚在一起，面对面的传承。现在的多声部就面临失传的可能，因为学生要住校，还不能喝酒。现在农村的孩子未必对农村的庄家很了解。第三个是学校教育，最近五六年以来老师这么用心来经营文化，可问题是下午3点下课后这段时间的教育面临缺失。

"中国心"在地震时关注到孩子，地震以后到现在还是关注孩子。今天上午请到各位领导和老师，来回顾和梳理之前的品质助学还做得不够。好的就不说了，要不然不会有这么多捐款人。先请格格做个介绍。

格格："中国心"今年资助644个孩子，至今为止一共资助过800个小孩。今年筹集的资金有60万，加上以往的共有200万。我们现在有220多人的固定捐款群体，其中包括成都医学院的大学生，每人每天10元，两年共捐赠8万元；香港汉文资助50多个孩子；武汉有一个房地产公司资助了30多个孩子；今天乐施会这边会支持我们90个孩子的费用。

郭虹：这和我们学校的努力是分不开的，没有你们的推荐是做不成的，刚才有说过我们现在的教育水平在提高。本人最近在外面做了一个考察，愿意和大家分享一下。一个案例：台东，孩子书屋，创办人阿朗是本地人，阿朗在18岁时就开了台东第一家情趣用品的商店，就是这么一个人。有一天孩子问能不能带同学来玩，后来又把同学带回来有四五次。阿朗发现孩子们都喜欢来家里吃饭，就问这些孩子的家长都在干什么，他们的父母有在外打工、吸毒等各种各样的情况。有一个孩子说：这么长时间没有吃到热饭，都是吃泡面，因为钱都用来打游戏。中午饭是学校

负责的，而晚上一餐学校就不管了。阿朗就让这些孩子在自己家吃饭，有一条规定就是这些孩子必须做完作业才能回去。有孩子上初一了 ABCD 还不认识，加减都不会。希望工程不会帮助这些孩子，因为他们是差学生、"小太妹"、小地痞，得不到奖学金。我们说扶弱扶强，好学生都上好学校，去美国，接走父母，社区以后靠谁来发展就是个问题。城市化是不可阻挡的潮流，但是谁也不主动放弃，只要有那么点希望我们都不能放弃，都要提供这样的机会。

所以我们要发展当地教育。我们不仅要帮助孩子获得教育的机会，孩子怎么样才能够健康成长，这个问题显得越来越重要。我想到了希望工程，现在已经 30 年了，我们的问题是这些孩子现在在哪里，这些年我一直在做公益，还没有遇到有公益人是因为得到希望工程的帮助，想回馈社会的例子。有次我问一个孩子的资助人是谁，他答不出来。这件事情对我冲击很大，我说你一定要回去把这个了解清楚。我们的教育是不是出了问题？我们助学孩子工作了，现在他们还在做什么？

第二个案例，陕西有一个红凤工程。妇女大会在中国召开，陕西妇女绣了一个百鸟朝凤的图，献给妇女大会，妇女大会就公开拍卖了这个刺绣，把拍卖的钱用来支持陕西的贫困女大学生。当时有一个要求是，当受助女大学生工作以后应该逐年偿还经费，现在有 20 年了，然而这只是一个承诺，实际上不尽如人意。虽然还是可以募捐，募捐人员原来设计的是曾经得到过资助的孩子，但是效果也不理想。

我们"中国心"现在捐献的爱心虽然可以减缓一些受助孩子家庭的经济压力，虽然捐款人可能只是这样想，我们这些做公益的人却不能这样想。十八大会议刚刚召开，社会建设由谁来建设。我们的愿景是让孩子有尊严的受助，为什么说是品质助学，让高队给大家介绍下。

高队：我们从任家坪开始，单亲、遇难家庭的孩子集中起来做帐篷学校，当时考虑的每个月是 300 元，捐款者怀疑钱是不是给小孩拿到了，所以要拍一个图片。我们的捐赠人很多来自民间，也很讨厌行政化的做法，做个 PPT 什么都行，不要拿着钱拍个图片。

夏令营的时候有问孩子，资助的钱是发给你们还是借贷你们？60% 的孩子是愿意选择借贷。因为借贷就不是显得可怜、贫穷。发助学款上有很多问题，有学生家长哭、闹，一次次加钱。上海四川商会考察的时候这家人又在哭诉贫穷，商会的人回来就说有待商榷。

如何来引导娃娃？不能因为这种方式把孩子害了，20% 的家庭如果不捐赠确实会很困难，80% 是没有问题。就像刚才郭老师说的，如果再过 10~20 年，这些孩子会在哪里？与幸福小学合作这么长时间，婷婷每个星期过来，每个月 2 次活动，这个项目叫做留守儿童之家，腾讯微爱项目。以前不做作业，作业做得很差。我们和学校一起，社区一起，营造整个环境。

郭虹：高队把品质助学的来龙去脉和思路做了一个介绍。怎么让孩子更健康的成长。让各位老师和领导建议，哪些地方是希望坚持的，可以继续，有价值的；哪些地方做得不够，可以改正和调整。我们希望在和老师讨论，怎么把助学活动走下去，我们不仅对孩子负责，我们要对捐款人负责。还有一个背景，"中国心"在做战略规划，格格把愿景和使命写下，给老师们看看。我们现在不仅仅帮助孩子，还希望营造更好的环境来配合学校。

学校代表的发言与建议：
安昌幸福二小唐校长：
　　我的本意是想听听大家，听听在座各位专家的说法。现在我来说说我为什么愿意和"中国心"来做品质助学。2009年和教育者经常分享的一个观点是，孩子不仅需要直根的营养，也需要须根性的营养，须根性的营养元素一点也不比直根的差，一点不比米饭等五谷杂粮差。我们教育部门做的是直根性方面的工作，所以我们倡导非直根性的教育，这个也是我们国家新课程教育里面新提出来的过程与方法，让孩子参与过程，在过程中学习方法，这是美好的。要掌握方法，老在岸上走，不知道水多深，什么地方长什么鱼，没有参与你肯定就不知道，所以要坚持参与进来。

　　我们以前也老发放贫困助学补贴，之前在安县，住校学生30%可以财政补贴，当时很多家长不要，以贫困为耻，我有钱给得起，拿钱就没有志气。从这个补贴可以看出地震前后的变化。以前是以贫困为耻，现在不一样，现在是大家都在拿补助，自己不拿补助觉得没有面子。

　　特别是地震后出现了很多高队他们这样的公益机构，美好愿望，无心的作用下，把他们这方面的心理扩大化，他们认为通过哭穷可以解决吃喝拉撒问题，这样养了一批懒人。所以在2010年冬天，在我们的老校区把支持我们的三大志愿者团队聚集在一起，他们都是些很牛的团队。我们说到并不是我求着你们帮助孩子这样的初衷，这也不是孩子所需要的，而站在校方的角度来看政府的能力也是有限的，学校的能力也是有限的，能把大的方向把握住，能够给孩子一个比较健康的环境也已经很不错了。这就需要社会力量、社会团体来解决一些细节问题，希望只解决一时之需，而不是一世之需，只帮助他们迈过一个坎。否则这样就有人一直躺下，公益就会变味。

　　2011年的3月份，品质助学就是在这样的背景下，是我们和"中国心"交流分享的结果。不仅仅是给钱，也要给予引导。我跟孩子家长说别人帮助是好事，不帮助你也是天经地义的，比如"中国心"、社会志愿者用来资助小孩的资金也是苦口婆心化缘来的，滴水之恩涌泉相报，我们教育孩子帮人如帮自己，给别人方便将来也给自己留一条后路，不能永远去索取。

　　今年上半年我们和"中国心"签订一个合作协议，一个公益组织和学校的协议。

这个协议的目的不是用来打官司的，而是我们的一份承诺。当时我说我们做这个品质助学，就只做一个点，这个点是社会存在的问题，是我们能够做的和"中国心"团队能做的，社会人士想做的也是能做的，同时也是社会功能的小补充，就是一个扶、引和导的作用，就是一个须根的作用，是助力，不是主力，就是在这个背景下我们开始合作品质助学。我们两家共同努力，他们还仍然用之前的方式给生活费来补充，我们共同来进行道德体制的教育，还有专题的家长学习会来引导家长，比如创造一些机会来让家长劳动。家长已经开始做些力所能及的，有这份心，后来再分享。这就是引导，你在接受帮助的时候，也要献爱心。刚开始就是说要劳动才能给这个钱，后来我们就看到很好的，偶然变成经常，经常变成习惯，习惯变成一生。这里面就是一个引导。这是我们以后可以用的思路。

再说"中国心"的使命，立足北川目前来看是不错的，以后还是会显得小气。我经常跟"中国心"说为什么愿意和你们合作，除了"中国心"，还是华侨，今年四个，每个冬天都会过来一个星期做英语，我们求同存异，你有这个愿望我们搭个平台，多方得利，最重要的孩子们得到帮助、得到引导。90%以上的捐款人都有个人宗教信仰，不论高调和低调，只要愿意献爱心都可以。比如我们学校地震以来除了中东，其他国家好像都来过我们这里，我们老祖宗讲万法归宗、万教同源、殊途同归，只要你愿意献爱心都可以。这就是一个社会功德。在这个场合、这个范围都可以做，超过这个范围的不要做，画蛇添足，活动完以后分散。这样发展下去，不仅仅帮助孩子、弱势人群，也帮助这些愿意献爱心的人提供了更大的空间。成全别人也成全自己。所以说你的这个使命还是稍稍小气了点。我经常和老师说，心中有世界，世界就有你。眼光要大，落点要小。

体制内教育是无法全部包完的，你们可以补充。我们都是为了孩子，团队很重要。你今天请了郭老师，有深厚社会学功底的专家，按照古代来说就是大儒。思想比行动更为重要，"中国心"去年吆喝比较多，今年开始思考，没有那么热闹但是有品质、有内涵，静下心来思考，你们团队在思考这个问题还需要站得高一点。

现在愿意长期做公益的人太少了，现在社会上出了什么问题就说教育有问题，现在社会上把教育功能无限扩大化，但社会对教育的付出无限缩小化，吹得最厉害是我们教育部门自己。现在无论什么问题最后总结一条，就是如果学校老师教育就好了，就不会导致那些问题的出现，这是社会的变态，把社会教育强加到学校。"中国心"在这方面可以起一个扶正社会风气的作用。所以说"中国心"很有作用，关键看你们能不能够想到。

郭虹：校长对我们"中国心"有没有具体的建议？

唐校长：第一，"中国心"骨干成员有爱心是没有问题的，但需要学习。不仅要学习西方的东西，也要学习我们老祖宗自己的。诸子百家、道德经、易经等不需要全部看完，但需要把里面核心的思想、辩证、循环用到你们的团队里面很重要。

第二，你们还需要长期请郭老师这样有分量的思想家指导。我的学校能够走到今天，是因为得到了唐院长的帮助，2010年合校前我们学校是不堪入目的，现在的执行力、战斗力是在整个北川可以排前三。这就是得到唐院长的帮助，有的时候在电话里面就一两句话，豁然开朗，比如说生态教育的提法。

现在传统文化教育不仅仅学习理论，更重要的是里面有力行，说得好不如做得好。是不是拨一块地，根据我们这边的情况种一点农作物。是不是有点从百草园到三味书屋的感觉，是不是有这个效果。所以要请各位工作者有远见、走正道，我们中国自己的思想家给你指点。不要太多，要选能用的。

第三个，是一个项目出来后要真正做好，就是把每个细节做好，才可以积小胜为大胜，才可以实现你们的初衷，才可以保证生存，活着才有话语权。

我也很愿意继续和你们合作。这几年跟我们合作交流更充分了，我们学校的意思是让每个人过最正常的生活是最好的。不要为了做教育而做教育，那是形而上的东西。通过这几年的合作我们基本上实现了这点，先把书读上，再来想办法。每个学期每个孩子都能得到奖励的机会，我们每个学期发2 000张奖状，每个孩子都有机会，成功的体验很重要，孩子的鼓励很重要。拉拉杂杂说的太多，如果说得不好，如果有压力请包涵。光靠学校不行，光靠老师不行，需要全社会的贡献。

郭虹： 如你刚才所说的，现在是大家说得多，提得多，但是自己承担的少。"中国心"团队是愿意来承担这个责任的。好的，其他几位老师给我们提下建议。

高队： 我必须补充下，我们团队我和刘队是共产党员，资助人里面有宗教信仰的不多。

马槽王校长：

只要对孩子成长有利，只要对学校发展有利，我们都愿意做。

现在的教育都让学校承担，"中国心"愿意承担社会教育对我们是有很大的帮助，这是一件非常好的事情。

另外我谈下我和"中国心"合作的事情。在我们关内，和我们山里孩子的每次活动，活动后与志愿者的感情非常深厚，走的时候依依不舍泪流满面，有很多老师都在说这个事情。

为什么短短2天能与小孩子感情这么好。我让老师去学习，当然作为老师的角色不太一样，任务不一样，承担教学压力，孩子对我们的老师有一定敬畏，我说的意思是作为希望老师能像志愿者一样活泼。我们愿意和"中国心"共同来推动各个方面的工作，提升自己。其他的没有什么独到的想法。

对"中国心"来说，坚持就是优秀。

郭虹：有什么具体的建议？志愿者和学生的关系与学校里面肯定是不一样的，昨天我们也在反思，我们的成长营不能重复一次又一次刚建立起情感，马上又要离开的情景。

王校长：你说的这个确实是一个问题，我们的老师要是能够像志愿者一样就好了，但是不可能的，我们正常的课堂教育有严格要求和规定。

安昌幸福唐校长：这是一个心理学里面可以说明的，就是审美疲劳。

郭虹：从心理学角度让这些孩子可以正常理解情感的成长，这是个很好的建议。这方面可以，避免这种大起大落。这是一个很好的建议，谢谢。

禹里民族中学唐校长：

今天是"中国心"的总结和回顾，我发现你们除了经济支持外对学生心理的关注有更多的思考。我看到你们有一个心理关怀方面的帮助，这是一个亮点。建议是定期的活动，心理方面的，可以做系列、长期的活动。另外一个建议是资助的学生是否可以集中在某一个地方，不贴标签，还是和孩子融合在一起，改个名称，管理起来可以摸索探讨出来（组织化）。

对第二个建议的回应：（幸福二小唐校长）现在已经在我们学校实验了，孩子们接受同一样的教育，但周五周末就开始集中起来让他们一起玩，只是在个人品格上让老师默默关注下，让老师来进行跟进填表。（禹里民族中学）你们现在已经开始做了，那就是跟进和落实的问题。（幸福二小唐校长）还是会"贴标签"，如何把握这个度是个问题。

第三个建议是对学生的跟进和发展，对研究成果上有帮助，可以推广。

第四个对"中国心"的专业化、能力化、系列化的提升，没有提升就是泛泛而谈。

永昌中学：

第一个建议是资助范围最好向农村贫困多的学校倾斜，城市里面父母没有工作的比较少，基本生存和吃饭是没有问题的，还有低保，所以重点是农村。

第二个建议是钱有被家长用了，没有给学生用。资助方式可以变下，建议买些东西，买些学习用品、书籍和实用性强的东西现金补贴更改一下，根据需要变成实物。

第三个建议是培养学生助人为乐的品质。可以在寒暑假，把受助学生集中在一堆让他们参加公益活动，去提升思想品德，比打助学款要影响大。

第四个建议是每年跟踪每年换，贫困家庭是在变化，今年贫困明年就可能不贫困了，学校报送了你们要跟进调查，这方面是做对了。

第五个建议是减少学生金额，增加面额。

地震过后有些孩子得到的资助比较多，我们学校就有一个孩子，这个机构来支持下，那个机构来支持下，每个月的生活费就有1 000~2 000元。资源分配不集中，反而把这个孩子也害了。(刘队补充)我们资助过的一个孩子,关心的人太多,最多的时候给了上万多的资助。现在是舅妈帮忙管钱,每个月强行要要1000多元,后来辍学留级,现在在德阳打工,没有一两个礼拜,回到绵阳跟一些人在鬼混,我把她抓到,后来又跑了,现在联系不上。

香泉小学:
一直和"中国心"团队有合作,我认为除了实物经济资助以外,还是需要加强思想道德的引导。在我们班上,有一个孩子是受"中国心"资助的,这学期上初中没有在北川,转学到陕西了,家长在开学的时候来找我,问我资助款还有没有,如果有的话你帮我领到吧。我说你为什么不主动联系资助人呢,最后他就笑下。所以说实物和经济的资助是不够的,还是需要引导,否则有可能养了一群懒人。

郭虹: 孩子认为志愿者很好,可有些父母在孩子面前说:这些志愿者很傻,会从侧面对孩子以误导。父母对小孩的影响大的时候,我们做了这么多,有可能一句话就否定掉了,也有可能会导致这种爱心被利用,这是很可怕的,所以我们要说培育公民。哪怕他以后不做志愿者,也要让他知道哪些是好的,哪些是不好的,能够有自己的价值判断,不被有些家长误导。所以如唐校所说,不光是影响孩子,还要通过孩子影响家长。

前不久我在泰国考察,泰国的一个企业家,也是认为泰国没有公民,而自己作为一名企业家有责任来对这个国家来做点事情,来为国家培养公民。这个学校不收学费,但是孩子和孩子的家庭要提供400个小时的志愿服务。包括家长到食堂里做做饭,照顾寄宿的小孩子。他有一个很重要的观点是集体生活是培育公民的开始。我们也在关注教育,我们对寄宿的批判也是很大,特别是贫困和边远山区,极端的是老师走后大学生欺负小学生。但寄宿是我们学校的趋势,如何让寄宿成为孩子成长的一个重要环节,如何让他们学会过集体生活。只有在集体生活里面才能学会容忍、包容、合作、沟通、倾听,还能脱离家庭的不好影响。弱势群体,他们有很多不好的地方,实事求是地说可怜之人必有可恨之处。由于他的环境、教育和他自己的方法,真的是不能够给孩子一个有品质的成长环境,所以作为学校和我们公益组织,就可以承担起这个责任。为什么要寄宿,我们是要给孩子一个更好的环境。所以我们不仅仅去影响孩子,也要影响孩子的家长,通过影响孩子的家长最终还是为了孩子。打断你了,不好意思。

香泉小学: 高队他们的精神,实地走访值得我们老师学习,最后归结一下,就是加强对学生和家庭的的引导。

受领导委托来参加来学习,听了郭老师和其他老师的发言,我发现了过去工作中的问题。我提一条就是,不同年龄不同班级不同地域做一些区分,来开展工作。(郭老师:这就是差别化)

郭虹：格格给大家有过汇报，筹款有超过 50 万，我们的努力是每年保持这个水平，取决于我们的工作，捐助人的态度取决我们的工作怎么样，也取决于我们的孩子，如何成长让他们觉得是值得的。所以说我们一直强调品质，什么是品质呢？从最简单的标准是受助孩子能够做自己能做的事情，承担自己的责任，遵纪守法，做一个对社会有益的好公民。所以在这方面我们要更多的求教于在座的各位老师。一方面我们也要去请教一些专家，尤其是在儿童心理方面，老师们提到了。昨天我们团队的能力打分中儿童心理和社区经验的分数是最低的，专业知识是最差的，这与我们刚才老师的建议是不谋而合的，我们昨天总结了 18 项能力中最差的就是这几个方面，如唐校所说有品质的助学必须要有有品质的团队。"中国心"的队员都还很年轻，但非常难能可贵，我自己都被他们感动，和家里说一声背着包就来了，就这样来了，他们和父母说去个三个月就回来了，结果琼琼待了快两年了，格格已经 2 年多了，莹莹已经一年了，还有我们的婷婷都是这样的。希望他们的工作能够得到我们老师和学校的帮助和支持、指点。

最后还有一点时间，希望各位老师以你们对学生的了解，为了让孩子们成为一个合格的公民，社会公益组织还能够做些什么，应该从哪些方面努力，或者配合学校的教育还能做什么，老师们给点建议。不仅是给"中国心"，还有正轩、西科大，还有绵阳很多公益机构，可以通过我们"中国心"，更多地为孩子们做点什么。

建议：

家访：寒暑假深入到学生家庭中，或者社区去参加活动，生活一段时间，深入细致的了解，然后去引导。

亲子活动：通知学生和学生家庭，父母和孩子加强交流，就是费用大些；亲子活动都有，学校会给你发一个单子，学校应该怎么做家长应该怎么做，互动多些；高队问是不是请老师管，我们不派老师，因为体验不一样，"中国心"加入进来责任不一样，很考手艺；整班推进。

把号脉，跟着节奏，在校园里面要跟着学校走，你们是嵌入式，不可能单独给你一个体系。只要校长支持，都会越搞越好，社区、乡村、政府等方面的工作是不好搞的，但这是成功的关键节点所在。

我们学校的心理教育观点认为是让所有孩子过最正常的生活是最好心理教育方式。

在活动中可以开展比赛类活动，引进创造力大赛，对孩子有一定的帮助。

社会实践活动可以做成一个项。

学生制作的手工还是很创造性的，申请专利，拍卖手工品作为爱心。

大教育观，除了学校的教育，整个社会和社区都要考虑。

学校每周星期四下午有兴趣课程，山区里面的英语、体育、美术和科学实践比较缺乏。

自然学校的教育，太阳能、风能、节能减排等可以和其他机构联系，比如根与芽。

跟我们民族中学做一个品牌，幸福中学做一个品牌，其他学校做一个品牌，这样就变成你们整个"中国心"的品牌，你和我们经常联系。

光靠一两个老师不行，要整个学校配合你们。

有那么的人才，设立不同的片区，根据地域特点和学校实际情况。

校园减灾防灾，根据学校的需求进行设计项目。

创新教育是以后学校发展的一个主流方向。

资源链接和品牌建立，你们有很多的资源，但是没有利用充分。

生态教育，生态多样性。

把政府的行政单位涉及进来，学校的重视程度就不一样了。

学校要引进太阳能路灯、水循环利用、走路发电、开门发电。这种教育是非常有意义的，这个也可以有。

格格回应： 感谢各位老师在羌族年里面抽取宝贵的时间来参加我们的会议。

品质助学一直都是我在负责，未来也是我在负责，虽然我们一直在提品质，但是大家都没有看到哪里能够体现出品质，最近一段时间我们想做一些提升，希望在未来和学校合作把品质体现出来，希望老师能够给我们支持和指导，尤其是专业方面的技能和提升。

高队回应： 对几点做个回应，过去在一起的时间虽然很多但没有很好坐下来给你们介绍我们自己的团队。团队现在有两个名字，北川羌魂文化传播中心，民非；另外一个名字是北川社区志愿者服务协会，是一个社团。第三个名字叫做"中国心"，这是我们对外的名字。为什么取名叫做北川羌魂文化传播中心，不是对羌文化感兴趣，羌是在北川，魂代表志愿者精神，几十万志愿者来了又走了，没有什么传承下来的很遗憾，所以起这个名字。以后我们有可能通过这个牌子做一些盈利的东西。

我们可以很清楚地看到，品质助学与社区治理之间的关系十分紧密。早期做助学，就是觉得给孩子捐款，完成他的义务教育就完了。现在我们看得非常深，涉及公民教育，也涉及我们要去改善他的大的家庭环境，改善一个更大的社区环境。

我们也做这样的尝试，以助学为基础进入社区工作。以黑水村为例。"社区治理"和"助学"齐头并进，对于我们来说还只是起步阶段。在黑水村、马槽乡，我们资助小朋友是比较多的；当地的村民对于我们的认同度和认可度是比较高的。助学打下了良好的基础；进入这个社区工作，其实也是可以更进一步加固"助学"的。反之，"助学"也可以有力地促进我们在黑水村所做的社区营造工作，双向地促进。（瞿晓龙）

于是，品质助学的内涵逐渐在各位同事和老师们的讨论中明晰起来。尽管这次会议并没有完全确立品质助学的概念，尽管直到今天"中国心"团队仍无法给出关于品质助学内涵的一致界定，但是这次会议的作用仍然是不能被低估的。这是因为，通过这次会议，大家对未来助学的发展方向已经有了一个比较明确的判断，而整个体系的完善则将会在此后的一段时间里慢慢进行的。

第四节　品质助学基本内涵的形成

经济助学的改进

对孩子的部分所做的改变：
第一，不拍正面照片对外传播，一律不拍证明照片，大的活动合影可以。
第二，不拍手上有钱的照片。
第三，资助款发放到学生生活费用。

对资助人的部分所做的改变：
第一，吸引更多资助人参与体验。
第二，对资助学生不能选择成绩好与差。
第三，资助人不再选择孩子的帅与美。
对学校部分所做的改变：
学校更了解项目，尤其申报的改变，不管受助学生成绩，以有需求为主。
对团队部分所做的改变：
体现我们对服务对象的专业性。

心灵助学的落地与启程

陪伴计划

陪伴，是最长情的告白。在长期的助学过程中，"中国心"团队见证了太多缺乏陪伴、受到孤独困扰的孩子们。也正因为如此，团队相信：心理抚慰最好的方式就是长期陪伴。

2012年，团队得知腾讯微爱开始募集并支持3万~5万的小项目，于是就申请了"留守儿童陪伴项目"。

那时，"中国心"团队在安昌幸福小学建立了一个"留守儿童关爱之家"，由志愿者担任学生"父母"的角色，自星期五开始至星期天，陪着学生同吃同住。据当时的项目人员回忆，他们做的事情主要有这些：

第一，从行为习惯上规范学生。每日朝晨读，暮自省，记录和反思一日所为。对于良好的卫生习惯、行为习惯予以正向表扬，承认做得不好的地方并鼓励加以改正。培养孩子们使用礼貌用语的习惯，并通过学生逐步影响其家庭。

第二，辅导学生学习。督导学生们完成学校课业，不但满足了学校和家长的要求，以便家长和学校更好地配合对学生的教育，同时加强学生对学业的重视。同时，设计很多兴趣教学课程，如：手工、绘画、舞蹈、唱歌、小科学实验、素质拓展、运动会等丰富的课余活动。

第三，带领学生外出参观与学习。在增长见识、开拓视野的同时，对学生进行感恩教育和爱国主义教育。

通过周末陪伴让这些缺少家庭关怀的孩子们感受到爱并学会爱别人；学习如何与他人相处、合作；提高他们的动手能力、协作能力、沟通能力和自信心。我们想参与建立一个充满爱和温暖的成长环境，让他们更加健康快乐地成长。（秦莹莹，北川留守儿童陪伴计划负责人）

陪伴计划的开展的的确对孩子们产生了一定的效果。通过调查回访后工作人员发现，80%的家长反映学生比以前更懂事、听话，会主动做家务，讲卫生了，爱写作业了等；100%的学生希望活动可以延续下去。

但是，由于开展相关工作的经验有限，在第一次实施留守儿童陪伴项目的过程中，"中国心"团队也存在着各种各样的不足。

第一，团队及志愿者经验均不足，都是摸着石头过河积累经验。

第二，志愿者队伍的流动性大。刚和孩子们熟了一点，又换了一批志愿者，有时候对于孩子们来说也是一种情感上的伤害。

第三，活动涉及的个别（二年级）学生年纪较小，活动中志愿者对这类学生更多充当的是"保姆"的角色，相对大一点的学生，他们的受益相对较小。如果活动能长期延续，建议从三年级学生为起点。

第四，多期活动内容相近，学生和志愿者均易产生"审美疲劳"。坚持在传统有效的活动基础上创新，并探索、尝试更多有趣的活动。

第五，项目周期满后能否延续不能提前确定，因为物质、资源匮乏，项目延续性没有保障，我们无法给学生们一个简单的承诺——下学期见。也许下学期真的见不了！（秦莹莹）

这一段条理清晰的描述，正是当时的项目执行人员对陪伴计划开展状况的总结。是的，项目还有许许多多的不足之处。但至少对于那些参加了陪伴计划的孩子来说，他们确实从这个项目中收获了很多，也改变了很多。为了方便读者了解陪伴计划对孩子们的作用，我们不妨把其中一个孩子的感想放在这里。

哭笑乃人之常情，但在我的世界里，好像都无所谓。因为"哭"我已经习惯了，"笑"我也不在意。

我生活在一个有些"复杂"的家庭。从小我就跟爷爷奶奶生活在一起，爸爸妈妈很少回来。人们常说的"父爱如山，母爱如水"，我从不知道是什么意思。

每一次放学，我都会看到其他同学的爸爸妈妈来接他（她）们，有的爸爸妈妈问女儿成绩怎么样，有的问上课表现如何。我的爸爸妈妈从来没有问过我，他们也很少来学校接我。很少，屈指可数。小时候，我总认为爸爸妈妈不爱我。

或许是因为家庭的关系，从小我就很自卑。

虽然没有得到太多的父爱和母爱，但我得到了许许多多大哥哥大姐姐的爱。

我们学校有一个"'中国心'留守儿童陪伴计划"，一开始，我来到这里，有些陌生，有些害怕。后来慢慢熟悉了，这个大家庭会让你感受到无限如春天阳光照到大地那般温暖的爱。

我认识了许多朋友。他们会耐心地听我说自己的故事，说着说着我大声地哭了，他们陪我一起哭。我会和不认识的但是和善的陌生人一起吃饭，互赠新年礼物，我真正感受到了"爱"。

莹莹姐曾说：我们能够参加这个活动的机会是来之不易的。全国有许多人在关注我们这些留守儿童，关注我们的一举一动，关注我们的快乐、悲伤与成长。

但是，也有很多人不珍惜这个机会，不用最认真的态度来对待这个活动，也不认真对待大哥哥大姐姐的真挚情感。许多大哥哥大姐姐为我们笑过、哭过。他们利用空余时间来陪伴我们，关爱我们。而有些人却认为这些大哥哥大姐姐来陪伴我们是他们应该做的事。最开始，我也是这么想的，但后来相处多了，慢慢地也就不这么认为了。

自从参加了"中国心"的留守儿童活动后，我变得开朗多了，愿意跟班里的同学交朋友，在一起玩了。

以前我会悲观地认为，这个世界太大，而人的爱心是有限的。现在我不这么认为了,我认为:人的爱心是无限的,但人的泪水是有限的。

每一次看见格格姐和莹莹姐,她们都笑呵呵的。我知道,其实她们很辛苦。一个活动有40多个同学。因为种种原因,时不时不能参加活动的人也不少。不体谅姐姐们的辛劳也就算了,还有人在背后说一些关于莹莹姐和阁阁姐的闲言碎语。有时候我就想,要是我早就不来了,为什么她们还在坚持呢?

我很想告诉我的同学们:有些人,她们很努力,很辛苦,就在你们的身旁,关注着你们的成长,希望你们快乐成长。

我们,要学会惜福!珍惜已有的生活。因为你在学校的每一天,你的父母就在工地上多累一天,但他们觉得值!我想,如果不是因为"中国心"哥哥姐姐们的陪伴和引导,我对于爸爸妈妈的心结不会那么容易解开。(留守儿童陪伴计划学生邓××有感)

陪伴计划未来会是怎么样呢?让我们共同期待。

远眺计划

对于很多个他们来说,理想是一种奢侈品,而远眺计划设计的初衷,就是让他们有更多的机会眺望远方,看见未来更多的可能。

瞿晓龙,也就是孩子们口中的"大象哥",正是"中国心"助学体系的一环——远眺计划的设计者。他设计这个项目的灵感来源于2012年夏天在夏令营中的经历。

2012年的夏天,我们在马槽小学办夏令营。我问他们:以后想干点什么?几个孩子和我说:"读完初中,就出去学一门手艺跟别人打工。"我问为什么?他说他的父辈兄长们的人生轨迹都是如此——出去打工一个月,挣个两三千、三四千,觉得还不错;回来之后穿得好,用得好,还挺风光的。但在我眼里,看到的却是孩子们对于未来最为贫瘠的想象。

我问为什么不读大学?大多数孩子会说:反正考不上;少数的一两个虽然告诉我他们对于大学是有所期待的,但当我细问到"想考什么大学?读什么专业?"的时候,孩子们一脸懵地望着我,有的还冒出一句惊语:"选专业是什么?我就是想考'大学'。"(瞿晓龙)

那一刻瞿晓龙才忽然意识到,这群孩子对于未来的想象之所以会如此贫瘠,很重要的一个原因是,他们对"大学""专业"这些名词的基本概念是不了解的;很可能,他们对于这些名词的理解全部来自道听途说,或是新闻屏幕上远远的一瞥。

对于山里面的孩子来说,理想真是一种奢侈品。

夏令营结束之后,瞿晓龙就一直思考他在夏令营中所遭遇的这一件事情。他想,也许真的可以设计一个项目,从根本上改变孩子们对未来的无知或者错误想象。

在我看来,孩子们这部分能力的缺失可以归结为太过于落后、封闭的视野和传统应试教育。回来之后我就在想:北川的教育情况就是这样——能上高中的很少,上不了高中的就读职中或者直接学手艺了,这个问题我没有办法解决。我唯一可以做到,就是通过设计一个项目,让孩子们无论是对于大学也好,对于理想也好,首先要有一个基础的认识。

比如,去真正的大学里看一看,发现,哦,原来大学是这样的,大学上课是那样的,他们所学的专业是这样的;再比如,有个孩子想当医生,就把他带到医学院去,想当警察就带到警校去,想干什么就尽量地让他去到一个真实的环境,用这样的方式,引导他对自己的职业规划和未来定位,有一个更直接的视觉上的冲击以及更深层次的思考,这就是当时我构想"远眺计划"的一个初衷。(瞿晓龙)

想法很快变成了实践。

2013年3月份,是远眺计划第一期开展的时间。当时,在项目的宣传海报上画了一双孩子的眼睛,寓指"远眺"。而所谓"远眺",要先看到远方,然后再去到远方。那时项目的口号是"视界决定世界"。

根据当时的设计,远眺计划主要包括三方面的内容:参观、沟通和体验。第一,参观,即带领孩子们去博物馆、大学参观学习。第二,沟通,团队会通过学校的青年志愿者协会招募一些大学生志愿者,跟孩子们沟通交流。团队倾向于找一些家庭条件不是特别好的大学生,比如拿助学款的那种。让大学生跟小朋友们分享他们自己的学习经历,是怎样一步步地考上高中,考上大学,在大学里如何通过兼职赚取生活费……团队希望以这样的形式来激励孩子们,或者给小孩一些启发。第三,体验,在前期工作的准备过程中,团队会收集孩子们的理想,根据他们的回答设计有针对性的活动;比如,孩子想当医生,团队就会安排带他们去医学院参观解剖室。当然,这是非常理想化的设计。由于时间有限,经费有限,不可能带所有的小孩去自己想要去的地方,所以团队实际是根据"孩子们最想去的地方"第一名的结果,安排体验主题,以实现较多孩子们的愿望;其他的小朋友只能跟着一起体验了。当然,远眺计划的每一期活动都有不同的主题,"中国心"团队也试图以这种方式取得更多的平衡。

当然,尽管所做的是带领孩子们参观大学,项目设计人员却可以清醒地认识到,这个项目本身所能达到的效果是比较保守的。

我不指望一两次活动就能够让孩子们对于未来有特别明确的规划。我对于"远眺计划"的期望是——比如，关于大学，想让他们看一看，看一眼之后觉得，大学确实很大，大学是要分学院的，分学院了之后还会分学科，每一门专业都不一样；大学生不是全天上课，他们有的会在寝室睡一上午；让他们懵懵懂懂地了解大学生以及大学是怎么运转的。

实际上，很多孩子还是会回到大山里生活，不会真正地走进大学。我想要孩子们看到的是很实际的"大学生活"，不一定是"高大上"的大学生活。看到了这些之后再去做其他的事，比如读职校，比如外出务工。（瞿晓龙）

当然，"远眺计划"也绝不是一个完美运行的项目，从策划到执行，我们可以清楚地看到项目落地之时所遇到的困难。对此，项目设计者瞿晓龙是这样描述当时的状况的。

首先是时间问题。我们受制于学校的行课安排，只能选择周末作为项目执行时间。但在大学里，课外讲座和培训课程放在周末是很常见的。我们总不能带孩子们去听讲座啊！另外一点是，两天时间太短了，我们希望时间可以拉长到一个礼拜或者半个月。

从环境维度来说，我们的目标地点不局限在高校，还包括企业。比如，对于初三毕业了的、部分没能考上高中的孩子们来说，他的"远眺"更多的是在职业技能方面（这里谈的不是要上职高的那部分孩子）。我希望为那些想出去学手艺的孩子们搭建一个平台，比如他想学车，我们可以对接 4S 店；他想学理发，我们可以对接美发沙龙，通过我们的平台对接一些高质量的"学习""工作"地点。为这些脱离了学校，又没有任何社会经验的孩子们创造一个缓冲地带。我希望我们这个中间平台，既给他们提供高质量的技能培训，又可以避免他们因为过早进入社会而误入歧途。

还有一个比较重要的问题：存在部分大学生志愿者，可能在积极、正面地影响孩子方面，不符合我们的期待。大学生的穿着、谈吐方式、跟小孩沟通的内容，我们很难去掌控，也很难判断大学生说的这些话对孩子们有什么影响。有些大学生当着小孩面说，我们这个学校太差了，我们这个学校哪里都不好……这样说的话，相较于我们设计这个项目的初衷来说，是一个比较大的偏离。

其三，关于项目经费的问题。"远眺计划"的筹资独立于"品质助学"项目之外。有钱，我们就做几期；没钱，我们就不做了；其实项目的实施是很不稳定的。我们目前构想的解决方案是，希望把它做成一个品牌式的项目，规范性、可操作性都可以达到让人信任的程度，然后再向基金会申请资金支持。（瞿晓龙）

其实,"远眺计划"最难的部分是筹资解决项目经费。没有钱,项目启动不了,更谈不上帮不帮得了孩子们,以及能帮到什么程度的问题。

2013年3月份远眺计划第一期项目经费的筹集,借助的是腾讯乐捐平台的微爱项目。首先由"中国心"团队在腾讯微博上发布一个众筹项目,然后发动其他的爱心人士帮忙转播。每转发一次微博或空间,腾讯就捐赠0.6元给发起的公益项目。

由于"中国心"团队在数年间已经积攒了大量的志愿者资源,大家帮团队转转微博,转眼间就达到了10多万的转发量,六万元的项目费用也就这样轻轻松松地凑齐了。这笔钱一共支持"中国心"团队做了3期微爱项目,维持了3年远眺计划的项目运转。但也是在这个过程中,团队成员开始反思这种筹款方式存在的问题:

第一,转发的人主要是公益圈内人,并未将"公益"传播开来。我转发你的,你再转发我的,就为了得到腾讯的那些钱,转来转去都是公益圈内部的自我狂欢。表面看来,这家筹集了多少万,那家筹集了多少万,但实际上并没有发动多少公众参与。要我说,如果让我发起一个众筹的话,我会拒绝公益人捐款,看看我的能力到底在哪里。

第二,目的"功利",方式又极其"单一"。为了"钱"而转发,转发了就有钱,细想这些话中的逻辑,我们都可以立马感受到这种筹款方式的"简单粗暴"。

第三,众筹这种方式的非可持续性。其一,现在的众筹,大多都是公益人圈子里你捐给我,我捐给你,这种迟早会把人捐伤的。其二,对于某些爱心人士来说——第一次,看到某个人需要帮助,她认捐了,第二次,她也捐了,第三次、第四次、第十次呢?她就跑了。网络上这种寻求帮助的信息太多,看到的人会产生疲劳,认捐也会"伤"到的。(刘剑峰)

所以,团队成员在最后得出一个结论:众筹肯定不是"远眺计划"发展的长久之计。于是在2014年,我们开始尝试新的筹资方式,于是后来又有了和绵阳电力公司的合作。

与众筹的方式相比,企业购买NGO的服务,为NGO想做的项目提供资金支持,是一种更为稳定、可持续性更强的筹资方式。

如今,远眺计划的项目资金来源既有不定期的企业捐赠,也有定期开展的网络众筹。但是显然,这些都无法完全保障项目的长期进行。

在未来,我们希望把"远眺计划"做成一个品牌式的项目,规范性、可操作性

更强。如果企业不再支持我们，也可以转向基金会申请资金支持。（瞿晓龙）

从夏令营到成长营（2012、2013、2014年）

营会名称的变化过程，其实对应了助学理念构想与变化的一个过程。

2009年的辅导班，可以说是"中国心"开展的短期支教；2010年"用爱点燃希望"的夏令营，"中国心"的定位已经不再是补课，而是带着孩子们玩得开心；2011年盲目扩张型的"涅槃重生"夏令营过后，团队开始了"回缩"策略；于是2012年开始有了小而美的"铭记羌山"成长营。

每一个主题对应的我们的活动策略，以及我们对于这个活动的期望是不一样的。这个变化的过程与现有的结果，与团队当下对于儿童教育的理解是相符的。（瞿晓龙）

2012年的成长营冠名"铭记羌山"，北川（全国唯一一个羌族自治县）情节会重一点。

2013年的成长营在雅安地震发生之后，我们也接收了一些雅安的孩子们参与到我们的营会之中来，名字中有"羌"未免显得狭隘，所以我们用了"爱与希望"。

2014年"点亮星空"，"星"同"心"，亦即点亮孩子们心中的天空，其意味更加贴近心灵助学。（秦莹莹，2012年、2013年成长营营长）

为什么一定要将夏令营取名为"成长营"？所谓"成长"，意味着无论是志愿者、孩子，抑或是其他相关群体，如资助人和孩子的家庭成员，都可以在参与这个夏令营的过程中有所成长、有所收获。自此以后，无论名称的前缀如何变化，如2013年"爱与希望"成长营，2014年"点亮星空"成长营，2015年和2016年的"那山"成长营……"成长营"这三个字一直被固定下来。

夏令营更多的是"玩"，有露营或其他的游戏形式，来实现"玩"的理念。虽然，我们期望孩子在一块儿有一些专业技能的学习或是培训，但是我们自评没有做到那么"专业"。

做成长营背后的理念其实很很简单。首先，成长营属于"心灵助学"这一块儿；"中国心"团队越来越相信一点，如果只是发钱它只能解决一部分的孩子生活上的拮据问题；但有更多的孩子缺少的是"关爱"。父母不在，或是跟爷爷奶奶一起生活，这类的家庭情况特别普遍。团队希望营会给他们带去"关怀"和"快乐"，引导他们更加懂得感恩已有的生活，关怀他人，传递温暖和力量。

正是在这样的观念的指引下，2012年"铭记羌山"夏令营应运而生。

2012年的"铭记羌山"成长营。以趣味英语为主，穿插手工、美术、音乐、舞蹈、武术等兴趣课，旨在培养学生学习英语的兴趣。趣味英语课程以英语歌曲、英文趣味游戏结合英语知识点的方式，使孩子更易接受平时枯燥无味的语法知识。

我们还利用周末时间带领学生做一些简单的社区服务工作，培养他们从小拥有一颗公益心。多次举行文艺汇演，鼓励学生勇敢地展现自我。

在这个过程中，收获的不仅是孩子，也有付出了很多心力和劳力的志愿者。有的志愿者一年接着一年地过来，为什么呢？是因为牵挂吧！

有一个志愿者曾经发过一条朋友圈：感谢参加过成长营的"中国心"的志愿者，谢谢你们让我见证了你们的成长，也让你们见证了我的成长！

这大概是很多参与者的共同心声。（秦莹莹）

为了让大家对成长营的效果有更深的体会，我们同样将一位参加过2012年成长营的志愿者的记录放在这里。

8岁的小国，是2012年成长营禹里关外项目点的一名低段学员。爸爸接他回家时，小家伙正在专注地整书、装书。这些书由各地爱心人士捐赠而来。

小国说，村里边的小朋友看书不容易，他想把书拿回去，办一个小图书室。

父亲一开始不理解儿子装书的用意，觉得带这么多书开摩托不方便。但当他得知儿子的心意后，他笑了，默默地把书系牢在后座上。

在向志愿者们挥手道别后，父亲发动摩托，载着儿子以及两箱沉甸甸的书籍，驶向了回家的路……（2012年成长营志愿者秦继丹）

除了志愿者和学生之外，从夏令营到成长营，也意味着"中国心"团队在"品质助学"概念下的深入探索。

经历了2011年的"扩张"策略之后，2012年的成长营回缩到两个学校，13年的"爱与希望"成长营回缩到一个学校。

夏令营越做越小，集中力量在一个地方，质量会越来越好，更加注重"品质"。2011年和2012年，我们两次参加杭州品质峰会，学到了一个很重要的道理：我们是否真的在尊重我们的服务对象？我们所提供的服务是否真的符合他们的需求？是否符合社会的发展？

2013年之后，少杰开始过来做助学评估工作。评估过后，开始有反思。比如，有些孩子一直来参加我们的活动,是因为受到我们资助的原因,被家长逼过来。有的孩子不一定愿意来。这些虽然是少数现象,但你必须看见,不同的孩子,不同的需求。我们要从更多的角度去思考孩子们的需求和想法。(刘剑峰)

成长营这三个字是我当时定下来的,其原因很简单,我们在几年后发现许多问题,尤其在志愿者的身上看到,志愿者本身是来为孩子的服务的,在过程中发现,志愿者到这里是需要成长的,尤其从生活习惯。我们的志愿者95%是大学生,目前中国的大学就是这样的管理,晚睡晚起,抱着手机看世界,这里是不是世界呢?养成了很多惰性。到营会,志愿者在严格的制度下,不能不共同遵守规则,这样就对志愿者开始触动,那么触动我们可以分为几类:

第一对家庭关系的重新看待,志愿者到北川遇到更多的是单亲、大病家庭,原生的家庭关系是一个很大的问题,那么我们"90后"的农村大学生面对的就是留守和单亲。

第二对亲情的看待:地震遗址的参观,使我们开始对大自然的敬畏,尤其看到人在灾难面前的渺小,生命是可以瞬间即逝,让志愿者感受到亲情的可贵。

再后来的志愿者感文里面,90%的志愿者说自己的收获了,成长了。综合这些因素,我们把夏令营定性为成长营。

取名容易,要真正的成长,是需要一个系统过程,道路漫长。(高队)

成长营志愿者的感受是什么呢?

杨洋,26岁,中共党员,四川富顺人,现就职于成飞公司。

我一共三次前往北川参与了"中国心"的支教活动,2011年和2012年是以团队的形式参与,2014年则以一名老队员的身份参与;"中国心"这个组织我是通过天津大学精仪学院的青年志愿者协会得知的;2011年和2012年我总共的服务时长超过了一个月,具体做家访工作。

2011年我第一次参加了"中国心"组织的成长营活动,那一年我正就读于天津大学一年级,大一时我加入了精仪学院的青年志愿者协会,当听到青协准备组织志愿者去北川支教时,我第一个就报名了,因为在我心里一直有一个支教的梦,也想为北川的孩子们做点事情,最后辅导员带领我们10名志愿者组队参加了北川"中国心"的成长营活动。队员们从全国各地奔赴绵阳北川,我们天津大学志愿者队伍被分到了关内的墩上项目点,由于我在方言和身体上有优势,于是就参与了家访的工作。在为期半个月的支教时间里,有许多感受很深的事。第一个印象深刻的事情就是坐车进山,那是人生第一次坐越野车,当时进山只有一条山路——擂禹路,它是2008年地震后抢修出的一条生命补给线，由碎石铺成，路的一边是峭壁，一边是万丈深渊，但路上的景色确实很美，群山被云雾环绕，冲破云雾终于抵达了目的地墩上小学。第二个印象深刻的是这里的人，由于我在成长营参与家访的工作，所以能接触到很多的人，北川山里的人十分淳朴，热情好客，北川山里的孩子天真可爱，懂事知感恩。这是我第一次接触到山里的孩子，由于孩子们的家离学校都非常远，而且路途艰险，所以他们小学二年级就开始住校，在生活上十分独立。他们热情单纯，笑容灿烂，我在成长营最喜欢的事情就是与孩子们做游戏。他们给了我很多感动，记得不知道是谁告诉了孩子们我的生日，有一天孩子们在上手工课，他们悄悄地为我做了很多手工物，当做了生日礼物送给了我，我深深地被孩子们的这份情谊所感动，让我更加爱上了这片土地和这里的人。当我离开的时候，有孩子问我明年还会来吗，我说会的！

2012年我第二次参加成长营，兑现了前一年许下的诺言，这一年我亲自带队，组织了16名队员，参加了马槽项目点的成长营。这一次我们准备更充分更专业，更有组织有纪律。这一年感触最深的是遇到的两个孩子。第一个是Wc，我和队员许俊恺徒步3个小时的山路去她家家访，被家里的遭遇所触动，她刚刚小学毕业，那年她失去了父亲，妈妈独自一人撑起了整个家，上有老下有小，经济上压力让她有放弃学习的打算，我和许俊恺回学校之后同其他队员商定一起资助她，帮助她初中三年的生活费。第二个是GT，那年GT初中毕业，但她因为家里那年发生了许多不幸的事情，她不想继续读书，我和俊恺认真地与她沟通，让她打消了辍学的想法，并做好家访资料，在网上找到了资助人，高中三年我和俊恺一直关注她的成长，她也很懂事，也很争气，2015年她考上了重点大学。

2014年，我和俊恺再一次前往北川，作为老队员去帮帮忙，印象最深刻地事就是重走擂禹路，只不过这一次不是坐车，而是徒步。我和俊恺、黄雯一行三人，从早上8点出发，行走了30多公里地山路，翻越了海拔2000米地主峰，遭遇了3次大雨，历时12个小时，终于征服了脚下的路。我们那天的经历只是众多山民们每天的缩影，孩子们上学的路比我们脚下的路更艰险。

家里人很支持我做志愿者，对我自己而言，我的志愿者工作没有因为离开了成长营而结束。回到了学校之后，我通过家教等方式挣了点钱，继续帮助在北川认识的孩子们，虽然钱不多，但希望能让他们感受到爱心是不会停止的，也希望孩子们能有机会继续学习，有机会看看更广阔的世界。（杨洋）

刘晓雪，2011年、2012年志愿者，自由职业。

回想起来，跟"中国心"的结缘，看是偶然，实际是一切都是吸引力法则吸引而来的！

我高中开始就一直希望有机缘可以参与志愿者活动，暑期支教是我很感兴趣的项目之一。当时年纪不大，也不知道通过什么渠道可以报名，大概有两年都跟某些组织的报名日期擦肩而过。跟"中国心"结缘其实看起来真的很偶然：当时我在英国北部旅行，也不知道什么时候加入的"中国心"组织QQ群，QQ弹出一则招募的信息，我欣喜若狂，马上联系国内的闺蜜，决定一同前行！

因为闺蜜的时间没办法参加2011年暑假一期活动，为了她能一起去，我就想不能加入别人的队伍，那我们自己组建一支队伍好了！就因为这样，我在很紧迫的几天时间内在网上发大量招募帖子，居然就靠网络，组建了一支大概10人的支教队，大家来自祖国的天南地北，我们都是网友！哈哈！童梦就是这样开始的。

在成长营里，做了很多曾经不曾做过的事情：照顾孩子、教学、帮厨、心理辅导、家访，等等。触动的事情很多，非要挑一件事来说的话，应该就是第二年再次参加的时候，跟一群小姑娘共住一个宿舍的回忆了。

她们的样子，甚至她们的名字，我都记不全了。她们留给我最深的印象就是，非常开心，每天很乐呵。为什么她们最让我触动？因为相处半个月，我到最后那天送行，才知道她们全部是孤儿。啊，我真的心疼得泪奔了。这么好的一群姑娘啊！活泼可爱，聪明伶俐，到底是出于什么样的理由，可以让她们的生父生母将她们抛弃？啊，真的太残忍了！

其中有个女孩，或许跟我缘分比较深，跟我一直有联系。后来她初三就辍学，跟着未婚夫出来打工，后面结婚生子再出来打工……她的命运，可能是很多中国农村女孩的缩影，可却是我平顺人生里一个很不平凡充满色彩的一页篇章。她看起来一直很开朗，即便条件贫困，也没能影响她在朋友圈分享自己的生活。她跟我提过好几次养父，她非常感恩这位年迈的养父，从她的描述里，我能感受到，她的养父给了她满满的爱。精神力量在此显得尤为伟大与重要，也就是养父的爱，让她的人生一直乐开了花。她是不幸的，她也是最幸运的。

参加了两期成长营，给我内心的精神世界是带来很大的改变的。经历过家访，才知道家访有多艰辛，才知道高队的坚持有多么不易，才打内心地敬佩他！他的坚持，他吃的苦，真的让我看到了很多希望！当年我还在大学，他让我知道，并不是每个中年人都会在残酷的现实生活里丢失理想；并不是每个中年人都会越活越自私。高队是热血的，是有梦想的并且愿意为之付出常人无法想象的努力，他是一则行走的励志故事。因为他，我觉得人不管几岁，依然可以热血沸腾，依然可以纯粹，依然可以有梦！（刘晓雪）

高雪萍，2011年、2012年志愿者，金牌卫浴高级策划，内蒙古包头市人。

2011年、2012年暑假参加两次成长营。读高中的时候一直很钦佩那些放弃大城市生活去偏远山区支教的英雄。读了大学以后，这种感觉越发的强烈，于是在网络上搜寻了很多关于支教的信息。看到"中国心"网站的那一刻，豁然开朗，瞬间觉得就是他了。大约用了半个月的时间在网络上搜寻着关于"中国心"的所有信息："2008年成立""高队""义务""公益"这几个字眼让我异常坚定，选择这个团队并且加入这个公益组织会有新的篇章出现。已经忘记用了多久时间去报名，去竞选，去听课学习，去了解优秀的志愿者分享，去看那些贫困的孩子努力的样子，都为之钦佩和坚定。报名的那一刻，就在长春找兼职工作——跆拳道教练，有武术基础但是没有教学基础，希望孩子们上我的课的时候自己能是专业的老师，每天在网上了解"中国心"团队，周末去外面道馆学习教学经验，那一段时间应该是最充实、最怀有期待的时期。

2011年暑假是自己一个人从内蒙古去四川支教，家里很不放心，陌生的城市，不熟悉的团队，会不会危险？出现了问题怎么办？当我发照片回家里的时候，他们悬着的心都放下了，并且很支持我加入这个团队。

2012年再次去成长营的已经有了自己的小团队，让我更熟悉和更加融入，负责后勤团队，大家彼此间更加默契。

现在想想那时候和一群志同道合的朋友做着彼此最坚定的事情真是的最美好的事了。

2011年支教，有一个孩子只有五岁，但是爷爷把他送到成长营之后就再也没有出现过，男孩子调皮得谁的话也不听，志愿者姐姐们又心疼又不知所措，这小家伙看到我上了一次课以后，知道高教练会武术，所以整个成长营唯独怕我，其他志愿者一旦不能掌控这个小家伙，就能听到学校里喊我的名字，小家伙就瞬间老老实实。每次我上课，他都跟着认真学习，虽然爷爷不再身边，但是晚上洗澡、洗衣服志愿者哥哥姐姐们都帮助着，孩子的性格也特别好，希望这个小宝贝能健康成长。

参加成长营收获特别多，还是那句话，那真的是大家没有任何多余的想法，一心一意地去做一件事，专注着、欢笑着、开心着，为共同的目标努力着，为了孩子们，一起让成长营更加的壮大美好。我回到学校以后一直坚持做公益，高队对我们的影响真的很大，一件事做一次不伟大，能坚持这么多年才真的伟大。公益的路上，因为知道有这么多兄弟姐妹也在一起努力就动力十足。加油，我的"中国心"，加油，我们的公益路。（高雪萍）

童梦队张迪，2011—2012年成长营志愿者。

要不是高队发起这次口述历史的修改，有些记忆就要被掩埋在岁月中了，只是没有想到，过了这么多年，拨开时间的尘埃，那些往事依然闪耀，历久弥新。

蓦然回首，那竟已是五六年前的事了。

说起我们"童梦"团队,那可能是"中国心"志愿者团队里最"奇葩"的一个。记得"中国心"的志愿者报名表里有一栏是"学校",每当我填这里时总是有些犯难。我们是天南地北凑在一起的,这学校一栏可怎么填?最后大家也没想出个结果,只能空着了。

2011年成长营:

那时候大家都是大一、大二的学生,不知怎的在自己学校愣是都没找到个组织。我是在 QQ 群里看到了刘晓雪的消息:"请问有没有一起组团队去参加支教的?"正是这句话,拉开了我们"童梦网友大聚会"的序幕。我拉上我的朋友乔大洲,她又上论坛贴吧发了帖子……于是最终形成了一个散布各地的团队,听上去倒像一个什么了不起的团伙。我们通过网络认识彼此,大家没有任何所谓对网友的隔阂和猜疑,好像我们本该相识本应相见一般,让人感觉理所当然。

究竟是什么让大家抱着一颗这么纯粹的心走到一起?我专门收集了大家的答案,虽然表达方式不同,但是本质上都一样。北川,从 2008 年开始就成为人们心中一片放不下的土地,透过那场灾难,大家不仅心系灾后人们的生活,更是关注到北川的人和社会环境。我们的祖国,总是说地大物博,人口众多,但在我们幸福生活的同时,总是有更多的人,他们吃不饱穿不暖,孤单落泪的时候没有人陪着,他们过着我们想象不到的贫苦生活。我记得小学时,跟北川禹里小学的孩子们结对子,去了他们山里的小学,了解到很多孩子每天走两公里山路上学,而整个学校只有两个老师,学校里唯一的娱乐器材就是不知谁留下的一个花色篮球,那大概是我"想帮助别人"这个念头的萌芽。

"中国心"给了我们这些力量微薄的大学生机会,让我们可以为这样的孩子、这样的地区做点什么。星星之火,可以燎原。支教期间,团队的成员们分在不同的组别。教学组的教授孩子们各种有趣的知识和课程,带孩子认识更广阔新奇的世界;后勤组的门卫安保、打点三餐、值夜巡逻、物品领用,为大家保障安心的环境和生活;新闻组的记录大家的每一刻小时光,那些刻骨铭心和不经意的感动,志愿者和孩子们最开心的笑颜;家访组的跟着"中国心"的负责人深入山区,对话那些从未涉足过的泥泞和贫困和那些未曾期许过的淳朴和乐观。

在这里,遇到了第一次可以用"战友"这一词语来称呼一群人,既温暖人又温暖心,有一种无法名状的深刻融入了生命里。人这一生,如果没有一次像支教一样的,不为名不为利,不为了任何一种带有私心的目的,只为了想要付出些什么而不求回报,只为了用自己的真心和爱去温暖别人的经历,那么这一生就是白过的。

短短一两周,却能有如此深厚的感情,大概是因为我们都在心无杂念全心全意地竭尽我们的所能,于是我们纯洁地回到了一个纯净的状态。

更让人无法忘却的,还有那里的孩子。他们大多生活条件艰苦,甚至一部分来自孤儿院,我们能看到他们生活那残忍的表象,却无法想象那些充斥在他们生活中每一个缝隙中的艰难。但他们仍然灿烂地笑着,有着来自年龄的善良和超出年龄的懂事。我想,他们教给我们的,远比我们教给他们的,更多更深刻。

大概,这一生中,不会有一种感动,超过孩子们给我的,也不会有一种友谊,超过战友们给我的。

刘晓雪,徐雪馨,刘炜英,马晓东,李双和,乔大洲,刘丽君,杨振,沈一坤,夏天一,李雪,杨秀婷,王栋鹏,邢逸凡,潘旭晟,范慧聪,刘伟,王丹……

如今,很多年过去了,童梦队员们纷纷大学毕业,各自走上了不同的岗位,书写着各自大相径庭的人生,人情的复杂,生活的繁琐,常常让每个人筋疲力尽,也许大家慢慢会变得世故,甚至虚伪。但我们的心中,一直会保有一份净地,它会一直提醒我们,不忘初心,不畏将来,但行好事,莫问前程。那里,是童梦,是"中国心",是北川。(张迪)

徐佩佩,2012成长营志愿者,小学教师。

2011年年底在论坛上知晓"中国心",刚好寒假有个陪护留守儿童的活动,就组队参与了,2012年1月份冬季、2012、2016年7月夏季共三次参与成长营,同时每年都组织团队参与。

主要原因:自己有北川情结;个人一直关注特殊儿童帮扶工作;大学时满腔热情想去做公益;锻炼自己。

在2012年的时候,我是寒假暑假都去了的,寒假学生不是很多,当时就是日常教学和趣味运动会,在暑假的时候呢,我是教练组的成员。

我记得在2012年暑期成长营的时候,有三台孤儿院的孩子过来,我对那些孩子是感触最深刻的,也许是生活环境吧,这些孩子和其他的孩子们不一样。那时我的班上有一个孩子,我现在不知道这个孩子在哪里、生活得怎么样。他是更加的不一样,表现更加急躁,有时候上课时他就趴在地上滚,就是明显感觉这个孩子是有一些问题存在的。但是这个孩子特别善良,我们都能够感觉到,这个孩子心情不好的时候,会自己一个人躲藏起来,让人特别担心。那时候因为一些突发事件,三台孤儿院被取消了,之后这个孩子也没办法联系到了,这也算是我的一个遗憾吧。

在成长营之后,因为在成长营中受过了专业的训练已经有一些思想的影响吧,现在我除了工作之外,会特别关注儿童助学这一块的事情,特别愿意去做这一件事情。在南京这个地方,虽然发达,但是还是有一些民工子弟、乡村儿童,因为自己本身是教师的关系,正在朝着这个方向努力着,希望能够尽自己的一份绵薄之力。第二点,我的交际圈发生了变化,认识了很多志同道合的朋友,大家本着一个善心去做一件事情,我们之间的交往非常单纯美好,我自己也收获了很好的友谊。(徐佩佩)

梁爽，2013 成长营志愿者，律师。

在我就读本科的时候，因为我周围有同学在 2012 年的时候参加了成长营，当时我的本科学校还没有去北川的团队，那时候我的同学和其他的网友自己组建了一个叫做"童梦"的团队，回来之后我找同学交流了一下，顿时对成长营产生了非常浓厚的兴趣，在 2013 年的时候，我的母校北京交通大学组建了自己的团队——雨露团队，就这样跟着团队来到北川。之所以当时想来参加"中国心"成长营，是因为随着年龄的增长，我越发觉得自己的所见所闻所识，包括自己的人生阅历，所造成的视野太过狭窄了，我周围的人，我接受的信息，都是和我背景差不多的，或者说是同一维度上的资源，我自己对于这个社会，这个世界的认知太单一，我需要拓宽自己的视野，看看有没有另外的一种生活方式，去看看这个真实的社会其他的人他们是怎么想的，在干什么，有何需要帮助的地方。

第二个原因是因为我自己本身是一个四川人，汶川地震对于我来说也是刻骨铭心的，在得知北川居然有着这样一个机构去帮助北川当地的人的情况下，我是非常激动的，非常感谢有这个机会。

我是 2013 年成长营新闻组组长。

印象最深的是，我刚刚来到成长营的时候，在我刚到的第二天，高队就带我进山进行一个灾情统计的工作，每到夏天就会有暴雨，那一年暴雨造成了山体滑坡、泥石流，也是因为地震的原因造成的次生灾害。当时是导致了部分桥梁、道路坍塌，当地有几个村交通受阻，供水供电有困难，当时我带着相机和高队一起走访这几个受困的村庄，汽车已经不能进去了，只有打摩的，那时候我们三个人坐个摩托车行进在乡间小路上，这个画面我现在记忆都非常深刻，有些道路已经塌陷一半了，在道路右侧是已经垮塌的山体，可以说一路上都是非常危险的，所以我印象特别深刻。那时候感觉高队在我心目中那种高大、光辉的形象一下子就建立起来了。

我觉得参加完"中国心"成长营的志愿者，都不会说只是参加而无感，绝对会在生命中留下非常深刻的记忆，这对之后的所思所想，对于之后的人生选择，都会有着或多或少的影响。对于我来说，参加完成长营之后，我已经大四了，之后我前往了北京大学攻读法律专业硕士学位，有了在北川的一段经历，在研究生期间，我做了很多关于法律的公益类活动，是用自己所学到的知识，帮助一些需要用法律来维权的弱势群体，我们还成立了一个法律公益组织，为弱势群体无偿提供法律援助，这个可以说是"中国心"带给我了一个最大的影响，它让我思考了作为一个学生，要学以致用，去帮助需要帮助的人，发挥自己的社会价值，这样才能达到自己内心的平静。（梁爽）

樊懿锋，2014年成长营志愿者。

我参加了2014年点亮星空成长营，那时候我在天津大学读书，刚上大一的时候参加了精密仪器与光电子工程学院的青年志愿者协会（下文称"精仪青协"），学期中的时候部长们和我说有一个这样的活动，我就毫不犹豫报名参加了。其实做志愿活动这样的事情，最早是从初中的时候开始，记得那时候每个月省下来的零花钱，我都会捐到四川藏区的一个学校。后来还在学校组织了捐款，那个学校的校长专门到我们学校来感谢，那是第一次体会到真真切切地帮助别人的快乐。后来到天津读高中，这件事情因为一些不可抗力就没能继续下去了，其实还是有些遗憾的。高中和天津红十字会一起参与了其他的义工活动，也让我丰富了组织志愿活动的一些经验。所以在听到有这样一个能在灾区重建之后帮助别人的机会，我是毫不犹豫想要去的。

其实最开始在教学组和家访组里犹豫了很久，最后还是选择了家访组。因为自己没有任何教学的经验，生怕教给他们一些错误的东西，这样反而并没有在帮助他们。之前从来没有做过家访的工作，前期YY语音培训的时候也是努力在学习，希望能够尽到自己最大的努力去帮助到每一个家庭。印象最深的其实是我的搭档尹梅，她是一个非常温柔的川妹子，一改我之前对于川妹子的标签化印象。有了她在，在语言方面有了很大的帮助。我们分工非常明确，往往家访资料都是我们先做完。后来和几个家访组新闻组的小伙伴一起资助了一个学生，从家访结束后一直到今年。看着她一点点长大，变得懂事，有了自己的人生规划，那种感觉真的很棒。

在"中国心"认识的人，有不少都成了交心的朋友，就像和秋艳姐和尹梅姐，在天津一起吃过饭。平时也会和他们吐槽身边的事情，交流最近自己的动态。这种感情是从别的地方没有办法获得的。

参加2014年的成长营之后，就一直在关注这个项目。2015年我和尹梅与其他精仪青协的伙伴一起担任了天津地区家访组的面试官。从最初的组员，到后来的面试官，都是想让最合适的人，给孩子们带去最好的帮助。（樊懿锋）

张群，2015年成长营志愿者，汽车公关传播。

我是在大一的时候知道的，那时候学校有一个团队叫做"乌托邦"，我是通过加入这个团队知道并了解到"中国心"的。参加成长营是在2015年，当时我大二，那时候成长营非常吸引我，因为会有许多师兄师姐来分享他们各自在成长营的一些感受，当时就想去看看那边的孩子的生活与成长。

我当时是教学组的，带的是高段二班。我那时候带的孩子，基本都是初中的，还有高一、高二的学生，这个年龄段的学生都比较叛逆，给我印象很深的是一个女孩，这个孩子从小和爷爷长大，在成长过程中可能缺少一些必要的关爱吧，她表现得特别像男孩子一样，平常上课、活动的时候这个孩子就感觉非常无聊没有意思，就会自己在那里玩，在班上经常会提一些反对意见，当时感觉这个孩子不是很好沟通。但是在慢慢接触之后，这个孩子是真正感觉到了志愿者哥哥姐姐们是真的在为他们好，真的在为他们付出，记得有一天晚上很晚了，当时下着大雨，让我没有想到的是，这个孩子给我送了一把雨伞。当时我觉得这个孩子虽然表面上比较叛逆，但是还是有一颗比较温暖的心的。

其实说实话，在我去成长营的时候，2015年，已经离地震过去很长时间了，才去的时候没有太多的感受，但是在之后参观了遗址后以及和孩子们深入接触的时候，我才感觉地震的影响远远不止我们表面上看到的这些。那段时光对我来说是一个让我异常珍惜的，对我个人的影响大概就是认识了许多志同道合的朋友吧。

七月，多想回到思绪萦绕着的山里北川。（张群）

尹梅，2014—2015年成长营家访组志愿者。

现在是夜里十二点，辗转难眠，想着曾经两度走进过的北川大山，心中思念愈来愈烈。

走过一些地方，见过一些人事，然而只有在两个地方我最谦卑：一个是天上西藏，一个是山里北川。

在西藏，我看见最善良的微笑和最纯粹的信仰；在北川，我看见最简单的快乐和最真诚的渴望。在这两个地方，谦卑使我不愿说话，怕惊扰了世间最美的灵魂。

原来的四川省绵阳市北川羌族自治县，在2008年的"5·12"大地震中被毁灭，继而又被滑坡的山体和泥石流掩埋。一个安详清秀的县城永远消失了，只留下一整座县城遗址和数不清的飘荡着的无家可归的魂魄，以及生还者此生难以磨灭的伤痛。

我知道自己不是北川人，始终无法感同身受这样惨痛的失去。每年5月12日大学好友怀念自己在地震中遇难的奶奶时，我无法安慰一句，只能给予一个小小的拥抱。北川县城在地震后移址重建，特色的羌族民宅成为一道光鲜亮丽的风景，然而那无所不在的冷清让我倍感凄凉。我已经不记得这个北川了。我心中深深挂念的是大山里的北川。

朋友于2012年、2013年暑假去了北川做志愿活动，曾发给我招募文件，我看着文件里严格的要求和条件深感自身的不足，难以前往。不知究竟什么原因，我在2014年决定去北川。三月开始准备，五月报名，继而培训，七月前往北川，最后只待半月，然而这整个过程于我的大学乃至整个人生而言都是一次深刻的尝试和努力，是一次真正的为了他人而向往地活着，是我这一年甚至很多年里做过的最有意义的事情。

于是，2015年毕业之际，我在挣扎了几个月后终于决定再去心心念念的北川。只是这次我没有准备没有面试，反而是做了天津地区的面试官之一，印象中甚至没有参与前期的很多培训。但这一次有了更大的挑战，也需要承担更大的责任。这一年暑假，我暂时忘记迷茫与惆怅，走进我曾经热烈地奔跑过的北川，在生命里难以保持的纯粹中再做一次真正的付出。

参与的志愿活动组织方是北川羌魂社会工作服务中心，但我们更愿意说"中国心"志愿者团队。我参与的只是"中国心"品质助学项目的暑期成长营活动，至于其他社会公益和研究发展项目并没有深入了解。从2008年开始到现在，"中国心"已经经历了十个年头，从当初志愿聚集的几个人发展成了一个组织，一个专职团队，组织着众多的志愿者和资助者，带领成百上千的孩子、家庭和村庄朝着更好的未来奋勇向前。

成长营项目是从地震当年开始并慢慢成熟起来的，主要是为陪伴被资助的孩子度过一个快乐的有意义的假期，营地主要设在北川安昌幸福小学。最近几年每年暑假都有一百多位来自全国各地甚至世界各地的志愿者聚集幸福小学，陪伴五百多名学生。志愿者主要有五个分工，教学、后勤、家访、摄影、评估。我最开始选择的教学组，在几次培训了解以及小伙伴的建议下改了家访组，事实证明，在这里，家访是最能发挥我优势和价值的工作。

家访，顾名思义就是走访家庭。我们每年四十多位家访组伙伴，两个人一组，要走访五百余户被资助学生家庭或新申请家庭。这些家庭大多残缺不全，有着各种各样的困境。在他们当中，有羌族、汉族、藏族的，有住在大山里的、镇上的、县里的，遍布北川。

我们用脚步丈量北川土地，用耳朵倾听大山里的声音，用澄净的心写下自己看到的、了解到的困境家庭和孩子。

第一年我作为个人志愿者和搭档走访二十余户，北川关内关外每条独一无二的道路，各式各样的交通工具，亲自访问的家庭和孩子，在深夜撰写的文字资料和内心感文，对这许多许多难以忘怀的记忆。

这一年，记忆最深刻的也许不是那些家庭和孩子，而是通往那些家庭的惊险路途。

第二年我作为家访组副组长带领19位家访伙伴和三位摄影组伙伴走进北川关内，操心着二十余人的路程、住宿、家访路线等事务，和大巴车师傅、旅馆老板、派出所人员打交道，第一次深切地体会着"责任"二字。认真而严格地审核伙伴们的每一份资料，在离营当天早晨完成所有任务。

这一年，最深刻最铭感于心的是伙伴们带给我的感动。因为每日对着电脑熬夜，尤其关内三天神经高度紧绷，饮食没胃口，加上夏日的炎热和暴雨，我在营会快结束时患病毒性感冒，每日涕泪涟涟，许多伙伴给予了我最真切的关心和照顾。

在离营前一晚 U 盘坏掉，243 份资料只能重新审核，伙伴们很理解的再把资料拷贝给我，并且几个优秀的伙伴主动留下帮忙审核。

我永远都忘不了那一晚，在灯火通明的教室里，感冒愈发严重，药物无效，但仍然不敢对未完成的任务有一丝懈怠，而桌子上的水杯被一位伙伴一次又一次地拿起，一杯又一杯的热水，正是这股温暖的力量让我撑到了凌晨四点。

当我们四人走在幸福小学漆黑的夜里时，我心中无比感激。第二日七点起床继续完成剩下的资料审核，和最熟悉的组长好友坚守到最后。在绵阳休整一晚，一个人去打了二十多年来的第一次点滴。这一年夏天，记忆犹新。（尹梅）

种子计划——从"羊角花"到"种子计划"

孩子们只能是脆弱的、需要帮助的资助对象吗？不，他们也很坚强，也有能力来服务别人。所以，我们组建了由受资助孩子组成的志愿者团队，原"羊角花志愿者团队"，2014 年冬天正式变更为"种子计划团队"，让他们也能够在接受他人帮助的同时为他人提供帮助，在这样的过程中建立更加健康的自助、助人观念。然而，这样的观念不是从来都有的，我们的工作人员也经历了一个价值观变化的成长过程。

咱们助学部有的同事忙起来没日没夜，永远都皱着眉头。她们完全没有意识到，我们资助的这些孩子是可以帮助我们分担一部分工作的一种资源，我们可以去找他们帮忙。

有同事反驳我："那些孩子怎么行？我们捐助他们，不是要把他们变成我们的免费劳动力。"她说的意思我明白，大概是害怕伤害孩子们的自尊。但是，只懂得接受别人的资助，依赖他人而不思回报与反馈，不想着自力更生改变自己的生活状态，难道就不伤自尊了吗？如果考虑到的都是自尊不自尊的，那我们的助学工作从一开始就不应该存在吗？她接受了别人的帮助，又用自己的力量去回馈帮助她的人们，难道不是一种"自尊"的表现吗？

现在的"中国心"已经有了这种观念了……当我们举办一些活动的时候，一些受资助的年龄比较大的孩子会回来给我们当志愿者。我记得高队很兴奋地跟我说，"今年的××活动，有了那些回来帮忙的孩子，我们觉得一下子轻松了好多。"

受助人只是某一方面暂时需要别人帮助的人，但不意味着她什么都做不了，什么都不会做。在我看来，受助人还是我们的伙伴。那既然是伙伴，既然你可以帮他，他有能力的话，也可以反过来帮你呀，对不对？

比如××基金会的农村社区发展项目的内容是养鸡，我们的工作人员有能力养好鸡吗？都是年轻的小姑娘、小伙子，谁知道怎么养啊？那我们就来想想，养鸡的目的是什么？哦，是要帮助村民发展经济、提高收入啊！那就让擅长养家畜的村民们自己去养啊！难道会说怕伤害村民们的自尊，所以我们全包干吗？

当你的观念转变过来的时候，你就会发现：人人都可以做，而且别人做得比我更好。那为什么不让更适合做这件事的人去做这件事呢？（郭虹）

羊角花志愿者团队成立于2011年，由"中国心"资助的初中生和高中生组成。羊角花是北川之花，寄寓着坚韧不拔的精神和美好的祝福。孩子们在课余的时间帮助我们承担一些活动，比如团队搞义卖活动的时候，他们过来看个摊子，帮忙维持现场秩序等。

在我们的助学工作中，希望引导孩子们懂得感恩和回馈，树立学成之后回报家乡，回馈社会的信念。有时候会有自我矛盾的时候。我们助学的过程中，有一些山里的孩子走出大山了，这是我们希望看到的；但另一方面这些孩子们出来了就不愿意回去了。你出来了，家乡可能还是那个样子，就是像割稻子一样，长成了就被割走了。就像我认识的两个女孩，一个做了乡村教师，一个做了女白领，两个选择都应该被尊重，都是可以的。

于个人而言，他有权利去追求更好的生活；但另一方面，我们又希望他能够回归他的社区。但这只能是对他的期许，我们不能去要求他们，强制他们这么做。我们唯一能够做的就是希望他有这个"回报"的概念，但是这个不是一时半会儿可以树立的，也不是我们可以强加给孩子的，需要社区、家庭和整个社会风气的倡导。（刘队）

2014年12月，"羊角花志愿者团队"更换名字为"种子计划"，一方面为了使松散的活动系统化和项目化，另一方面希望"种子"二字更充分地表达我们对于孩子们的期待。他们就是我们播下去的希望，我们盼望着他们健康的成长，最终成为接替我们继续服务他人和回馈社会的力量。

他们就是我们播下去的种子和希望，我们愿意陪伴他们成长，陪他们一起面对这个社会给他们带来的一些难题。等他们长大了，上大学了，有了自己的社团。灾害发生的时候，把他们全部带上，带他们去抗震救灾。（高队）

所谓"种子计划"，是在我们资助的孩子中间选拔出一部分年龄适合的，最主要是对志愿服务感兴趣的孩子们，做我们的"种子"。在我们工作任务很大的时候，他们能帮得上忙的时候，叫他们过来当我们的志愿者。这时候，他们不再是单方面接受别人帮助的"相对弱势群体"，也能够在一些力所能及的志愿活动中发挥他们的力量。

第二章　"中国心"助学的长征路：寻觅阶段（2011—2015）

心灵助学的一部分是指向孩子本身的，孩子自身的成长，我们在关注；但其实这不是我们最终目的，很多项目的设计都提到了我们要引导孩子去"回馈"，或者更深地讲，这是公民教育的一部分，引导孩子要有权利意识、责任意识，要引导他们为社会做一些事情。种子计划是这样的，我们希望孩子学成之后服务北川，至少他们的家乡，或者成为未来公益人的一种潜在群体，这是我们的目的，就目前实践结果来看，我们团队在"回馈引导"这方面的工作做得还不错。没有把它作为明面上的策略来做，更多的是靠"人格魅力"来引导。

我们"种子计划"的孩子都很给力，他们回来担任成长营志愿者。当我们工作人员与新志愿者之间有矛盾心结的时候，种子们会"以身说法"：我以前参加过成长营的，到现在我有了什么样的变化；我以前遇到过什么相似的瓶颈和困境，你现在这些情况都是正常的，不要心急……很有想法，也很用心地在帮我们分担一些责任，协调我们与新志愿者之间的关系。

包括我们以前资助的小朋友在他上班的第一个月拿了200块钱返捐回来。这件小事还挺让我触动的，虽然200块钱不多，但是它是第一个月工资啊。现在的话，我们的小朋友读了大学之后，基本上都是在当地学校的青年志愿者协会，以后的话我们不敢肯定，至少现在他们有这个意识，他们所学的专业有社会学的，有社会工作专业的，有心理专业的，有教育专业的，即使以后不是做公益，他们这些事情也是对社会有益的。（瞿晓龙）

我总结我做公益的风格，与孩子打交道的时候，不管是留守儿童还是贫困生，会非常非常谨慎。总觉得，多要求他们一点，会不会让他们受伤？会不会让他们觉得压力太大？

我会偏于负面地思考这个问题，把最坏的结果都预估足了，有时候就把自己的行动、脚步给圈起来了。（李鸿）

如何处理好这二者之间的关系？让孩子有尊严地受助和生怕孩子在接受帮助的过程中，因为自尊的缘故，受到伤害。

受资助者是我们的伙伴，是我们的资源，你把他们放在和你一样的位置的时候，你会明白，他们是有自我成长和自我负责的能力。他们有可以回馈的力量。甚至我们在硬性要求他们有所回馈的时候，是在帮助她们建立自己的公民意识。（郭虹）

种子计划的名字是2013年我和太科在火车上想到的，因为对孩子有很多期待。（高队）

"透过镜头看世界"——影像计划

相机是一个工具,借助它,我们希望孩子们能够更加仔细地观察和感受自己的城市或者村庄,是如何从废墟到慢慢变好的那一个过程。我们相信,那样一个过程对于他们的成长是有意义的。这是我们开始"影像计划"的内在驱动力。

地震之后,灾后重建的速度非常快,经常几个月不见又是另外一个模样。而我要你一点一点地看,一点一点地感受自己和身处的这个社区之间的联结,并为之做下记录,你和周围环境之间的感情会变得更加深厚。

雅安地震之后,香港扶幼基金会的周老师说,那边有一批旧相机可以给我们,给这批物资唯一的想法就是,让可能遭受心灵创伤的孩子们拍拍照片玩一玩。在此机缘下,我开始设计"影像计划"。

设计"影像计划"更重要的一个前提是,我认同孩子的视角是很独特的。他们拥有一个和成年人不太一样的世界。

应该没有多少人喜欢蚊子或者喜欢把"蚊子"当主角来拍吧!我们却见过一张名为"蚊子咬我"的照片。两朵花下面停了一只蚊子,有个孩子拍了下来,然后代替花儿说了一句话:"蚊子咬我!"像不像小孩儿被咬了之后对着父母的呢喃?这要放在成人的世界里,会不会只想着用手拍死它呢?

再比如,拍模糊了的照片,我们看过会毫不犹豫地删掉。但我却见过,视拍花了的照片为宝的孩子。她说,因为他们在动啊;我能在静静的照片里拍出动感,多好!那是一只白鹤,白鹤在飞的时候相机没有跟上,出现了一连串的虚影,在她们的眼里,这种移形换影的感觉还挺好。

还有一个孩子拍马灯。大白天,本来没点灯嘛!但是那个孩子找到了一个非常好的角度,天上的大太阳和马灯在一条直线上,太阳光刚刚好从玻璃灯罩中穿过来,就好像点了灯一样。真是很好的创意呀,把太阳装进了马灯里!

另外,小孩眼里看到的世界有另一番"真实"感。她们比较直接,看到什么就是什么,美丑的概念没有我们那么强。成人可能觉得这样拍不好看,那个不是我想要的效果,孩子们会很直接地把看到的东西拍出来。再比如,当我们进入了她们的村庄之后,我们会基于我们的常识对村庄的美、丑、贫、富作一个判断,但是小孩不会。她们会觉得这就是我自己的村庄,我长大的地方,可能她会带着更多的情感去拍摄。

总而言之,希望孩子们在仔细地观察中,增强社区认同感。(瞿晓龙)

基础的摄影知识的教学是必备的。但我们不会和孩子们多讲技术性的东西,比如,怎么构图,用什么样的角度。我们会引导他们拍一些东西,比如你们村有什么特色?过年过节的时候有什么特别的风俗?技术的学习,不是为了规范性的操作,是为了协助他们更好地用相机表达自我。

　　对于村庄来说，孩子们是"当事人"，而我们是"外来者"。这样一个身份对于摄影有什么样的影响呢？我举个例子。村里一个大爷在那里编草鞋，我去拍的话大爷可能会紧张，就会表演得庄重一点。而村里的小孩去拍的话，大爷可能会咒骂，小兔崽子的你拍老子！那个状态就会很自然。

　　对于孩子们拍的所有照片，我们都会保存。当然，会把部分模糊得根本看不清的删掉。之前给相机的时候就会规定孩子们，你不能看到什么都拍，交作业的时候选出三张你最满意的。我们很明显地看到，孩子们的选择标准和我们是不一样的，他选出来的照片并不一定就是我们所认为他所有照片中最优秀的那张。但是，在月报中刊登出来的"优秀"照片统统是孩子们自己选出来的。我们不会把我们的标准强加在我们的服务对象身上，也不会理所当然地觉得自己的标准就一定比孩子们的更优越。

　　同样的，也是在这个过程中，我们可以发现，过了一阵新鲜劲儿后，哪些小孩仍旧对拍照这件事保有热情，哪些小孩的摄影才能特别突出，这些孩子是我们可以去着力培养的对象。（瞿晓龙）

　　我们想给更多人看孩子们的世界，也希望一年以后、两年以后长大了一些的孩子们看到自己以前拍的照片时，多多少少会有一些感触。这也是为什么我们为他们办影展、出影集。为了孩子的快乐而出发，除此之外，我们别无目的，而这已经是"影像计划"最大的意义。

　　可这也引出来另一个问题了，如果我们的项目只是为了让孩子们玩得开心，你还愿意捐款吗？

　　影像计划的不稳定性是很明显的。今年有人给相机了，有人给钱了，我们的项目就可以做；明年没人给了，项目就只能停了。所以，我们需要有更加良性的筹资方式。

　　我想，是不是可以去找一些婚纱摄影店、摄影协会，或者是卖相机的来赞助？参加影像计划的孩子、志愿者，我们给他们买的都是平安保险，可不可以找平安保险给我们捐赠？这种筹款额不确定的项目，越加需要多方面的资源共同补充，才能降低项目的不稳定性。（瞿晓龙）

　　除此之外，还有开头提出的那个问题，我们的项目就是为了让孩子们玩得开心。如果我们的目的就是"玩"和"开心"，你还愿意给我们捐款吗？

这不仅仅是针对资助人提出的一个问题，在团队内部，对这个问题的回答也存在一些分歧。

在助学问题上，团队负责人可能追求的是"结果为先"，而新招进来的年轻一代则追求的是"过程为先"。我们觉得，孩子们开心就好了，而团队负责人觉得必须要有"产出"。

为什么"产出"如此重要？那是因为希望把这个项目做好之后，可以出去凭借"产出"出去筹到更多的钱，来维持该项目的可持续性。

何为"产出"？就是要规模大、范围广。有多少孩子参加？对孩子们的成长产生了多少实质性效应？是成绩提高了？更加孝敬父母？更加友爱同学了？

这些标准都是可量化的，很现实的。反倒是我们的这种"快乐""玩儿"这种着眼于内心的活动，显得"现实"感不那么强了。（瞿晓龙）

我还想到，如果在国外筹款的话，我就为了孩子们玩得高兴去筹钱，可能很多人为我捐赠。但在国内的话，别人会说你"不务正业"！

你们如果是资助小朋友上学，要生活费，挺好的啊！但是"资助"小朋友"玩"，excuse me？我没听错吧？

这可能还涉及不同的文化背景下、不同的教育体制中，人们对于"教育"的理解和期待是不同的。

不仅涉及我们团队公益理念的问题，还涉及整个社会意识和观念层面的问题。我会说："整个国内公益环境的发展，还有公众的公益意识，可能还要走相当长的一段路。"（瞿晓龙）

当团队整体达成共识：关注孩子的心灵成长，同样是我们助学工作中重要的内容，特别提出了"心灵助学"的概念。被纳入"心灵助学"板块的项目就有我们之前提到过的影像计划和远眺计划。

在我的理解中，心灵助学的关键词是"朋友关系"。我们应该和受助方建立起有温度的"朋友"关系。

如果你单纯以一个施助者的身份出现，孩子会有抗拒心理，拿到这个东西像受恩惠一样，心里有压力。相反，你跟他做朋友，他会更容易接纳你，要他接受你的帮助也会更容易些。

我们不希望助学变成客户式的"我为你服务"，或者"你的心理有问题，我帮你来解决"的冷冰冰的关系。

"朋友式"关系的建立肯定是有难度的。

首先，需要你要跟那个孩子进行长期且深入地沟通。助学部的工作人员都知道这是"助学工作"的理想状态，但目前来说，我们人手是不够的。真的要做"心灵助学"的话，人手问题必须解决，哪怕是把资助小孩的数量减少也要做"精"做"细"。

关于"心灵助学"，阶段性的问题是人员不合适，更加长远和根本的问题是没钱。

再有，心灵助学还需要有专职类的驻校社工，最好有专业背景知识的，比如社工、心理学的背景。而且稳定性要好，不能经常变动。一学期安排至少一个社工在学校里面，关注孩子一些细微的行为习惯以及心理上的成长问题，比如他是否有自卑倾向，抑郁倾向，或是其他一些较为极端的心理现象。

另外，像远眺计划、留守儿童陪伴这样的项目，除了放在寒、暑假，应该更加常态化地放在周末，均匀地分布在孩子成长的整个时间段。

当我们融入他的生活和学习环境，他成长的不同时期，我们才能跟孩子建立起一个长效的联系。有了这些情感上的积累，他们才会认同你，才会跟你做朋友。我们的"心灵助学"才能做到有"品质"。（瞿晓龙）

可持续发展的探索——生计助学

在石梯村的试验

从关注学生个人到关注学生家庭，从关注学生家庭到关注家庭所在的社区……当团队的观点和关注点发生变化的同时，团队所开展的项目内容转变到改变社区环境的重心上来。而安昌镇石梯村成为"中国心"团队首次将"助学"与"社区"结合起来的试验场。

自2011年与扶贫基金会合作开展社区项目以来，"中国心"团队还没有真正与基金会合作开展过有关助学的项目。直到石梯村项目开始，在香港乐施会的支持下，"中国心"团队终于开始了助学项目的尝试，而这个项目，一开始就被团队定位为生计助学项目。

而团队之所以选择做这样一个项目，原因在于想为助学家庭的脱贫做出探索。

为什么想做这样一个项目？原因很简单，我们想探索一下，如何让我们资助的孩子家庭摆脱贫困，不再受资助。北川关内比较远，道路情况也不是很好；2012年的时候，老百姓的手上还不是很有钱。所以我们找了关外的石梯村。首先，安昌镇刚从安县划过来，这里老百姓的经济条件会好些，作为试点地方承担经济风险的能力也会更强；其次，石梯村离我们这边比较近，方便项目跟进与协助。我们想着，先做试点，如果成功了，再往关内推广。（刘剑峰）

当时的项目执行人员叫张伟琼，在查阅历史资料时，我们看到了她对石梯村状况的描述。

石梯村全村人口1 172人，外出务工的人数多，留在村里的空巢老人、留守儿童多；地处偏远，交通不畅，导致先进的生产技术难以进入；半原始的自给自足生产方式已不能满足激烈的市场竞争机制；村民受教育程度比较低；医疗水平低，整个村里就只有两个医生。

2008年遭遇地震，本已贫穷的村子，因灾后重建贷款，村民的生活更加雪上加霜。据前期调研，村民对于养殖方面颇为上心，却苦无资金和相关技术培训指导，因此"中国心"决定以扶贫生计项目在该村开展工作。（张伟琼，石梯村生计助学项目执行人员）

一败涂地的尝试

面对这样的情况，"中国心"团队以养鸡的方式帮助石梯村的村民发展生计，但是结果却未能如愿。

项目主要内容就是"村民养鸡"。结果，失败了。虽然我们走访了很多地方，向很多专家请教，引进了良好的种苗回来。老百姓养的数量也不多，就两三百只，但还是死了很多，鸡得病！

除了这种技术受限导致鸡死了的客观原因以外，我们自身"缺乏经验"的弊端也非常明显。到异地专家那里咨询了，学习了，甚至在鸡病了的时候，把人家请过来，解剖鸡、查原因、吃药、喷药，但鸡还是死了……我们自身没有这个技术，远水解不了近渴。（刘剑峰）

后来分析这次失败的尝试，"中国心"团队意识到，自己从这段经历中收获很多。

最后项目的失败，最主要的原因是我们对农村的不够了解；没有把老百姓的积极性调动起来。比如有一个生计项目是养鸡，他们究竟想不想养鸡？养鸡会给他们带来什么样的价值？这些问题在前期调研中都没有深入地去了解和分析老百姓的需求。

这也是我们团队第一次做农村发展项目，在和乐施会合作的过程当中，学习到了相对来说完整的一套项目规划与设计流程，收获是巨大的。在该项目中，我们做了诸多新的尝试，比如8个人3天走访5个村子，采用邀标的形式寻找合适的项目点，运用参与式的方法与政府、村两委沟通，问这个项目他们想怎么做。和农村如何打交道，我是从那段日子开始练出来的。

我知道有些东西需要重新去构建，必须重新去构建，虽然我又不知道这些东西应该如何去构建。但是，我心里从未放下过做农村项目的想法，我想帮这些孩子做一些改变，帮社区做一些改变。

要有改变，绝不是"发钱""脱贫"那样简单的表面功夫。我始终坚信，社区项目要"生根"，必须把"人"的工作做好。透过现象去看本质，我们要改变的是"人心"，项目只是我们的"形式"，2012年的生计项目虽然失败了，但从此我对农村却愈发上心了。

现在的农村已经不是我们想象中的农村，尤其我们做农村项目的社工，如果没有对农村深度了解，有非常丰富的阅历，那么，我们要想在农村立足，简直就是笑话。其实，我一直在想，一些地方，搞几个实习生或者大学毕业生来做农村项目，我一直不明白怎么能做起来的？农村不仅需要方法，更需要真正的深耕，而不是为了驻村而驻村。（高队）

从生存到发展的转变

如果说2011年与扶贫基金会合作的城市社区项目是出于生存性的需求，那么2012年以石梯村为试点村开展的生计助学项目则实现了从"求生存"到"求发展"的变化过程。

一开始，找到与基金会的合作机会非常难，基金会支持的行政经费少，但毕竟，这是一条新路，对于团队而言，是一种新的发展路径。到后来，愿意和"中国心"团队合作的基金会越来越多，团队开始有选择性地与它们开展合作，做自己更加擅长的项目，做自己更加喜欢的项目。

总的来说，我们做一些其他的项目，最终的目的是让我们更有能力，也更有力量去做我们真正想做的事情。我们最想做的是农村社区的营造与发展。

农村社区的自治，或叫它的社区治理，要求村民自己参与管理和参与发展。一个社区发展得不错的标志是，人们愿意留下来，亦即，可以就地生存，不一定非要外出打工。流动还是会存在的，但不会是一座座只有鳏寡孤独的"空心村。"

通过农村社区营造，生计项目的发挥在那，文化意识活动的宣传和推广齐头并进，我们想要把年轻人留下来，进而缓解一些诸如空巢老人、留守妇女和儿童的社会问题。我们不仅想要解决农村的物质贫困问题，还在试图改变村民们的主体意识日渐贫乏之困顿。（刘剑峰）

2012年的生计助学项目的尝试虽然最终以失败告终，但毫无疑问的是，它开启了一条让团队更加关注学生家庭、社区营造,更加注重深度发展的助学之路。在农村扎下根去,这一支团队对于农村社区发展的关注也必将持久。

第五节　中国心的"助学之道"

外界对"中国心"的助学筹款一直很感兴趣,前面的环节也有讲,但不够系统,这一章就系统介绍助学筹款。

该项目依照儿童的四大权利及马斯洛的需求为理论设计的基础,而设计表格则说明了筹款的现状。

1. 儿童的权利

《未成年人保护法》第三条规定:"未成年人享有生存权、发展权、受保护权、参与权等权利,国家根据未成年人身心发展特点给予特殊、优先保护,保障未成年人的合法权益不受侵犯。"

2. 马斯洛的需求理论

第一层次是生理上的需求,主要包括呼吸、水、食物、睡眠生理平衡、性、分泌等,如果这些需要(除性以外)任何一项得不到满足,人类个人的生理机能就无法正常运转。

第二层次是安全需求,主要包括人身安全、健康保障、资源所有性、财产所有性、道德保障、工作职位保障、家庭安全等,马斯洛认为,整个有机体是一个追求安全的机制,人的感受器官、效应器官、智能和其他能量主要是寻求安全的工具,甚至可以把科学和人生观都看成是满足安全需要的一部分。当然,当这种需要一旦相对满足后,也就不再成为激励因素了。

第三层次是情感和归属的需要,包括友情、爱情和性亲密,人人都希望得到相互的关系和照顾。感情上的需要比生理上的需要来的细致,它和一个人的生理特性、经历、教育、宗教信仰都有关系。

第四层次是尊重的需要,包括自尊、信心、成就、对他人尊重和被他人尊重,人人都希望自己有稳定的社会地位，要求个人的能力和成就得到社会的承认。尊重的需要又可分为内部尊重和外部尊重。内部尊重是指一个人希望在各种不同情境中有实力、能胜任、充满信心、能独立自主。总之，内部尊重就是人的自尊。外部尊重是指一个人希望有地位、有威信，受到别人的尊重、信赖和高度评价。马斯洛认为，尊重需要得到满足，能使人对自己充满信心，对社会满腔热情，体验到自己活着的用处价值。

第五层次是自我实现的需求，包括道德、创造力、自觉性、问题解决能力、公正度、接受现实能力，自我实现的需要是最高层次的需要，是指实现个人理想、抱负，发挥个人的能力到最大程度，达到自我实现境界的人，接受自己也接受他人，解决问题能力增强，自觉性提高，善于独立处事，要求不受打扰地独处，完成与自己的能力相称的一切事情的需要。也就是说，人必须干称职的工作，这样才会使他们感到最大的快乐。马斯洛提出，为满足自我实现需要所采取的途径是因人而异的。自我实现的需要是在努力实现自己的潜力，使自己越来越成为自己所期望的人物。

3. "一对一"筹款比对表

时间	内容	用什么方法筹款	筹款金额	主要捐赠人	出现问题	解决方法
第一阶段：救灾，2008—2009	靠事情筹款：救灾物资	网络筹款：QQ群，网络文章书写，筹集运费	6 000元	1. 网友 2. 到北川参与发放物资志愿者	大家主要对我们信任不高	物资捐赠情况及时公布（当天公布收到谁的包裹，发出多少物资，现在都还在qq空间看得见）
	靠事情筹款："一对一"助学	1. 网络筹集 2. 朋友扩散一对一助学 3. 这个时期的"一对一"助学，"中国心"作为平台，帮忙引荐资助	6 000元	1. 网友 2. 到北川参与走访与发放物资的志愿者 3. 参与走访志愿者	1. 语音交流障碍（资助人普通话与受助人四川话的对碰，听不懂）。 2. 地震后山区手机没有信号。 3. 取款道路远，有的地方来回摩托车100多元。 4. 资助人是否还在资助我们不知道，有的家里非常穷困却没有得到资助	1. 取消零散捐赠，集中到"中国心"账户；这时候会流失少量资助人，大部分资助人开始选择相信。 2. 收取项目管理费用，从每资助一个学生50元开始。 3. 公布账目。 4. 写苦难的故事

续表

时间	内容	用什么方法筹款	筹款金额	主要捐赠人	出现问题	解决方法
第二阶段：探索，2010—2013	"一对一"捐赠："多对一"捐赠	1. 网络（QQ群、论坛、微博）。2. 资助人扩散。① 在城市孩子上小学2~3年级的资助人。② 有缘的老师。③ 大学生志愿者	20万~50万	1. 城市孩子读小学的参与体验捐赠人（到北川家访，孩子参与过营会）。2. 成长营志愿者	1. 选择受助学生成绩好（每一个资助人都希望资助的孩子能够读书，尤其能够考上大学，但我们里面有很少的孩子成绩差，完全与家庭成长的环境有关系）。2. 选择受助学生长得比较好看的（这里少数资助人的想法）	我们引导四年 1. 收取管理费用提升，从50元到100元。2. 给资助人的服务方式改变（发邮件、生日祝福）。3. 讲述贫困家庭孩子读书成绩差的其中原因（现在"中国心"资助人几乎不会再挑选）。4. 财务公布。5. 写故事
第三阶段：2013.4.20—2017	一对一捐赠	1. 网络（QQ群、论坛、微博）。2. 资助人扩散。① 在城市孩子上小学2~3年级的资助人。② 有缘的老师，大学生志愿者		1. 城市孩子读小学的参与体验捐赠人（到北川家访，孩子参与过营会）。2. 成长营志愿者	1. 选择受助学生成绩好（每一个资助人都希望资助的孩子能够读书，尤其能够考上大学，但我们里面有很少的孩子成绩差，完全与家庭成长的环境有关系）。2. 选择受助学生长得比较好看的（这里少数资助人的想法）	1. 成立资助人委员会，重大事情讨论。2. 收取管理费用提升，从50元到100元。3. 给资助人的服务方式改变（发邮件、生日祝福、奶包、礼物）。4. 财务公布。5. 写困境中的故事

未来

1. 资助人的资源开发。

（1）成为再筹资者：从一个资助人到另一个资助人，资助人引申其他项目资助，最典型就是凉山助学项目6年200多万的投入。

（2）资助人的自己需求：我们在受助学生家庭开始通过加工销售蜂蜜。

续表

（3）资助人孩子的需求：参与我们收费的深度营。
（4）资助人的参与感：书写资助人参会体验的故事，写资助人孩子参与的变化，写资助人自己参与的感受。
（5）以资助人为代表的分享会，成立分队（为下一步远眺计划做准备）。
（6）资助人委员会的角色：对去年工作的了解和决策。
（7）志愿者管理团队：形成项目管理与开发角色。
2. 筹款一直上涨的理由分析：
从1名资助人到300位资助人，从1名志愿者到2 000名志愿者，高队QQ空间有15万粉丝，坚持做公益，让每一个人感受到正能量的传播，这就是价值所在。
（1）真实的事件。
（2）谦卑的态度，尊重资助人与受助人。
（3）透明的财务。
（4）坚持传播，让有心人看得见。
（5）有一个信任的团队。

筹款的方向与目标

筹款的方向和目标产生的背景是2011年，也是发展非常迅猛的一年，那时筹款将近70万元。

我想讲两个部分，第一，我们的方向到底是什么？第二，我们目标到底是什么东西？

我先讲方向，2011年我们做社区发展和做助学。

我分开来讲，第一什么是方向？第二为什么需要方向？那个时候我有一个感觉，我在行为研究里面也在写。2011年的时候我有一个焦虑，我也带了五个女孩，我不知道用什么方式去带领大家，也不知道怎么去建立小组，建立团队意识，我都不知道，就是没有好的方向去带他们，那个时候反而让她们有情绪，我也没办法去解决。所以每次我谈起这几个女孩就蛮有压力，其实这个时候我回过头来想，那个时候就是团队没有方向，你不知道整个团队到底车子往哪儿开？所以我记得那个时候我在行为研究里面讲了一个故事，我在一个马车上，我就是马车上的车夫，后面几个女孩就在马车里，这个车就在道路上前行，行进到哪里不知道？所以我觉得这对于一个团队的发展是比较悲摧的。

为什么需要方向？当大家没有方向的时候，其实大家都不知道有什么样的积极性，因为你做NGO不能老是讲情怀，情怀不能当饭吃，情怀需要不需要？需要，但是我们更需要有明确的方向再讲情怀。那么那个时候我们有什么样的明确方向？做助学，那个时候方向是明确的。我那个时候的想法就是助学要越做越大，所以那个时候就做得大，学生资助600多人，成长营做五个点，做大。做大是方向吗？不是，所以当我们把方向搞不明白的时候，其实这个团队从机构的负责人就搞不清楚了，那你觉得同事呢？所以自然而然的这个方向就搞不明确，所以这个方向在每一个团队，每一个时间段都要考虑清楚，所以我认识到一个NGO再小，都要去弄清楚你的方向，去弄清楚你的目标，你为什么要存活，你存活的目的是什么？

　　我们那个时候筹款方向是很明确的，我们要筹资助孩子的款，为孩子筹款，那时非常明确，这个是没有改变的，所以那个时候我们筹款就非常简单，用了很多种方式，只要能把钱筹回来，所以我觉得在筹款这个方向，在筹资助款这个方向是非常明确的。

　　目标，在讲目标的时候，我们分三个方向来讲，第一筹款我们要解决什么？我们需要为谁筹款，我们需要筹多少款，那个时候我们就很清楚了，解决孩子上学的部分生活费的问题，因为孩子们上学的时候，有些家庭在那时真的是比较穷的，灾后有些人去打工，有些家庭成了单亲、离异家庭，父母跑了，还有地震遇难的，所以那个时候我们筹款的方向就非常明确，就是解决他们的部分生活费的问题。

　　第二部分我们为谁筹款，这个也是明确的，就是为我们北川资助的孩子。

　　第三个部分要筹多少款？我觉得这个地方就不明确了。那个时候我们把机构要做成什么样的状态，把助学到底要怎么做？我觉得不是很清楚，所以要筹多少款呢？就是有多大需求筹多少款，所以这是一个矛盾体，为什么讲这是一个矛盾体呢？对于我们没有去建立一个筹款的社群出来，就是有一个小社群，它是我们资助人他们的社群中心，中心没有区域去做大的开发，没有去做固定的社群，这些社群它能为多少人固定地筹到款，这是我们有一个指标衡量的，但那个时候我们非常被动的是什么？我们在从筹款到要发款时，我们的款都还没有筹到，每年9月底10月份的时候，所以11月都还在筹款，这就导致在筹款的过程就很煎熬。我记得还有一位小企业的老板，每一年发助学款都是我们垫钱去发，其中有一年垫了钱以后，发了钱以后他的企业就垮了，我们还垫了几千块钱进去，那个时候根本就没有钱。所以当这个时候我们把筹款的方向和目标还没有弄明确，问题就是你的筹款很难具有有效性。

　　所以回过来，在这篇短的文章里面，我们就讲第一筹款的方向要非常明确，那个时候"中国心"筹款的方向就很明确，就是做助学；第二个就是我们做助学就不太明确，比如说今年我们筹款要筹60万元，那我们所有人做的所有事就要为60万元去做奋斗,那60万元我们看我们的老资助人新增加多少资助人?对于新的资助人,我们怎么样去建立我们筹款的体系,我们怎么样去建立社群?我们可以到绵阳、到成都去做宣传,那我们怎么去建立筹款社群?我觉得这是我们筹款方向值得去讨论和思考的。(高队)

筹款的方法与实践

2008年到2010年"中国心"筹款200多万,2011年筹款670多万,主要是"一对一"的筹款,其中每一位孩子有100元的行政管理与家访费用,解决团队最起码的生存问题。

在2011年不管是筹款的数量还是行政费用都不是一个小的数目,它具体怎么做到的,以下是做的一个梳理。这个梳理分为三个部分,第一是方法,第二是对象,第三是实践。

第一是筹款方法。

第一种筹款方法是通过宣传,我们依靠网络的传播、QQ、论坛,那个时候QQ经常被封因为老是打广告,有多少孩子需要被资助就通过打广告,那个时候还是跟背景有关系,我们写的故事也是很悲,那也是实在的,不是瞎编的。论坛,那个时候我们到处注册论坛,到处都是注册信息。第二种就是注重宣传方法,主要是老志愿者在做传播,我觉得这个是比较靠谱的,因为老志愿者一般都来过北川。第三种是资助人相互的传播。这三种方式里后两种方式就非常好了。因为后两种方式有信任,基于信任来做传播,所以这样方法是有效的。在没有资助人和资助人很少的时候,打广告是很一件痛苦的事情,因为打完广告,群里有时候还把你踢出来,这时QQ就自动死掉了,你又得重新输密码,所以那还是挺悲摧的。

第二是筹款对象。

找哪些人来做筹款?一是找政府,二是找基金会,三是找企业,四是找公众,五是"一对一"。这几个有什么不一样呢。

第一个是找政府。一般在"一对一"筹款的时候不会去找政府,因为在那个时候政府部门对NGO的了解还是有限的,你做助学政府也在做,只是我们从来没有跟政府去说,我们做助学其实跟你们不一样,我们去政府门口吆喝跟他们说你们不要发钱了,我们能不能一起来合作?其实这个是未来我们可以跟政府部门来谈的。政府做了精准助学,但许多细节问题顾不上,这是我们2018年可以和团委去谈的精准助学的事情。

第二个是基金会，基金会助学很多人都在做。简单，一笔钱就来了，但是有一个麻烦，他不资助的时候你就痛苦了。我不太赞成跟基金会做助学的项目，基金会的钱比较集中，它可以解决其他的问题。

第三个是企业。过去我做过，我担心企业的商业性目的性太重，稳定性太差，将来一些大的品牌企业，人数做得少就可以。我怕企业做大了以后老是打广告，不考虑伦理，不考虑孩子的问题，有时候会有一些看不惯的东西在，包括语气也是非常小心。

第四个是公众，那个时候转微信多少钱，现在这个筹款我觉得效果不大，彼此没有联系，这也是我们2018年建立月捐的问题。

第五个是"一对一"，我一直推崇筹款是"一对一"模式，因为"一对一"效果最好，而且可以达到可持续发展，可以做到互动。"一对一"它可以跟孩子产生情感，未来我们生产的产品也可以销售给"一对一"的资助人，资助人的孩子也可以参加我们的营会，我觉得这是"一对一"最好的社会效果，也是影响社会的发展。我们要考虑到未来给社会带来什么东西，而不是给自己带来什么东西。

怎么实现"一对一"的筹款，我们怎么做到实践中去呢？

第一，现在的资助人，我们的流失率不到2%，这个在国际上筹款率是非常好的。

第二，传播信任度高，我们现在的传播很多是同学志愿者参与了以后与同学之间的传播。他们传播之后家长的传播，这样信任度就比较高。

第三，引导能力，那个时候有一些固定的资助人，做了三年有一些效果了。在这样关系建立之下比过去做得好一点，那个时候要资助成绩好的，要资助长得比较帅的，我们就比较反对这个东西。成绩不好的你就不资助，他就是家里穷才没有安心读书。长得不好的，那是对孩子的歧视问题。孩子的长相不是他能决定的，什么叫好，什么叫不好，所以我们不能用外表来评论这个东西，我们怎么引导我们"中国心"的资助人，其实对于每个孩子。他们都一样，只要我们引导，我们说孩子成绩差是家里穷，但没有说这个孩子长得不好看，一般没有这样的，素质都是挺高的，一般都是说成绩问题，所以这个是很好引导的。

第四，资源的开发，现在我们实践"一对一"的生态产品的开发，深度营的体验开发，这个是现在来看效果比较好的。

怎么做到有资助人呢？

第一，设置可持续性的资助人活动，助学、成长营。助学是一个长期的东西，成长营是每年我们的孩子要参加的，资助人的孩子也可以参加。这些人在城市里开分享会，按照城市的志愿者找到积极性比较高的，尤其小学生的家长，全职的妈妈在城市里边开，每年要选三五个城市开，持续性地开，这样就在建立筹款社群。

第二，城市小学生家长群做家长会分享、图片展，这也是建立筹款社群比较好的方法。

第三，做传播，微信平台清晰明了的项目介绍，故事的书写，价值观的体现，审计与财务报告的体现，我觉得这个是所有人都能看到的，通过你的微信，我们的网站，就能看到这个团队是做什么东西的。我看清楚了，我看到故事会感动吗？原来他们是致力于困境儿童陪伴与改变的，我再看到他们是有清晰的价值观的，我看到他们的财务是通过审计，是非常清晰的。这样就能让我们找到筹款人，也能解决我们的筹款问题，以及筹款社群问题。

只有把事情做得扎实，有好的方法去做好事情，筹款人就永无止境，就会有更多的筹款人加入我们。（高队）

筹款中的信任与关系建立

筹款者的信任与建立，我分三个部分来讲，第一是讲一下背景，2011年，"中国心"资助学生有600多人，筹款是70万元。2008年筹款是6 000元钱，三年时间变化也挺大的。从一位资助人到300多位资助人，人数变化也是比较大的，这个时候有三个问题，第一是"中国心"怎么来与筹款者建立相互信任的呢？这分几个部分来讲。第二是为什么要建立与筹款人的信任？第三是筹款人的信任怎么建立？

为什么要建立筹款人的信任呢？大家熟知的郭美美事件对筹款是一个很大的伤害，当时全国哗然，因为觉得这个筹款受到欺骗了，所以回看我们自己在做助学的时候，为什么要去建立与筹款人的信任，这是第三个部分。

第一，为动员社会资源有效的解决助学的问题。我们要去找到这些资助人，然后去解决助学筹款的问题，那个时候我们助学以经济助学为主体，给孩子们发部分的生活费。因为2011年灾后助学虽然结束，但是次生灾害每年不断都在发生，在2011年是一个节点。

第二，第三年的这个时候，我们在开始迈入另外一个结点，这个时候的大病啊，残疾啊，就开始在这些家庭中做帮助，因为资助学生里面，60%、70%都是大病家庭，残疾家庭也有。所以为什么我们要去建立筹款人的信任，所以第一就是动员社会有效资源去解决助学问题，跟筹款者建立社会组织的公信力。

第三，为项目的可持续性发展，所以我们说筹款者为什么对你有信任度，因为捐赠者他捐钱的时候要看对你信不信任，对你信任什么程度。我要捐给你钱，我凭什么捐给你钱，那作为NGO你自己就要考虑自己建立这个信任，真的是觉得它要生存，有可持续性。首先是生存，然后是可持续性，如果说没有这个生存，不是解决你的生存问题，而是解决这个孩子受助学的问题，接着才是你机构的生存问题，最后是可持续性发展的问题，所以如果没和捐赠者去建立这个信任的话，没有人会把钱捐给你。

所以我想讲一下我们的捐钱，2011年，那是一个记忆非常深刻的阶段，中秋节那天我们还有50多个孩子没有被捐助，我们就用新浪微博发，那个时候我记得绵阳的年春红（音）转了我的微信，后来是他们的一位资助人给我们捐了20个，还剩30个孩子，捐赠了5万块钱，当时真的让我非常感动。因为他捐钱是有对春红的信任，所以这个没有彼此的信任是没有谁会给你捐钱的，包括我们很多的捐赠者也是同学啊，亲戚啊，朋友啊，他们都有这些信任，不然他怎么会把钱捐给你呢？所以要有信任，建立信任是最好的方式。

第三个部分是信任怎么去建立？讲三个部分，第一是筹款或者筹物资要清晰、可追溯。我讲到这个地方想说一段记忆，那就是2008年到2009年初的时候，那个时候我们没有集中把钱收回来，就是"一对一"的捐赠人，捐赠人跟孩子们家里自己联系，因为我们最开始也绝对不沾钱，感觉也挺好的。其实后来我们发现出现了很多问题，为什么呢？第一个是说孩子们他们家收了钱之后，就当捐赠人打来电话的时候，这些家长无法用普通话去交流，我们山里面有些老人，她不懂普通话，这就是交流有障碍；第二是方言、普通话和四川话方言，我们捐赠人会觉得是不是受到伤害了？有的捐赠人给我打过电话，他们对我说，高队，他们那些话是不是骂人的，我说这个不是骂人。除此之外，还有我们山里面有些地方没信号，他们无法去了解实事动态，他们还有的人说，你比如说到9月份捐赠者没有回款，受助人去催这个款项，其实这个彼此关系就不太好，所以我们就把款项集中管理起来就比较好，捐赠者就通过我们来查他的款项，也可以通过学校，也可以通过孩子的家里面查钱和物资到底到哪里去了，我们这个是一年四季可追溯的。

第二个部分是筹款人的深度参与体验，我觉得这也是个非常好的方式。我们在制定我们的成长营，每年我们都希望捐赠人带着他的家长和孩子一起来参加。因为他们参加之后才知道，就会知道做助学、做营会的价值和意义在哪里。钱只是对于孩子在困境成长当中的一个小部分。第二个更大的部分那就是陪伴，所以我们也希望我们的捐赠者、筹款者能够跟我们孩子和他的家庭之间产生互动，而这个互动，也包括写信啊、短信啊、打电话给鼓励啊、做引导啊等，我觉得这个体验有一个好处，就是让捐赠者和孩子产生情感的互动，这就超越了金钱的概念了。我们里面有一些典型的捐赠人真的是把资助的孩子当作他自己的孩子，对于这个真的会让很多人感动，让他们懂得更多关于感恩的东西。

第三个部分是传播的真实有效性，让我们有效建立相互之间的信任度，比如说我们的月报年报，如何去写出好的故事？我们有好的筹款方案给捐赠人，要有交流、有互动，一年四季每个月我们都有跟捐赠人去报告我们做了什么东西，我们是怎么做的，我们有什么样的效果，我觉得只有这样跟捐赠人有沟通、有互动，才能逐步把筹款的信任建立起来。

体验是一种最好的方式，但是账目清晰的前提是建立公信力，建立公信力就要有相互的体验、相互的信任，我觉得这才是我们筹款人建立信任最基础的砝码。

关于筹款的深耕与生根讲三个部分。

第一是背景描述，2011年我们资助孩子有600多人，筹款有70万元，2011年8月15日我们是通过新浪微博得到第一批筹款。那时对于我们的筹款，我觉得更多是来解决生存之根本问题。所以第二个部分我就来讲筹款的深耕与机构的问题，深耕就是生活的根本，是生存筹款还是发展筹款，所以"中国心"在2011年的时候，就是为生存筹款，第一，我们是否知道现在需要什么，所以那个时候2011年我们一心想的是团队怎么去把生存做起来，因为在那之前我们一直在做助学，从来也没有考虑除助学之外还能做什么，所以我们在2011年就做了社区发展，中国扶贫基金的发展，那个时候机构的定位还是在生存，所以说是生存的筹款，我觉得有时候一年四季都是为生存筹款，为什么我这样讲呢？一个机构生存是有一个时代的生存，就是有一个年龄段的生存，比如说一个NGO有五年的生存过渡期，已经解决五年，那五年之后是不是考虑你的品牌筹款了？或者你的机构发展筹款？"中国心"在2011年解决生存之根本，那个时候筹款，就要搞清楚我们需要什么东西，当时就是要在新北川生存下来，第二生存要筹什么样的款？我觉得那个时候生存要筹什么样的款心里不是那么清晰，觉得只要是做项目的款。对此，我觉得是可以这么简单地认为，都可以把它筹进来。因为要做事情！至于要做什么事情，自己能不能做？我觉得那是一个问号，可以学习，所以说也只有那个时候才开始接项目，才知道关于专业的重要性。

第三个部分，筹款的深耕与机构的发展，在这个部分我讲述两点，第一，深耕是对战略思维的清晰，第二，深耕是机构发展之根本。需要考虑一个机构在筹完钱之后解决基本的生存之后，这个机构该怎么做？所以我一般在做分享的时候都会分享两个词语，生活之根本的生根与深浅的深、耕耘的"深耕"，它有两个截然不同的意义，"深耕"，它是战略思维，那要考虑到我们机构未来的方向到底是什么东西，要如何深耕下去。我觉得有人才是有一切，我觉得那一年有一个事件让我一辈子都不会忘。2011年，我们办公室搬到新北川，来了一个北川本土的女孩，我记得她是漩平乡的，读的是社工专业，她跟我说高队，你只给我开1500块钱一个月，我就在这里干。其实那个时候我们每个月就发500块钱的补贴费，我心里想："你1500元就是我们三个人的费用，没有钱啊，怎么发呀？"唉！所以说那个时候没有留下她，她也走了，所以那个时候我就暗暗说，今后我们一定要招到北川本地的人，而且我们一定要一份要有尊严、有像样的待遇,所以我觉得那个时候我非常清楚,一定要解决这个问题,这也是"中国心"在后来解决这个问题的根本,因为你要做深耕做发展的时候,如果不解决这个生存问题,我觉得永远谈不上发展。我觉得一个机构没有战略的眼,只知道把一个工作做成一个事业的话,那他不一定有战略思维,我觉得一个事业的发展和一个工作的发展,它是两个不同概念的东西,所以说当我在这个地方的时候,我们要去耕耘什么东西,只有事业才能耕耘,而不是一份工作,一份工作不需要你去耕耘,事业才会让我们知道我们自己要付出什么东西。深耕机构发展之根本,我觉得每一个机构在发展的时候,他就要考虑到我们机构为什么要存活在这里,它的价值意义在哪?所以"中国心"2011年的时候就做了战略规划,虽然那个时候我对战略规划的整个思路不是很清楚,但是我们找到了一些很清晰的方向,机构存活的意义到底是为了什么?机构的价值到底要往哪个方向走?所以把意义和价值搞清楚了,我们才知道这个机构它应该怎么做,不然的话这个机构只有死掉,所以说在"深耕"与"生根"之间存在最大的不一样,第一个生根是解决生存问题,第二个深耕是解决方案发展问题。(高队)

筹款的生根与深耕

"筹款"二字非常好写,但要想办法写出情感,写出生命,又会让人感觉它是难题。

我们的助学项目最主要的是依赖网络爱心人士的"一对一"捐赠。2008年帐篷学校结束后我们就开始做助学工作,就有了这种资助方式,一直延续至今。与我们一起参与救灾的志愿者是最早的一批资助人。后来通过志愿者"口碑"的传开,资助人群体有所扩大。也有陌生网友通过网络看到我们的消息,从"试探性地资助"开始,到后来"觉得这个团队还比较靠谱",再到"推荐自己的亲朋好友也参与到资助行列中来"。我们的资助群体就这样不断不大,到现在也就有两三百人,相对来说还是比较稳定的,对我们也比较信任。

企业对我们的资助,有是有,但本质上还是因为企业负责人个人的信任与支持。比如通过成都的一个记者我们认识了香港驻成都办的一个主任。他同时又是"汉文师范"(学校里面的一个公司)的负责人,以公司名义资助了我们四五十个孩子。

做到"品质助学"之后,开始和基金会有所合作。2012年,德国米苏尔基金会给了我们5 000欧元非限定资金。对于当时可以用"穷困潦倒"这个词来形容的我们来说,是一笔雪中送炭的钱。

重要的转折点应该是雅安地震时期，2013年。继汶川大地震之后发生在四川的又一次大地震，各种资金汇聚雅安；以壹基金为例，它以往每年的筹资额是4 000万；雅安地震之后，加上红十字会受到郭美美事件的负面影响，声誉受损，作为中国的第一家民间基金会，壹基金的公众支持一下子飙升，单为雅安地震就筹了3.86个亿。其他基金会亦是如此。筹款相对容易，也给我们团队提供了一次发展契机。

当时北川的助学项目筹款已经非常艰难了。"5·12"地震已过五年，北川新县城建成也已两年，对于这片土地的社会关注度已经基本消退。"品质助学""心灵助学"的项目更多关注的是孩子的内心，对于大多数人资助人来说，这种隐性的不容易看见的变化很难成为他们甘于掏钱的理由。

为了雅安地震筹措的钱，当然要用在雅安地震上面。各大基金会筹集的这些钱刚好就用在扶植社会组织去做事情上面。老一辈的公益人所讲的"公民社会的建立"，也需要大量社会组织的崛起。

团队抓住这次机会，在雅安探索了一条不同于北川的助学模式，与基金会合作来做我们的助学项目。比如福幼基金会支持了我们的心灵助学项目"影像计划"。和这个基金会初识于汶川地震，之后他们观察了我们团队3年，才开始对我们有所信任和支持。再比如，中国扶贫基金会支持的"高中生的助学项目"。考虑到这个年纪的孩子们有一定的自主性，能够独立思考。我们希望通过项目活动把孩子们的能动性调动起来。这个活动主要不是由我们带，而是他们发挥自己的能力和智慧去协调一些关系和组织的一些活动。在这个过程中，我们也想探索了如何给我们的服务对象"赋权"。（刘队）

参与助学的合作对象这么多，不同的资方承担着不同的角色和定位。

第一，"一对一"资助方式肯定是我们的主体部分，是从最开始助学到现在的一个延续。除了"历史悠久"的特点以外，在"公众倡导""扩大社会影响力"方面也有着重要意义。比如某资助人是一个媒体人，他可以带来一些媒体宣传资源。比如某资助人是一个大学老师，他可能会影响到他的学生，也会带来一些学术交流资源。从这个角度来看的话，不仅仅是单纯的"经济资助"，它还会衍生到很多其他方面，是一种可持续的、多方面资源的开发。

第二，大学生组团资助。更多对应的是我们的"社会倡导"。影响更多的青年人参与到公益行业中来。另一方面，利于我们成长营志愿者的可持续开发。

第三，企业资助，其整体性更强。这是相对于"一对一"资助方式而言的。首先，资助款来源单一，管理起来更加简单。对一个企业，就可以解决几十个或几百个孩子的资助金，跟对几百个资助人负责和反馈孩子信息，这里面的工作量，还有我们的管理成本的差别太大了。其次，企业支持的持续性会更好。你跟一家企业谈持续性,和跟几百个资助人谈持续性的难度和概念是完全不一样的。

第四,基金会。我们更加珍惜的是基金会给我们提供的"经济资助"之外的帮助,比如项目经费、行政经费的帮助。在项目设计、活动运作层面上对我们的规范指导和帮助。团队之所以可以在 "品质"方面有所探索,基金会的资金支持是非常重要的一个因素。(瞿晓龙)

"一对一"助学经典案例

案例一 管理费用收取与发展(服务质量的提升)

"一对一"筹款,怎么收取可持续发展的管理费用?很多人对我们的管理费充满着兴趣,很多人也在问,"中国心"为什么收管理费?并且还收了这么多年,我对这几个问题再做一个陈述:

特殊情况下的特殊背景;捐赠人的来源;应对各种问题中策略;提升服务质量;未来的发展方向。

第一,特殊情况下,"中国心"2008年5月26日进入北川,2008年6月17日帐篷学校正式开学,到8月15日结束,8月15日结束之后就开始做助学。在帐篷学校的走访过程当中,发现有些孩子放学的时候没有家长来接,家长让孩子自己回去。我们出于安全考虑当然就不愿意,必须要亲自送孩子,确保每个孩子安全到家。虽然是做公益,一旦出了问题我们就没办法交代。在送孩子回家的过程中我们就了解到一些孩子家庭的情况:有的孩子家里房子塌了,有的家人遇难了,还有一个老师在帐篷学校发现经历过地震的孩子有吓哭的表现之后,对此自然而然我们就开始了对孩子的关注。

从关注儿童开始,从儿童拥有的四大权利来说,第一个部分就是儿童的生存,我们从做助学到现在一直是资助儿童部分的生活费,2008年的资助费用比较高,现在逐渐地降低了,现在对小学生是1 500元/年,初中生是2 000元/年,高中是2 500元/年。其中小学生的1 500元钱中,学生的生活费是1 000元,300元钱用于成长营,200元用于管理费;初中学生1 500元中,1 000元是学生的费用,500元和小学生一样,分别用于成长营和管理费。在这样的情况下,从2008年就开始来做助学,做助学之后有几个问题出来了,首先,2008年对于学生家庭的问题,当时我们的"一对一"是什么呢?一个资助人针对一个学生打款,我们就作为一个平台,但不沾钱。当时对于沾钱,我们就担心会说不清楚,说不清楚这个东西就不好整,那个时候其实大家都不愿意沾钱。不愿意沾钱怎么办呢?我们就想不沾钱就不沾嘛!我们就让资助人直接给学生打钱。打钱之后就出问题来了,这里边就有两个问题,一个是受助人,一个是捐赠人。受助学生手机信号不稳定,不稳定就造成交流起来困难，一会儿有信号一会儿没有信号。再就是语言交流困难，城市人一般说的普通话，山里边的人听不懂。我清楚记得2012年一位资助人给我打电话："高队，你们山里边学生说话，家长说话好像不太礼貌。"山里人说话很直，也不会客气，所以在语言交流上有些障碍。第一听不懂，第二交流上有障碍。还有一个是打款，那个时候是每个月打款，但是取钱就麻烦了，这几年还好些了，可以打摩的，那些年来回打一次摩的要一百多，有时候去了之后没有取到钱，所以家长也搞得很懵，这就造成了一些误会。

我再说一下捐赠人，捐赠人跟资助人交流有困难之后，听不懂就受阻碍，也不知道钱怎么用的，获取信息不及时，捐赠人就很苦恼，再有就是双方之间没有一个约束，比如说我们应该怎么样约束捐赠人，捐赠人什么时候打款。受助人在没有钱的时候就会打电话去问捐赠人，捐赠人就很不爽，所以没有固定的约束。

这些问题就造成了开始把捐赠人要往回收，为什么我要讲把捐赠人往回收？因为只有这样把捐赠人收回来才能避免问题，不能把问题整复杂化，整复杂化之后捐赠人就不愿意捐赠了，所以我们就想了一个应对的策略，全部由我们来管理，由我们来管理有一个前提就是要收取管理费。

应对当中的策略我再讲几个问题，第一，收管理费是我先提出来的，为什么呢？2009年的时候，我们坐往返的车，车费太高了，所以我们想的是一个人收50块钱的管理费，车费电话费等的费用。一开始我们团队里边的人反对，但是我讲清楚之后，他们还是认同了。但是我们的捐赠人不认同，尤其我们绵阳的，比较近的捐赠人他们觉得自己做这件事情就可以了。我们在整个过程当中我们跟资助人有交流，在交流的过程当中资助人还是给了认同，觉得收管理费是一个事情，如果要收管理费那么就要提高我的服务，有些捐赠人不愿意的话就退出。

这个时候也是更换捐赠人的时候，也是新的一批捐赠人对我们理念的认同，其实通过理念的认同我们也在思考能不能走得更远，能不能把这个事情做起来。我们也在探讨。

下来之后第一次给到我们的核心小组，志愿者里边的核心小组讨论效果非常好，2009年3月份就开展了集中的助学，所有的钱打到我们的账号，2011年我们收取了一百万的管理费，那个时候次生灾害不断，非常危险。所以在收管理费的过程其实也是一个互动的过程，也是我们的核心小组对我们的认同过程。到2013年我们收取的管理费是200块，2013年发生了非常可怕的洪灾。第一是助学的路上非常之危险，第二是我们把危险和贫困次生灾害大病这些问题传播给捐赠人，让他们时时地看到你在一线做什么。

从50元到100元到200元，这是我们的自信心，我们的态度，在这一点上我认为是做得非常好的。当有得就有失，在这样的情况我们怎么来重新洗牌，让一部分老的捐赠人退出，因为老的捐赠人也很疲惫了，新的捐赠人他知道公益是有成本的，他更能看到一线的信息，通过互联网来看。而老的捐赠人对互联网是模糊的，不像现在的微信、邮件。老的捐赠人对这些不熟悉的，他就会对你所做的持怀疑的态度。我们要允许这样事情的发生，这就是我们在应对策略，不同的时间，不同的年代，不同的时候我们要进行捐赠人的一批批更换，我们也感谢他们做出的贡献，但是一个团队要创新，还是要考虑你在什么时候需要什么样的支持者，所以我们应对策略需要采取不同的方法。

后来我们就成立了捐赠人管理委员会，管委会的价值意义更高，只是我们要看清楚管委会做什么，在应对这个策略上面我们是采取得非常及时的。最重要的一个我们获取捐赠人的支持那就是把一线的情况给捐赠人做报告，捐赠人看到了这是最重要的。

第三，我们讲一下捐赠人的来源？2008年是媒体和自媒体的效果，当时通过腾讯QQ、论坛宣传。特别是天府早报给我们写了几篇报道，点击量都是几十万次，我在微博上也有了十五万的粉丝，那个时候的东西我觉得很差，内心来说，话都没有说清楚，糟糕的图片也发了很多，也让大家看到了一线的真实情况。加之我们志愿者反馈的问题也比较多，所以第一类捐赠人来源就是自媒体的。

第二类捐赠人来源者是与志愿者有关，与志愿者有关的就是自我的成长效果。从2008年参与了夏令营，每年一届。还有就是志愿者的朋友、家长成为捐赠人。志愿者的家长和朋友非常支持他来做志愿者，并且看到北川的情况也愿意来做志愿者，因为我们志愿者里边大部分的都是大学生，所以跟同学之间联合起来成为我们的捐赠人。2010年的时候成都医学院成为我们的捐赠人，最多的一次是一年有四百人成为我们的捐赠人。所以成都医学院一年捐赠了一二十万，每个月每人十块钱，后来我们有几位负责人也非常的不错，大学生的力量我们不可忽视，我们怎么样让大学生有效人群参与，这是我们要思考和面对的东西。

第三类捐赠人是关心孩子成长的当下小学生的父母。小学生的父母同样有教育的压力。他们更多的让孩子内心心中充满着爱，我想每一个家长都希望自己的孩子是拥有爱心的人，虽然不是说一个成绩很好的人，但一定是一个充满爱心的人，一是要有爱心，二才是有成绩。尤其小学生在整个的成长过程当中因为他们接受了在城市里边的学习压力比较大，特别是在四五六年级的时候，正是处于调皮的阶段，城市里的父母就会想怎么让他们的孩子在农村里边看得更多，体验更多，所以自然而然地成为我们的捐赠人。他们带领小学生参与我们，带领自己的孩子来参与我们的营会，这样孩子就对我们了解更多，接触更多，孩子就会受到一些影响并且做改变。

比如说成都王姐的儿子，她的儿子到我们成长营来了几次之后，他回家之后收的塑料瓶子卖了之后把钱存起来作为捐赠人。城市里边的孩子通过到农村体验之后，他的言行举止和思想都有一些改变，我觉得这是城市的孩子以及小学生父母成为资助人的原因之一。

提升服务质量也是吸引捐赠人兴趣的重要一环，让团队的诚信度更高。这里边讲三个部分，第一部分是体验，暑假的深度体验。过去很多家长只把孩子送来，我们希望的是家长跟孩子们一起参加，孩子参加营会，家长去当志愿者，这样一来有什么样的效果呢？我们希望家长看到孩子的改变，给孩子鼓励。让家长在整个过程当中知道家庭教育的重要性。孩子的改变需要家长的改变，因为家长是孩子的第一个老师。第二部分是诚信，一定要让每一个捐赠人看到每一笔款项的去向，做到每笔钱都可追溯，我们要求每个月给资助人月报，告诉资助人我们的经济助学每个月做了什么。每一个款项的可追溯性有什么好处？让捐赠人对所捐的钱放心。对钱放心了，对事情放心了，这就是最大的成功。第三部分是互动，比如生日的问候，生日互动对每个捐赠人来说是一个惊喜，这种问候的建立在"中国心"已经持续了几年，还是收到了一些效果。

此外，建立城市志愿者团队。每年我们所做的工作，要在城市里找一些地方来做分享，让体验过的学生和家长来参与分享，告诉捐赠人我们每年做了什么，这样使我们跟捐赠人会更加紧密。

最后是关于未来发展方向。第一，我们要做满意度的调查，对我们经济助学的项目，每年接近 80 万元时要进行一个评估。捐赠人对我们的满意度处于一个什么样的情况。前面我也在讲怎么随着时代不一样，我们捐赠人新陈更换的趋势。第二，我们有的捐赠人一次打三年的款，其间一直不联系，最后娃娃出现什么情况之后找不到对应的人，到了三年之后也联系不上捐赠人，突然有一天他又出现了，像这样的情况在我们自我管理过程当中就很有压力。我们怎么提升管理的有效性？所以要进行捐赠人的分类与分流，按照年龄、城市、学历来分类建立，建立城市捐赠人社群，打造未来的合作社，这样就分四个部分：第一是物资捐赠的。比如有些年龄稍大的捐赠人退下来之后可以做物资的捐赠。第二是技术的捐赠，比如现在做教育的项目，有些是老师，有些是心理、教育类的专业人士，对团队的发展都是有帮助的，这个是技术的捐赠。第三是资金的捐赠。如一对一助学的资金捐赠。第四是时间类的捐赠。捐赠人可以在寒暑假的时候来我们这里做志愿者。未来我们的农场开了之后我们推荐一些退休的专业人员到农村来生活，这样我觉得，对于一些叛逆的青春期的孩子会有更多的支持。所以我们一定要分类来做服务，这样使我们的资助人群体看到他在我们这里最大的价值。他的自我价值和社会认同感就更强，从而让大鱼公益又真正开始，让我们与资助人走得更近。如果只是捐赠的话太单一，只是钱的话不足以撬动社会发展，教育是一个多维度的教育项目，所以我们进行多维度的教育项目，不仅是解决儿童的生存，因为现在儿童的生存已不是一个问题，要说它是问题,也是一个很小的问题,更重要的是儿童的发展问题,儿童教育的多维度参与,这是我们现在要思考的问题,也是我们一直努力做的。(高队)

案例二　从一个资助人到一个团队

"中国心"历时9年一路风雨走来,所收获的成长,首先要感谢每一位资助人朋友,其次是一路支持、信任、陪伴我们成长的合作伙伴们。行文至此,一边书写一边道感谢,诸如对郭虹老师、高圭兹老师;之后所单列出来的这几位,只是我们万千感谢的许多人之中的少数代表。

陆先生,香港驻成都办副主任;香港精进基金会的顾问。

陆先生(左1)2012年7月20日看望北川资助的孩子

认识他是因为2009年《天府早报》的副主编吴记者的引荐。而吴记者曾在汶川地震之时与团队有所交集,对我们也是诸多信任与欣赏。陆先生开始是自己资助了我们的孩子。回香港之后,又组织自己的朋友参与资助。他成立的"汉文读书会",最多时候资助了我们四五十个孩子。2014年的时候,他说他朋友有一笔钱。这样,才有了团队在凉山助学的项目和其他的一些项目。(高思发)

潘校长,精进基金会的负责人;之前曾担任过香港理工大学的校长。

潘校长是由陆先生引荐我们认识的。可能主要是因为对陆先生的信任才来支持我们的工作。2015凉山助学的财务方面出了一些问题,财务拖到2016年才弄完。怪不好意思的,生怕辜负了"精进"对我们的信任。就只是这一家基金会,就支持了我们三个项目：北川驻校社工项目、北川生计助学项目、凉山助学项目。且时间跨度都是3年，3年项目经费差不多有300万，还支持我们行政经费，让团队本身有更好的探索与发展。（高思发）

陆先生是成都退休的一个公务员，他从退休金里边拿出钱来捐，他组织了捍卫师范校（音）资助了我们50多个学生，灾后给我们介绍了精进基金来捐赠，精进基金一直资助，第一年捐赠了70万，额度也比较大。

怎么让个体资助人参与体验之后，让个体资助人背后的资源行动起来？对于这个案例，我下面做四个部分的梳理。

1. 个人到团队的支持。陆先生是2009年通过天府早报吴记者的介绍成为我们的资助人，成为我们的资助人之后，每年陆先生会到北川一次，来看望资助的孩子，有几年我们约了他暑假成长营的时候到我们这里来，他来看到之后感触就比较深了。成长营有一个好处，因为我们大部分的孩子都在成长营里边，而且陆先生可以看到整个成长营在做什么，特别是陆先生来了以后我们都有一些交流和互动。互动交流之后他看到一些灾后问题，因为所有的人觉得北川从灾后资助学生就应该停止了。其实他们没有看到灾后还有更多的问题出现。什么问题呢？灾后就是有困境儿童的出现，有次生灾害的出现。这两个困境出现之后，我们就把这些困境，真实的通过我们的方式来告诉他，我们还需要得到支持。陆先生为此就成立了自己的团队，叫捍卫师范来做助学，助学这几年之后，看到变化以后陆先生有一个朋友，叫潘先生，我们喊的潘教授，是理工大学的前校长，潘教授退休下来之后成立了自己的基金叫精进基金，做内地大学生的支持。他了解到我们的情况之后，陆先生因为是精进基金的理事，他把我们的情况及时地给潘教授反馈了。以后陆先生也看到我们的需求是实在的，我们就跟潘教授的团队有一些沟通，我们就跟邓主任联系了，在网络上进行了沟通。

2. 沟通之后，获得的支持，一个是对凉山的关注，第二个是对北川的关注。2015年对凉山的关注也比较大，在凉山资助女童读书，因为凉山在全国都算是很出名的贫穷地区。2015年我跟"大象"第一批去考察凉山的需求，真是太贫困了，也需要支持，北川这边的项目也有支持。

3. 在互动中的看见。我们也邀请了精进基金到我们这边来考察，凉山那边因为时间的原因就没有去。两年多的支持之后，我们双方不仅建立了互动，还建立了很大的信任，我主要是讲一下互动。互动分为三个部分：

第一是月报。我们跟精进基金提供我们做事情的月报，你做了什么事情要向基金会报告。

第二是诚信。你要做什么要实打实地告诉基金会，节约了就节约了，节约了多少钱你告诉基金会，基金会让你退你就退。基金会觉得你这边还有什么事情要做，就打报告，基金会就做审批。所以诚信非常重要，这样做让我们与基金会建立了深厚的关系。

第三是做事情的思考。通过月报，通过我们拍视频，通过我们的年报反馈出来。我们虽然是一个做助学的团队，但我们也是一个在做助学之后做思考的团队，我们现在把自己定位为会做教育的团队。这几年当中我们不停地思考反思并总结，从我们的行动上，从我们的传播力度上，精进基金也看到在内地有我们这样一个团队在北川坚持了十年，在持续做的过程当中不断地改变自己，尤其是我们发现了社会问题想办法去解决这些社会问题，而这些社会问题是属于 NGO 主动去解决，给社会增加温度的事情，成为政府部门的助手。所以在整个互动当中效果就非常好了，而我们合作两年多以来一次比一次信任的程度也就越来越高。

4. 未来。主要有两个方面的努力方向。

一是增加我们的诚信度。我们约定每个团队要提供财务报告并提供给捐赠人。在发展中相互了解，我们把财务的征信做到最好。

二是要把我们的战略规划让精进基金有更多的了解。让他们了解大鱼未来的五年要做什么，它的发展方向是什么。资助方对我们的发展整个过程了解，对我们的规划了解才有助于我们彼此的信任，每个基金会都有它的战略规划，它要知道自己的战略规划与我们的战略规划有没有切入点，如果有切入点他就能支持，没有切入点就不能支持，这个也是我们在思考的，我们整个规划做出来之后我们要告诉基金会让基金会了解要支持什么样的团队，这个团队是怎么样的？这个是我对陆先生支持过程的理解。

在这个过程当中还有一件事，最近几年我们每次都去香港，每次去我们都去拜访了陆先生，也拜访了精进基金，我们不仅邀请他们到北川，我们到香港去学习的时候也积极去交流，互动无论从线上到线下频率都是很高，而且效果是很高的，这样的互动才能增加彼此的信任和了解。虽然说有陆先生来做介绍，陆先生也是精进基金的理事，但是我觉得更进一步是要看到我们做事的态度和做事的方法，以及我们做事的思考，这才是一个基金来支持我们的这个团队的价值和意义，在这些方面我们还要做得更好，互动还要做得更强，这才会是我们未来发展的方向，让他们看到我们的专业性、我们的理念。（高思发）

案例三 成都妈妈资助人

成都妈妈群体从 2009 年开始和"中国心"结缘，在这过程中，和"中国心"合作密切，一直互相陪伴成长。

第一，我们成都有 60 个资助人，其中妈妈占了 48 个。其中 48 个里边全职妈妈就占了 30 个人，这其中为什么有这么庞大的一个群体来关注呢？为什么我们要关注妈妈群体？因为妈妈是一个榜样，未来我们要考虑到产品的开发，在我们的分享会，或者是消费群体的建立，随着未来我们要针对城市的妈妈群体，尤其小学生的妈妈群体，因为小学生的妈妈群体，更多的关注到儿童的成长，在儿童的成长过程当中，都希望在成长的过程当中让孩子们有更多的体验。这个时候做公益参与来资助学生这是一个非常好的事情。我们从 2012 年到 2017 年，每年成长营里头有妈妈带着孩子来的，有孩子单独来做体验的，这收到了很好的效果。

第二，妈妈们为什么要做公益？妈妈们要经历两个部分，第一个是全职妈妈的教育压力大，全职妈妈因为待在家里，父亲挣钱之后给妈妈一个职责，怎么把孩子教育好。我们现在整个社会的教育压力非常大，大到什么程度？寒暑假都在补课，孩子们都有很大的压力，妈妈们也有很大的压力，妈妈不知道有什么样的办法来让孩子释放压力，比如说晚上做作业到十一二点，早上五六点又要起来，孩子们的睡眠时间也不足，妈妈的压力也很大，于是妈妈们就想给孩子们一个空间，让孩子们在成长的时候来减少压力。妈妈们就开始来资助孩子，她们希望带孩子们一起到农村来看，让孩子们知道城市里的生产环境很好，让孩子们要珍惜，这是妈妈们的初衷，同时也减少孩子们的压力，让孩子看到农村与城市的差距。

第三，孩子的体验和感受很重要。从成长营来讲，成长营每年的营会都有城市里边的资助人的孩子来参与，他来体验之后，这分两个部分，成长营里边有一个硬性的规则，第一要一起吃饭，第二就是没有零食吃。这样下来之后我们感受比较深的，平时不吃鸡蛋不吃豆腐，但过了两三天之后，城市里边孩子什么都要吃，因为内心当中没有办法去抵触这些东西，因为没有别的吃的，这是锻炼我们城市里边的孩子在逆境当中生存的能力。其实也不算逆境，只是说他没有更多选择的时候他必须要吃。没有零食和游戏可打，这个时候孩子们就知道生活原来是这样。孩子们在这个地方看到公平性的东西，而且一定是良性的竞争，我觉得这个给城市孩子很大的启发。有一个资助人跟我谈心，他说我觉得这个成长营里边的孩子说真话，有什么缺点一定给你说出来，不像城市里边的孩子，因为城市里边的孩子都学会了圆滑世故了，他觉得在这里边也交到真正的朋友了，我觉得这就是城市孩子在农村的生活环境里边改变了，这样让城市里边的孩子在体验的时候能触及他的灵魂，这就是成长营对城市孩子的价值。有这样的体验之后，妈妈是看得见的，她看到孩子在变，这也是我们资助人想看到的。

第四，通过我们对全职妈妈的梳理之后，我们为城市的小学、初中、高中生建立体验跟踪表。前几年的体验都有效果，体验之后有效果，但是回到那个环境之后，时间长了，又可能会发生改变，所以我们建立了一个跟踪表之后，谈怎么跟孩子互动，怎么跟孩子的妈妈互动，这就是城市的家庭教育。城市家庭教育是一个很重要的部分，如果我们把城市家庭教育做起来之后，我们的资助人就会非常的稳定。为什么呢？因为资助人也会觉得我们的志愿者团队不仅是在假期做了孩子的帮助，其实孩子回到学校之后还会有帮助。我记得当时城市里边的资助人提议能不能找志愿者来给他们孩子做功课的补习，随着我们的种子计划越来越多之后，我就在考虑一个问题，未来我们建一个更多的种子在城市里边做资助，为这些资助人的孩子做课业的辅导，这样我们就可以把城市的志愿者建立起来做城市资助人孩子的辅导工作，这样我们的服务从假期到日常，就会跟城市资助人的互动加强。

建立城市消费群体，我们叫的是城市合作社，为什么要建立城市合作社？因为第一是因为以资助人为主体，因为他们有需求，我们可以做体验，依据他们的生活需求，比如说未来他们需要的生态产品我们可以提供，比如说现在我们提供蜂蜜，这个产品是我们北川的。未来我们还有更多的产品可以提供。

加强分享，因为城市消费者合作社的参与者还有一部分是做公益的，有的是全家来参与做公益。这样我们可以在每一年在不同的地方举办不低于两场的分享会，每年的3月到每年的12月，分享我们的家庭教育，分享我们的生态产品，分享我们成长经历，这样做起来之后，我们跟城市的关系会走得更近，让城市与我们之间产生的互动效果更好，这就是社会效益。社会效益就是我们在一起能够共同创造它的价值，这个价值不仅仅是说产生的经济价值，更多的是对社会的认同价值，这也是我们需要的可持续性发展的，尤其做志愿者，可以一代又一代人，从亲戚到同学不断延续、拓展，这是我们建立城市合作社最大的益处。到底怎么来建立，我们可以共同的跟城市的家长来讨论，这个是我们2018年共同要做的事情，一起来完成这个事情，让我们的社会价值，让我们的公益也起到效果，也让我们感到存在得有价值，让彼此找到归属感，彼此找到合作的地方，这就是我们未来要做的和努力的事。（高思发）

案例四　从一个人到全校——支持张老师助学案例

此案例主要是以个案基金这个线路为主体，主要是以张老师的介入作为主要分析案例。

张老师是浙江镇海的一位学校老师，2011年，2012年，2014年都参与我们的成长营，通过他参与之后就影响了他以及班上的学生、家长还有全校的人参与捐赠，通过这个案例我们可以看到，每一个资助人背后的社会资源我们怎么样去做开发？我分四个部分来分析：一是从志愿者体验，二是从个人到班上的学生家长支持，三是全校的捐赠，四是对未来的思考。

一是志愿者体验。2011年，2012年，2014年，张老师都参与了我们的成长营的体验,当时张老师的到来,是因为看到我们网上贴出招寒暑假支教的志愿者老师,张老师当时就搜到了"中国心",他了解了我们很多的资料,来的时候他想的就是来资助学生。到了北川之后,因为 2011 年是我们扩张的时候,正需要人才来做管理,所以张老师来了之后就做管理了。从这个时候开始,尤其我们这年有五个点的时候,我看到张老师做管理的时候,其中有几个部分让我这个做志愿者团队的负责人非常感动。在成长营管理期间,他作为老师,对学生整个心理的状态,对管理这一套非常之熟悉,虽然说对这么大批的志愿者管理和学生管理,是第一次经历,他跟学生在一起,他知道作为管理者,应该怎么来引导志愿者来参与做学生的工作。那个时候给我们最大的印象,每天张老师早上一定是早早地起床,全校的志愿者没有起床,他已经起床了,做什么呢?打扫卫生,尤其是他跟郑老师打扫厕所卫生这个是让我们很感动的,很多的志愿者学生都看到的,这个真的是榜样的力量。张老师教书这么多年了,他对整个学生的心理状态非常熟悉,他知道学生需要什么东西,所以知道怎么来引导志愿者对学生的成长关注,他用的方法是非常好的,也保证了教学的有序。他的方法有一个好处,什么好处呢?他知道引导志愿者怎么来学习这种工作方法,让志愿者更加自信地来面对学生。我们每年成长营招的志愿者 95% 是大学生,他们怎么来进行小学生、初中生管理,会很有压力,因为他们还没有参与工作,甚至才刚刚进入大学,所以这个时候会影响整个志愿者团体的自信心,志愿者要获得的支持很大,所以这时候张老师就给志愿者一个很大的支持,既成为榜样的力量,又给志愿者支持,所以张老师的团队一直都是做得非常好,非常漂亮,这一点让我们很感动。张老师在体验之后写了很多东西,拍了很多的图片,他也感动了他身边的很多人,所以才有了张老师由个人带动班上学生及家长的支持。

二是个人到班上以学生及家长的支持。一开始是张老师成为我们的捐赠人,之后带动他的几个朋友也成为我们的捐赠人,他发动一个班的同学,用他们的钱来资助我们的学生,已经支持了七年了,这个孩子现在已经在读初中了。在整个支持的过程当中,我看到张老师发动同学来给孩子写信,我们也希望这个孩子写回信,其实这是一种非常好的方式,我觉得我们在操作,与张老师与班上同学互动的过程当中,还有其他的几个班不是很成功。因为张老师操作很仔细,我觉得效果还是比较好。为什么呢?因为张老师具有耐心,具有引导学生的经验,这是我们值得学习的。在他的引导之下,学生及学生的家长参与进来了,因为张老师发朋友圈有很多家长去关注,参与进来之后也开始资助学生。所以 2015 年我去了浙江,到张老师家里面去的时候,也拜访了几个资助人的家长。我觉得一个老师的引导和对整个班级的学生以及家长是一个很好的榜样力量,因为公益会让每一个人心里面充满爱和温暖,具有爱和温暖的时候,这种正向的引导是每个家长心里面都希望的。所以孩子不仅需要读书成才,还要内心要充满爱,张老师就用这样的方式来做,让孩子内心充满爱来地参与公益行动。我觉得这个是未来，我们怎么去动员更多这样的老师来做参与，可以请张老师来给我们多做分享。老师的号召力量和老师的动员力量，老师的榜样力量，这几部分的力量是值得我们在做教育项目时做更多的研究，尤其我们筹款筹物资，做社会动员，怎么样让我们跟老师走得更近，是我们需要考虑和追溯的。张老师在动员家长的过程当中，和家长的互动过程当中这些经验也是值得我们探索的。

三是全校捐赠。2012年发生了一个事情，就是王同学个案基金启动问题，这个事情是大象发现的，王先生给大象打电话，说家里一些什么情况，大象说出来之后我们就跟张老师沟通，张老师就发动全校来捐钱，一次性就捐了3万多元，把这个钱作为了个案基金，每年大概有四个个案来申请。2016年春节的时候，我们还有一个资助学生的妈妈，小儿麻痹症，腿化脓之后还有单笔的捐款，将近3万元，2万8千多元，这个之后学校就定了，每年做一个个案基金，这个是全校人的参与，怎么对全校参与这样的活动给予我们的反馈，让学校知道这样一个活动的价值和意义，这是值得我们思考的。因为这几年才开始做的，每年两万多，这个个案基金建立非常好，它的价值意义非常好，但我觉得价值意义再好，我们是项目的实施者，我们要考虑到项目的社会效益到底在哪里，所以我觉得张老师当初从个人到班上再到团队再到全校来参与，尤其全校这个参与，让全校行动来起关注我们北川，成立个案基金，这是一个非常伟大的事情，不在于多少钱，而在于多少人来做了这件事情，因为是上千人在捐赠，我们怎么来追溯这种行为，这是值得我们思考的。

四是关于未来的思考。最近也跟我们大鱼王主任在商量，考虑到大鱼的法人要做更换，由王雪梅来作为机构的法人代表兼主任，我作为机构的理事长，未来有三件事情要做：第一件是我们要请张老师来参与理事会。张老师从2014年检查出来得了肝癌，经历了连续数次手术，张老师坚持又来了三年了，张老师的精神我觉得不仅是对抗病的精神，他对于公益事业的精神更值得我们学习。张老师可以给理事会更多的激励和帮助。二是我觉得与学校要有更多的互动，个案基金这个问题，我们要更多的给学校反馈。捐了这么多年，是不是每年有一个汇总，有一个追踪，追踪完了之后我们还有一个什么效果，给学校有一个反馈。个案基金进行这么多年之后要让它有温度，这个是我们公益机构必须要考虑的事情。

而且希望可以邀请张老师把个案基金这个事情写出来，写出来之后进行传播，从一个人到学校，上千人的参与，在这个案例的分享背后，不在于捐了多少钱，而在于这个社会行动，社会的参与，它所呈现的效果，倡议更多人来参与社会行动，增加对公益事业的关注，对困境儿童的关注，这才是张老师案例最大的价值。（高思发）

案例五 从一个导师到一个基金会的支持——中华女子学院杨静老师

杨静老师，德国米苏尔社会发展基金会的前中国顾问，善各庄负责人。

2011年，我通过"行动研究学习"认识了杨老师。她和她的导师夏林清老师一起做了一个"农村学习网络"，里面的学员大多是做基层公益组织的一线农村社工，我就在里面。

这几位老师对于团队发展和自身管理问题都十分关注。当时，我们团队里面有几个"90后"的女孩儿。我现在反思自己"带"她们的方式、方法都不怎么好。这些大学生出来之后，自制力不强。女孩之间的交流不畅，导致的情绪化问题很多。生活上、工作上不如意的东西也很多。当时的我对于如何带一支团队，其实想得不够清楚，团队经费又紧张，每月发工资只有1500元。整个团队陷入了一定的"发展困境"。

那一年，杨老师介绍的"米苏尔"给了我们几千欧元，折合人民币4万元，让我们春节发工资。我们只是提交了一个简介，之后，我们又申请米苏尔的项目。真是一个非常漫长的申请之路，历时有两年。但是人家亚洲部的负责人过来看了我们团队之后，主动提出，你们这个项目不要只申请一年，申请两年吧。一年20万，给了我们充足的行政经费。

或许是因为它看我们的自筹能力这么强，资助了那么多孩子，觉得应该资助我们民间组织的发展。现在两年过后项目结束，又签了一个3年的项目。

三年是什么，我们与两家基金会都是谈的三年支持，我们需要在三年内劈开生的路，三年对于我们不短。对于团队而言，是一个寻找契机之下新发展的一个好机会。如果你觉得这是一个温室，你会倒下；如果你觉得是一个机遇，那么会发展得更好。所以我们无论如何要在未来三年之内，探索出来一条新路来。内部的系统建设，内部的品牌开发，内部竞争机制，战略的规划与发展，都需要进步明晰。

这样的机会我们需要做好内部治理，从月报，到季报，从项目效果到财务征信，我们必须要做到更好。

杨老师的"行动研究"课程，对我的改变非常大。使我重新认识，看见自己，接纳自己，并最终改变自己。现在团队拥有的资源越来越多，如果没有这些学习，恐怕我也会陷入"把权力紧紧攥在手中"的怪圈。所谓"民主管理""赋权意识""抓权""放权""分立机构""培植各个机构的负责人"，都是在这个学习过程中慢慢领悟和接受的。

还有一点，杨老师从米苏尔申请的项目资金支持我们做口述史项目，梳理团队发展历史。没有她，就不会有一个这么好的机会来回顾和总结这些年"中国心"走过的风雨岁月。最感恩的地方莫过于，有太多太多像杨老师这样的贵人，既给我们资源，又陪伴我们成长。（高思发）

第三章
"中国心"品质助学的发展阶段（2014—2017）

第一节 品质助学在雅安的扩张与回收

"4·20"雅安地震

"中国心"在"4·20"雅安地震时期的策略

2013年4月20日，上午8时2分46秒，四川省雅安市芦山县龙门乡，北纬30.18°、东经102.57°龙坪山马边沟仰天窝发生7.0级地震，震源深度13公里。据雅安市政府应急办通报，震中芦山县龙门乡 99%以上的房屋垮塌，卫生院、住院部停止工作，停水停电。截至2013年4月24日10时，共发生余震4 045次，3级以上余震103次，最大余震5.7级。受灾人口152万，受灾面积12 500平方公里。

地震发生后，四川省立即启动一级应急程序。"中国心"作为四川的社会组织，积极参与这场灾难的求助工作。4月20日上午派出刘队、瞿晓龙前往芦山，高队正在休假，21号凌晨返回前往芦山。

在短暂的几天志愿者工作结束后，"中国心"做出撤回北川再做商议的决定。

在前往灾区的路上，交通已经被大量想要前往灾区参与救援的车辆堵塞，不得以只能问当地人走了一条导航都没有的崎岖小路到达震中，并先于救援官兵和其他救援力量成为第一支开车到达灾区的志愿者组织；到达灾区之后，发现对比高震级，芦山虽然受灾，但整体情况并没有我们想象中严重。这让经历过"5·12"的北川团队的人们松了一口气。

在之后的一个礼拜里，我们走访评估了双石镇及周边的受灾村落和社区，进行了灾害评估和物资需求调查，并通过网络筹款和对接，为灾区送去了包括鸡蛋、饮用水、方便食品、衣物等物资。另外一部分同事协助乐施会进行了灾害评估和物资需求评估。

随着救灾工作的逐步推进，越来越多的社会力量涌入灾区，其中有专业的救援力量和社会组织，但也不乏大量的无灾害救援和社会工作经验的个人和团体。一时间，一方面社会力量远远超出了灾区的承载量，人满为患，另一方面缺乏统一的协调管理也对灾区的正常救援和安置造成了影响。

往好的方面想，在经历过"5·12"汶川地震和"4·14"玉树地震之后，国人对于大型灾害的关注和响应速度得到了很大的提升，越来越多的人愿意支持和行动起来，这对于灾害的响应和恢复是有好处的。

但另一方面，这也暴露出了"郭美美事件"对于公益事业的打击，越来越多的人对捐赠的信心降低，反而更愿意亲力亲为。民众对于公益行业的信心也需要重建。

除此之外，如何建立民间力量有序高效地参与大型自然灾害的救援、安置和重建也成了急需解决的问题，不然大家抱着一颗好心和激情参与灾害响应，不仅不能真正的帮助到灾区，反而可能会给灾区带来额外的负担和损失。如何从激情救灾到理性救灾，是"4·20"地震响应暴露出来的急需探讨的话题。

在灾后响应和过渡安置阶段，团队在筹措发放完第一批物资之后，也发现了当地社会力量和救灾物资的饱和，在长时间待在灾区的意义其实已经不大了。所以，在讨论之后，团队决定在物资发放完毕之后结束灾后的紧急响应，返回北川，开始为后续的灾后过渡安置和重建阶段做考虑。

在紧急响应阶段结束后，为了更好地参与到灾后重建的工作中来，我们做了人员调整。一是刘队正式辞去了原单位的工作，开始以全职的身份投入到机构的工作中来，二是文太科正式加入团队，主要负责雅安地区的工作。

在后期选择项目实施地点之时，我们避开了芦山等"明星灾区"，转而开始关注没有得到太多资源和支持的偏远灾区，如上里镇；而在项目选择上，我们选择的是关注"灾后重建"，一方面是如修路、修房子之类的硬件重建，（乐施会修路、修防灾中心进行自来水、堡坎工程等，壹基金进行轻钢房项目等），另一方面是针对儿童开展的心灵抚慰项目，如儿童服务站、助学、影响计划，等等。（瞿晓龙）

2013年月20日星期六上午8时许，周末正在绵阳家中沙发上休息的我，突然感受到一阵强烈震动，有过"5·12"和"4·14"地震及其频繁余震亲身经历的我，马上意识到地震了，且距离震中应该比较近，我迅速叫起还在睡觉的妻子和女儿，躲进了卫生间，然而震动还在持续。震动过后数分钟，才让裹着被子的女儿回到床上继续睡觉。

随后通过网络知道是四川雅安芦山发生了地震，影响范围很广，十多分钟后就与高队和晓龙沟通一致，不到 8 点半就出门了，9 点过与晓龙在永兴汇合后上了成绵高速。因交通管制，我们辗转了十余个小时，绕道大川镇，快抵达太平镇时遭遇塌方，道路中断，消防队与不少社会救灾车辆受阻，后找到一处机耕道缓慢通过，才于晚上 6 点左右抵达太平镇，镇上房屋受损非常严重，已有部队和医疗人员在开展救援工作，经过与某村干部交流，了解了部分受灾信息后，决定再往震中方向前进，并再度翻山抵达双石镇，时间大约是 19 点过。在与镇政府接洽后得知，已有绵阳消防及一支部队抵达并开展救援，他们都是从芦山县城方向驱车过来的，在距离双石镇 5 公里左右处遭遇塌方，徒步抵达镇政府的。镇政府已设救灾指挥部，县里派驻了上级干部坐镇指挥，指挥部一盏探照灯安在了政府隔壁的派出所楼顶，照亮了派出所的院子，并已经能够提供后勤伙食保障，沟通结束后我们还吃到了热饭热菜。院子外的老百姓也烤起了火，围坐一圈聊起了家常。在与镇政府接洽后得知，该镇灾情有个别伤亡，房屋损毁较重，老百姓情绪较稳定，后与烤火的村民聊天也证实了，村民们基本都是有说有笑，这是他们五年内经历的第二次大地震，已经有经验了，不怕了。

向指挥部报备了我们希望了解有哪些需求后，将随身携带的部分厚衣物及食品交到镇政府门卫室保管，然后通过手机短信向后方通报受灾信息，开始对接相应物资。

2013 年初"中国心"正面临项目瓶颈期，"5·12"地震马上五周年了，我们还在困惑于还能为多灾多难的北川引回些什么资源。面对芦山地震灾后大量的重建需求及基金会资金支持，团队选择留在雅安最多三年，结合几大基金会的项目支持方向有选择地开展了几类项目，有扶贫基金会、千禾基金会、同策房产咨询（企业）支持的"中国心"助学项目，以及壹基金的灾后儿童服务站项目及其财务代管项目。在招募到原汶川大同社工文太科后我们开展了农村社区发展项目，在我从事业单位退出后接到了壹基金的轻钢抗震农房援建项目等。（刘队）

雅安助学探索与思考

雅安助学的资金来源有两个，一方面来自企业，一方面来自基金会。

雅安助学的定位：不做"一对一"资助，而是采用和基金会、企业资助相结合的方法。之所以这样，是因为"一对一"复杂，资源对接难度大。首先，筹款不好做，你要去对接很多个资助人；其次，资助人多，管理起来耗的时间长，耗的精力多。不同资助人有不同的要求，有的要漂亮的（娃娃），有的要个男孩儿，有的要个成绩好的……（高队）

和基金会合作的项目，行政经费有保障。不需要每天去催资助人，也不需要为了找资金，每天去网上放一些故事，吸引眼球搞传播。

资金有保障，就可以安心地做项目。我们会更加专注于发现和满足服务对象的需求，把大部分精力放在学生和学生家庭那边，探索如何把我们的服务做得更加深入。（文太科，雅安助学项目负责人）

支持我们在雅安做助学的企业是上海同策房产咨询有限公司。他们通过网络渠道了解到我们机构。之前我们没有过任何合作，也就是说毫无"信任基础"。他们说"让我们先做事，后打款"。我拒绝了，说我们从来不这么做，必须先打款，我们才启动和他们公司的合作助学项目。他当然要反问我："如何信得过你们？"我就说："你自己去网上查找也好，托人打听也好，我们机构的资料和信誉，怎么样都行……总而言之，我们向来都是这么做项目的。你不先打款，我们就不跟你合作。"结果，经过沟通，他们接受了我们的提议。

这是一种什么样的"底气"呢？我觉得，当你在做"真事"的时候油然而生的一种内在自信。我跟你谈项目，不"被动"。他们没见过我们这种付款方式。我说，你看，我们跟谁谁谁合作的，都是这么干的。之后，他们公司员工到雅安来实地考察我们的工作情况，也亲眼看到了我们确实是按照协议和约定来做事儿的。

每一年 15 万元的项目资金拨过来外，我们每一个月还需 1 000 多块钱行政经费。所以我们要时刻谨记的是，自己一定要把事情做好；做好了之后，我们才有资本和别人谈条件，才可以说服别人相信我们。（高队）

支持"中国心"在雅安做助学的基金会有千禾基金会和扶贫基金会。

2011 年，我们和"千禾"合作拍摄了视频《坚守的"中国心"》，回顾团队 3 年发展历程。雅安地震之后，他们很快就联系我们了。说有个企业给了他们钱，他们要来支持我们的救灾助学工作。一直以来他们也很了解我们，有不错的信任基础。

中国扶贫基金会支持的"生态助学项目"设计的理念直到今天我依然认为非常先进。我们想探索一种闭环型、可持续型的助学模式。在这个环里面，受助人、资助人、家长、家庭、学校、社区都紧密地联系在一起，互相给予对方支持，就像形成了一个良性的生态系统。

这个项目当时只集中在一两个乡镇集中实施，不像我们北川的受助学生家庭那么分散。一旦受助家庭分散的话，项目执行的成本和难度都会变得很大。（高队）

高队提出"生态助学"的概念，希望让受助学生的家庭更多地参加到项目里面来。整个项目的设计理念是：以发助学金为切入点，通过设计一系列的活动，加强学生和家长的参与，提高他们的主观能动性和自我增能意识。（文太科）

中国扶贫基金会支持的针对高中生的助学项目……考虑到这个年纪的孩子们有一定的自主性，能够独立思考。我们希望通过项目活动把孩子们的能动性调动起来。不是主要由我们带，而是他们发挥自己的能力和智慧去协调一些关系和组织一些活动。在这个过程中，我们也想探索一下如何给我们的服务对象"赋权"。（刘队）

文太科，"中国心"团队成员。

2013年4月20日，芦山发生7.3级地震，我早上正在成都参加督导办学习，立马返回机构商量救灾的事情，后来却以北川羌魂的社工身份到了雅安。在我去之前，机构已经将灾后重建的前期工作全部做完了，我负责灾后重建办公室的筹建工作和乡村基础设施重建工作。

2013年10月8日，一同前往雅安市雨城区上里镇的同事有高队、莹莹、婷婷，带了一些简要的办公必需品和个人生活用品乘坐班车到了上里之后，安顿好住宿，开始协调办公室。

工作正式开始之后，陆续到了灾后重建的现场，直观看到的受灾情况比5年前的汶川地震好很多，包括最终造成的环境破坏、人员伤亡、财产损失等，对于我这个亲历了"5·12"地震的人来说要轻松很多。因此，机构在雅安的灾后重建中依据支持资源和自身的经验开始了服务布局，先选择了最擅长的助学工作，后选了偏远乡村的灾后重建。

助学工作从震中芦山的中小学开始做的，分别是芦山高中和双石小学，助学策略与北川一致，经济助学和心灵助学协同推进，限于工作人员有限的缘故，芦山的侧重点在于经济助学。

2013年10月，芦山的助学已经进行到后半段时，中国扶贫基金会开启了支持社会组织参与灾后重建的计划，机构以北川助学的模板和经验设计了雨城区的助学项目。当时称北川侧重经济助学的模式为"1.0"初级版本，设计雅安项目时寻求新的突破和尝试，将雨城区的助学项目定位"2.0"的升级版本，升级的亮点在于从原来的侧重经济助学，变为以经济助学为基础和手段，侧重在于受助学生和家庭的能力建设和参与意识，说直接一些从"1.0"到"2.0"就是从"钱"到"人"的转变，从单一的受助个体将受助个体融入家庭，再将无数个家庭联合到一起的转变，从个体支持到系统构建的转变。

该项目设计的理念在于回归，让学生回归家庭，让家庭回归乡村，让助学回归社会，所以设计了一系列需要在受助学生所在村子开展的活动，给乡村拍照、建垃圾池、维护环境卫生等，同时还建立家长义工队，鼓励学生通过助学大会的形式与家长商讨助学金可以怎么使用，一系列的策略都在于支持和鼓励学生回归家庭、乡村、社会。

项目执行过程中遇到的问题很多，最为关键的问题在于执行人员无法领略项目设计的目的和理念，只将其作为 2013 年的北川模式来做，虽然有些尝试，但是效果也不佳，与此相关的还有人员更换，项目执行换了 2 人，经验流失和服务间断性对于项目成效的达成带来了诸多连锁性问题。（文太科）

去到雅安做助学之前，"中国心"在北川已经积累了 5 年的助学经验，基于此，梳理出了北川助学"1.0"版本，其后在雅安所做的助学新尝试，我们升级为助学"2.0"版本。该助学模式有哪些特点呢？

第一，与基金会合作。

孩子们的助学金来源于基金会。其优势是不用担心筹资，不足是和北川比起来，资金的用途非常固定，很大一部分需用于开展一些固定的活动，给"中国心"团队自由发挥的空间会小很多。

比如我们成立了很多针对困境儿童的小组，覆盖到 80 个孩子，他们当中以单亲儿童、孤儿居多，我们会定期给他们组织活动。2014 年"小鹰计划"的实习生给他们开了绘画兴趣班，产出了一些不错的明信片和绘本。

再如雅安影像计划项目的开展。让学生们通过相机这种载体更加仔细地观察和记录家乡在重建过程中的点滴变化，更细致地体会自己对于周遭世界给予了更多关注以后的积极体验。

第二，有意识地调动受助人的自主能动性。

比如培养孩子们的自决性。北川"1.0"的助学模式中，大部分助学金会直接打到学生的饭卡里面去。而雅安助学项目中，我们选择的服务对象是中学生，他们的自我意识比较强烈，自决能力更加突出。有些学生主动提出，是不是可以有 100、200 块钱由自己支配。中学生有自己想要的人际交往的消费，买文具、买礼品、买自己喜欢的零食。

我们支持了这些孩子的想法。这也是"助学金使用"上面的一个小创新，一个新的尝试。让学生能够在家长面前直接地表达出来一些关于"用钱"的看法。我们想通过这些方法引导家长和学生，培养学生的自主能力，包括管理钱和管理自己的能力。

我们还为孩子们设立了一个"梦想基金"，这笔钱可以让他们用来做他们想做的一些身边的事情。看到村子里面的卫生环境很差，有几个孩子提出要"改造家园"。每个小组有 4 000 块钱的梦想基金。小组想用这个基金去修几个垃圾池，"中国心"团队就让孩子们自己去和村上的人协调这些事情，村上的人不同意，说"你们修得太少了，修一个不得行，全村需要很多个"。但是钱只有这么多，最后就一个都没有修成。

涉及利益分享和利益冲突的时候，你会发现，好事也不是那么容易做的。但在这个过程中，能够看到学生的成长，他们与家长慢慢地沟通自己的想法，慢慢地和村上的各种人打交道。

再比如，培养家长的"反馈"意识。我们在村里组建了一支很正式的家长义工队，由参与了我们助学项目的学生家长组成。我们尝试性地让家长们在农活上相互支持，但最终实际效果不怎么好。

从中可以看出，要把项目做得更加深入，一定要肯花时间和精力。"中国心"在雅安的项目周期原计划是三年，后来因为提前退出缩至两年……时间的限制，使得很多项目内容的执行，新方法的实践都会受到限制。

而这给我们之后的助学和社区项目的启发是，要"生根"，也必须要"深耕"。
第三，注重项目设计的系统性和整体性。
雅安助学项目的设计很系统，相较而言，我们北川的助学项目的执行就显得很"松散"。

之前在北川的经济助学这一块儿，筹助学款和发助学款，中间只有一个"家访"把它串起来，就没别的了，社工与受助家庭之间的联系非常地薄弱。

而在雅安助学项目的设计与执行中，我们有意识地与受助对象产生更多的联系，同时让资助方参与进来，最为典型的例子就是我们的生态助学项目。

回到北川后，为了把我们的助学项目做得更加系统和完整，就有了驻校社工项目、生计助学项目。

以驻校社工为例，我们会在学校里面给学生开展如"周末留守儿童陪伴"的服务，来和我们的受助对象产生更多的联系。但是慢慢会发现，外展服务又不够，我们与孩子家庭、孩子生活的社区几乎没有联系。另一方面，每一个项目人员都是做好自己的项目就好了，彼此之间的交流和联系不够紧密。所以项目设计的系统性和整体性仍然需要一个不断探索的过程。

第四，开始心灵助学的全面探索。

在"中国心"助学过程中，我们希望不仅仅是给到钱，更多的是从一些内在的东西上去影响和帮助我们的服务对象。我们一直说希望他们成长为有益于社会的公民，想实现这一目的只靠给钱肯定是不行的，所以有了"心灵助学"的概念。

心灵助学的探索其实有很长时间，比如我们的成长营，还有和学生的一些交流。但是在雅安的时候，我们才开始试着让一些日常的小组活动进入到我们的心灵助学，我们当时做的尝试包括：前文提到的梦想基金、影像计划，同时我们在设计项目的时候，明确只资助初一到高二的学生，这样也就使我们的服务对象更明确，方便了很多活动开展。

同时，我们也有意识地让家长成为心灵助学中的正向力量。我们成立了家长委员会，定期议事，协调很多村内村外事务关系，也互相交流教育子女的问题。我们还设计了一些旨在营造家长与孩子互动交流空间的活动。

在这些尝试中，我们逐渐从原来的单向的为学生家庭输入经济支持转变成了一种"家庭"与"社工"双向交流模式，开始给我们的孩子提供更多的心灵支持。

雅安品质助学从项目的设计思考完全在尊重未成年人的四大权利的基础来进行考虑，更加充分为困境儿童寻找到自身的力量，达到增能赋权的作用。（高队）

战略回收——艰难的抉择

做完了雅安和北川两个地方的灾情评估，考虑过了团队管理的难度问题，两个办公室之间的距离问题……2014年的冬天"中国心"决定，在2015年的6月1日做完手上项目的最后评估工作后，就立刻撤回北川。

雅安灾后重建对于"中国心"这样的初创组织压力非常大，"4·20"之后雅安资源非常多，而北川遭遇"7·9"洪灾也需要资源，"中国心"不仅需要面对资源，更要面对的是内部治理，我们一起来看看当年"中国心"是怎么面对这一切的。

困惑1：主要雅安的受灾情况出乎我们的预估

2013年4月20日四川省雅安市芦山县发生7.0级地震。先行去到雅安的团队工作人员反馈告诉我们，当地状态没有想象的那么严重，部队、政府、社会组织救援力量强大，灾后社会募集基金上亿，参与基金会更多。

我们在芦山双石、雅安上里相继开展项目，但总的感觉非常幸运，地震破坏有限，对家庭影响有限，我们在的项目点，芦山双石和雅安上里的箭杆林2~3组影响比较大一些。

双石我们只做了助学和儿童服务站，芦山社会组织太多，我们选择落地的项目点，后来在乐施会的支持下，选择到绵阳市政府援建地方——雅安雨城区。后在雨城区上里古镇箭杆林村3组做项目。

选择项目点"中国心"大约用了2个月。在选择项目点时主要基于以下考虑：

（1）主要有灾害，相对比较严重。

（2）没有社会组织或者社会组织比较少的。

（3）村干部比较积极的。

2013年10月我们项目正式开始，12月社区张力开始累积，到次年1月开始爆发。对我们项目操作增加的压力，灾情相对不是那么严重，资源偏多，但社区的关系问题复杂。

助学项目开展工程中主要有两个问题：

第一，专职人员的稳定性差，其原因是我们对雅安灾后重建规划不够清晰，自我定位一样很难明确，造成招募的同事对未来不够清晰。

第二，服务对象比北川贫困度有限。

雅安上里、中里更多是在甘孜那边打工，多是木匠，待遇不低，很多都是工作多年，而北川主要是山区，土地贫瘠，两个地方相比较而言，雅安这边热情度相对低些。

困惑 2　北川发生"7·9"洪灾与"4·20"的对比性

同年 7 月 9 日，北川普降大雨，这场洪灾的严重程度远远超出我们的预期，关内关外（禹里关）有二十多万人受到不同程度的影响。"中国心"立刻在雅安组织了应援北川的物资筹集会，也因此重新思考助学项目的定位问题。

禹里关内受次生灾害影响的严重程度很严峻。我们立刻在雅安灾区组织了一场物资筹集会，拉来了一些认识的基金会，当时有救助儿童会、壹基金、乐施会、香港扶幼基金会，一共筹到了价值 100 万的物资支援北川。

这么大的灾害，关内之后怎么办？这个问题成了压在我们心底的一块大石头。因"5·12"地震而搬到关外居住的老百姓，有是有，但不多；更多的人还是待在山里面，因为他们要靠天吃饭，靠山吃山。原本的生存条件就很恶劣，现在还有很多道路被冲毁了，泥石流、滑坡等次生灾害频发，真的是不知道他们未来怎么去发展？（高队）

困惑 3　内部治理是大问题

"中国心"在雅安和北川都设立办公室。雅安办公室是文太科、刘队带新同事为主的团队，每天事情多，工作压力大，对社区的复杂性难以预估，造成团队松散，没有更好的办法凝聚一起。

"4·20"地震打破了"中国心"的内部系统，团队很快扩大。

但内部却有点手忙脚乱：

高队负责两边跑，雅安和北川，尤其需要负责雅安的外部关系协调；文太科负责雅安的管理，又做项目又做管理，2013 年 10 月 6 日到北川上班；刘队 2013 年 11 月全职加入团队到雅安上班，与太科共同面对雅安灾后重建。而在北川，大象负责传播，格格准备离职，雪梅加入。

当雅安地震碰上北川洪灾，"中国心"团队面临着一个重大抉择：走还是留？留在雅安，在这个灾后汇集了很多资金、为来到这里的民间公益组织提供了很多发展机会的地方？还是回去北川，重新回到筹钱比较困难的那个阶段，为了那些我们心心念念放不下的人们？

我们也迷茫了，"中国心"未来到底要做什么？我们想做的，基金会想要我们做的，以及社会需要我们做的，如何平衡这三者之间的关系？在提供服务之前，我们要搞清楚的是，到底哪里需要我们？我们又能提供什么服务？这种时候，"中国心"进行了会议讨论：

第一，灾后复杂性超出我们的想象。

在雅安灾区做灾害治理的团队，在工作上遇到了很大的挑战。比如，已有 3~4 年的农村社区工作经历的文太科，在与当地村委、政府、百姓的沟通过程中，由于压力过大，积累了很多负面情绪曾崩溃号啕大哭。这让我们意识到问题的严重性。

另一位工作人员刘队，11 月从兼职转为全职身份加入团队，立刻接手雅安的项目，所以，也没有足够丰富的社会阅历可以自如地应对复杂多样的农村社区治理与发展的问题。但是依当时"中国心"的团队能力，只能提供这样的人员配置去应对雅安的灾害治理。说当时的"中国心""捉襟见肘"，一点都不为过。

这个问题往深层次去探讨，其实体现的是"中国心"团队在"社区治理+灾后重建"的问题上有很多的不确定和迷茫感。灾后重建，某个地方的资源多了，资源多了以后怎么管理？本来一个贫瘠的社区，忽然要面临大量的财富涌入，每一个人内心的欲望都被激发起来了，人们开始想要争夺自己的利益。如何去分配物资？如何去管理救灾资金？如何参与社区重建？当 NGO 还没有想好这些问题就贸然去行动，对社区是"害"而不是"利"。

我们工作人员年轻，灾后的复杂性难于估计，无法承受这种工作方式。

第二，管理难度很大。

"中国心"有一个办公室在北川，一个办公室在雅安，两边的距离太远了，彼此交流的时间太少。内部不具备完善的管理体系，专业能力支持不足，对于团队长远发展并无益处。

第三，对于"雅安的灾害治理项目是不是我们想做的东西"没有进行审慎思考。

我们为什么做这些项目？在我们的能力范围之内，可以达到的最优目标是什么？是为了在这个项目中锻炼新人吗？当时雅安办公室招了几个新人却一个也留不住，为什么？因为在那个情况下，所有机构都在想办法挖人，有了人才能去找更多的项目来做。

我清楚地记得，那时在公益圈内形成的一种不正常的攀比之风。比如，我们只有 30 万元的项目，别人有 100 万元的项目，NGO 开会的时候有些负责人就会表现出来一副"数字大，很有面子"的模样。

我觉得这种"攀比"是挺恐怖的。当然，不可否认的是，这种心理也存在于我们团队内部。所以，我会说那时候我们的内部也出现了很大问题。怎么可以光看接手的项目所涉金额的大小，来判断一个团队的发展和前景呢？

因此，那段时间，我们特别注重"开会"和"学习"，提升内部认识和内部张力。我真的是非常感谢杨静老师帮助我们管理团队做了梳理；夏林青老师亲自来到北川为我们拨云指路；还有郭虹老师、高圭兹老师、冯老师给我们宝贵意见，也给了我们很大的启发。（高队）

很多朋友都说："高队，凭'中国心'的能力可以在雅安做很多项目，拿到很多钱，你们为什么回到北川呢？"但是，他们不知道我们内心对北川的情感。

更重要的是，我们认为：对于 NGO 来说，有些事情是我们不能做的，比如单单为了钱而接项目，再比如接了很多的项目却因为没时间或者人力不够，做很多为了敷衍基金会的报告，却从未认真地和我们的服务对象建立"联系"，这是我们所不能接受的。

而有些事情是我们能做的，也应该要做的，比如对于自身的定位要清晰，把自身的专业性做出来；并且有所坚持，不为名利所控。

那时的我们，是抱着"回北川解决真真正正的社区需求，来实现我们的理想"才回去的。当年几十万的志愿者团队到北川，最后只剩下"中国心"了，"中国心"是有权利、有义务去把社区项目给做起来，而不是只做一个影子。我们团队内部梳理得差不多的时候，大象推荐了黑水村作为社区治理项目的点。

"钱"对于我们来说，不能够成为团队留在雅安的理由，却能够成为阻拦我们回到北川的理由。所以在这要特别感谢香港乐施会昆明办的冯明玲老师，非常感恩她对"中国心"的支持，没有她的支持我们回北川也只能是个理想；就算回来了，压力也比较大；其次，也要非常感谢中国扶贫基金会的理解与支持，本来合作要在雅安做 2 年的助学项目，只做了 1 年就暂停了。（高队）

要回到北川，选择一个合适的村子做我们农村社区治理的项目点，成为了重中之重的大事。

我们有很多的资助孩子是黑水村的，团队和那边村民的关系一直都不错，算是有很好的群众基础；其次，学校、村两委对我们的工作也很支持，整个外部环境也比较好。所以我给团队推荐了黑水村。（瞿晓龙）

我们想做社区治理，不是一件凭空想出来的事儿。之前我们工作的重心在助学上面，主要还是经济资助。如何让孩子们不要承担那么大的资助压力，是我们一直在思考的问题。我们发现，当孩子们开始通过自己的努力，可以为别人提供帮助的时候，他们会更加自信和快乐——曾经我困难的时候被别人帮助，现在我去帮助别人；他就更容易地接纳和理解"受资助"这件事情，当他也能从中发现自己的"能力"的时候。

同理，我们为什么做黑水社区？我们希望以后不做简单的"经济助学"，不要再有贫穷。如何让这些家庭有尊严地受助？我们要真正地改变这些家庭的状况，而社区项目是改变家庭最好的途径。通过发展生计项目提供家庭收入；通过社区文化营造项目，构建更加温馨和谐的生活氛围……当孩子的父母经济条件改善，文化意识提高时，他们又把这个钱拿出来帮助别的孩子。你想想，孩子心里会怎么想？觉得原来我受助，现在我的父母还可以资助别人了。（刘剑峰）

2015年的1月份，我们邀请了乐施会的冯老师来黑水村考察该项目点的可行性。我们第一次做农村社区发展的项目，很多地方都不懂。乐施会的老师们手把手地教我们写项目书，给了我们很多技术上面的支持。

2015年的春节我给几个基金会的主管人写了邮件，表达了"中国心"之后的工作重心想放在北川农村社区治理方向，并且紧密地结合我们之前的助学工作和救灾工作。我们的想法获得了很大的鼓励、肯定和支持。这给了我们很大的信心，也坚定了我们扎根北川，扎实做事的信念。（高队）

"中国心"在雅安工作与管理出现什么问题？为什么要战略选择回北川？

在雅安项目的执行过程中，由于北川和雅安两地的距离限制，也导致了分隔在两地的同时无法得到更多的交流和协作，而雅安的项目本身存在着各种挑战和压力。而在挑战和压力面前，执行同时没有得到及时充分的支持和协助，这对项目管理和执行都造成了很大的压力；而同时，分隔两地的团队也因为无法统一管理标准和要求而出现了一些问题，对机构本身造成了很大的管理和运行压力。

同时，北川在2014年也遭受了"7·9"洪灾，惨烈的洪水和泥石流给北川造成了巨大的损失，而年年不断的诸如滑坡泥石流等次生灾害更是一次又一次地给北川人民的生命财产安全带来威胁。但由于距离"5·12"地震日久，北川没有得到足够多的关注和支持，很多亟须解决的问题没有得到应有的回应。

在这样的背景之下，在北川和雅安两地灾后重建的对比之下，一边是人满为患资源过剩，一边是鲜有人关注没有资源。在责任感和归属感的驱动之下，团队开始重新思考自己的定位和未来。

"深耕"和"生根"两个关键词在这个时候应运而生，团队是生在北川长在北川，也需要更多地关注到北川本土的需求和问题。再加上前文所述因为长期两地分隔带来的管理压力，团队做出来回归北川，扎根北川的决定。（瞿晓龙）

长期的异地工作，给项目人员及其家庭生活造成了诸多困扰，并随着项目的深入，受助对象背后深层次的非灾害造成的问题越加凸显，需要项目人员更加耐心深入的进入家庭开展工作，造成项目工作人员逐步流失。同时，雅安大量的社会组织涌现、物资资金过剩，反观北川现状（社会组织与资金严重困乏），逐渐在机构负责人及工作人员心中产生一种失落的情绪，同时反思社会工作的责任及助学项目的理念，是长期的陪伴，与"中国心"服务雅安三年的初衷有背。

2014年下半年，"中国心"当时四位管理团队成员齐聚雅安办，反思自己的初心，展开了一场讨论，一致同意完成现有项目后逐步退出雅安，返回北川。在扶基会2014年年底的项目总结会暨2015年项目答辩会上，雅安助学项目主管文太科阐述了一年来的项目成果，本人以感恩和责任两词阐述了"中国心"在雅安的初心，即代表北川受助群体感恩"5·12"期间全国人民对北川的帮助，以负责任的态度放弃2015年雅安项目的申请，以避免更长时间后退出带来更多伤感，把有限的责任和力量贡献给仍然有广泛需求的"5·12"地震北川受灾人民。（刘队）

不仅是助学项目遇到了问题，当时机构的所有灾后重建项目都遇到了问题，其中最为明显的就是人员管理和团队建设与争取资源之间的冲突。这种冲突在每个工作里面都有体现，当时（2014年）大部分合作的基金会都还有不等的社会捐款需要妥善的用于灾后重建，各个执行灾后重建项目的社会组织会得到相应比例的行政费用，如果一个社工能够同时做上3~5家不同基金会的公益项目的时候，将会为自己的机构攒下一些发展经费。但是，这样的目的和策略显然有其不妥的地方。

以我自己的经历来说，能做一家基金会的项目是最好的了，这样才能专心致志，思考、行动、目标才能在一起，自己的学习和成长才会更加扎实，如果说让我做更多不同基金会不同类型的项目，体力和精力都是难以应对的，只能疲于奔命了。除此以外，因为项目工作长期居于异地，与机构大部分的同事没有工作往来，没有生活往来，很容易处在整个机构的边缘和外围的，这对机构的团队建设、人才培养、经验积累都会形成阻力。另外，这样的策略对县域社会机构来说，与其机构的使命和服务区域难以相符，如果为了获取更多的资源而忽略机构出生地的需要，这样是有违使命和初衷的。

雅安灾后重建聚集了大量的社会资源和政府资源，其中社会资源对于发展初期的小型机构来说是一块难以让人说不的香饽饽，只要想做，就能做很多项，争取更多的发展费用。

我们机构当时以我在雅安待得时间最长，最先驻扎，最后撤走，两年的时间在北川待得不足2个月，对北川和北川的同事都很陌生，很难融入机构。不仅如此，面对管理问题的同时，还需要回头看一下北川，历经地震和洪水的地方，乡村的需求很急迫，路不通的村子也很多，需要资助的孩子也很多，最为关键的是北川作为机构的注册地，从公是机构的法定服务地域，从私是相连的感情，一家生于北川，长于北川的机构，不能因为顾着争取资源而在其他地方奋斗，我们可以想办法将资源整合到北川的贫困家庭和边远山村，这个算是在寻找机构的初心，正如雅安"2.0"班助学项目一样想要做到的回归一样，机构在发展的快车道上也需要回归。

最终，在诸多理事和老师的支持建议下，机构决定完成两年的灾后重建工作后要全部撤回北川，不在雅安继续做项目了。2014年11月，时值机构管理团队高队、刘队、大象、我在雅安办公室开会讨论初步商议了到2015年完成所有灾后重建项目后撤离雅安；2014年12月，刘队正式对外公布了机构于撤离雅安的决定；2015年3月，团里再次齐聚成都，撤离雅安的决定得到了时任机构顾问杨静老师，时任机构理事郭虹老师的赞同和肯定；2015年7月，将所有雅安的办公物资拉回了北川，完成了从雅安的撤离工作。（太科）

回望雅安岁月——收获与教训

雅安芦山地震与思考

"4·20"发生时我和家人在丽江休假，知道地震的消息后不停地打电话，讨论工作。当时就想怎么做，我们也招志愿者，那个时候刘队跟大象他们马上就出发了，刘队开车就去了芦山，到了晚上就到了芦山的双石镇。我是晚上的飞机，凌晨到的成都。2点过才回家，5点过就从绵阳出发到芦山。也是看看能做什么东西，"中国心"团队就算救灾不行，但我们在灾区经验应该可以运用的。

第二天刘队和大象先看当地有什么样的需求，"中国心"能做什么。实际上我们到雅安之后没法进去，4月21号道路就堵死了，人太多了，爱心人士都开车往雅安去。因为媒体报道挺揪心的，甚至说有些地方比汶川地震还严重。到雅安没法进去，我就找了一辆摩托车。那个时候我们招募的志愿者全是分开的，在芦山汇合，因为整个是乱的，很多人给我打电话。我们招的人还有在雅安走掉的，就跟了其他团队了，因为雅安到芦山整个道路不通。新闻上滚动播出消息，劝志愿者、爱心人士不要再往灾区走，物资捐赠有固定的地方。

"中国心"依靠着网上力量，很快招募了一批人，到雅安很多就跟了其他团队去当志愿者了。跟我们到芦山的，其中有三个人，有一个是新浪微博"大V"，做手机检测的。他们三个发起人当我们志愿者，新浪微博有几十万粉丝；还有一个志愿者是绵阳一元爱心的刘老师，以前是新东方的外教老师，待遇挺高的，从芦山回来以后就做了全职公益人。前往芦山的摩托上，看到重庆志愿者拉着东西在快到芦山街道那边，在不远的地方立着牌子：缺水，缺粮……我就问了他们一句话，我说房子倒了没有，说没倒。那米缸还在不在，她说还在，好了有米啊。我就走了，他问我你是哪的，我说北川。每个人视角看东西是不一样的，为什么我们在灾后不是自救，而老是向外呼救这些东西，我觉得是值得思考的。我们的教育与引导是不是考虑到灾难来临，首先先合理自救？

芦山到双石，10多公里，但最为危险的地方叫鹰嘴崖，这里是我们的必经之路。垮塌比较严重，余震不断，怎么办呢？我们要不要冲呀？路过崖口时，发现4月21号就已经开始有人在排除危险，政府派出的人和挖掘机正在清理危险的地方，我们正准备走的时候就发生余震，等待垮塌结束我们就跑过去，过了崖口就很快到双石镇，就看到四处的房子的垮塌。

天快黑我们跟刘队、大象汇合，他们说等一会儿吃饭，说在炒回锅肉，我开玩笑说4月20号地震，21号吃回锅肉。很多部队在那个地方，刘队跟我说：高队啊，这里都已经不愿意接受外面的人，为啥？就是灾害不太严重人很多，就单部队就很多，咱们又能干什么？大象也说我们要看一下，的确这个地方没事做。那天晚上我们就睡刘队车里，也有帐篷，我们就想能做什么东西，开始做需求评估。我们还是那个定位，我们不是救灾，我们的工作要看这里有什么样的需求，需要什么样的物资。我们有经验，其他团队可能没有安置点的经验，我们可以传递经验。

粮油怎么分这个我们是有经验的，所以那个时候我们与政府沟通，给了政府一些建议。我们需要什么样的物资就跟华夏公益继续联系，助学的丽姐和平顶山义周哥，给我们拉了四卡车的物资，吃的喝的什么都有。芦山双石镇给我们提供的采供清单，全部被我们这边包完了。接着，我们开始走访学生，正好我们帐篷在学校里面，获得小学廖校长的大力支持。那时候我知道怎么跟学校打交道，我们应该怎么做。

我们每天做调研，每天汇总信息，双石镇距离芦山县10多公里，全国志愿者的大本营在芦山县城，一条大街上全是志愿者。甚为壮观。这里不久建立了全国第一家社会组织服务中心，这也是向外界展示的一个好的平台。后来有人问，为啥我们当时选了双石镇，觉得那个地方距离有点远。就是因为这个地方，不能开车还得走路，所以我们选了双石。等到第四天我们负责把需要的物资协作捐赠方安顿好之后我们就暂时离开，没事做。觉得这个时候挺乱的，我们应该出去冷静冷静，把物资发完了那个晚上11点钟左右，在雨中我们和丽姐助学全部撤出。因为下雨我们担心路垮掉就出不去了。还有政府的力度也大，还有那边志愿者遍地都是，部队也多，力量也强大。我们决定走了。

这次我遇见许多志愿者，有没有带任何东西的志愿者，像一位东北大哥，中年人，自己买票到了芦山，什么也没带；还有穿高跟鞋的志愿者，几位女性志愿者，竟然穿上高跟鞋到灾区，晚上也没有地方住；还有高中生，我遇见两个志愿者是高中生，山西的，我劝他们回去。这么小的孩子当什么志愿者，后来他们就回去了，

第三章 "中国心"品质助学的发展阶段（2014—2017）

之后有一个孩子还考上了川大，联系我说要来当志愿者。我可以感觉到整个中国对灾害的关注，但是一个有经验的团队是很重要的。我开始思考怎么去引导新进入救灾行业做志愿者的这些人？从"5·12""4·14"到"4·20"到底怎么去有序组织志愿者？怎么跟政府合作？这些都是需要民间机构去思考的。我自己总结出两点非常重要，第一个是救灾志愿者的协调，他们的专业能力需要增强；第二个需要有一个整体的协作体来联合各个单位。这次地震政府首次开了社会组织服务中心。这是首次，也是政府对民间组织的一个新姿态，值得赞赏。

我觉得雅安地震无序的太多，浪费太多。譬如从雅安回北川的路上就出现了一个事情，突然很多人给我打电话，问说我手上是不是有一百台发电机。我说，奇怪了我没有发电机，我也还在找。原来是有一个腾讯名博，发了一条信息说"中国心"高队手上有一百台发电机，还放了我的手机号。后来我去找他，澄清说我是高队我没有发电机。所以那个时候我就觉得讯息的真实性是非常重要的一个事情，我就希望所有个人包括志愿者团队你发信息的时候，要核实了这条信息的准确性。

回到北川以后我们讨论也比较多，大象也说感觉救灾无序挺严重的，我也在想我们能做什么东西。当时我给了一个建议，把北川的村干部队长调到芦山去，协助工作，我这个建议反映给郭虹老师，郭虹老师又跟北师大的教授讲，他们就把这个建议反应到了温总理办公室，后来听说有在县一级的层面交流。我当时为什么会有这样的建议，实际上是看到整个地震来了以后，北川这些"村长"、队长都是战斗过来的，他们对于基层怎么分物资是非常清楚。我在雅安给他们提建议，分东西很简单，分不完拿个注射器嘛。求平均嘛，不求平均怎么保持这个关系。所以分物资是整个芦山地震中每一个地震基层干部最大的压力，比如说我们村有100个人，你给我送50桶饮料，我发给谁？你送十斤肉，十顶帐篷我又该送给谁？这种混乱的东西让基层备受压力。这种压力让他们非常愤怒，所以基层干脆就不要物资，因为我们不理解基层工作是怎么做的，外面可能说你为什么不要我的物资，我是救援你。我们老是以这种救援的心态去压别人，但是许多人不知道你这样的方式会影响这里的秩序，我觉得救灾的无序就是在这里，这个无序会导致基层政府会对你民间组织有些意见。你到底捐什么东西，是不是按照这里的需求去捐的，这是值得思考的问题。这种无序的救灾和捐赠后来在鲁甸也上演了，包括还打架。有团队去给政府捐物资，后来说当地政府态度不太好就打起来了，影响非常不好。

"4·20"之后"中国心"定位要做灾后重建，我们做的第一个项目是跟壹基金在合作，是做财务代管。第二个事情做助学，是有上海一个企业资助，也有千禾基金会资助，非常重要的是我们跟乐施会一起从5月1号开始，跟他们一起前期做评估发物资，后期乐施会支持我们寻找项目点，做灾后重建。通过几个月的选点我们决定在上里古镇的箭杆林村做灾后重建。我们跟绵阳的团队合作捐了几十万块钱，这几十万我们捐到宝兴的一个村，做灾后重建的补贴费。那个村也是地震以后失火，十三户房子都烧完。对于怎么做我们思考了很多，印象最深的是回来以后去成都开会，往往开得很晚大概十一二点再往回走，回到家都凌晨两三点。当时有个"4·20"联合会，成都有上百家公益组织在一起。实际上那个时候有很多钱，包括政府的钱、基金会的钱，但事情不好做。

"中国心"在芦山震后三个月内一直想搞清楚我们到底要怎么做，这个对于"中国心"来说是一个考验，最大的考验比如说我们看到其他NGO组织都拿了上百万的资金，我们要不要拿？其实"中国心"有很少的项目在做，因为我们要搞明白需要什么样的东西。所以我们当时选择了壹基金的财务代管——壹乐园。选择了做助学，选择了灾后社区，做助学是上海同策、广州千禾社区基金会支持，还有中国扶贫基金会也支持我们做助学这一条线。做灾后社区是乐施会昆明办支持。但是坦白说，我们也不是每选一个项目都是需要的，我们需要平衡社区的需求以及我们的主打产品。最后我们也撤回来了，因为我觉得需要非常明白我们自己真正需要什么东西。

7月9日，北川发生特大洪灾，2014年年底经过多次专家会议建议以及团队会议，我们决定需要回到家乡，回到北川发展。（高队）

雅安救灾过程中的团队发展与思考

雅安灾后，我们回来以后就提出到底我们能做什么样的事情？大象也多次提出我们到底能做什么样的东西？当时在想，我们都没有怎么想好到底能做什么东西。但是我们一定要去做这是肯定的，我们经常做的是助学，还有一个部分我们做的话，我们的专业性太弱，我们能不能找地方合作？我记得在几天以后我接到李总给我打了个电话，说高队你能不能帮我们代管一下财务，我觉得这是一个新鲜的事情。因为牛队做事情一直做得非常细，这是牛队的特点，我们就说管财务这个事情还可以。第二个部分我们也要做，因为我们想跟阿佬、跟"土房子"来合作，我记得5月31日，我去芦山的时候，我们这边招了红梅，"土房子"那边是超哥，就前往芦山的双石，因为在那之前我已经跟那边的人交流把点也选了。我们在双石去做儿童服务站是有底子的。

那个时候我们定了两个部分，第一是做儿童服务站，跟阿佬合作，第二个是做财务代管，第三个要做什么东西，我觉得我们还是要考虑，因为没有经过思考你就不能乱做，助学的时候我们很快得到两个回应，第一个回应是千禾社区基金会之前有过合作。第二个回应是上海同策，不知道他们是从哪里知道我们的，他们是一个企业，也要资助助学，所以我们在芦山就找了两个地方，一个和基金会，一个和企业做助学。第三个部分是非常短的项目，是中国扶贫基金支持的我们，设置了一个计划，想带一些干部过来做一些远调，让北川和雅安做一些交流。

此处想着重谈下雅安助学，雅安的助学是上海的同策企业和千禾社区基金会两家支持，有了这两家的支持，我们在选的时候，我们在内部讨论策略的时候在雅安做助学不做"一对一",因为"一对一"管理的成本太大,因为走访的频率很高,雅安也没有社会组织,也看不到社会组织,我们也是为了避免管理的成本。我们在芦山又找了成都的一些社会组织,我们跟这些机构再做合作,这样做项目就比较好做一些。这样我们在雅安的助学就基本上开始了。

再下一步在雅安做助学则是中国扶贫基金会在支持,这个是由太科跟我们来做项目的设计,大象有一些修改的建议。我们北川有一些什么样的经验,我们的经验可以怎么来积累,我们那个时候总结了几个问题:第一个问题,北川整个项目太零散,没有集中,我们希望在雅安的项目集中,所以我们的助学项目只想放在雅安的上里,后来又觉得上里不行,就放在中里。第二个问题,我们觉得一定要体现儿童的参与,所以我们在整个项目设计里边,要把很多的项目放在儿童方面。第三个问题,是要体现它的生态,什么是生态呢?就是有亲子的,还有灾后儿童参与的工作方法探索。在整个项目的设计里边要体现以人为主,儿童的参与、家长的参与,包括志愿者服务,从这些方面来设计,我们当时觉得这就是我们最为理想的生态项目的设计。内部有互动,有交流,有小组,有公益,让家长和学生都参与我们的项目设计。整个的项目设计思路就比北川,我们当时说雅安叫"2.0"项目。设计完了以后我们也获得了中国扶贫基金会的支持,但在执行的过程中出现了一些问题。

主要出现了三个问题,第一个是人的问题,第二个问题是项目本身有些牵强,还有就是求助群体本身的贫困问题。在这个时候我们面临问题首要问题是人的问题,我觉得团队不稳定,助学的同事不稳定,专业性偏弱,这个时候我们给的支持又有限。我们在做项目的时候,其实人不稳定的时候,项目是做不出来的,但这个时候说实在话你做的时候难度是比较大的。当时我们做项目是婷婷在负责,后来婷婷走了项目就不太稳定。第二个项目在设计的时候,调研比较少,因为它的贫困程度没有北川那么大。后来因为2013年7月9日北川发生洪灾,这个洪灾的灾害它的受灾在北川、在关内来说(北川分关内和关外),它的灾害超过了"5·12"的地震。我们就觉得雅安的贫困程度,上里和中里的贫困程度没法跟北川比。尤其在上里到中里因为很多都是在藏区做手艺,比一般的打工的收入偏高,所以他们经济上的压力并不大,所以我们觉得这个项目设计有些牵强。

这个时候就出现一个什么问题呢?选择,因为团队内部也出现问题,那个时候我们管理上也出现一个很大的问题:

第一,那个时候我正在学习行为研究,学习的频率也比较高,跟杨老师交流也比较多,郭虹老师对我们也非常帮助,还有浮萍老师,因为是整个昆明办在支持我们。雅安地震以后,第一是资源多,项目很多,项目很多的时候,其实我们一直也按照我们的决策,目标非常明确的做事情,但是有的时候有些小项目是通过你的人际关系进来的,不是你想不想做,有些基金会,有些好朋友希望你把这个小项目做了，因为给你放心，所以我们拿下来做。

第二，人员不稳定。我们招的当地人不稳定，干着干着就走了，觉得没多大的意思。

第三，我们的管理非常薄弱，相互支持不够。那个时候那边的管理是由太科在负责，因为太科负责，所以他的压力是比较大的。

第三，团队的问题。我们在2013年人员才开始做一些增加，2011年只有五六个人，2013年就是十个人，那个时候团队的目标并不是那么明确，我们开始想在北川发展，但是资源有限，雅安有地震我们就到雅安做，一个团队怎么去做发展，那个时候我是两边跑，一是北川的灾害也比较大，两边跑也比较久。二是团队本身的目标方向也不明确，相互的支持完全不够。三是太科觉得他的压力非常大，小年轻人嘛！我记得我们做行为研究的时候，太科觉得他的压力太大。其实这个时候就是团队的目标出现小问题，怎么来达到目标。这个时候我们团队就是一驾马车在飞奔，我们在飞奔的时候我们要看我们到底要走向哪里？这个时候我们在成都就开了团队内部的会议，由杨静老师来给我们主持，我们来讨论，到底我们要走向什么样的方向，在会上做出决定，我们考虑要从雅安撤回北川，我们要有自己的方向。怎么来测呢？我们当时在助学项目只做了一年，我们跟中国扶贫基金会说这个项目我们就不做了，其他的项目做了一年基本上就结束了。我们觉得一个团队的方向要明确，我们要寻找自己的初心，我们为什么要去做，做的原因，它的动力在哪里，我们的目标是什么东西？所以我说我们的战略重新选择，寻找自己的初心，我们觉得只有找到自己的初心一个团队才能够发展。（高队）

第二节　品质助学的新天地——凉山

凉山助学的背景

"中国心"志愿者团队从2008年地震后持续在北川开展助学活动，到了2015年，机构与北川各中小学校基本建立了稳定的合作关系，资助人群体稳定且不断壮大，产生了良好的社会反响。为了更好地发挥助学工作的专业性，链接更多社会资源服务困难群体，在香港精进基金资助下，通过与凉山公益伙伴艾特公益服务中心共同考察调研，选取布拖县四所学校设立品质助学女童班。由于历史和民族传统文化的影响，在凉山很多地区重男轻女观念普遍存在，女孩子受教育的权利得不到保障。品质助学女童班的设立，解决了部分因为贫困和单亲、孤儿、事实孤儿以及多子女家庭中女孩子的受教育权利。

2015年在陆先生的支持下，"中国心"团队获得在凉山与北川助学与教育发展机会，在凉山进行评估。

布拖是凉山州最为贫困、社会文明发展最低的县，同时又面临着毒品和艾滋病感染的问题，对基金会和公益机构提供的助学和扶贫的帮助，需求量很大。布拖县人口接近20万人，超生很多，一个家庭不低于四五个小孩。

教育局的助学团队共有18个人，因负责联络教育局和基金会，所以以前称联络中心，现在改名为教育局支教中心。由新华爱心协会、福协会出资金聘专人负责相关工作，并由中心代管。

在该地，只有30%~40%贫困家庭孩子得到资助。因为很多人不懂政策流程，孤儿没有认定，拿不到国家678元一月的补贴，反而有些并不是孤儿，懂政策、有关系的人钻了空子，在相关部门获得认定，领取补助。而享受补助的孤儿家庭，也并不能将补贴全用于孩子身上。

社会文化发展落后，与女孩子文化程度低有关。但布拖女孩子读书越到高年级越容易流失，一年级女孩占45%，六年级女孩占20%，意味着到六年级就有一半的女孩流失、辍学。女孩不读书，不一定是因为家庭贫困，主要原因还是观念落后。母亲有文化，对下一代会有良性影响，但很多学校，小学六年级甚至一个女孩都没有。

教育盲区小孩上学难，因地处偏远，学校无法完全覆盖，上学需花费很长时间，小孩坚持不了。村小学名存实亡，教育条件差，老师待不住。本地人多为文盲。贫困孩子走不出去，处在教育盲区，不采取办法则贫困代际传递无法阻断。

与孤儿班、爱心班相比，女童班实施效果良好，有了相应资助，女娃娃流失率低，成绩、表现远远超过预期效果。小学20多个女童班，初中8个，如果没有小学覆盖，一年级孩子就没有最初的上学机会。对女孩而言，小学3年级升4年级是一个坎，升初中是一个坎，升高中是一个坎，很多孩子读不了高中还可以去读职高。女童班，对女孩实行了完整教育，使女孩不依附家庭，独立完成教育过程，避免因家人认为读书无用，浪费钱而迫使其辍学。

凉山助学中的思考

通过设立品质助学女童班，改变最明显的是孩子们的卫生习惯。经过项目评估报告，明显看到孩子们在入学之初和两年的学校生活对比改变非常大。有的孩子原来没有洗脸、刷牙和洗脚的习惯，在学校通过项目聘请生活管理员的督促和指导，现在孩子们都会按时洗脸、刷牙和洗脚,定期清洗衣物和床上用品。从学习成绩的提升等方面来看,助学女童班学生相对于平行班级成绩稍好一些。(景雪峰)

通过两年多实施助学活动,各项活动按流程开展比较顺利,但同时也存在一些需要提升和改进的地方,目前最大的挑战是对管理员的规范化管理和素质的提高。目前5个生活管理员中,男性有3人,对于女童班的管理来说存在很多不方便的地方,特别是进入三年级以上女孩子都长大了,更多需要女管理员进行管理。另外,在生活管理员的素质方面需要提升,部分管理员学历不高,甚至有的管理员基本不能熟练使用汉语交流,对于助学班的学生更好地学习和使用汉语还有一些障碍。

在项目执行过程中,项目相关方对于信息反馈稍显滞后,这也是目前对于项目执行较大的挑战。比如,项目执行人员在活动结束后迟迟没有反馈活动报告,活动中比较缺乏高质量的照片反馈。班级教师不能每月及时按要求书写班级学生生活学习情况总结,更缺乏生动感人的故事描述。

针对目前存在的问题合理的改进,就可以把助学班办得更加完善:

第一,加大生活管理员的培训,在工作中更加规范指导学生行为习惯的培养。

第二,班级任课教师更加关注学生的学习和生活情况,真实及时地反馈学生情况。

第三,项目执行人员按要求用心开展活动,让孩子们真正感受到项目带来的影响和受益。

第四,项目相关方更加积极主动配合项目的执行。

在现在的现状之下,未来如果想要继续做下去,我的建议有两条:

1. 组建新团队,集合一批有能力有干劲的人,扎在凉山,开辟一条区别于北川助学模式的新道路。因为凉山地区的情况复杂,如果一直远程操控的话,必然会存在这各种各样的问题,无论是对于项目受益人还是捐赠方都是不利的。所以,如果真心想要做凉山助学的话,必然涉及的就是扎在凉山,持续有效的根据当地的实际情况设计项目并参与执行。

2. 转变模式,由直接参与转变为技术输出。这条策略是指放弃由团队直接参与项目执行,而是藉由机构已有的助学经验和模式,真正根据凉山的实际情况设计搭建一个可操作且可复制的助学模式,再在凉山本地寻找合适的机构做技术支持,支持在地机构开展项目。(瞿晓龙)

2016年9月,我们在项目常规走访过程中,曾经去过助学女童班小雨的家。那是一户七口之家,爸爸、奶奶及姐弟5人。大姐20岁,高中毕业后在布拖县城打工,收入很少,打算去考"一村一幼"老师;二姐正在会理县读高中,也是基金会资助学生；哥哥小学毕业就辍学在家帮助爸爸放羊、做农活；小雨排行老四，还有一个4岁多的妹妹，没有上学，平时由奶奶照看。妈妈在妹妹刚出生几个月时，因为帮助别人运输毒品，包装破裂导致中毒去世。

小雨自从妈妈去世后，基本不和其他孩子一起玩，回到家中也很少说话。我们前去家访过程中，孩子也不和老师及其他人交流。带领我们回到家里后，独自一个人在房间呆坐着，几乎没有人能走进小孩的内心，一个人待着的时候，有时会傻傻地发笑，更多的时候就是无言的沉默。2017年六月份，我们前往学校给孩子们拍照，制作项目记录册。小雨看到其他同学都兴奋地配合着摆着各种姿势拍照，也许从没拍过照，也许听说我们会将照片印出来发给大家。轮到小雨拍照，孩子显得有些僵硬的笑容背后，我们看得出她愿意将自己最美的一面展现给大家。

2017年10月，在前往学校评估走访期间，我们如约将拍好的照片贴在记录册的扉页送给小雨。虽然小雨不像每一个小孩收到册子说一声谢谢，但看得出小雨非常兴奋，仔仔细细地翻阅每一页的精美照片。接下来，我们邀请每一位孩子画一幅画，并写一段自己心里的话。据老师讲，小雨从没像今天这样认真地做一件事。小雨的画，没有艳丽的色彩，但我们依然看见小花在盛开；虽然果树没有树叶，但却果实累累；画中的野草，虽然毫无特色但也可能是平时回家听她述说心事的伙伴。听生活管理员和班主任老师说，小雨现在课余时间也会和同学们一起玩耍游戏。虽然上课期间也不一定那么专心听讲，但也不会影响别的同学，再也不像以前上课期间默默离开教室自行回家。在每月志愿者到校开展的陪伴素质拓展活动反馈来看，小雨每次参加活动逐渐变得积极了。在一次团体游戏中，撑开的彩虹伞下，小雨欢快地跳跃着，脸上的笑容尽情地绽放着。

我们一直在等待，"时光不语，静待花开"。（景雪峰）

第三节　立足北川——品质助学的优化与升级

从"品质助学部"到"大鱼公益"

为什么要注册，注册后我们又将走向哪里？我们一起来聆听"中国心"团队人员的讲述：

王雪梅：

独立注册是为了在一个领域内有更深更专业的发展，有更明确的发展方向。就像一家兄弟多了，迟早得单独成家立业，从小在一起是为了相互陪伴，长大了就有了各自的方向，也就不能在一起生活了。

独立注册后的好处在于：

- 小团队更加好管理。
- 往一个领域的专业方向发展。
- 鸡蛋不放在一个篮子里，降低了大团队风险。

1. 对独立注册后的大鱼公益有什么建议？

（1）战略。

目前战略规划上，已经由 ABC 和阿佬老师共同完善，2018 年将进行第一年战略规划的实施，暂时没有其他建议，小建议就是上墙。

（2）品牌。

品牌上，因为大鱼和那山都不能注册，所以目前在考虑更改机构名称和项目名称并进行包装。一个牌子，起个名字，赋予个意义是非常简单的事情，而如何让品牌走出去，树立起来则需要下功夫。

- 提升机构及工作人员专业能力（技法）。
- 梳理更项目之间逻辑关系，让项目不再独立。
- 机构、项目财务的清晰透明。
- 对不同基金会、个体资助人、政府部门等提供的专属服务。
- 为服务对象提供更好的服务（心法），就像"中国心"这三个字的品牌，就是基于多年服务在服务对象中间建立起来的。
- 做好传播工作（干得好还得说得好）。

（3）内部治理。

- 增加工作人员风险意识：工作做好了才有发展，才有饭吃。
- 增加工作人员规则意识、自律意识：自由散漫浪费了时间，晚上加班加点不利于健康。
- 制度化管理：每一个同事都应该遵守机构制度，任何人不能例外，人情是人情，制度是制度。
- 多劳多得，少劳少得，不再吃大锅饭。
- 为每一位同事做好职业规划，未来两年做什么，三年做什么，五年做什么。
- 为同事提供学习机会，营造学习氛围，打造学习型组织。

（4）人才培养。

- 目前已经是绵师等学校的实习基地，可以从实习生当中发掘项目工作人员。

- 培养大鱼自己的培训师（志愿者培训、素拓）。
- 培养大鱼的性教育导师。
- 培养大鱼的青少年心理方面的咨询师。
- 培养机构副主任，以备于主任无法胜任时不时之需。
- 培养一支本地的志愿者队伍。
- 建立志愿者管理系统，了解志愿者特长，以备不时之需。

（5）专业发展。
- 鼓励工作人员考各种证（只要与专业相关）并于工资挂钩。
- 持续的专业学习（目前有阿佬老师在做培训）。
- 每年提供机会参与外部学习、培训、会议，了解政策变动和发展方向。

瞿晓龙：

随着"中国心"大团队的发展，原本的助学、社区和灾害三个部门分别有了自己的明确定位和项目领域，而随着项目和人员的增加、不同的资方的介入，大团队已经存在着一些管理压力和机构文化建设的矛盾。

在这样的背景下，如果不作出及时地调整，整个大团队就会出现定位不清，使命价值观不统一的尴尬情景。所以为了保证每个部门的专业性的价值观统一，三个部门都开始尝试做自己的文化建设和战略规划，并分别都逐渐有了区别于其他两个部门的发展方向和风格。

再加上项目的增多带来的项目资金的增多，对机构财务处理的压力也增加；而这里面涉及的与基金会的合作和资金往来也使得整个机构面临着很大的压力。

所以，综合上述的问题，一方面出于保证机构的专业性和发展方向的考虑，一方面也是出于分化风险的思量，机构开始做出了部门独立注册的决策。

独立注册之后，大鱼开始着手做机构的文化建设，并在麦田基金会的支持下参与了"同行计划"。完整梳理了机构的使命、远景、价值观等文化内核，并建立了一套包括机构名称、LOGO、口号等内容在内的文化形象体系，极大地增强了大鱼的文化内涵和价值凝聚。

而独立注册之后，大鱼更加明确了自己"做教育"的机构定位，开始更加注重专业性的提升，社工专业人员的引入和新的社工项目的设计，也对大鱼的专业性有着巨大的提升。

对独立注册后的大鱼公益主要从以下五方面入手：
（1）战略，（2）品牌，（3）内部治理，（4）人才培养，（5）专业发展。

1. 战　略

大鱼目前有了明确的定位，也在社工的专业性上面有了体现。但面临的问题是项目设计的不完整性和项目执行的不完整性。部分项目在设计的过程中存在缺陷，不能很好地回应问题，而在执行的过程中因为执行人员的专业性不够和惰性，很多细节没有得到应有的体现，这直接导致了大鱼这家机构"有专业定位"但却无"专业体现"。

所以，在战略方面，如果是真的定位为"教育"机构，那么现有的核心项目和产品需要重新定位和设计，一方面结合十年助学经验，把"助学"的理念和技巧转变成"教育"；另一方面，核心项目和产品的开发和设计也需要有对应的改变和重组。

更重要的，是提升执行能力。

2. 品　牌

品牌源自产品。

现有项目还不够好，这些不够好存在于很多方面。有项目本身的设计缺陷，没有完整的逻辑框架和技术含量；也有产品包装的问题，项目执行不错，但缺少对其中核心技术和理念的梳理，做得出来，讲不出去；也有项目与项目之间关联性欠缺的问题，项目之间是有联系的，但现在还缺乏一套行之有效的模式或者说理论把他们联系起来形成一个整体。

在下一阶段的品牌打造之前，首先要做的是项目的梳理和重建。把现有项目全部做分析整理，形成一套属于自己的理念和模式。然后再谈品牌。

3. 内部治理

急需解决的内部治理问题有以下几点：

A. 主动性：现在部分同事主动性欠缺，缺少自己找事情做、发现问题解决问题的意识。

B. 严谨性：做事情不严谨，缺少责任意识。

C. 使命感：缺少对机构使命的认同，没有把自己真正当做这家机构的一员，仅仅是当做一份工作。

D. 能力欠缺：部分同事在执行能力、逻辑思维能力、书写能力、创新能力上有所欠缺，但更令人担忧的是学习能力的欠缺。

内部治理建议：奖惩制度的建立：多劳应多得、优秀有奖励、犯错有成本。

4. 人才培养

A. 年轻化：大鱼是做儿童的机构，所应具有的特色应该是活力和青春。建议人员结构上应当更加年轻化，招聘新鲜血液，以给机构目前面临的"暮气"带来改变，也进一步带动大鱼在项目设计和传播方面的进步

B. 高薪养人：靠使命留人只能留一时。低薪招不来真正有能力的人，即便是招来了也不长久；而当现有的人员成长起来了，如果没有得到对应的回报和薪金体现，也是不长久的。所以我们在提公益行业的常态化和普通化的时候，也应在薪金

方面有所体现。而且薪金水平应当是横向对比，一方面对标商业，即使短时间内达不到，态度也该有；另一方面对标大城市，而不是与北川本土这个小县城作比较，因为你对标县城，那你就只能找一个"县一级的人才"。

C. 人才搜寻的范围扩大：目前大鱼采取的人才引进策略是"本土化"，我明白这是出于对于人员稳定性的考虑，但问题在于过于注重本地化就大大地限制了人才的选择面，而很多有才华、有能力的人是不会安于就在一个小县城发展的，"稳定"在一定程度上会带来惰性和不思进取，不安稳的人往往能够带来更多的改变和创新。所以对应上一条，人才的引进范围应该更加扩大，以"高薪"和"野心"招来狼性的人。

D. 人才培养：激励与劝退，给有学习意愿和能力的人以成长空间和机会，从薪金和晋升空间上给予支持，另一方面，劝退不思进取和长时间能力与工作不匹配的人。

5. 专业培养

第一，明确"专业"的定位，社工领域的专业、财务领域的专业、传播领域的专业、项目执行领域的专业、理论意识领域的专业。做出明确的专业领域的划分，针对不同同事的特质和意愿，有针对性的培养，而不是期望大家都能"全才"。

第二，给压力。以往的经验是吃大锅饭，犯错成本低，这直接导致了大家对自身能力认识的不足，以及对于错误的认识不够。长时间的"给同事成长的空间"这样的说辞更是直接导致了不思悔改和不求进取的坏毛病。没有压力就没有动力。所以，要想成长就必须有压力。做得不够好的，罚。做得好的，奖。不能在一碗水端平了，可以让有能力的人先起来，剩下的，愿意奋起直追的人自然会主动提升自己，不愿意的，自然被淘汰掉了。

文太科：

对于独立，应该是顺势而成的结果，我认为这个"势"发端于撤离雅安，随着雅安的撤回，机构的规模已经扩大不少，从业务领域到人员数量，再到资金规模，都有不小的增长和扩展。另外，也有老师再说机构做的工作过于杂乱，没有自己的品牌和专注，面面俱到，什么都想做。

除了顺势而成，还有出于对"所有鸡蛋放在一个篮子"的风险考量，讨论之后决定要"一个鸡蛋一个篮子"，向小而精、小而美的方向发展，因此就有了现在独立格局，一家机构变成了四家机构。

这样的转变创造了更多的空间和平台，能够吸引更多的人员和资源加入，最为核心的还是能够将各自的服务做得更加专注和精致，为各自的服务群体给予更加贴合需要的服务。对于大鱼公益来说，建议将现有的项目领域在纵向上做得更加精致和深入，不要浅尝辄止，同时在每个领域要同事自己去、思考和探索，项目想要深入和精致，关键在于项目人员的思考和探索，所以还需要再保障工作人员的稳定性的同时，给予更加及时的协同和支持，外部的学习和参访必不可少，内部的思考和总结更为关键，思考和总结之后得来的实践将会成为项目的创造和知识。

另外，专业知识的运用，学以为用，学到的知识需要用到工作中，方能检验知识的有效性，同时能够促使服务质量的替身和社工的改变，如何协同知识运用，大鱼现在的方法就很好，依托有经验的社工做示范和培训。

大鱼公益战略规划

罗春宁：

一、为什么做规划

战略规划就是对机构发展的中长期规划，先是对机构未来发展方向与目标进行明确与规划。再根据自身条件与内外部环境对现有项目进行梳理、优化、并制订实施计划，保证其良性、可持续发展。大鱼公益虽然是新注册的机构，但其服务已有十年之久，无论是机构发展还是项目执行都需要与时俱进，适时调整才能顺应当下的发展潮流。做战略规划既可以避免机构在发展过程中迷失方向，又可以指导项目深入开展，使其在同行业中具有竞争性。

二、规划过程有什么思考

参与几次战略规划汇报，每次都听得昏昏欲睡，究其原因，大概是语言体系、汇报方式差异造成的吧。不过，ABC 作为一个商业战略规划机构虽然在用语上与社工机构有较大区别，但给出的思维模式对我们来说确实是新鲜的。比如经济助学的资金导流，从扩大捐赠人范围到丰富项目结构，再到提升捐赠人的体验，再到后面的捐赠套餐，尽管不一定都适用于机构的现状，但其切入点与策略可算是一针见血，思路是很不错的。从商业的视角来规划公益组织的发展，说不定是未来的发展趋势呢？

三、规划已经结束起到什么作用

战略规划结束后，同事们能够知道机构未来3~5年的发展目标与方向。

通过战略规划，一方面让同事对机构的使命、价值观以及愿景有更清晰、更深的理解。另一方面，在阿佬老师对 ABC 战略规划成果进行语言体系转换并进一步解读后，对机构人力、财力、重点项目这几方面的未来五年发展目标、轨迹有了更为清晰明确的方向。能够让同事很清晰地看到自己所负责项目的发展目标与路径，与此同时也对同事的相关专业能力也提出了相应的要求：在这个时期内需要通过参加培训、自我学习等方法来成长到与项目要求匹配的程度，才能推动项目优质发展，也才能与机构的战略发展同步。

四、规划与自己有什么关系

俗话说得好，"大树底下好乘凉。"机构能做好战略规划，有方向有目标有策略地持续发展，对于个人而言将会是一个有力的靠山，更具稳定性。

从项目发展来说，自己可以在机构大的战略方向指导下，将项目往纵向发展，做得更加专业、系统、深入。

从个人发展来说，随着机构战略规划的制定，对员工来说既是机遇也是挑战。机遇便是可以抓住机构发展的机会，努力充实自己以跟上机构发展的步伐，与机构共同进步。挑战则是机构发展对用人提出了更高的要求，不仅需要继续学习，更重要的是要对自己所负责的项目要有更多思考，以保证其良性发展。如果不能顺应规划让自己有所成长，跟上机构发展节奏，终有一天会被淘汰的。规划之后危机感噌噌地涨，要提醒自己大树底下也不是那么好乘凉的！

"中国心"十年助学与其他地方助学有什么异同点？

高队：

"中国心"助学与其他非灾区助学有什么相同与不同点呢？多年以来许多导师也追问这个问题，这也是我们一直在探索的问题。

因为只有找到相同点和不同点，才能更清晰地去看见在这一路上是怎么走过来的。我们把经验总结出来之后传递给县域的社会组织，他们才知道我们要成为不同的团队，应该怎么探索。虽然"中国心"有些地方没有办法复制，但至少可以有思考的道路，更可以看见的相同的地方在哪里？

背景：

"中国心"十年在北川助学资助 4 000 多人次，筹款 500 万元，有一批相对固定的捐赠人，从经济助学到心灵助学、生计助学，在自我探索的路上有自己的思考，从捐赠助学款到捐赠行政经费，从经济助学到家庭发展，每一步道路的探索都充满对受助人及家庭的关注。

从经济到心灵的关注，每一个困境中的孩子都映射出背后的家庭，在"中国心"2018 年 1 月统计数据，448 个孩子中，其中单亲家庭占 40.7%，（因为生病、灾害造成）残疾与重大疾病占 51%。我喜欢说的一句话，留守儿童还有念想，我们这些孩子呢，要一辈子去面对家庭的残缺，面对父母的大病与残疾。陪伴，成为我们十年的选择。

北川十年，从地震到次生灾害的频繁发生，从灾后助学到大病助学，从经济关注到心灵陪伴，从个案到家庭教育，从家庭教育探索共生的探索，每一条道路需要有人去行走，我们只是选择了一个部分。

与其他社会组织相比，相同与不同分三个阶段：

第一个阶段：第一个相同点是经济资助，志愿者做服务。不同点是我们的家访要收管理费。

从2009年开始收管理费。收管理费有一个很大的问题，我知道我们的危机感在哪儿，因为那时候我自己做全职，做全职最现实的问题是我做全职，我去服务之后我的费用谁来出。

当时2008年我们在运衣服的时候就开始收取运费，告诉所有捐赠者，公益一定有成本，没有成本不叫公益。

当我们去收项目管理费的时候，它呈现两个部分，第一是有专人去做，第二是"一对一"提升服务。

在过去资助人跟家长打交道的时候其实出现了很多的问题，语言的交流问题，四川本地方言与普通话差异不是一般大。还有资助款的问题，资助款打没打不好查，距离太远，有些家长去一次查助学款，摩托车费用来回100多，那时有些乡镇手机信号不好，乡镇没有信用社，需要去很远地方取款，资助人是每月打款，什么时间打款，并不清楚，这样的问题让资助和受助方交流其实很艰难的，"中国心"就成为中间方，提供平台服务。

去做家访，需要有办公经费，所以这是不同点。很多志愿者团队到现在都不收办公经费，其实不收的原因很简单，因为要体现你的专业能力，是不是专人在做，是一个正常的工作状态，还是你做得很苦，为做公益做做饭都吃不起了，一辈子都为志愿者做服务了。其实做公益那个阶段已经是渡过了，要正常地去发展，要看这个社会，因为我们不是一味地叫苦就有人捐款，需要对自己、对机构、对社会有正确的引导。

第二个相同点是都是志愿者，不同点是"中国心"有专职志愿者。

相同都是志愿者，而"中国心"开始用专职志愿者，很多的机构那个时候因为志愿者没有专职，专职也有本地的，什么时候才进化成有专职的，我觉得这是一个漫长的过程。没有思路，没有经费，尤其机构负责人或者叫管理团队没有恒心是迈不过这个坎的。很多时候志愿者在服务过程中都是自费，为社会做出贡献无可厚非，但要长期发展，需要有人做事情，就需要考虑到费用，考虑到专职这件事。

第三个则是经济助学的不同点。

"中国心"看似做夏令营，来的志愿者都是自己筹款的，这是最大的不同点。多年来需要志愿者团队要么为营会志愿者提供全部的费用，要么是一部分。

做助学要考虑它的项目的连接性，如果只是发钱，就是做慈善。如果是做公益，就需要改变，这个改变是共同的改变。

只是发钱，发完钱之后团队跟孩子是什么样的关系，之后谁来关注孩子。当做营会的时候，这个策略非常好，很多之后的问题就被外省的志愿者关注了，外省的志愿者关注了之后他就可能成为筹款人，他的家人、朋友、同学都有可能成为筹款人，每年至少有2%~5%成为我们的资助人。尤其在前几年是比较高的，百分之十几会成为我们的资助人。

第二个阶段的相同点和不同点：

第二个阶段异同点分四个部分。

第一部分相同点都做经济助学，不同点是我们是经济补贴加成长营家访费用。不仅做经济助学，还把成长营的费用、家访费、项目管理费用全部收了。所以这就是不一样的。

这个过程中最先开始面对挑战是2009年收取管理费用，也有资助人不愿意交的，就还是想自己去面对受助人，既然团队决定，就需要面对，自然也有资助人流失，但更多资助人选择理解与认同。

第二个部分是志愿者的异同，我们也是志愿者转型为社工，但我们转型社工，我们的人是来自于本地和外地。外地和本地志愿者交流融合，会碰撞出不同的火花。

第三个部分异同是开始做夏令营。"中国心"2008年做帐篷学校，2009年做辅导班，2010做夏令营，2012年至2017做成长营。定位成长营，是在评估中发现学生与志愿者、社工都有成长的需求，在营会中，因为我们营会里学生和社工都要成长，而不是说我们只是去教孩子，这是一个双向成长的过程。

第四个部分的异同是心灵助学，当我们再去做这些东西的时候，其实我们考虑到了我们的不同点。当一般团队做营会的时候，我们不仅做了营会，我们还做了种子计划，这些东西的介入更加体现了我们对困境孩子的关注与尊重。让孩子们参与体验，更能在活动中活动自我认同，获得对团队的认同。

第三个阶段是2015—2017年：

第一部分先讲一下经济助学，经济助学主要是发钱，经济资助只是其中一个部分，小学是1 500元，初中2 000元，高中2 500元。

除经济资助外，更多开始关注一个问题，那就是权利的关系与尊重问题。如儿童的参与权、生存权和受保护权、发展权利。

我们开始逐步的考虑到，尤其儿童的受保护隐私问题，我们如何去放儿童的照片，虽然也是在做助学，因为很多新的助学一样的，拉一个条幅，发钱发在手上，我觉得这是伤害。我们一定要倡导不要在把钱给发在孩子手上拍照片，孩子们可以去打收条，不信你可以去问。过去说发在手上，很多人就产生疑问说不知道你是不是给了，我觉得这个过程已经过了，不能按以前的方式来做了。

第二个部分就是关于心灵助学，更多做的是夏令营，这个时候我们开始启动个案基金加种子计划，成长营，包括参与式的设计与评估，这是我们的不同点。我们开始已经在往纵深走，开始考虑到儿童的参与与儿童权利的问题。也考虑到项目的效果问题。

第三个部分是生计助学，生计助学一般也在说做生计，就是生产与销售产品，它没有固定的形态，那么我们家庭生计发展再加合作社与家庭教育，但是唯独现在我们的平台没有建好，这也是现在正在探索的。这里边最重要的，不同点是家庭教育。家庭教育已经举行了五期，每一期的效果都不一样，每一期我们都做了一些评估，让每个家长来填评估表，每一期都要做。

家庭的教育很重要，家长的改变就会影响孩子，家长是孩子的榜样。家长毕竟花了那么长时间，每一次工作坊，家长都是早上5点起床，6点开始出门，从摩托车到客车，他们来了，他们来了到底有什么样的效果，所以每一期家长的交流、评估、传递，学以致用倡导家庭教育，并建议每个家庭要做分享。

未来分享以后，我们要统计人数、时间、地点，这样家长就更有成就感，可以学以致用，让知识再生产。

至于相同点，"中国心"也都在转型用社工了，我们用社工是外地加绵阳人再加北川人，现在基本上75%是北川人，在地化培养人，当然这是一个很漫长的过程。

社工的专业支持，很多机构没有办法谈，在经济发展中，在项目的申请时遗忘专业，很多时候有督导只是一个名义上的督导，而我们请了专业督导做项目设计、监测、评估，而且这个待遇也开得不低。所以我们知道知识的价值，这是非常重要的东西。我们只有对知识的尊重、知道知识的价值，才能知道请督导的重要性，一个机构发展的重要性。

关于筹款：

筹款一般是众筹，众筹已经筹了四年，耗费精力极大，且可持续性不足，大鱼公益的筹款，个人觉得基金会加"一对一"再加政府，是最好的匹配。

现在很多社会组织的定位是第一位的，要明白自己到底要解决什么样的社会问题，这个问题非常重要，从项目需求评估到项目设计，不只是我们的需求，这也不是服务对象的需求，社会的需求，也是基金会的需求。

跟基金会合作中，还一定要有知识再生产，要让基金会看到我们的价值。

"一对一"是我们老的筹款方式，这种老的筹款方式，我们怎么去改变它呢？我们一定要建立筹款社群，让筹款社群去激发活力，我们在全国多个地方去建我们的筹款社群，因为把这些筹款社群建立好了之后不仅有资源，还有知识支撑，这才是最重要的。只是钱的话它的粘接性不强，知识才是最大的生产力。

在与政府有关部门打交道时，怎么去跟政府部门做到不卑不亢呢？这是我们NGO都在探索的东西。"中国心"这一点值得总结，与政府部门合作就是不卑不亢，让项目设计体现出我们的专业性出来，让政府看到我们的专业性。其次是让他们看到我们做事情的态度，这个也是很重要的。最后要考虑到做事情的可持续性，我们不是依靠政府的钱来做事情，其实政府的钱只是我们项目的一个补充，但是我们做的事情一定是配合政府去做的，未来政府购买力度加大，更能让我们发展的空间更大，因为，我们的出发点是自始至终为服务对象与社会思考和服务，与政府有关部门是相一致的。

关于筹知识方面，筹知识并没有引起很多NGO重视，大鱼公益在筹知识方面较有观念，如机构负责人去学习，这是第一个部分；第二个部分学习之后知识的再生产，加强内部学习；第三个部分就是请专家请多来教我们专业知识，这样知识积累就越来越多。

我们自己内部的学习还比较弱，如怎么把行动研究学习给捡起来，再就是我们在不远的未来要有一批专家，要有评估的，做农业的，做心理的，做经济的……要有这些专家来助力我们来生产知识，第一是来帮助我们识别我们所做的东西，帮我们来评估，进行问题界定。第二是一定要来检测我们做的东西。第三是我们要去共同生产知识。只有把对知识的重要性突出出来，这个团队才有发展，这只有我们不停地学习。所以学习是"中国心"永恒的主题。

最后总结起来，"中国心"和其他组织最大的差异是什么呢？

第一是人的危机感，"中国心"开始有全职的志愿者，高队加刘队、老那、李姐、余姐的第一阶段，和有格格、黄苹、兰洋武、清香、伟琼、莹莹、大象，包括离职的几位志愿者的第二阶段，全职一定会有危机感，他要知道我们怎么去生存。现在总结起来，危机才是第一生产力，如果一个团队没有危机感，这个团队没有生产力。

第二是人的能动与倡导，学习为第一。"中国心"第一批17名志愿者，最后坚持学习的是我跟刘队，我跟刘队是学习思考型的人，当然学习比较多，思考相对少一些，现在思考多一些，所以人的能动与倡导使学习成为第一，如果这个团队不是一个学习型的团队，是一个只做事不考虑后果的团队，那这个团队就很糟糕了。

第三是人的情怀与有事业心的团队。情怀就是体现我们的初心，情感的东西我们在内心要珍藏它。"情怀"在"中国心"永远体现比较突出，然后把"情怀"转化为事业，凝成一个有凝聚力的团队。所以我觉得很多机构在这三点是最大的差异，一是人的危机感，二是人的能动性与倡导，第三是人的情怀与事业，所以我们现在已经把公益成为我们一辈子的事业了。（高思发）

第四章
"中国心"十周年记忆文稿

那年,那山,那些人
——记 2011—2012 年成长营支教

志愿者　童梦队　张迪

要不是高队发起这次口述历史的修改,有些记忆就要被掩埋在岁月中了,只是没有想到,过了这么多年,拨开时间的尘埃,那些往事依然闪耀,历久弥新。

蓦然回首,那竟已是五六年前的事了。

说起我们"童梦"团队,那可能是"中国心"志愿者团队里最"奇葩"的一个。记得"中国心"的志愿者报名表里有一栏是"学校",每当我填这里时总是有些犯难。我们是天南地北凑在一起的,这学校一栏可怎么填?最后大家也没想出个结果,只能空着了。

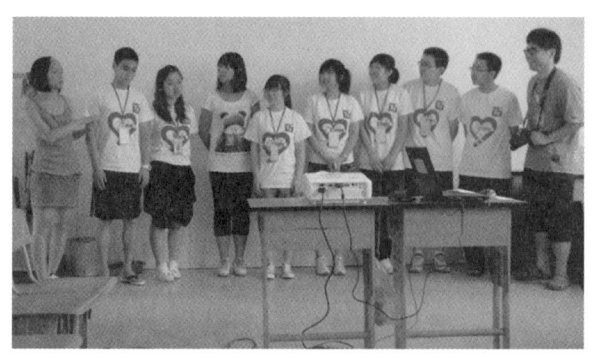

2011 年成长营

那时候大家都是大一大二的学生,不知怎的在自己学校愣是都没找到个组织。我是在 QQ 群里看到了刘晓雪的消息:"请问有没有一起组团队去参加支教的?"正是这句话,拉开了我们"童梦网友大聚会"的序幕。我拉上我的朋友乔大洲,她又上论坛贴吧发了帖子……于是最终形成了一个散布各地的团队，听上去倒像一个什么了不起的团伙。我们通过网络认识彼此，大家没有任何所谓对网友的隔阂和猜疑，好像我们本该相识本应先见一般理所当然。

究竟是什么让大家抱着一颗这么纯粹的心走到一起？我专门收集了大家的答案，虽然表达方式不同，但是本质上都一样。北川，从2008年开始就成为人们心中一片放不下的土地，透过那场灾难，大家不仅心系灾后人们的生活，更是关注到北川的人和社会环境。我们的祖国，总是说地大物博，人口众多，但在我们幸福生活的同时，总是有更多的人，他们吃不饱穿不暖，孤单落泪的时候没有人陪着，他们过着我们想象不到的贫苦生活。我记得小学时，跟北川禹里小学的孩子们结对子，去了他们山里的小学，了解到很多孩子每天走两公里山路上学，而整个学校只有两个老师，学校里唯一的娱乐器材就是不知谁留下的一个花色篮球，那大概是我"想帮助别人"这个念头的萌芽。

"中国心"给了我们这些力量微薄的大学生机会，让我们可以为这样孩子、这样的地区做点什么。星星之火，可以燎原。支教期间，团队的成员们分在不同的组别。教学组的教授孩子们各种有趣的知识和课程，带孩子认识更广阔新奇的世界；后勤组的门卫安保、打点三餐、值夜巡逻、物品领用，为大家保障安心的环境和生活；新闻组的记录大家的每一刻小时光，那些刻骨铭心和不经意的感动，志愿者和孩子们最开心的笑颜；家访组的跟着"中国心"的负责人深入山区，对话那些从未涉足过的泥泞和贫困，和那些未曾期许过的淳朴和乐观。

在这里，遇到了第一次可以用"战友"这一词语来称呼一群人，既温暖又窝心，有一种无法名状的深刻融入了生命里。人这一生，如果没有一次像支教一样的，不为名不为利，不为了任何一种带有私心的目的，只为了想要付出些什么而不求回报，只为了用自己的真心和爱去温暖别人的经历，那么这一生就是白过的。

2012 成长营

短短一两周，却能有如此深厚的感情，大概是因为我们都在心无杂念全心全意地竭尽我们的所能，于是我们纯洁地回到了一个纯净的状态。

更让人无法忘却的，还有那里的孩子。他们大多生活条件艰苦，甚至一部分来自孤儿院，我们能看到他们生活那残忍的表象，却无法想象那些充斥在他们生活中每一个缝隙中的艰难。但他们仍然灿烂地笑着，有着来自年龄的善良和超出年龄的懂事。我想，他们教给我们的，远比我们教给他们的，更多更深刻。

大概，这一生中，不会有一种感动，超过孩子们给我的，也不会有一种友谊，超过战友们给我的。

刘晓雪，徐雪馨，刘炜英，马晓东，李双和，乔大洲，刘丽君，杨振，沈一坤，夏天一，李雪，杨秀婷，王栋鹏，邢逸凡，潘旭晟，范慧聪，刘伟，王丹，我……

如今，很多年过去了，童梦们纷纷大学毕业，各自走上了不同的岗位，书写着各自大相径庭的人生，人情的复杂，生活的繁琐，常常让每个人筋疲力尽，也许大家慢慢会变得世故，甚至虚伪。但我们的心中，一直会保有一份净地，它会一直提醒我们，不忘初心，不畏将来，但行好事，莫问前程。那里，是童梦，是"中国心"，是北川。

我在"中国心"的故事
——祝贺"中国心"成立十周年

杨洋

我叫杨洋，26 岁，中共党员，四川富顺人，现就职于成飞公司。

我一共三次前往北川参与了"中国心"的支教活动，2011 年和 2012 年是以团队的形式参与，2014 年则以一名老队员的身份参与；"中国心"这个组织我是通过天津大学精仪学院的青年志愿者协会得知的；2011 年和 2012 年我总共的服务时长超过了一个月，具体做家访工作。

2011 年我第一次参加了"中国心"组织的成长营活动，那一年我正就读于天津大学一年级，大一时我加入了精仪学院的青年志愿者协会，当听到青协准备组织志愿者去北川支教时，我第一个就报名了，因为在我心里一直有一个支教的梦，也想为北川的孩子们做点事情，最后辅导员带领我们 10 名志愿者组队参加了北川"中国心"的成长营活动。队员们从全国各地奔赴绵阳北川，我们天津大学志愿者队伍被分到了关内的墩上项目点，由于我在方言和身体上有优势，于是参与了家访的工作。在为期半个月的支教时间里，有许多感受很深的事。第一个印象深刻的事情就是坐车进山，那是人生第一次坐越野车，当时进山只有一条山路——擂禹路，它是 2008 年地震后抢修出的一条生命补给线吗，由碎石铺成，路的一边是峭壁，一边是万丈深渊，但路上的景色确实很美，群山被云雾环绕，冲破云雾终于抵达了目的地墩上小学。第二个印象深刻的是这里人，由于我在成长营参与家访的工作，所以能接触到很多的人，北川山里的人十分淳朴，热情好客，北川山里的孩子天真可爱，懂事感恩。这是我第一次接触到山里的孩子，由于孩子们的家离学校都非常远，而且路途艰险，所以他们小学二年级就开始住校，在生活上十分独立。他们热情单纯，笑容灿烂，我在成长营最喜欢的事情就是与孩子们做游戏。他们给了我很多感动，也不知道是谁告诉孩子们我的生日，有一天孩子们在上手工课，他们悄悄地为我做了很多手工物，当做了生日礼物送给了我，我深深地被孩子们的这份情谊所感动，让我更加爱上了这片土地和这里的人。当我离开的时候，有孩子问我明年还会来吗，我说会的！

2012 年我第二次参加成长营，兑现了前一年许下的诺言，这一年我亲自带队，组织了 16 名队员，参加了马槽项目点的成长营。这一次我们准备更充分更专业，更有组织有纪律。这一年感触最深的是遇到的两个孩子。第一个是王 CM，我和队员许俊恺徒步 3 个小时的山路去王 CM 家家访，被 CM 家里的遭遇所触动，CM 刚刚小学毕业，那年她失去了父亲，妈妈独自一人撑起了整个家，上有老下有小，经济上压力让 CM 有放弃学习的打算，我和许俊恺回学校之后同其他队员商定一起资助 CM，帮助她初中三年的生活费。第二个是高 YY，那年她初中毕业，但她因为家里那年发生了许多不幸的事情，她不想继续读书，我和俊恺认真地与她沟通，让她打消了辍学的想法，并做好家访资料，在网上找到了资助人，高中三年我和俊恺一直关注她的成长，她也很懂事，也很争气，2015 年 YY 考上了重点大学。

  2014 年，我和俊恺再一次前往北川，作为老队员去帮帮忙，印象最深刻地事就是重走擂禹路，只不过这一次不是坐车，而是徒步。我和俊恺、黄雯一行三人，从早上 8 点出发，行走了 30 多公里地山路，翻越了海拔 2 000 米地主峰，遭遇了 3 次大雨，历时 12 个小时，终于征服了脚下的路。我们那天的经历只是众多山民们每天的缩影，孩子们上学的路比我们脚下的路更艰险。

2011 年 8 月摄影于墩上小学

  家里人很支持我做志愿者，对我自己而言，我的志愿者工作没有因为离开了成长营而结束。回到了学校之后，我通过家教等方式挣了点钱，继续帮助在北川认识的孩子们，虽然钱不多，但希望能让他们能感受到爱心是不会停止的，也希望孩子们能有机会继续学习，有机会看看更广阔的世界。

和你一起成长
——致"中国心"十周年庆

张芬红[①]

2018年的钟声即将敲响之际,迎来了高队的约稿,对于即将迎来的"中国心"十周年庆充满了期待!虽然错过了"中国心"的2008,但是幸好在2011年我与"中国心"相遇,从此也与"中国心"结缘,走过了七年的助学历程,这也是我成长的七年,感谢"中国心",感谢大鱼公益,让我有了成长的土壤、空气、水和养分。很想有机会把自己的成长经历写出来,这篇文章就算是给"中国心"十周年的献礼吧!

缘起

2011年,儿子初中毕业,我终于可以利用假期做自己想做的事情,四月份开始我就盘算如何让自己过个有意义的假期,于是在网络上搜寻,看看有什么志愿服务项目适合我,一则暑期夏令营支教教师的招募公告吸引了我,我仔细了解了"中国心"团队和招募相关事宜,经过斟酌,我递交了报名表,且很幸运,在众多报名者中被录取,成为了一名光荣的"中国心"志愿者,从此与"中国心"结缘。

2011年的北川之行,给了我太多的改变,原因是一群人感动着我,在那里我认识了一群不一样的人,他们的心灵如此纯净,以至于可以让我照见自己。也正因为我经历的那些人,那些事,我坚定了自己的信念,朝着这个方向前进。

迷惘

2011年7月18日我带着学校的捐款,同事的委托和孩子们的捐赠物资同儿子一起踏上了前往北川的行程。大家都知道,2008年的"5·12"特大地震几乎摧毁了整个北川老县城,那年我是一边看电视一边流眼泪,今天能踏上这片土地,看看灾后的北川和这里的孩子,心里充满了一种特别的情感。那个小小的县城在2008年的5月12日变成了废墟一片,原先2万多人的县城,幸存下来的据说只有七千多人,是这次汶川地震中受灾最严重的县城。2008年,灾难发生了,让所有的中

[①] 张芬红,浙江宁波人,2011年、2012年"中国心"志愿者,2011—2017年"中国心"大鱼公益资助人。

国人感受到了人类的渺小和脆弱。但是，地震之后，报纸、电视、广播，所有媒体人、志愿者、解放军用自己的生命去换回更多的生命的时候，放下手中的书本去关注那一次次的重生，是一种感动一种震撼。那年的感动中国最后一奖项得奖的是全体中国人，白岩松颁奖时所说的话曾让我热泪盈眶，"我为自己是一名中国人而骄傲。"今天，当我踏上这片土地，我的眼眶又一次湿润了，我不知道，三年过去了，北川的人民是否从阴影中走出来，北川的孩子们是否忘记了那个噩梦一样的日子。展现在我眼前的北川新县城，虽然还有排屋，但是，规划建设一新的新县城却让人感觉温暖。但是走进这片土地，却让我感觉不到县城的繁华，县城中人很少。我的心还是沉的。我这次支教是永昌小学项目点二三期的志愿者，当我到达永昌小学时，漂亮的校舍使我忘却了那是一个灾后重建的学校。"中国心"团队的创建者高思发队长，以及副队长刘剑锋，志愿者博士生导师邱格屏老师和前期项目负责兰洋武热情接待我。看到我的到来，非常高兴。志愿者队伍以大学生为主，缺乏成年的且在教育一线的老师。一看到我，几个居然马上决定让我去了另一个项目点安昌二小，担任项目点的二三期总负责人。

到达那里，完全不是我想象中的样子，曾经无数次想象在偏远的山村角落和山里的孩子一起上课、玩耍，照顾他们的生活的情景，可事实并非如此，看着忙忙碌碌的一期志愿者们，我迷惘了，大约180名的学生，从一年级到高二，有七八十名志愿者，生活学习工作等，一切的事物工作需要忙碌，晚上10点多了，还在召开工作会议。生活条件如此艰苦，蚊子多，没有电扇，空调，没有浴室，十多人住一间⋯⋯对着这些我感觉不知所措，不知道自己可以做什么，高队过来了，我说："我不知道做什么？"随同而来的一位导师说："志愿者是自己找事做，不是把事情摆在你面前让你做。"这句话似乎给我指示了方向，我开始着手自己的工作了。

感动

在安昌的二十来天时间里，我所经历的似乎比这里的几年还要多。一份一份的感动，让我这迷惘的心变得清晰。

第一份感动来自一群有着强烈社会责任感的莘莘学子。

这是一群出生80年代末期，90年代初期的大学生，在家里养尊处优，有着优越的生活条件。然而在这里他们过起了从来没有经历过的艰苦生活。

我们的工作时间长得令人难以接受，早上七点起床，晚上十二点以后就寝。晚上10点常常还有会议。在家里，没有特殊情况，晚上9点，我已经进入了梦乡。而在这里，只有等178名孩子睡着了，（熄灯9：30）我们才可以安心开会。试教、开会、讨论，当我到宿舍的时候差不多已经12点多了。不是我一个人这样，而是

第四章 "中国心"十周年记忆文稿

整个团队都是如此。在教学的同时,我们还要刷碗、打扫卫生、洗菜、切菜等,甚至还要通宵值班。我欣喜地看到一代骄子在这里的所作所为。为了洗碗腰酸了,为了洗桃子,手出血了,被蚊子叮咬而过敏起了红疹,为了家访脚上磨起了泡……这一切却没有一个人跟我诉苦,然而,我却得到了他们的关心和照顾,每一次,当我回到宿舍,会有志愿者告诉我:"老师,这桶热水是为你准备的。"几乎是每天,都有人为我准备好热水,每一次,都让我感动得热泪盈眶。因为前期的工作,我的嗓子嘶哑了,可我的包里却有很多志愿者给我的润喉药。每想到这些,便觉得浑身充满了力量,一天的疲倦一扫而空。

第二份感动来自这群可爱的孩子。

这里的孩子虽然没有城里的孩子那样见识广,身上也有很多这样那样的毛病,不讲卫生,自我约束能力差,等等,当然还有因地震留下来的心理问题。但是他们热情,淳朴,善良。记得第一次吃饭,和很多志愿者一样排队打饭,刚坐下来吃饭,面前便递过来一碗汤:"老师,您喝汤!"在以后的日子,我几乎没有自己打过汤,甚至才到食堂,就会有孩子把打好的饭端到我面前,当然,不止是我一个,志愿者们大凡有晚到的,便有孩子会冷不丁将饭盒端到你的面前,或者你刚端了饭,便会有孩子盛上汤来。那些日子,我常常被这样的事情感动着。

陈 ZH,一个三年级的孩子,平常话少,一天早晨,其他孩子都去上课了,唯独寝室里留下他,生活指导老师告诉我,他什么也不说,但是捂着肚子,我一看他,脸色惨白,原来昨天一天都没吃东西,但是老师问他,什么都不说,一拖到第二天了。我马上安排了人,送他去医院,并嘱咐一定要给他挂盐水。下午,孩子回来了,他的脸上已经绽开了笑脸,晚上,生活指导老师专门为他准备了稀饭。吃过晚饭,在食堂门口,他拉住了我的手说:"老师,跟我们一起拍个照片吧。"我和三年级的几个男生合照了一张,他显得特别高兴。在晚上睡觉之前,他拉住我偷偷地对我说:"老师,你一定会拍得很年轻的,很漂亮的。"我的眼眶又一次湿润了。我们点滴做的,孩子们都懂。这样的故事还有,它们几乎天天感动着我。一二年级的余 MY、赵 HH、美术班的李 HJ……孩子们无不用他们的方式传递着他们的爱。

第三份感动来自"中国心"团队的队员。

在"中国心"团队里,每一个队员都让我肃然起敬,而最让我感动的是高队,他的言行总是会感染我。曾经经商的他,放下挣钱的机会,投身公益,用满腔的热情关注这些需要帮助的人,日夜操劳。在他的身上我看到了信仰、看到了执着,更看到了人性最美的东西。

还有刘队、张伟琼、王婷婷、秦莹莹、王玉阁、瞿小龙、王雪梅……

在这个物欲横流的时代,放弃城市优越的条件,放弃更多的挣钱的机会,来到这里,拿着极其微薄的薪金,在公益的道路上前行着,让我油然而生敬意。在家访的道路上，在雅安灾区，在成长营营地……无不活跃着他们的身影，他们的言行影响着一批又一批的志愿者，也正是因为有这么一群人，公益的队伍得以不断壮大。在如今，公益受到质疑的今天，一如既往，举步维艰，前行在这条道路上。他们的行为时时感动着我，也吸引着我走进他们的队伍。

第四份感动来自我的同事郑健波。

2012年7月，郑健波带上儿子和我一同来到了北川，当时她毅然挑起了营地整个教学部部长的重担，排课、培训、巡视、交流……把所有的时间都花在了孩子们和志愿者的身上，几乎都没有时间去关照儿子的生活，有时一天都跟儿子说不上话，可是对我的作息却紧盯不放，为了督促我睡觉，每天等着我到十一二点，真是难为她了，从来没有如此大的工作量的她，每天在这里跟着我超负荷地工作，心里真是有万般不舍。也许多年来在一起工作，彼此地熟识，因为她的存在，让我感觉自己轻松了很多，教学部的工作因为有她，安排得有条不紊，我想到的，一说，她都明白，不用做更多的解释说明，而我没想到的，她会想到，所以让我特别放心。虽然在工作中还会出现这样那样的突发状况，但是她都会一件一件妥善处理，这次来北川，我对她的认识发生了巨大的变化，也许交心的时间和机会更多了，心与心的距离就会越近。

记一件很小的事吧，刚来大概第三天，"中国心"团队的一名工作人员对我说："张老师，告诉你一件很不幸的消息，办公区这边的厕所堵了。"我和郑就一起来到了女厕所，一看，是因为纸巾等垃圾堵住了有网的下水道，两个人一起把堵塞的脏污一一清理。作为"60后"的我，也许做这样的事情没觉得怎么样，而小我七岁的她，可不是件容易的事，然而，她一点都没有矫揉造作，既没皱眉，也没捂鼻，和我一起清理对她来说也许一辈子都没有做过的事情。当时，我的心里特别感动。我们俩清理完以后，弄清堵塞是因为厕所有卫生间没有废纸篓，很多志愿者和学生就将纸巾等物直接丢进了下水槽，于是我们关闭了部分卫生间。我心想，反正今后厕所打扫的事情自己留意着做，这时，郑说了，"姐，以后厕所就我们俩来打扫吧！"当我听到这句话，我心里顿时涌起一种说不出的感觉，有感动，更有敬佩，对我曾经一起在学校工作十余年的同事的重新认识，我的眼睛又一次模糊了……

2011年听说我去北川，郑健波毅然拿出1 000元让我带上帮忙找贫困学生，之后一直结对北川孩子，至今未断。2012年出资10 000元用于北川夏令营营服。

正因为身边有这样的人，在助学这条道路上，我走得更加坚定。

成　长

从迷惘经历感动，更多的收获还是我的成长。

这里，俨然是一个大家庭，二三百人在一起学习、生活、玩耍，更多的时间里，和孩子的关系不是老师和学生，而是哥哥姐姐和弟弟妹妹，那种无间隙的融洽让我看到了另一种师生关系，这里人与人之间的相互尊重的关系，无不带动人无限的激情。任何人之间的平等、纯粹和尊重，时时让我感觉到一种幸福，褪去所有的伪装和面具，我享受那种幸福。而这一切更是教会了我如何去爱身边的人，如何面对同事，面对学生。

这里的生活条件比较艰苦，天气好的时候闷热，下雨天又冻得感冒，没有可以畅快洗澡的地方，特别是男生，住在二三十人住的房间里，和学生生活在一起，夏天的蚊子很大，也很多，很多志愿者身上都起了包，只有喷点驱蚊水，点点蚊香，来克服一下。所有的志愿者没有室内办公室，我们的办公室就是男生宿舍外面的走廊，下午整个暴晒在太阳下，晚上，又给蚊子提供了美食。伙食虽然已经做得很棒了，但是根本没有办法和家里的相比。但是没有看到过一个志愿者抱怨，甚至有时去晚了，没有吃的了，他们会去食堂想点办法填填肚子。虽然不是美味，每一餐都吃得津津有味。这种对艰苦生活的体验，让我对自己拥有的幸福更加珍惜。

虽然我不能在这次活动中去从事我喜爱的事情：给孩子们上课，但是我却可以让孩子们因为我的存在而有序正常地开展暑期的活动，拓展视野，丰富阅历，播下种子。二期三期活动的总负责，对我这个普普通通的，没有多少行政经历的教师是个不小的考验，首先经历的是一二期的交接，星期五就是7月22日，一期的志愿者撤离，二期的志愿者接手所有的工作，一期有六十七名志愿者，而在撤离之前报到的二期志愿者加上一期二期连做的志愿者只有15人，对所有工作还不熟悉的二期志愿者要接手所有不熟悉的孩子和工作，然后部署二期的工作，尽管两天的时间，对这个环境的熟悉过程中，我着手安排了部署具体事宜，但当那一刻来临的时候，还是出现了一些混乱的现象，孩子们和一期志愿者的一一惜别，送走周末回家的孩子，安排不回家的孩子，准备晚餐，接待新到的志愿者，选定教学组后勤组的主管，熟悉所有志愿者的特长，安排培训、全体会议，现在回想起来我都不知道自己怎样在这么短的时间里完成这些任务。178名学生，78名志愿者，我要把他们全部融合在一起，共同来完成这项活动。还要随时处理突发事件。孩子突然生病了、被马蜂蛰了、志愿者的心里出现与预期的落差、拖鞋事件、零食事件、短裤事件等，需要我一一出面沟通协调，并做妥善处理。我和其他志愿者一样，是一名普通的志愿者，不可以发号施令，只有用真诚和平等与他们沟通，达到认识的一致性。毕竟是一群具有高素质的大学生队伍，我得到了他们的认可和尊重，一切工作在他们的帮助下有序地开展起来了，无论是培训、试讲、教学等，还是后勤厨房、值班、家访，一切井然有序。虽然期间会出现一些意想不到的事情，但是，面对困难和挑战，所有的志愿者齐心协力，共同解决问题，从不抓着问题追究责任。孩子们和志愿者很快融合在了一起，我们同吃、同住，陪伴孩子的过程中，我们付出了自己的爱，但是同时我们也收获了孩子们的爱。十八天的点点滴滴，让我这个人到中年的人再一次经历成长。这成长来自志愿者给我的，也来自孩子们给我的，更是来自"中国心"为我们提供的这个锻炼成长的舞台。

在北川的每一天我都收获着快乐，这个快乐来自实践的成就感，别人的认同，帮助别人获得的精神愉悦。其实收获远远不止这些，我内心经历的成长更是我人生中的一笔宝贵财富。

传播

我知道，和孩子们的相处是短暂的，所能给予他们的也微不足道，但是我可以让更多的人知道他们，了解他们，帮助他们。作为一名班主任，我知道鲜活的材料对孩子的教育远远超过空洞的说教。我要做个爱的传播者。从四川回来，我把北川孩子的故事讲给了他们听，并在班级里召开了主题班会《让我们温暖另一个心灵》，并发出了集体资助困难孩子的倡议，得到了家长的支持和同学们的热烈响应，和北川孩子张YY结对，无论是在新年还是六一节，我们全班都会一起讨论送给YY的礼物，给他写信，而YY的回信，也给孩子们鼓励，六一节前，孩子们的讨论让我倍受感动，孩子们恨不得把自己享受到的让YY也一起享受，我告诉孩子们："我们不可以将自己拥有的幸福全部给他，他的幸福要靠他自己去创造，我们给他的是他需要的帮助，而不是代替。"所以，每次YY的礼物我们都会慎重选择。而选择的过程我们都会一起讨论，孩子们在写信和送礼物的过程中也得到教育。当读着YY的回信，我们内心都充满了幸福，从孩子们的眼神，言语，我看到了这幸福。

看着这段心路历程，也许你会明白，为什么我会一次又一次踏进那片土地，走进他们。

尽管他们住在大山深处，
尽管他们生活窘困。
但是这湮灭不了他们渴望走出大山的梦想，
对于未来他们脑中依旧充满想象，
一双双晶莹的目光，
一幅幅稚嫩的模样，
花季的他们，
同样也是祖国未来的栋梁。
生活在贫困偏远的山上，

不代表我们就能将他们遗忘。
也许你我有限的力量，
难以筑就他们伟大的梦想，
但我们有理由相信，
将爱的力量，
凝聚起来，便是爱的海洋。

学校党组织非常重视这件事，特别召集全体教师，举行倡议大会，让我介绍了北川困难孩子的情况，一些教师纷纷加入助学队伍，班集体结对的事情很快也影响了更多的班级，好些班级也纷纷结对北川困难学生，助学的队伍不断壮大。

凝聚

一个人或者少数人，哪怕付出更多的爱也是渺小的，如果更多的人，哪怕只是一点点，那也将会成为海洋。从北川回来，我们成立了海润志愿服务社，吸引更多的人加入志愿者的队伍中。

从2011年的第一笔5 000元善款，一个班级结对一名学生，到2017年12月，品质助学累计资助学生90人次，资助金额达143 600余元，个案救助27人次，救助金额70 000元，2016年，为个案学生胡亮妈妈筹集32 800元用于骨髓炎截肢手术。海润志愿服务社志愿者的队伍不断壮大，服务项目不断丰富。这一切都离不开"中国心"团队的帮助，也感谢大鱼公益的工作人员一直来孜孜不倦地耕耘在助学这块土地上，将品质助学的队伍不断发扬壮大，让更多的人因此得到帮助，得到成长。

坎坷

人的一生不会总是一帆风顺的，2014年，厄运降临到了我的头上，我被查出患上了肝癌，对于一个家庭来说，无疑是晴天霹雳，似乎所有的幸福就会在瞬间土崩瓦解。也许是因为曾经站在北川这片土地上，面对地震遗留的惨烈状况，接触过瞬间面临生离死别的人群，我这点比起来又算什么呢？我变得异常的坚强，面对疾病特别冷静。当我面对人生困境时，得到了更多人的关爱，还有什么坎是过不去的呢？我乐观地面对了生命中的逆境。

2013年5月13日（周二），我参加了一年一度的体检，B超显示异样，AFP高达5 800，没有医生的告知，我便明白自己患上了肝癌。下午回到学校，上完下午班，周三、周四上完课，完成交接工作，将品质助学的工作交给了我的同事许明毅。周五开始请假，周五和老公一起去了宁波李惠利医院，联系好了医生，准备下一周住院做手术。我的生活作息没有改变，依然正常，周五晚上还在广场健身,得知消息的几名家长赶到了家里,不让我在宁波手术,并帮我联系了上海中山医院。5月19日我便入住了上海中山医院,一切都很顺利。手术那天,要好的朋友在手术室外陪我度过生命中的特殊时期,病中有家人照料,朋友看顾,同事、同学、友人、学生、家长、单位领导等探望,这些温暖足以让我度过难捱的时期。更让我倍感温暖的是高队、小苏、雪梅不远千里从四川来到宁波探望,结对的孩子时不时打电话问候,我明白自己的付出不多,却得到了莫大的回报。2014年到2017年,三年多时间过去了,经历了手术、复发、介入、放疗,食欲不振,身体消瘦、脱发、腹泻,甚至大出血,输血,大小手术五六次,好在充盈的精神源泉滋养了我,让我乐观、积极地面对这一切,我相信人生的困境都是暂时的,北川人民都可以从"5·12"走出来,我也能克服困难,走过这道人生的坎。经过三年多持之以恒地与病魔抗争,配合医生,积极治疗,养成良好的生活作息,坚持游泳等体育锻炼,身体状况不断好转。特别感谢生命中的两位医生,他们崇高的医德让我在与癌症的抗争中信心倍增,他们高超的技术、先进的理念让我这个面临绝症的病人从来没有对死亡的恐惧感。我也感谢一直关注我的亲人、朋友、同学、同事、亲戚、学生、家长……我明白,人间有爱,所以我也应该毫不吝啬我的爱,去温暖更多的人。

展望

回首的是记忆,更是前行的动力,北川走过了十年的灾后重建,"中国心"走过了十年的成长历程,海润志愿服务社也蹒跚前行了七年,我也在其中和你一起成长。

相信,未来的"中国心"将会影响到更多的人,帮助到更多的人,也让更多的人和我一样和你一起成长。海润志愿者将继续和大鱼公益携手,帮助更多有困难的孩子。展望未来,在中国的民间公益史上"中国心"将写下更华彩的篇章!

从志愿者到资助人

陶嘉辉

我是陶嘉辉,一个来自上海的资助人。2014年的时候一个偶然的机会知道了"中国心"这个公益机构在招募暑假的支教志愿者。从那一年起,我和"中国心"结下了不解之缘。

从2014年到2016年,我连续三年的夏天到北川参加成长营。因为我的专业是教育学,所以在这三年中我主要的服务方向都是教学和管理,运用我的知识和经验和其他志愿者合作共同为学生们服务。我干了连续三年的高段段长,从第一年的战战兢兢到第三年的信手拈来,我逐步有了一定的管理思路。这是我人生中不可缺失的一份经历吧。支教经历给我带来最大的感受莫过于真实进入了一个只在电视和网络上的地区,这种冲击感是我之前无法想象的。从2008年到今天已经将近十年,这十年以来当地的硬件建设已经非常不错,但是当地的软件比如教育还是很令人担忧。当我知道我被录取以后,当时的我花了很久思考他们需要什么,我能教什么。这个问题让我纠结了很久,后来我想了一下,我决定将一些可以让学生们打开视野的内容,让他们可以通过我们去了解更多不同地区的文化和特色。当我第一次站在讲台上的时候,我感觉到了当地学生对于知识的渴望,也许这份积极不仅仅来源于知识,有一部分会来自我们这群志愿者。

记得2015年的时候带学生去地震遗址,有一个孩子指着一段残砖破瓦对我说,陶老师这里曾经是我的家。这个画面在我的脑海中久久不能离去,地震已经过去了很多年,但是这些当地的学生们真的走出那份恐惧了吗?这是我们不能忽略的东西。另外一个感受就是当地的很多的孩子十分内向。其中有两大缘由,第一种是本来就属于内向型的学生,天生就很内向不愿与人交流,第二种也是我感觉比较多的一种是不自信。有些表面上看上去很内向的学生当他们和志愿者或其他人熟悉以后就会打开话匣子,这个需要未来通过更多的活动或者机遇让他们逐步改变。高段有很多准高三的学生,所以每年我都会组织高段的高年级学生们参加一个演讲,这个演讲主要是分享高中的学习方法和一些大学专业的信息。通过这个演讲他们可以了解更多学习的方法和避免进入一些误区,特别是心态上的误区。另外通过我们对于一些大学专业的分享,可以帮助他们在未来选择一个适合他们自己的专业,而不是盲目地去报考一些所谓的热门专业。

当我第一年完成成长营以后我就成为资助人,捐助款的资金基本上来自平时的兼职。我成为资助人的想法可能比较简单，就是觉得如果通过我的微薄的资助能让一个学生更好地读书机会还是很有成就感的。给我印象最深的是我第一个资助的学生，刚刚认识他的时候他很内向，联系他的时候只会回答"嗯，嗯……"，随着和他这几年的交流，现在的他在和我打电话的时候我们还能互相开开玩笑，聊聊他碰到的事情和他的梦想。我觉得相较于经济助学，心灵助学更加重要，和我们资助的孩子做朋友不仅仅是每学期的一封信，更要在平时关心他们。

作为一名资助人我相信"中国心"会合理使用我的每一笔资助款，记得每年参加成长营的时候都能看到每年"中国心"的财务计划。当然如果"中国心"可以在每季度年通过财报告诉我们收支情况，这个可以有效地让我们知道"中国心"的财务动向。对于和孩子的陪伴，我相当支持远眺计划，让学生走出去了解社会可以帮助他们建立更好的目标。学生通过去不同的大学让他们了解如果他们努力读书他们未来的生活是怎么样的。我希望在"中国心"有余力的情况下组织一些关于兴趣爱好的活动，这个可以帮学生们提高他们的社会竞争力和自信心。作为一名资助人我更多的是希望和我资助的学生有更多的交流，一年两次的书信来往其实并不是足够的，我特别希望每过一段时间我们可以得到我们资助的学生各种的讯息，比如健康、成绩、近期发生的事情，等等。通过这些我们可以更好的互相了解。

在北川，我看到的和我收获的

李秋艳

已记不清什么时候开始关注"中国心"了，却非常清楚的记得第一次参加"中国心"的活动是在 2014 年 1 月底寒假家访的时候，从上海到北川，我和一个同伴坐了整整 40 个小时的火车，时值春运，火车异常拥挤，我在车上默默发誓以后再也不要来了。然而事实是这次家访让我和"中国心"结下了割舍不掉的情缘。

第一次家访印象最深的是罗 HJ 家庭，罗 HJ 是一个在上中专的女生，家访的时候没有见到她本人，家里只有她的爷爷和祖爷爷两人，通过和爷爷的交谈我由衷的喜欢和佩服这个坚强阳光又孝顺的女孩子。其父母和哥哥都是因为车祸离开了她，家里只有她和爷爷、祖爷爷三人相依为命，祖爷爷已 94 岁高龄，身体尚还健康；爷爷早年一只眼睛患疾但是不影响看东西，身体也算不错；罗 HJ 今年 16 岁了，因学校组织同学寒假外出打工没回家，爷爷平日在家里种了一亩多的玉米养了两头猪自家食用，祖爷爷每天背个竹篓上山拾捡柴火，懂事的罗 HJ 在父母离开后依然坚强的和爷爷们生活，每周都会打电话问候两位老人。

家里房子在 2008 年地震之后靠国家补贴重新补修，家里家具不多但干净整洁，爷爷说罗 HJ 自小就阳光懂事孝顺，我相信在经历大地震和痛失父母哥哥这样的打击后依然能坦然面对且乐观生活的她定能使生活开出花儿来，她的坚强让我不由心生敬畏，这是一个内心多么强大的女孩子啊，希望在 2014 年好运能光顾这个可爱的女孩和这个家庭。

相比之下我是幸运的，不管生活多么艰难起码还能对自己的父亲诉说，还有兄弟姐妹们的相互帮衬。一切的阴霾都会过去只要你心里住满阳光。

2014 年的夏天我再一次来到北川，这次是参加成长营，这次让我感触更深的不单只是受访者家庭和孩子，还有项目组和工作同事和来自志愿者们，是大家不惜万水千山来到这里为这个燥热的夏天增添了一丝清凉。

来这之前正逢我在创业上亏损了二十多万，当时恐惧与绝望充斥着我的生活，带着表弟我不知道自己该如何还清这比亏损，也不知道该如何面对接下来的生活。我曾和雪梅姐说过那年到北川我其实是在为自己逃避自己的生活找一个出口，不经意却发现这一次行程拯救了自己。

在这里我看到大部分孩子已经慢慢走出了地震、家庭不幸的阴霾，他们的笑声无时不在感染我。我惊奇地发现在这里表弟找到了许多和他家庭情况相似的玩伴，不再需要我督促他学习、锻炼身体、吃饭等，他还能主动教别的小朋友英语和数学，我从没看到他像在北川那样自由与开心。走在校园里会有认识的不认识的孩子和我打招呼，我同样也许久没有这样自由与快乐了。

自己创业的时间长了总是莫名的孤独，总是一个人决定和执行所有的决策，甚至无法向谁吐露心声。可是在这里我不再是一个人奋斗（虽然很多个夜晚我总是一个人在办公室加班）。每天早早起床为伙伴们分发资料、目送他们出去家访，每天傍晚等着他们报平安、返回的电话也成了我的日常工作。通过伙伴们的眼睛我看到的不再是一两个孩子的家庭状况，而是28个乡镇500多户人家的家庭情况；通过他们的脚步我也在用心丈量北川大山的每一寸土地；通过他们的努力我们共同组建"家访铁军"这个温暖而有力量的队伍。我渐渐明白我个人的能量是有限的又是无穷的，我自己不可能完成500户家访，但队伍却能以我为轴心一起完美的完成团队交给的任务。

托尔斯泰说"幸福的家庭都是相同的，不幸的家庭各有各的不幸"，在此之前我并不能体会这句话。然而在这里看到爷爷奶奶带着孩子相依为命我不再无声感慨；看到有些父母舍家弃子远走他乡我不再奇怪；看到身体残缺依然不放弃努力生活使我也心生希望；看到即使穷困潦倒依然天真快乐的孩子们我也从阴霾中看到光。贫穷使人绝望亦使人坚强，不管留守带孙子、孙女的爷爷奶奶、抛家弃子的父母、身残志坚的残疾人还是充满希望的孩子，他们都在追求着相似的幸福生活。让我在看待不同的人与事中多一份体谅，多一种角度。

十五天的成长营、十天的家访漫长而短暂，如果不是亲眼所见我根本不能想象出生活在大山深处的他们是怎么坚持下来的，每个孩子都是一本书，也许他会有性格上的缺陷，但是只要我们用心的带着责任的去倾听和引导他们，相信他们一定会做得比我们想象中的要好。孩子是家庭的希望，是社会最重要的财富，透过孩子的眼睛我们看得到青山绿水，看得到和美善恶。也许我们的家庭条件并也不算好，也曾经抱怨父母给不起我们喜欢的芭比或者玩具枪，但是相比他们而言这些又都算得了什么呢？

我们来自五湖四海，为了志愿服务走到一起。我们同住没有wifi的小旅馆，我们同在油腻腻的小饭馆里大快朵颐。我们开心着孩子们的开心，我们难过着孩子们的难过。孩子们和家长的坚强让我感到震撼，家访不再是短期心灵旅行，而是传播大山深处受困家庭状况志愿者使命。孩子，你不必记住我们真实的姓名，我们的名字是"中国心"。

七月，多想回到思绪萦绕着的山里北川

尹　梅

　　现在是夜里十二点，辗转难眠，想着曾经两度走进过的北川大山，心中思念愈来愈烈。

　　走过一些地方，见过一些人事，然而只有在两个地方我最谦卑：一个是天上西藏，一个是山里北川。

　　在西藏，我看见最善良的微笑和最纯粹的信仰；在北川，我看见最简单的快乐和最真诚的渴望。在这两个地方，谦卑使我不愿说话，怕惊扰了世间最美的灵魂。

　　原来的四川省绵阳市北川羌族自治县，在2008年的"5·12"大地震中被毁灭，继而又被滑坡的山体和泥石流掩埋。一个安详清秀的县城永远消失了，只留下一整座县城遗址和数不清的飘荡着的无家可归的魂魄，以及生还者此生难以磨灭的伤痛。

　　我知道自己不是北川人，始终无法感同身受这样惨痛的失去。每年5月12日大学好友怀念自己在地震中遇难的奶奶时，我无法安慰一句，只能给予一个小小的拥抱。北川县城在地震后移址重建，特色的羌族民宅成为一道光鲜亮丽的风景，然而那无所不在的冷清让我倍感凄凉。我已经不记得这个北川了。心中深深挂念的是大山里的北川。

　　朋友于2012、2013年暑假去了北川做志愿活动，曾发给我招募文件，我看着文件里严格的要求和条件深感自身的不足，难以前往。不知究竟什么原因，我在2014年决定去北川。三月开始准备，五月报名，继而培训，七月前往北川，最后只待半个月，然而这整个过程于我的大学乃至整个人生而言都是一次深刻的尝试和努力，是一次真正的为了他人而向往地活着，是这一年甚至很多年里做过的最有意义的事情。

　　于是，2015年毕业之际，我在挣扎了几个月后终于决定再去心心念念的北川。只是这次我没有准备没有面试，反而是做了天津地区的面试官之一，印象中甚至没有参与前期的很多培训。但这一次有了更大的挑战，也需要承担更大的责任。这一年暑假，我暂时忘记迷茫与惆怅，走进我曾经热烈地奔跑过的北川，在生命里难以保持的纯粹中再做一次真正的付出。

　　参与的志愿活动组织方是NGO北川羌魂社会工作服务中心，但我们更愿意说"中国心"志愿者团队。我参与的只是"中国心"品质助学项目的暑期成长营活动，至于其他社会公益和研究发展项目并没有深入了解。从2008年开始到现在，"中国心"已经经历了十个年头，从当初志愿聚集的几个人发展成了一个组织一个专职团

队，组织着众多的志愿者和资助者，带领成百上千的孩子、家庭和村庄朝着更好的未来奋勇向前。

成长营项目是从地震当年开始并慢慢成熟起来的，主要是为陪伴被资助的孩子度过一个快乐的有意义的假期，营地主要设在北川安昌幸福小学。最近几年每年暑假都有一百多位来自全国各地甚至世界各地的志愿者聚集幸福小学，陪伴五百多名学生。志愿者主要有五个分工，教学、后勤、家访、摄影、评估。我最开始选择的教学组，在几次培训了解以及小伙伴的建议下改了家访组，事实证明，在这里，家访是最能发挥我优势和价值的工作。

家访，顾名思义就是走访家庭。我们每年四十来位家访组伙伴，两个人一组，要走访五百余户被资助学生家庭或新申请家庭。这些家庭大多残缺不全，有着各种各样的困境，有羌族、汉族、藏族，有大山里的，有镇上的，有县里的，遍布北川。

我们用脚步丈量北川土地，用耳朵倾听大山里的声音，用澄净的心写下自己看到的了解到的困境家庭和孩子。

第一年我作为个人志愿者和搭档走访二十余户，北川关内关外每条独一无二的道路，各式各样的交通工具，亲自访问的家庭和孩子，在深夜撰写的文字资料和内心感文，对这许多许多，有着难以忘怀的记忆。

这一年，记忆最深刻的也许不是那些家庭和孩子，而是通往那些家庭的惊险路途。

第二年我作为家访组副组长带领 19 位家访伙伴和三位摄影组伙伴走进北川关内，操心着二十余人的路程、住宿、家访路线等事务，和大巴车师傅、旅馆老板、派出所人员打交道，第一次深切地体会着"责任"二字。认真而严格地审核伙伴们的每一份资料，在离营当天早晨完成所有任务。

这一年，最深刻最铭感于心的是伙伴们带给我的感动。因为每日对着电脑熬夜，尤其关内三天神经高度紧绷，饮食没胃口，加上夏日的炎热和暴雨，我在营会快结束时患病毒性感冒，每日涕泪涟涟，许多伙伴给予了我最真切的关心和照顾。

在离营前一晚 U 盘坏掉，243 份资料只能重新审核，伙伴们很理解的再把资料拷贝给我，并且几个优秀的伙伴主动留下帮忙审核。

我永远都忘不了那一晚，在灯火通明的教室里，感冒愈发严重，药物无效，但仍然不敢对未完成的任务有一丝懈怠，而桌子上的水杯被一位伙伴一次又一次地拿起，一杯又一杯的热水，正是这股温暖的力量让我撑到了凌晨四点。

当我们四人走在幸福小学漆黑的夜里时，我心中无比感激。第二日七点起床继续完成剩下的资料审核，和最熟悉的组长好友坚守到最后。在绵阳休整一晚，一个人去打了二十多年来的第一次点滴。这一年夏天，记忆犹新。

发展自己，照亮别人

陆 峰

2016年9月21日，我的朋友圈被我和我们班级刷屏了，因为我们班级一起资助了一个高三的女生，其他的大学同学用转发的方式表达欣赏和称赞。那是我到"中国心"的第43天。

我叫陆峰，来自吉林长春，本科毕业于中国人民大学社会工作专业，目前是澳大利亚 Monash University 在读硕士（社会工作专业）。2016年7月，我参加友成企业家扶贫基金会发起的"小鹰计划"青年发展项目，到北川"中国心"做为期一年的志愿服务，前三个月主要协助生计助学项目，后面的七个月主要做驻校社工，负责三个项目的执行。

来到"中国心"的第一个月，我和我本科班级的同学们，一起成为了资助人，共同资助一个高二的女生，今年这个孩子进入了高三，也是我们资助的第二年。想起当时和大家一起决定做这件事的心境，依然激动。

2016年8月11日，我来"中国心"工作的第一天，了解团队历史的时候，看到了视频《坚守的"中国心"》，高队、格格、大象，在大雪天去山里发助学款，路上，他们在纷飞的雪中用大铁链拉汽车，人用尽浑身力气，车子只在雪中缓慢前进，当时我就掉眼泪了，暂停了视频，用纸巾捂住眼睛哭了很久，感动、心疼、敬佩、历史的厚重感……泪水的含义很复杂，我深切地感受到我心底的柔软被拖起来、被触动，我对自己说，还要什么理由呢？我们生在同一个世界，就应该互相帮助啊。所以，资助学生这件事，我没有原因，只是我认为应该做。

8月中旬，秋季助学项目启动，我也正式地考虑资助学生的事宜，第一想的当然是钱，刚出校门的我，一次性拿出2 000多元，有点小压力，我不希望因此让自己的生活变得苦哈哈，于是想到了分流，找几个人跟我一起资助，这样还能影响更多的人。出现在我心里的选项，就是我的本科同学了，中国人民大学2012级社工班，这是我们以此为傲的集体，因为我们团结、和睦，我们学习的同时互相陪伴成长，有相同的助人自助的理念和强烈的社会责任感。而"中国心"的助学工作，无论是历史、能力、理念，都值得信任，果然，我一说，大家就纷纷赞成，于是我们一起成了资助人。

全班17名同学，本科毕业的第一年，大家散落在世界各地，有人在国外读硕士，有人在西部支教，有人在工作，每个人都很辛苦也都很努力，这件事给了我们

"在一起"的机会，一起做一件有意义的事，让我们的集体一直凝聚，所以，资助学生，我们自己也同时在受益。

最有印象的部分是选择资助对象，全班达成了一致意见：第一，我们想支持高中学生，因为高中生上大学的机会更大，我们希望支持一个学生顺利进入大学，无论是名校还是普本，就是一定要上大学！第二，我们想支持女生，我们鼓励和期待女性通过自身能力的提升，获得更多权利和自由，同时，女性的进步对社会的发展有基础性的推动作用。根据以上两个原则，我们快速确定了资助对象，由我代理具体事宜，其实就是收钱然后打给"中国心"品质助学部，那时候已经是大鱼公益品质助学了。

而我们对助学的理解，不仅在于凑资助款给学生，还有对身边人的影响、对学生的精神陪伴与引领，我们在把资助款打给"中国心"的那天，一起发了朋友圈，以此号召更多人的参与助学、成为资助人，在今年9月，我代笔写了一封信给我们资助的学生，因为她今年上高三，我们希望对她有更多的精神鼓励和陪伴。我们要做的，也不止这么多。

作为资助人，我们同样在监督助学机构的工作，资助款的管理和使用、给学生的服务、对资助人的反馈等。在"中国心"工作一年，做资助人第二年，我对此有体验有理解有建议。和负责助学的同事坐隔壁办公桌七个月，我看到了助学板块工作的琐碎、繁杂、忙碌，我也看到了同事多么努力和用心，我更看到了"中国心"整个团队对助学的重视，对此我都很赞许，从提升工作效率和为同事考虑的角度，我觉得可以开发工具或增多培训，比如开发助学办公系统、增多办公软件使用的学习，让助学同事更能轻松高效地工作。

同时，我也享受了大鱼公益品质助学给资助人的服务，例如收到资助学生的照片、得知助学款发放进程和使用情况、帮忙给资助的学生送信件、进入资助人交流群、收到生日祝福等，这些工作做得很周到并且分寸得当。不过我的信送得实在是有点晚，两个月过去了才送给学生，我也从来不曾得知学生的任何生活、学习情况。对此我的小建议是，把对资助人的服务分成几类，定期完成，例如资金收放类、反馈类、物品传递类、祝福类、理念影响类，做出时间规划，就有条理地做到样样不落了。我期望资助的学生能得到更加全面的服务。

在"中国心"的十个月实践，让我在生活和工作能力上都有质的提升，真正地走向成熟，同时我也影响了不少身边的人，有人对公益有了了解，有人开始行动。做资助人，也是责任，拿助学款是最基础的一步，我希望能做更多。做一个光点，照亮别人，和别人一起成为无数光点，照亮更多人，愿意与"中国心"一起成长，为这个世界发光。

提前祝"中国心"十周岁快乐！

愿你心有阳光，绿意葱茏

2017年那山成长营志愿者　　高翔[①]

初见，你好，美丽的小姑娘

2017年那山成长营戏剧二班，一个由27个孩子和6位志愿者组成的团队。这27个孩子，原生家庭的特殊性使得他们每一人都是独一无二的，在他们的心里可能都有一些刺痛人心的伤疤，RZ便是这样的一个姑娘。RZ入营是在7月24日的中午，一上午的忙碌让我有些头昏脑涨，刚想合上眼进行短暂的午休时便接到了接待处的电话，随即便起身前往教学楼接孩子。初见RZ，你个子高挑，扎着长长的马尾，穿着短裙，在人群中腼腆地笑着，在一同前来报到的几个孩子中显得格外的文静。和其他背着大书包的孩子不同的是，你的脚边放着一个小小的行李箱，背上背着一个浅紫色漆皮的双肩包，在午后的阳光下，闪闪发光。

根据营地的统一安排，RZ被分到了一个混合宿舍，考虑到这个情况，入营时我特地把你送到宿舍，并向你仔细介绍了同宿舍的志愿者，同时也告诉你，在成长营有什么问题都可以找我或者其他志愿者，我们一定会尽力帮你解决，小姑娘当时很乖巧地答应了，我便也安了心。

等待，你的欢喜

按照营地要求，孩子们每天晚上都要撰写当日暮醒，并由志愿者分组阅读。第一次批阅暮醒本时一位志愿者突然来找我，对我说："姐，RZ的暮醒我实在不知道该怎么批阅。"说完便递给了我。我心里立刻涌出一种不好的预感，接过本子，心里更是"咯噔"了一下。短短三行字，字里行间呈现的全是负面情绪："不喜欢成长营的活动、不喜欢同伴、不喜欢志愿者，还有便是有些想家……"我放下暮醒本，抬头看了看坐在不远处的RZ，你不知在和同伴聊了什么，脸上笑靥如花。放下本子，我和志愿者彼此对望了一眼，大家都略显尴尬。回宿舍时，我特地走在RZ边上，轻声地问："第一天还习惯吗？"RZ笑了笑，眯起了眼睛，回答我："挺好的啊！"晚上，我趴在床上，想了半天，写下了这样一段批注："换个角度，换种心情，你会发现即使雨天也会有绚烂的彩虹，愿你能逐渐打开心扉，在成长营中找到一个不一样的自己。"

[①] 高翔，教师，江苏常州人。

第二天，班里进行班委选举，RZ 成功当选纪律委员，班委合影时，RZ 排在中间抿着嘴笑。当晚的暮醒本，依旧只有一行半的文字："无话可说、没有感想，除了想家，没了……"看到这，我的心里有点堵，思考了良久，批注依旧以鼓励为主。

我知道，教育是一件慢的艺术，而我，想再等一等。

26 日，我收到了 RZ 所受资助集团负责人发来的学生档案，里面包含了 RZ 的资料：RZ 早年家境小康，父母恩爱、勤劳，后来父亲罹患尿毒症，母亲捐肾给了丈夫，如今父母皆不能承担重体力劳动，加上父亲需长期依靠药物治疗，原本殷实的家庭已是负债累累，RZ 学习了数年的拉丁舞更是因此中断了学习。

这一天我们迎来了戏剧营的第一件大事——歌唱比赛。比赛以班级为单位，每班都需要有一个合唱节目参赛，经过孩子们的民主投票，《团结就是力量》拔得头筹，成为我们班的参赛曲目。看着孩子豪情万丈的排练，我突然灵光一闪，请 RZ 做指挥，希望在帮助增强自信的同时可以更快地融入戏剧二班这个集体中。RZ 愣了一下，然后很大方地接受了，随即便投入到了新角色中。排练中你的表现果然没有让大伙失望，虽然是第一次当指挥，但是依靠自己较强的音乐功底，RZ 很快就上手了。

晚上的比赛，RZ 指挥的从容自如，孩子们慷慨激昂，歌声嘹亮。没多久，在台下观看比赛时，突然有个孩子跑过来跟我说："姐，RZ 一个人坐在那边的草地上哭呢！"我连忙走了过去，让围在 RZ 周围的一圈孩子都散开，然后在你身边坐了下来。RZ 一个人埋头在那抽泣，丝毫没有要停的趋势，我便安安静静地陪着。过了半响，我轻轻说："RZ，姐姐知道你心里有很多让你不痛快的事，想哭的话就大声哭出来，我在这陪你。"而后，我把你的头抱起，放在了我的大腿上，这时你开始号啕大哭了起来，我一下一下，拍着你的背，耐心地等待着。二十分钟后，你抬头擦了擦眼泪，带着哭腔说："姐，我想回家。""RZ 你知道吗？不瞒你说，其实和你一样，我们这里的很多志愿者哥哥姐姐，他们都有想家的时候，包括我也一样。""RZ，你家就在绵阳吧，从成长营到家需要多少时间？"RZ 闷声回答："一个小时吧！"我接着说道："是呀，你看你离得多近啊！我家呢，在很远的地方，从我家到北川，几乎穿越了半个中国。而且，就算我要回家，也不能像你那样，一个电话，爸爸妈妈就可以来接你，或者出门就有公交车。我回家，得提前很多天订好车票，然后先从北川坐汽车到绵阳，然后再从绵阳乘坐火车到成都，最后再从成都坐高铁回家，光在路上得花十七八个小时。你看，就这路线是不是已经把你给绕晕了？而且不仅是我，其他很多志愿者哥哥姐姐他们也都从很远的地方来，像翔宇姐姐，她家在内蒙，雪纯姐姐家在东北，张超哥哥家在新疆，他回家的时候还没有高铁，坐绿皮车得三四十个小时，其实仔细想想你很幸福呢！"RZ 抬头看着我，眼中还泛着一些水汽。"姐，你知道么，我爸爸那会生病的时候，我觉得天都快塌了，我以为我们家就会这样垮了，我接受不了。"这是 RZ 第一次和我聊起了家里的情况，殊不知，为了这一个切入点，我已经等了很久。尽管如此，我的脸上依旧云淡风轻。"是的呀，姐姐能理解你，虽然我没有见过你的爸爸妈妈，可是，我知道他们很勤劳，很善良。爸爸生病了，可他很坚强，能勇敢地和病魔抗争。妈妈虽然是一个女人，可很伟大，救了你爸爸，让他获得了更多生存的希望。我想，在你爸爸心里，你和妈妈就是他最坚强的后盾。你说是不是？"RZ 依旧不吭声，继续看着我。"好比我，就在昨天晚上，因为家里发生了一些事情，我整整一晚都没合上眼。可是今天早晨，当我在操场上看到了远山、晨光，我觉得生活依旧美好。其实，人的一生总会碰到特别难熬的阶段，或长或短，有的时候常常会让我们感到绝望，看不到光。可是，你要知道，难过痛苦是没有用的，比起这些，我们更应该让自己坚强，昂首挺胸地走下去，这样才能看到最美的太阳。看，就像他们一样。"说完我指了指台上正在合唱《最美的太阳》的班级，RZ 也顺着我的手指看了过去，笑了起来。我笑着拍拍你，鼓励你和边上的同学聊聊开心的事。比赛结束时，RZ 的情绪已经有了很大的缓和，和同学也在嘻嘻哈哈地聊着天，全然看不出之前的情绪。

  当晚，当孩子们书写暮醒本的时候，我甚至有点期待看到 RZ 的暮醒。然而，理想很丰满，现实很骨感。这一天 RZ 的暮醒内容犹如一盆冷水，从头倒下把我浑身浇了个透。依旧是一行半的文字："当指挥员是最逗的一件事，当得无语，很烦……"此时的我，心中有千百个疑问在回旋，其他几位志愿者也是百思不得其解，为什么 RZ 行为表现和暮醒本中所表达的截然相反。究竟哪个才是真实的你？我本想借助同理心，通过开导让 RZ 产生共情，让你知道，其实我们能理解你的感受和心情，从而使你逐渐尝试打开心扉，愿意将自己真实的想法表达出来。

  当晚，我留下了入营以来最长的一段批注："RZ，很高兴，你能临危受命接任了指挥员这一重任，从你的表情中，我能看出，你的眼中有欣喜。事实也证明，我们的选择没有错。对于你这个指挥员，我放了一百个心。从不会到会，从生疏到熟练，我知道每一个进步都饱含着你的努力。付出总是会有收获，无论比赛结果如何，至少在今后，当你打开记忆的大门，回想起你参加过的那山成长营，你可以骄傲地和你的朋友说：'曾经我在一个夏令营的歌唱比赛中，作为一名指挥员，指挥一起合唱过《团结就是力量》，在那一刻，我的 26 位同伴的眼中只有我！'我想当你说出这话的时候，你的眼里一定泛着自信的光芒。也许有一天你会淡忘了这件事，也或许它只会存在在你心里某一个小小的角落里，但是我知道，这演出的 1 分 6 秒会一直留在我的心里，留在 26 位同学的心里。"

你说，你挺高兴，我欣喜若狂

  7 月 27 日下午，营地开展了成长营最受欢迎的趣味泼水游戏。无论是孩子们还是志愿者，在游戏中都得到了最纯粹、最无价的快乐。RZ 也不例外，不管是主动攻击还是强烈反击，在游戏中玩的肆意快活，眼角眉梢都洋溢着欢笑。于我而言，入营以来所有的情绪、压力都在一盆盆冷水中消解，酣畅淋漓！晚上 RZ 的暮醒，依旧是两行消极的文字，然而我惊让我惊喜的是，在正文上方有一行半被涂黑的文字，我拿着手电筒仔细观察，散乱的线条下，隐藏着这些文字："其实，这几天和大家相处，我挺高兴的，这这边交了很多的好朋友，经过这几天，也不觉得老师……"这样的结果让我欣喜若狂，心底仿佛开出了一朵花，连做批注都仿若被打了鸡血一般。

你要离开，我泪流满面

欣喜并没有保持太久，当我正埋头写着批注时，你突然走过来对我说："姐，今天晚上我爸爸妈妈来接我。"那一瞬间，我懵了，这简直就是一个晴天霹雳，让我措手不及。我一度以为是周围孩子们的嬉笑声让我产生了幻听，可是站在我面前的你却是那么的一本正经。看到你身上的便服，我才意识到，你是真的下定决心要离开。我僵硬地扯出一丝笑意，对你说："这身衣服挺漂亮！"你笑了笑说："真的吗？"然后转身走向了阳台，一动不动地看着校门的方向，留给我的只剩下背影，我坐在窗口看着，突然泪流满面。

这一晚，你心不在焉，我亦是五味杂陈。9 点半，你来和宿舍还我衣架，我说走的时候我送送你，你笑着答应，然后便离开了。我放好衣架，嘱咐了同宿舍的孩子们几句，便来到你的宿舍，却发现，你的床铺已经变成你初来时的模样，一席、一枕、一条叠得四四方方的空调被。宿舍里的孩子告诉我你已经走了。这时我才反应过来，原来还衣架的时候你已经准备离开。

我一路狂奔到辅导员办公室，幸好，你还没离开，我把手中的暮醒本递给你："带着回去，有空的时候看看，也可以写写。"春宁姐在打印离营手续，我接了过来，看着你签字。签完，你便站在办公室前的台阶上继续向校门口张望，始终不往后看一眼。我和春宁姐坐在了台阶上，气氛有点压抑，春宁姐安慰我说："高老师，你能做的都已经做了。"这几天发生的事在脑海中一幕幕地回放，是啊，我能做的都已经做了。

10 点，你的父母来了，叔叔弓着背，抱着一个很大的西瓜。我和他们打了招呼，然后把离营手续递给了他。叔叔接过，一声不吭地填写起来，阿姨在旁边也有些情绪，我轻声安慰了几句，跟她说不要责怪你。作为一名教师，平时工作中经常会和学生家长进行交流沟通，只是这一次，我却略微有些词穷。签完手续，叔叔阿姨便带着你走出办公室，在报刊亭下开始了一番长谈。我依旧在台阶上坐下，只是这一次我知道，你会留下。

11 点半，叔叔阿姨带着满脸泪痕地你来找我；12 点，我带着你和叔叔阿姨告别，一起拎着行李回宿舍。分别时，我告诉你，明天又将是新的一天……

写在最后的话

RZ，姐姐想和你说的话其实还有很多：

人这一生很长，你所走的每一步，都不会毫无收获。当你在一路披荆斩棘之后，就会明白那些障碍的存在只是为了让你变得越来越好。愿你能如你的父母一般，尊重生命，热爱生活，真诚待人，成为一个内心无比强大的人。

人这一生也很短，很多事情的发展也许会偏离你的预期，但是你要知道，很多时候，生活不是因为有希望才去坚持，而是因为我们坚持了才有希望。

亲爱的小姑娘，愿你即使身陷困境，依旧心有阳光，绿意葱茏。

感谢在你最美好的年华让我遇见你
——写给"中国心"、那山成长营10周年

杨安红

我叫杨安红,是江苏师范大学文学院的一名普通教师。2008年地震的时候,我作为一名普通的中国人,时刻在关注在这场地震,也尽自己所能在当时捐了一些钱物。也许是冥冥中注定的缘分,2017年的元月,通过我的师兄邓根芹我知道了"中国心"、大鱼公益和那山成长营。接下来在和雪梅接触的过程中,我不仅对那山成长营有了进一步的了解,也对大鱼公益所进行的品质助学项目有了进一步的了解。接着3月份邀请雪梅到我们学校来做公益宣讲,看着怀有身孕的雪梅奔波于南北东西,心疼她的同时也为她小小的身躯里充盈着的正能量所感动。宣讲非常成功,可以容纳300多人的阶梯教室座无虚席,而且后排、走廊也站满了人。我想这不仅仅是大学生们对公益的渴求,更多的是大鱼公益的魅力和雪梅作为一个公益人的人格魅力。后来为了准备面试,我和很多学生一样,努力地去了解"中国心"、大鱼公益、那山成长营,甚至在准备面试材料时才真正知道高队的真名实姓,但是我想说,要做公益,必要的功课是真的一定要做的。公益不是为了谋取功名利禄,公益是需要实实在在的奉献和付出。

很荣幸我和我们学校的14名学生最后成功通过了面试参加了2017年的"那山成长营"。于是在"中国心"、在"那山成长营"10周岁的时候,我有幸参与了进来。感谢我的各位好友在得知我要到北川之后给我凑集了一部分的现金,让我代他们为北川的孩子表达一下心意。感谢大鱼公益选择我们江苏师大的"春雨无声"团队作为"百度公益点赞"的合作伙伴,让我们有幸为那山的孩子多做一些事情。尽管事先有过设想和准备,但是真正看到高段乡土营3班的那20多名孩子和其他的5名年轻的志愿者以及随班的种子时,我还是有很多的感动。在和他们朝夕相处的10多天的时间里,我看到了年轻的志愿者为了无悔的青春所做的努力,我看到了即将要离开北川去远方上大学的种子对那山的依恋,我也看到了马上要升入高三不能再参加那山成长营的孩子们的不舍和牵挂……一切的一切都那么让人感动。乡土营的各种活动安排,让所有人累并高兴、痛并快着。对于我这个"70后"而言,在乡土营我似乎找到了自己的归属:磨豆腐、爬山、做水枪罗马跑、跳皮筋、摔纸宝……这些我们小时候的游戏让孩子们和年轻的志愿者们玩得不亦乐乎,而我也似乎回到了遥远的童年。

其实我从去绵阳的火车上,就在想能为那里的孩子做点什么?从志愿者入营的培训之时,我就了解到了那山成长营的孩子的一些情况。他们不都是成绩优秀的孩子,相反他们中的大多数需要的不是优异的学习成绩而是陪伴和爱。对于那山而言,资助更多的孩子完成初中、高中教育，其实比资助少量的孩子完成大学教育更有意义。教育是逐步提升的，那山的改变需要的是几代人的努力。我赞同大鱼公益品质助学的这种理念，也想把这种理念推广给我身边有公益心的亲人和朋友。当然有些朋友他们希望自己资助的孩子是出生于简单家庭的并且成绩优秀的。但是大鱼公益资助的孩子大多数不是这样的。感谢我的一些亲人和朋友能够因为信任我而去信任大鱼公益，他们和我一样，最后成了大鱼的资助人。我们都是从自己的不算特别多的家庭收入中拿出一部分来作为孩子的资助费用，我也希望他们能和我一起坚持，至少坚持到自己资助的孩子顺利完成学业。

我自己也有孩子，今年正在读初二，跟北川的孩子相比，我的孩子要幸福得多。她不需要做家务，不需要考虑家庭的负担和生活的磨难，一切看来都那么的美好。但是我在我的孩子身上，从来没有看到过在那山成长营中的孩子们快乐，那是属于自然、属于天性的快乐。我跟我女儿商量，希望她和她的表弟在今年或者明年暑假能够去参加一次那山成长营。尽管他们还在犹豫之中，但是我相信他们去了一次以后会和我一样想念那山。

感谢"中国心"、大鱼公益、那山成长营，让我在你们最美好的年华——10周年遇见你们！感谢高队、雪梅、格格、昊子、潘少，让我有机会参与"2017 那山成长营"度过了一个难忘的暑假并且成为了一名资助人，实现了自己做公益的梦想。希望今后能和你们一起成长并长期合作！

十年——依然坚守

董 艳[①]

成长经历

从小到大,我都是一个积极向上乐观的孩子,尽管从一出生我没有像别的孩子享尽荣华富贵,尽管有时候会觉得比起其他孩子自己少点什么。2015年5月,我第一次近距离接触到"中国心"的工作人员。在这之前我甚至认不完他们。这时候的我来到职中接近两个月,军训完很荣幸被实训老师选出来参加实训。我记得特别清楚这天中午雪梅姐打电话给我,我习惯性进了厕所接起电话。"喂,雪梅姐吗?""老大,你现在是不是在北川读书呀,那距离'中国心'办公室很近呢,常来玩啊,你想学东西锻炼自己吗?""想""那这样,你周末有时间就过来,雪梅姐教你,今年成长营你就可以加入种子计划,你已经参加过很多次成长营,今年换一种不一样的身份去尝试。"和雪梅姐第一次接触是2013年成都远眺计划,因为自己的活跃主动整队带队管理同学秩序被雪梅姐唤着"董老大"。这也是董老大的由来。于是,每一周周五放假我就开始实训,到星期六中午放假后就去到办公室,我很享受到办公室门口看到大家,大家看我的眼神。那是一种亲切、像孩子回归的感觉。一开始我什么都不会,对电脑一窍不通,更不用说什么PPT。从最基本的雪梅姐一点一滴地教我,慢慢地我能做一个表格,给自己做一张考勤表。每周我都习惯了忙碌的生活,几乎没有太多拿来浪费和挥霍的时间,很充实,而且很快乐,我愿意和他们在一起,于是学到得更多。

2015年12月,"火灾"这是从小到大收到的第二次重大打击。这一周,我和往常一样来到"中国心"办公室,不同的是,这是我第一次用志愿者的身份参加远眺计划。这对我来说,比起以往是个成员更加荣幸。来到成都医科学院,按照计划活动进行到第二天。这天下午,活动结束后,我们回到教室,正准备今天的分享会。我意外的发现不同号码的未接电话很多。当然,我习惯性给我爸回过去,接到电话的那一刻心里从所未有的难受和压力,电话那头爸爸哭着说"家里发生火灾,什么都没了。"没忍住的我更是哭的撕心裂肺,我慢慢控制住自己说"爸爸,你还有我,不管发生什么。"挂掉电话后,一个接着一个电话打来,我知道都是来关心我的,但是这个时候我脑子已经一片空白。我冲到窗户边使劲地哭,十六年来从未这么放

[①] 董艳,来自北川大山中一名18岁女子,现就读于北川羌族自治县七一职业中学。2012年六年级开始接受"中国心"资助,接触到"中国心"接近六年。

肆的哭过，因为这时候我只剩下哭的念头。"中国心"浩子哥哥和春宁姐找到我，春宁姐抱着我，没有说什么，他们知道这个时候我没办法用语言来表达，窗户边很冷，缓过来，我在手机屏幕告诉他们家里出了事。而这时候本该是和学生们一起做分享会，但是出于关心，春宁姐和浩子哥哥都陪在我身边。第二天一早，临时调整，春宁姐送我回到家里，见到爸爸第一眼，感觉瞬间老了许多，从未这样清楚的看过他，两边的鬓发斑白，眼睛红肿，这个人都变了。心里好难过，但是心里还要不停地说不能哭，爸爸现在只有我了，我得撑起来。我们没有言语，第一次勇敢的给了爸爸一个拥抱。我想说的都在这个拥抱里。在家陪了几天爸爸，安抚好他。学校和"中国心"还有很多人都担心我会因此辍学，会忧郁。为了不产生这些想法，我又来到了"中国心"的办公室，在哥哥姐姐的鼓励下，我的情绪一天天好起来。寒假期间，家里开始重建，雪梅姐心想着我在家也帮不上什么忙，在家待了些天，爸爸的情绪也好了很多。我参加了"中国心"2015年的年会，代表资助学生发言。一下午的时间，我写好了我的发言稿。这个时候我的内心是逃避的，我没有勇气站在那么多领导面前发言，我很胆怯。在大叔的鼓励下，慢慢地给我分析，不断鼓励我，上台前他告诉我就是讲话，放平心态。我表达出内心的真诚，在讲完话后，我自己哽咽了，在我深深鞠下一躬，抬起头那一刻，我看见"中国心"哥哥姐姐们眼睛已经红润。那一刻我突然觉得我应该振作起来，勇敢去面对。我想对你们说的话也在这深深的鞠躬之中。

身份转变

一个十五岁还需要哥哥姐姐来叮嘱自己的孩子瞬间转变为为同龄孩子服务的志愿者。突如其来的新身份，既是激动，又倍感压力。今年的成长营，荣幸地成为低段成长营营长助理，成长营前高队说到的几个重点我一直记得。作为整个营会最小的管理者，我该怎么样才能帮助管理志愿者?他们为什么服从与我？每一次营会前培训我都记好笔记，努力思考。我喜欢在厨房给孩子们打饭的时间，对我来说 那是享受，是美好回忆。每听到孩子们有礼貌的说"谢谢姐姐"心里总是很暖，不管天气怎么热，都觉得值得，他们天真烂漫的笑容是你无法拒绝的礼物。想起自己作为营员时，也是礼貌的谢谢辛苦打饭哥哥姐姐，我相信那时候，他们和现在的我一样，是幸福的。

改变

"中国心品质助学。"一进办公室，可以看到墙上这样的话——"让困境儿童有尊严的受助。"像我们这些孩子，很少有和我一样乐观的，所以大多数孩子的内心都是缺乏安全感，他们害怕被接触，害怕被了解。但是在"中国心"只有一个充满爱的组织里，内敛的孩子也会慢慢地交流，再和"中国心"哥哥姐姐们成为好朋友。我也一样，从一开始把他们当做尊敬的老师，小心翼翼地说话，到现在能交心畅谈。从一开始不敢大声说话，到现在能站在台上自信满满，我的一点一滴都离不开"中国心"的悉心栽培。无论我将来成为怎样的人，我都不忘初心，如果我是一个成功的人，我应该感谢所有帮助过我的人，因为他们，我才能克服困难坚强地走下去；因为他们，我才有前进的动力；更是因为他们，才有今天的我，以后的我，帮助过自己的人就是再生父母。"心怀感恩戴德梁行。"当我在想如何汇报的时候，我希望我能把他们当做我的榜样，我希望像你们一样去帮助他人快乐自己。每当自己要放弃的时候我就想到我不是一个人，我身边不是一堆人，是一队人。

十年前我 8 岁，刚好经历 2008 年"5·12"大地震，我幸存了下来；四年后 2012 年，我 13 岁，我遇上了"中国心"，摆脱困境的内心；三年后 2015 年，我 16 岁，是"中国心"，是社会爱心人士，是身边的亲戚同学老师朋友带我走出阴影；现在 2018 年的第一天，我 18 岁，我坚强的幸存在这个世界上，每天呼吸着和所有人一样的空气。十年，感谢你们，感谢"中国心"的陪伴，未来，再未来，我们一起陪伴更多的孩子快乐成长，一起前进。

陪伴，把孤岛相连

赵晨植

我叫赵晨植，出生并长大在山西省晋城市沁水县，现在是厦门大学的在校学生。2016年7月，我参加了友成基金会"小鹰计划"，一个支教青年深入中国乡村的青年发展项目，因着一些奇妙的缘分，来到了"中国心"志愿者团队，在北川进行为期一年的志愿服务。

我也没想到，会是这样一段奇妙的旅程，让我重新开始认识自己和我们所处的这个世界。

到北川是在七月底的一个下午，打嗝仍然泛起着中午火锅里鱼丸的气味、三轮车晃晃悠悠咯吱咯吱地离开、负责安保的志愿者打量着刚到门口的陌生人，我就这样到了营地，时间刚刚好是在16年那山成长营营会。

之后在成长营的评估组服务，最多的时间用在了跟着孩子和志愿者们参加活动，低年龄段娃娃们的水火箭和其他科学小实验伴着手舞足蹈、稚嫩烂漫的讲解，中段娃娃们一点点排练到表演的戏剧、高段的大孩子们回到村子里去听爷爷奶奶们讲几十年前的故事去了解自己的村子自己的文化，我就跟着他们跑来跑去的，一不小心，就是十几天的时间。

普通，是关于这些孩子们的第一印象，如果不是在成长营里，只是看着他们开心的笑、稚嫩的调皮和小心翼翼的关心和讨好，大概我也不会想到他们成长的家庭其实面对着这样那样的事情，走出大山的路，又艰难又漫长。

幸好还有这些温暖的人儿，一年又一年，成长营里的大哥哥大姐姐们和这些北川的娃娃一起长大，陪伴着他们，也终于在漫长时光里生长出面对这个世界的勇敢。

九月，休假一个月后再次回到北川，第二天就跟着助学部研究专员潘少杰进行关外二线秋季助学款的发放。

关于资助孩子读书，我心里很长时间有一个疑惑：经济上的资助，对孩子和他们的家庭到底会有怎么样的意义？没有这一年几千块钱孩子就真的会失学吗？如果不是，它还有意义吗？

做的事情说来简单，只需要一所学校一所学校地召集家长们开家长会并发放助学款，但很久经过一辆的班车、弯弯绕绕的公路依着一座又一座的大山修建，一边是大山，一边只有防止掉下去的护栏还是在我心里留下了深刻的印象。

面对这份资助，家长多少显得有一些局促，却也让我慢慢明白这份资助对他们的重要性，记得在一个小学门口，我们见到了一个在我们之前就到了学校门口的家长，他的腿有些毛病，走起路来一瘸一拐的，在等老师过来的时候我们问到家长家在哪里，他告诉我们在两个多小时车程之外的一个乡，他早上六点多出门，九点多到了学校这边，我脑海里不知怎的浮现出家长一瘸一拐从家里出来、走过一段山路等到班车、终于早早地来到学校的场景。

在那之后，我很长时间认为就等不来的班车和弯弯曲曲的公路已经是这里与外界莫大的隔绝了，到后来家访，真真实实地去到孩子们家里，我才终于明白，对一些孩子来说，这份距离实在太长：到村子里的路可能走不了汽车，在镇上打个摩托车过去，不时到来的雨让整条路泥泞不堪，也许到孩子家里的最后一段路走不了汽车也走不了摩托车，只能下车踩着泥泞走上半个小时。

第一次家访的家庭，孩子在上小学四年级，泛黄的墙壁，因为没什么家具显得有些空的房间，母亲因为生病没什么劳动能力，家里需要他照顾所以走不开，每月两次到医院的透析要几万块钱，对只有父亲打短工的收入的家庭来说有些沉重，有时候不得不去卖血来勉强度日，当父亲用很平和的语气把这一切告诉我的时候，我不知道该怎么去做出回应，当面对那些远超出你曾经所想象和理解的生活。

从北川县城到我常去的一个乡上，坐班车需要一个小时，从乡上打摩的到山下要十分钟，从山脚走到他的家里需要再半个小时，这长长的路，把很多孩子和大山外面隔得很开，没有走出过大山是再正常不过的事情，有些距离真的太长了，长到很多人一辈子都在追赶。

而当真正去了解这些孩子们，成长过程中这样那样的遭遇却往往让生活变得艰难，锁上的内心、乖张的性情、自我价值感的缺少，面对孩子和他们成长环境时的无能为力，总让人无奈又心疼。

但在这里，一切也都在好起来，我看到有孩子内心一点一点打开，我也看到有孩子的话变得越来越多越来越自信，也有孩子开始给你那么温暖的情感，影响生命的，那些把孤岛相连接的，是十年如一日陪伴的力量。

当真正去了解一个一个的家庭，和孩子们成为朋友，把助学款交到他们手上，我开始重开始明白关于经济助学的意义：经济助学最终会落足于孩子的成长，减少了家庭的压力，和家长一起面对、一起度过艰难的过程中，给到家庭支持，和家庭、和学校一起来认真陪伴孩子的成长，在成长营中、在活动中，和孩子一起去打开、去成长，去收获那些温暖和滋润他生命的东西，最终，成长为有益于社会的公民。

2017年1月，结束了元旦假期家访后又有一批新增的待资助学生，在了解了他们的情况后，我决定帮助一个初三的孩子完成学业，我希望的不多：家庭的困境不该成为孩子成长的困境，他们应在"中国心"的陪伴中成长为本该有的样子。

当时的助学款来源于自己每个月会有的志愿者补贴，现在又回到校园的自己，要通过节省一部分生活费并做一些兼职来作为资助款,在这个过程中,自己开始明白什么叫责任,因为你害怕辜负一些期待和渴望。

2017年7月,我再次回来北川,成为2017年那山成长营的一名志愿者,和低段三班的二十多个孩子们一起度过十天的暑假时光,科学实验为主题,让孩子们去一点点打开自己,去收获那些滋润自己生命的东西,这种感觉绝不神圣,却深刻而伟大。

日子在活动中琐碎而深刻,但我总会想起的却是另外一件事情:每天会要求孩子们写暮省本来记录自己的生活,在批阅他们暮省本的过程中,我发现有一个四年级的小女孩总是把一些组不成句子的字拼凑在一起,经过小心翼翼地试探最终确定她认识的字和会写的字比同龄的孩子少很多,很难写一些即使是很简单的句子。

于是从那天开始,明天到了写暮省本的时间,都会有志愿者和她坐在一起,问她,你还记得今天做了什么吗,你想写什么呀,然后和她一起完成那些很简单的一字一句,比如,我今天去了科技馆、我们今天做了游戏,今天很开心,当她终于去写出那些完整的句子去表达自己,你会真切地感受到她内心的快乐,那种本来该是每一个孩子都该有的快乐。

在快走的时候,我仍然在一个一个地教她读一些字。

可惜半个月时间,能做的实在太少太少,认识二十多个孩子都显得有一些仓促,更不用提改变什么。

但我还是相信,我们一定留下了什么,就像一颗小小的种子,从十年前,从2008年就开始就在荒芜的废墟上播种,一年一年都有人在呵护在守望,陪伴,终究会开出最明媚的花。

十年的时光,从牙牙学语的孩子可以到稚嫩的少年,跌跌撞撞,"中国心"也陪伴了一批又一批孩子长大,感谢自己有幸陪伴孩子们走过一段时光,善良从来不在别处,就在你我内心的答案里,温暖从来不在别处,就在你我该走的大道上。

为自己的内心奔波,也给他人幸福,我们每个人都这样真实地存在在这个世界上。十年,"中国心"的这群可爱的人儿,就这样一直陪伴着那些孩子们,从经济资助到心灵成长,这份陪伴越来越温暖,也越来越有力,就让陪伴,让爱的力量,通过所有的志愿者和孩子们,再传递无数个十年。

没有人是一座孤岛,每一个生命,都会自由而温暖地生长。

心底的那份牵挂

袁令凤[1]

忘记了从何时开始的助学,只是一直坚持着。

前几天看到群里关于"中国心"口述十年助学历史的消息,突然被吓到了。有十年了吗?我赶紧计算我现在资助的孩子的年龄,好像也有快九年了,那结识"中国心"也确实快十年了。

时光荏苒,十年真的是弹指一挥间!再回首看前尘往事,很多记得都不太清楚了。可 2008 年的那场地震却清晰地刻在脑海中,至今想起仍旧泪湿眼眶。记得那是个下午,我在刚刚起步的公司里忙碌着,突然感觉楼体晃动了一下。赶紧抬头看四周,大家似乎没什么感觉。可是没多久,MSN 上就各种互相问候及地震的消息爆出。再后来看电视新闻,我被彻底吓到了,吓到了哭。因为我童年经历过唐山大地震,并在腿上留下了永远的伤疤,所以我对地震的恐惧,尤其是那种面对黑暗孤立无援的恐惧,是根植于内心深处的。

停止哭泣后第一反应是去捐款,帮助灾区。甚至也产生过去灾区支援的想法,因为我体验过地震造成的心理伤害,所以知道心理援助是很需要的。所以我就问我的心理学老师陈杰老师,问他我是不是可以去灾区做心理援助。他的答案很明确——不能。因为我自己的创伤没有经历过处理,还没有疗愈,去了只是害人。后来在听到灾区那句"防火防盗防心理咨询师"时,我庆幸听了陈老师的话。后来灾区开始重建,我想资助一些孩子。陈杰老师又帮了我,告诉我有那么一群人他们一直活跃在北川的救灾现场,现在要开始重建家园了,他们还会坚守在那,他们会用他们的肩膀、真心和专业来帮助那些在地震中失去家园和亲人的人们!所以我就结识了高队,然后是格格,再后来是雪梅。他们都那么温暖,又都那么执着。他们感动了我,让我一直跟着他们走在助学这条路上。现在想起来,已是经年!

至今我已经资助过三个孩子了,其中最让我感动的是一个小男孩和他的父母。这个男孩子是幸运的,他并没有在地震中失去父母,但爸爸残疾了。家里有上学的叔叔、姐姐和即将上学的他。他的妈妈基本上要一个人支撑整个家庭。最开始的时候我只是单纯地想帮助他们,可他的妈妈教育了我,让我改变了这个想法。那是开始资助这个孩子后的第一个春节。我给孩子买了一身过年的衣服和鞋子。我是穷孩子长大,知道一个孩子对过年的期望中最大的愿望就是一身新衣裳。然后没过多久,

---

[1] 袁令凤,企业管理咨询顾问。

我们收到了一个寄自北川禹里的包裹，打开一看，居然是腊肉！我赶紧给孩子妈妈打电话问她是不是她寄的。她很纯朴地回答说："自己家养的猪，过年杀了，做了腊肉给袁老师尝尝。谢谢你们帮我们！"那一刻除了感动，还有惭愧。一个贫困家庭在接受别人的资助的时候能保持一颗感恩的心并用自己力所能及的方式表达感谢，这是多么难能可贵。同时，这件事也提醒我，当我去帮助别人的时候不能站在救助或帮助的位置上，而是同样要心怀感恩，因为对方接受了你的帮助，让你的善心有了一个去处可以安放。所以被资助的人也是值得尊敬的！从那一年开始，我就不再只是单纯的出钱资助那些孩子，我会平时发短信问候他们及家人，问问他们的学习情况，买些学习资料给他们。这样的接触让孩子也会感觉真正的关心和爱，而不单单只是怜悯和帮助吧！而我从此也对北川那块曾经受过重创的山山水水有了牵挂，因为那里有我牵挂的人！所以当下大暴雨，九寨沟地震等等灾害发生时，我总是第一时间给孩子们的妈妈打电话或者发短信问平安。这种牵挂让我们成了一家人。

在我和孩子们不断延续的故事中，"中国心"也在不断地成长和发展着。从最开始的一个纯民间公益组织到现在的正规NGO组织，对北川贫困家庭的资助也从助学发展到扶贫，不断践行着助人自助的理念。每次看到高队的朋友圈都感觉"中国心"又上了一个台阶。

在前行的路上，我希望我们可以再多尊重些孩子，不要再让孩子写感谢信或者卡片之类的。我知道我们希望孩子们从小学会感恩，要记住他们的成长是在别人的帮助下完成的。但是一直背负着这样一个沉重的"感恩"，孩子们的心理不一定能健康的成长。我在大学做了3年多贫困大学生的义务辅导，辅导过很多的孩子，总结下来我会发现他们有一个共同的问题，那就是自卑或者低自信。他们来自贫苦地区，他们上学的钱是来自于别人的资助，他们千辛万苦考到了大学，来到了大城市，他们发现他们做事总是没底气，总是怕做不好或者总是找借口做不好。经过咨询，我会发现他们很多人的低自信来自他们的教育，不论是家长还是老师，总是告诉他们要好好学习，努力上进，否则对不起资助人。结果在他们该逆反的青春期他们把力气用在了学习上，用在了不断感恩和表达感恩上。到了大学，突然看到那么多不一样的孩子，那么多可以自由成长的孩子，他们那本就脆弱的内心就更难过了。所以我建议以后的成长营业多关注孩子们的自信心和自我价值感。

在过去的几年时间里我也接触过其他的公益组织，并参加过很多的公益活动。但只有"中国心"依旧纯粹，依旧抱持着那颗赤子之心，依旧走在助人自助的路上。所以我把"中国心"介绍给朋友们，让她们也加入到资助人的行列中来，共同前行！祝愿"中国心"越来越好！

资助是为了让他们有一个更好的未来

邱格屏[①]

2008年5月,我正在为下一年度香港中文大学做访问教授做准备,一场突如其来的地震让我一个多月都没有安心看书写文章,时常为那些失去孩子的父母和失去父母的孩子感到无比心痛。当时已经有一个4周岁的儿子的我,很想收养一个孤儿,于是委托在地震中心地带采访的《中国新闻周刊》记者帮忙物色一个女孩。可是,反馈回来信息是:根本没有可能!因此,我的收养计划变成了助养。

这些年,我资助的孩子差不多都有一个共同点:他们都是被其他资助人挑"剩下"的,他们或者是因为自身条件不被认同,或者因为成绩不好而不被认同,或者因为长相不佳而不被认同。"中国心"博客上每次数十个被资助孩子在网上公布后。总有些孩子到开学季了还没有人认领,想到他们失望的眼神和受伤的心,我很不忍,所以每次都跟格格或者雪梅说:那些没人资助的孩子都由我资助。

第一个孩子:妈妈需要生活费

我给"中国心"的博客上留下电话的两个人打电话,他们一个叫高思发,一个叫刘剑峰,告诉他们我的想法,结果很快他们提供了一个双腿高位截肢的、正在上小学的女孩儿的信息。

女孩儿的情况有些特殊,因为她在地震中失去双腿,属于危重伤员,所有的医疗费都由国家负担;因为这个女孩儿特别坚强,一直在医院里鼓励其他伤员要乐观向上,所以有很多很多的人喜欢她,有人愿意给她出学费和生活费,送她上都江堰的国际学校,所以,理论上她是不需要我资助的。但是,因为她刚刚做了双腿高位截肢的手术,生活不能自理,需要母亲照顾日常起居,所以,我的资助费用是给她母亲做生活费,目的是为了能有人照顾这个女孩儿。

当时,很多人听说她的父母都是身体和心智都没有受伤,不愿意资助她,刘剑峰跟我商量,我觉得这个支助有利于女孩儿的身体恢复,也有利于她的心智成长,所以觉得刘队的提议很好,随即签订了资助合同。

从2008年12月开始,直到小女孩2016年被加拿大英属哥伦比亚大学录取为本科生,我支助她的妈妈7年半。在此期间,有人认为小女孩已经有人资助了,我

[①] 邱格屏,华东政法大学教授、博士生导师,自2008年12月开始资助第一个孩子,到2014年时增加至每年12人,保持至今。

不应该再资助她；有人认为小女孩没有如实汇报她的多个资助人，她不值得我再资助她。可是，我的想法是：我的资助是为了让小女孩未来的人生变得更好，只要能够有利于这个目标，我就应该做。

第一个大学生：一个"熊孩子"

我资助的孩子中，第一个考上大学的是个男孩，他在高一时跟其他人被我"指定"资助。当时我们"中国心"的高队、刘队对这个孩子非常头疼，因为他当时是个典型的熊孩子。好不容易熬到孩子高中毕业，大家都松了一口气，因为我们的资助协议都是签到高中毕业，之后我们就不再承担资助的责任了。

这个孩子高三毕业后考上了华中水利大学的预科，我想，这是这个孩子最需要钱的时候啊，怎么能不管他了呢。所以，我跟高队、刘队谈了我的想法：既然这个孩子跟我有缘分，我就不仅仅是完成我的资助任务，而是应该在他需要的时候给他一点支持的力量，所以，在高队刘队的支持下，我不仅继续资助这个孩子，而且资助力度比上中学更大了。

令人感动的是，这个孩子在大学预科的这一年突然一改熊孩子的毛病，变得开朗、乐观、积极向上，不仅自己学习上更棒了，而且知道体贴父母，理解我们"中国心"团队存在的意义，开始慢慢地把他的爱心回馈给我们的团队，并带领他的师弟师妹们成为"中国心"的生力军。

孩子大二时，我跟他聊人生和未来的计划，对父母，对家人，对"中国心"，对家乡的那种感情深深地打动我。我想说："孩子，你如此优秀，上帝都会帮你的。"

最优秀的孩子和最糟糕的妈妈

这个孩子大概在他小学二年级的时候就进入我的资助对象里面了，每次孩子考试之后，他的妈妈就会给我发短信，告诉我孩子的成绩。我印象中，这个孩子的英语、数学、语文基本上都是满分的状态，这让我很欣慰。只是，我有点纳闷，这个孩子此前的资助人为什么不资助他了呢？这个问题在我两年后去家访时才弄明白。

那次家访给我留下的最深刻的印象就是这个家的脏和这个家庭的妈妈毫无自尊的哭穷。

走进这个家，没有热水招待我们，女主人说家里只有一个锅，烧饭、烧菜、烧水都是它，所以来不及给我们烧热水；没有足够的凳子招呼我们坐下，女主人说家里缺钱，只能对付；家里黑乎乎，没有一点光亮，女主人说政府出钱盖的新房子住不进去，因为没有钱买家具……

女主人究竟哭了多少穷，我已经记不清了，中间男主人插了一句话，认为也没有这么糟糕，被女主人硬生生地打断。

于是，我们几个一起去家访的人在屋子里兜了一圈，破绽就出来了：请我们吃刚刚从树上摘下来的李子，根本没有洗，不是没水，因为门口就有溪水长流；女儿房间的蚊帐，底色已经完全不见了，代之以油腻腻的黑，一看就是自从挂上去就没有再洗过；除了女儿房间相对干净整齐一点，其他房间简直就是垃圾场，不忍一看。

看到这些景象，我知道他们为什么穷了，因为他们太懒惰！

于是我跟女主人说你可以把家里弄得干净点，她说没时间，因为要照顾两个孩子；我说你可以养一些家畜家禽，把一些地里的粮食、蔬菜利用起来，她说这些东西会损害邻居的东西，不能养；我说可以圈起来，她说那样养不大；我说你丈夫可以出去打工挣一点活钱，她说他每年都卖几次血，所以身体太差，不能打工……

谈到最后，我很绝望，回团队跟高队谈起我的感受，高队说，这个家庭的母亲的观念已经是这样了，我们再不帮助孩子，孩子们也没有希望了。

是啊，我们资助孩子的目的是让孩子有一个更好的未来，那我们必须让孩子有机会远离这个母亲的影响，必须让孩子知道什么是尊严，如何有尊严地活着。

在北川助养即将 10 年，总共助养超过 20 名孩子，这些孩子当初在同一群待资助的孩子当中都是被挑剩下的，但是，10 年回头看看，孩子们一个个都非常优秀，非常出色。这正合我的心愿：无论他们学习成绩好坏，不论他们长相美丑，他们都有得到爱的机会，他们都应该得到社会的帮助，并从此改变他们的人生。

放不下的牵挂

李萍萍[①]

2008年的大地震，震动了大地，也震动了人心，触动了内心深处最柔软的位置，因工作的便利，经常在网上关注灾后的各种信息；2009年初，在自己即将迈入30岁的时候，觉得该有所改变，去做些不让自己后悔的事情。在网上看到了"中国心"团队，成了一名资助人，那时候的资助款，记得很清楚是160元每月，按月打入孩子家长的卡里，结对的是一个黑黑瘦瘦的小姑娘，脸特别尖，但是个挺好看的女孩；也是在当年10月，辞职后在家照顾孩子，原本内向的云开，也变得活泼开朗了许多。

2010年暑假停止了对女孩的资助，因为其家境见好，家长也愿意停止资助；然后，在下一批名单中，一眼就选中了大眼睛的鹏鹏，上半年他刚失去了母亲，是缘分也是巧合，这一年九月他刚步入小学；前面三四年并未见面，仅限于资助款、电话和偶尔给他寄的礼物，写过几次信（后来听婆婆说他放在枕头下面经常拿出来读）；这次的资助，已经改为按年打助学款到团队账户，记得好像是九百吧。

2014年暑假成长营，我带着云开第一次踏上北川这个熟悉而又陌生的地方，无数次在照片中见过，还有"中国心"这些熟悉的老朋友。到达营地——安昌幸福小学，见到雪梅，领了成长营物品，住进宿舍，然后在操场上看到两名志愿者在喷铁环的油漆（其中一位在一年多以后跟我们成了同事），一切都是这么亲切而熟悉；多年没住宿舍，在简陋的板床上，竹子说我那天晚上睡得特别沉，好吧，真的有种回到学生时代的感觉；第二天早上起床，我吓到了，隔壁床边上放着一条假肢（整条腿长度），镇定后一打听才知道，这是位地震中失去一条腿的姑娘，她也是志愿者，当时，很心疼她！

一早在"种子"的带领下，直奔鹏鹏家，比想象的远一些，坐了几个小时的车子，终于在十二点多到达了；远远的，鹏鹏过来牵着弟弟的手去他家，是一间又小又昏暗的临街小屋，进去便是一桌丰盛的午餐，看到桌上的提子等水果，不用说，这一定是他们从外面镇上特意买回来的；饭后去旁边的河滩上耍，他跟云开再也分不开了，俨然一对亲兄弟，从那时起，鹏鹏改口叫我妈妈，我在北川便有了牵挂；接下来鹏鹏跟我们来了成长营，我带兄弟俩去了成都动物园，最后我们要返杭的早上，鹏鹏哭了三次，捂着头在毯子里、送我们出门前的教室里、还有我们上车后他站在雨里哭泣，这个画面我想我会记一辈子吧。

[①] 李萍萍，女，室内设计师，宁波人，在杭州生活、工作。

　　2015年暑假,在老公的提议下,接鹏鹏来到了杭州;兄弟俩依旧同进同出、相亲相爱,只是鹏鹏的学习比我想象中糟糕得多,于是严格把关他的作业等学习情况,在最后走之前的三天,才带他们去了博物馆和游乐场;或许是我管教过严,又或许是那个时候开了公司自己太忙,在接下来的一年半,联系甚少。

　　2017年春节,我再次来到北川,以往只要他和云开在一起,处处会让着弟弟,这让我更加心疼,这次我一个人来,只想静静地陪他几天,他可以做他自己;除了收获鹏鹏的信任和依赖,更是见到了晓曦、格格、雪梅等几位"中国心"的老朋友,吃到了高队亲手做的酸辣粉,见到了传说中的龙姐,不虚此行!

关注"中国心"这么多年，可以说是陪着他们一起在成长；看着团队全职越来越多，项目越分越细、越做越好；尤其是宣传这块，从开始高队的照片让我"嫌弃"，到后面竖起大拇指，其中的艰难与进步，历历在目；高队的行走、刘队的救灾，以及这些工作人员没日没夜在群里回复信息、讨论方案的执着与认真，深深地影响着我们这些资助人和见证者。

2009 年资助孩子的同时，我也想给自己的孩子做一个身教的榜样，于是带云开参加各种义工活动；同年辞职开了设计工作室，有四年的时间处于半工作状态，成了群里的活跃分子；印象最深的是雅安地震，团队工作人员全部去了一线救援，我和乌鸦、杨姐等成了群管理员，短短几天的时间，募集捐助款十几万，购买物资送往灾区，这件事相当有成就感，以至于乌鸦到现在一直叫我搭档。

2014 年和老公一起创立了先知装饰和最佳拍档影视公司，以做公益的心态去面对客户，我们的人缘越来越好，公司也在稳步发展中；对待孩子们，也是越来越有耐心，跟儿子成了好朋友，无话不谈；这些年心态变得越来越好，懂得了感恩，学会了知足。

虽然越来越忙，却依旧心系公益，这个成了我生命中最想做的事情；之前管理杭州西湖义工四五年，于 2017 年 11 月正式注册成立了杭州青苔助学公益服务中心，依旧是做助学，始终牵挂着山里的孩子们；从资助人到项目管理人，再到慈善组织法人，不管做什么，不管是什么职务，始终是心系孩子们，"中国心"是我学习的榜样，高队是带我走入公益圈的偶像，不管相隔多远，不管我们能坚持多久，我想，我们这辈子是停不下来了！

再忆"5·12",这么近那么远

陈晓曦[①]

新年的第一缕阳光照在书桌前,翻开日历又是新的一页。空气中弥漫着鞭炮的味道,混合着一种叫作"霾"的物质,和阳光交织在一起,灰黄成了新年第一天的底色。它多么像记忆深处一些老照片的颜色。

时光倒退十年,那时候我才24岁,正是最青春的年纪。那时候没有听说过霾,那时的我也不会想到十年后的今天会在这个陌生的城市。那一年,我们的青春,跟一个叫作"北川"的地方紧紧相连。

时间停留在那一刻

2008年"5·12"那天,我在成都某所学校做小学老师,那天下午,我们正在听一节公开课,突然感觉到了强烈的摇晃。这场公开课比赛提前结束了,我在回去的路上看到很多人在街头游荡,回家后发现地上散了一地镜子的碎片。我住的房子也有裂缝。父母远在千里之外,但他们还是会告诉我和妹妹应该捐款,因为严重的灾情让他们也落泪了。除了捐款,我还曾去红十字会献血和申请做志愿者,但是被以"目前不需要女性"的理由拒绝了。好吧,因为那个时间点需要的是能扛能挑的劳动力。

因为担心余震,那段时间常常睡在学校露天的操场上。躺在地上我会想,如果不是因为地震带来的伤痛,这样露营在蛙声边是不是很浪漫?

2个月后放暑假了,北川还在持续着重建。校园被毁坏了,灾区的孩子们需要看管和心理安抚。"中国心"志愿者团队在网络上召集支教志愿者,这个时候我可以发挥作用了。于是,一放假我就和两个江西来的队友万敏和付君竹在成都集合,一起坐车到绵阳后,我们用平生最快的速度去采购了一些生活用品,然后前往北川。一路上青山绿水,青山上有灰黄的"疤痕",车上的老乡告诉我们那就是地震被震落的山体。

在北川换车到任家坪时,遇见了两个去北川中学的志愿者,我们一起挤上一个出租车。司机是一个中年男人,我请他猜猜我们是干什么的,他说是志愿者,这段时间不间断有志愿者进出北川,他们已经见怪不怪了,前段时间他还载过新华社的记者。他的女儿,在这次地震中遇难了,他说的时候,脸色很平静,仿佛已经看不出灾难给他的伤痕。后来我们接触到很多这样平静的老乡,他们已经不再向外人歇斯底里地哭喊,可是每年的清明和"5·12"这天,还是会看到那种痛彻心扉的哀伤。

[①] 陈晓曦,教育工作者,祖籍湖北省宜昌市,现居江苏省无锡市。2008年作为北川"中国心"志愿者时24岁。

那年在北川,死亡并不遥远。有位爷爷指着北川中学那片废墟告诉我,下面埋着一千多生灵。在这里遇到的每个平常人,或许都有亲人在地震中遇难。那时不知情的我曾经站在一片已经整平的废墟前,却看不到关于死亡的任何迹象。后来这里立起了墓碑。北川中学那根被巨石砸歪着的旗杆,后来被扶正了。为我们做饭的胡姐,她的女儿也在地震中丧生,那时她说和丈夫就靠着每天20元的生活补助这么活着,她说自己什么也不想做,因为总是会想起女儿……我们的老师们做家访都非常小心,尽量不去触碰那些让他们难过的事情,但家访时,我们还是会听到许多这样的事情,有一家几口人丧生的,有失去了一对儿女的。那时的我可能还体会不到失去子女的伤痛是如何啃噬父母们的心,直到我自己成为母亲。

那时正是盛夏,我们常常说这里"晴天一身灰,雨天一身泥",天晴了,帐篷里像蒸笼一样,汗水直接往下淌,晚上也没有办法洗澡,有时候用凉水擦擦身上就过了。这里用水也是有限制的,武警用水车送上来的水,用壶接了提上来,水不多,大家都知道要珍惜。做什么事情大家都一起,搭帐篷、提水、搬运物资、发放东西,等等。

每天最放松的时候就是大家围在一起吃饭,还有就是结束了一天的忙碌,安静地躺在帐篷那块小小的防潮垫上时。北川的夜晚很凉快,夜风吹来,战友们各自坐着休息,看看书、写写日记。我们的女队员住在大帐篷里,外面下着雨,地上到处是积水,很多年没有睡地铺了,但现在已经顾不了这些,天晚了,收拾一下,就睡了。半夜被余震惊醒,开始时还紧张一下,后来翻个身也就睡了。

上午大家一般都在给孩子们上课,我的主要工作是办公室里的秘书,还要给二年级的小朋友上美术课,感觉到山区的小朋友和市区的孩子们在知识结构方面有些差距,但是他们非常淳朴和懂事,只要老师讲了就很用心在画。其实学会画画的技巧是次要的,灾后重建,父母长辈们都去做事,留在家里的孩子们有人陪伴才是最重要的。北京奥运会的时间要到了,在这期间,我和老杨一起带领孩子们画了一幅长长的关于迎接奥运的画。

那时，常有老乡给我们送些李子、鲜花之类的东西，都是自家的。即使不上课，有些孩子也会来找我们玩耍。在我们的帐篷学校里，还有一位特殊的嘉宾，那就是一只流浪猫，他们都叫它小斯。这只小猫跟人亲近，喜欢在我们简陋的办公桌上睡觉。

我们的旁边，200米左右的地方，就是北川中学的废墟，据说这里还长眠着800位孩子。北川中学的旁边两栋宿舍楼看似没有损坏，相比之下，北川中学却是一片彻底的废墟，5层的教学楼，只剩下两层，另外三层已经陷入了地下。小时候，我很怕看见和死人有关的场面，很怕鬼魂之类的东西，看着坟墓就要躲得远远的。可是，在这里我突然不怕了，站在这里，望着那些废墟和无言的青山，我只觉得很沉默，我不知道该说些什么……我只能用我有限的精力，为他们尚存于人间的孩子们做点什么。

7月20日这天，我们组队去过一次老县城，武警把守着这里。下着雨，到处都阴森森的，当时路被损毁了，路面都是树枝很不好走。我们在路上遇到一位大爷，他独自一人走着，他说要穿过县城去看他的亡妻，大爷一边说一边淌眼泪。我们给了他瓶水，我在心里默默祝他平安。不知道这位大爷现在怎样了？

8月，我和战友们告别，离开了这里。这一年，心里有很多伤，整年的心情都是灰暗的。不久后，我离职，前路漫漫，我不知道未来会在哪里……

琪琪的笑

2009年夏天，我再度回到北川，参与"中国心"志愿者团队在安昌蓝天幼儿园举办的暑期辅导班，担任了学前班和一年级的班主任和教学工作。那天下午上课时，临时插班进来一个小女孩，坐在倒数第三排，当我讲课的时候，她有点走神，还跟旁边的小朋友做小动作。我当时有点生气，就凶巴巴地说："怎么还在讲话，老师都讲过好多遍了，上课时间不准看同桌。"小女孩怯生生地看了我一眼，赶紧缩坐在自己的板凳上。下课后，我发现她不出去玩，我以为她在生我的气，就把她带到办公桌前想好好问问她为什么不听讲。朱园长走过来，抱起了她，亲热地叫着"琪琪，琪琪"。

朱园长告诉我，琪琪是曲山幼儿园的孩子，地震的时候小朋友们都在午睡，曲山幼儿园伤亡惨重。琪琪很幸运地活着出来，但额头上被砸伤留下了伤疤，因为她留着娃娃头，伤疤被刘海遮住了，所以粗心的我没有看出来。琪琪的妈妈去世了，爸爸在外打工，平时她只跟着爷爷一起生活。后来，想到上课凶巴巴说出的那句话，我心里有点内疚。

琪琪心里的阴影却是显而易见的，除了对朱妈妈（朱园长）和爷爷很依恋之外，辅导班初期，她几乎不跟任何人亲近，起初我以为是因为第一次上课被我凶了一次的缘故。后来我发现，她对志愿者们都是不笑的，表情木然，让人感觉到强烈的距离感。跟我一起带班的小迪脾气温柔，从来不凶小孩，但不管小迪怎么逗她，琪琪始终面无表情。后来慢慢熟悉之后，琪琪也会很依恋地靠着我，跟我拍照片，偶尔笑一下，但是很浅淡。除了一个叫肖Y的小朋友，她几乎不跟别的小朋友一起玩，尽管肖Y偶尔还会欺负她。

但琪琪的心里并不是没有情感的。有一天，我、金老师、小迪等几个志愿者去琪琪住的板房家访，送一些捐赠的物资给她和爷爷。来自温州的金老师是位资深的小学教师，事先在一次活动课上她跟孩子们讲过《小猪盖房子》的故事，所以她也认识琪琪。当我们走近板房的时候，只有爷爷出来迎接我们，琪琪埋头蹲在靠床的一个角落，在一堆书本文具杂物间焦急地翻找着什么，我们叫她，她也不理。只有金老师轻轻地说："琪琪，阿姨知道你在找什么，不要着急，慢慢找……"终于，琪琪找出了一本书，迫不及待地翻出某一页跑过来，指给我们看《小猪盖房子》的故事——金老师给我解释了她的焦急："她想告诉我们，她知道这个故事！"

2009年8月9日活动结束那天，孩子们的汇报演出结束，志愿者们即将离去，很多孩子抱着带他们的志愿者哥哥姐姐哭得很伤心，我看到琪琪，她站在很多比她高的人群里也哭着，于是，我蹲下来抱着她，帮她擦眼泪，我一向不喜欢哭哭啼啼地告别，但这一刻我也流泪了。李鸿姐也蹲下来安慰琪琪。不知道是哪位在现场的人拍下了这一瞬间，那张照片常常被我翻看，每当想到琪琪，我都很心痛。

我曾无意间搜集到一张关于琪琪的照片，端着杯子在板房前喝水的琪琪很开心地笑了，尽管刘海散开露出了额头上的伤疤，依旧令人心痛。但我想，了解了琪琪身世的人，都会被这开心的笑所感染。

2011年，我已经在读研究生了。这边暑假，我们在永昌举办夏令营。7月18日早上，我跟李姐去食堂吃早餐，李姐说："晓曦，你看那个吃饭的小女孩是谁？"我走过去才发现，原来是琪琪，我叫了一声"琪琪"，她对我笑了，她真的笑了。我高兴地对李姐说："琪琪会笑了。"琪琪还记得我，只是不知道我的名字，她告诉我她今年来读二年级了，教室在一楼，她还在"中国心"的"牌牌"（我们办公室前的一排介绍团队的KT板）上看到了她的照片。我告诉琪琪，下课后来办公室找我玩。她很乖地答应，吃完早餐拉着小朋友蹦蹦跳跳地去教室了。

后来她果真下课后在我的办公室门口来看我在不在。我抱着她，陪她一起看我们在安昌幼儿园拍的照片，琪琪很认真地看，我问什么她都回答，她再也不是以前那个抗拒陌生人的小女孩了。再一次看到琪琪的笑，真好！

"让未来都来，让过去过去！"张靓颖这么唱着。这一年，我的生活也开始明朗起来，再度回到校园读书，浮躁的心慢慢沉淀下来，天空开始透出一些光亮。

成为资助人

2012年以后，我的人生进入了加速期。结婚、生女，再回到职场，没有了暑假，夏令营也没法参加了，只是偶尔去北川走走，父母来看孙女时，我也带他们去看过北川，有时候去看看在那里的几位朋友。2016年国庆假期没有出游，和刘队去北川山里发助学款。我已经记不得这是第几次到北川了，但这是我第一次去关内。再一次经过老县城，熟悉的场景再次展现在我面前，那条震后修好的路修了坏，坏了又被修好。路边的废墟被加固了。很多人在任家坪的地震博物馆参观。

一路上翻山越岭，赶路虽然辛苦但是山里的风景很美。我们走访了5家贫困家庭，调查了有关经济能力和孩子学习生活方面的情况。令我印象深刻的是一个叫赵Y的女孩儿，她们姐妹俩不久之前失去了母亲，她们的妈妈去山上采草药时不慎摔下山崖去世。我没有问关于这件事的来龙去脉，对于这样心灵上的创伤，能淡化就淡化吧，刻意提起也许是二次伤害。回来的路上，我暗自决定要资助她上学。

后来，我和2008年认识的另一个志愿者GY一起，资助了这个小女孩。其实在此之前，黑水一个姓刘的小女孩一直在我的关注之内，我是在带她们去参加活动时留意到她的。因为她懂事又可爱给我留下很深的印象，但当时她已经被别人资助了。遇见赵Y也许是缘分使然，我坐在她家里写调查表的时候，她和姐姐一起围着我看我写字。那情景就像我和妹妹小时候。我的父母曾经在我初中时在很远的地方工作，我和妹妹相依为命，一直到我们上大学才分开。我很希望赵Y能安安心心读书，度过无忧无虑的校园时光，长大以后能和姐姐一起分享她的喜怒哀乐。

我们曾有一个机会到绵阳定居，我想这样我应该可以经常去北川参与团队的活动了吧。然而最终却到了江苏。来无锡的最初半年里，我一直没找到合适的工作，但是我依旧坚持资助着她，因为生活的阅历告诉我：没有工作对于我来说只是暂时的困难，而这一年一次的资助款，对于这个孩子目前来说却十分重要。我想等工作稳定之后，要多给她写写信关心她的生活，以后有机会回北川时能去看看她，毕竟她马上就要上初中了，青春期的女孩子心理更加敏感，更需要疏导。

2016 年和女儿在北川巴拿恰

  10 年,弹指一挥间。这期间,我匆匆忙忙地完成了我一生中最重要的几件事,也许生活过于忙碌,也许是在心里提醒自己不要总是回头去想那些自己走过的路,一路奔忙,我收获了很多,也失去了很多。北川就像就像一段不想被时时提起的带着伤痕的记忆。但不管想起或者忘记,它一直在那里,已经成为我生命中的一部分。写这些文字时,眼前浮现出它的街道、一草一木,还有那些坚守在那里的朋友们。北川已经变得越来越美,"中国心"的团队也越来越大了。为北川祝福,为我们自己祝福,大家都要越来越好才对。

  怀念那些回不去的时光,很想念那时的一些战友,这一生都会认定你们是我的朋友吧。

十年坚守　铺就我的成长路

颜本鑫[①]

成长历程

从小到大都是别人口中的穷人家的孩子，是，的确，我从来没有否认过，我无父无母，跟随爷爷奶奶生活，可幸福感和优越感并不是说你比我富有就能比我高的。虽然我过得简朴，但是我很开心，和爷爷奶奶的日子，他们基本上没让我受过一点苦，虽然比不上那些孩子得到的宠溺，可我，也觉得我是被人宠着的。或许正是如此，我渴望改变自己，我渴望能够让他们尽量过得快乐。也许是他们对我的好，让我从来没有嫌弃过这个家庭，在别人的光芒下我也只想过着自己的满意的生活。到了高中，学业的负担让我爷爷和奶奶也愁眉苦脸。中考的分数可以去绵中或者南山的很好的班，但是，在经济的压力下我还是选择了这个愿意全免我学费的安县中学，也正是因为这个选择，让我遇见了"中国心"。

之前我从来不知道"中国心"是一个怎样的组织，我只知道我接到了通知，让我周末去北川的办公室领取我的两千元资助金，我欣喜若狂，因为这两千块，可以是我4个月的生活费，而一学期也就五个月，这样来说，只要节俭一点，我的生活费基本上都能解决，不再需要爷爷奶奶的奔波劳累，我又可以看见他们的笑容了。我火急火燎地赶去，到了之后，没有手机，我只能在北川四处问路，令我惊讶的是，基本上我问的每个长辈都知道这个组织，并且由衷的称赞。我到达办公室的时候，看见的是一个小小的办公室，叔叔阿姨们穿着统一的服装，脸上都面带微笑，这个笑容我可能这辈子都忘不了，我看过很多人的笑容，但是雪梅姐脸上的笑容，让我看见她发自内心的快乐，她乐于奉献，并且对我们非常的有礼貌，我们不像是他们资助的人，而像他们的孩子一样，没有高低贵贱之分，我们需要的就是彼此的尊重，当时几乎要流出眼泪来。之前我也领过一些其他的资助款，但是，大部分是因为成绩还不错，很多叔叔阿姨都会说你们要好好学习好好进步，这本来也无可厚非，但是让很多人心里就有感觉到心里的不平等和巨大的压力。而在雪梅姐脸上，我看到的是平等与友好，我们不对你要求什么，只希望你过得开心，不是成绩，而是昂扬向上的对生活的态度。前面的同学我一个都不认识，我进去就躲在角落，等到其他同学先领取，我以前一直是个

[①] 颜本鑫，十八岁，目前是北京林业大学的大一学生，是一位受到"中国心"资助的学生，从高一开始受到资助，目前已经和"中国心"接触三年半的时间。

很自卑的人，不愿意主动与别人交流，不想表达自己的想法，一直就想默默做一个背景板，平平淡淡的过着就行。我坐在角落里，看着其他同学们谈笑、嬉闹，甚至还和工作的叔叔阿姨开着玩笑，心里羡慕却不敢向前迈步。雪梅姐一句："你是不是颜本鑫同学啊？"我猛地一惊，说："嗯嗯，雪梅姐你好，我是颜本鑫，我是来领资助款的。"雪梅姐边发放边和我攀谈，但是不涉及任何关于家庭的东西，因为我不愿意说，她也看出来我在其他人面前不愿提及，对我给予足够的尊重。最后，一张照片定格了我第一次与"中国心"的时光，也开始我和"中国心"的缘分。

　　但是，后来的接触也只是每一年领取助学款，拍照，尽管"中国心"组织了夏令营、减压营等活动，可我每一次都因为各种原因缺席，对组织的了解只有这是一个尊重平等的组织，那里有一个人美心善的雪梅姐。

　　直到我高中毕业。

　　高中毕业的暑假，除了填报志愿，就是接到了组织电话，询问我要不要参加"种子计划"的面试。但是我之前约了两个同学开一个辅导班，为自己挣一点外快，于是我在面试的前一天都还在纠结，我要去哪边，去了这个组织，会和新的人接触，认识，而真正熟悉的人只有我自己一个，我是不太愿意去到一个陌生的环境的，但是要去做的事却是我热爱的，转变身份去帮助别人，意义重大。我开始在网上找各种资料，看到了这个组织历年来的发展与壮大，看见了他们的成长营对孩子们的影响，询问了参加过志愿者的哥哥姐姐们，他们都是一致的称赞，我心动了。但是这就意味着我要失约，万般纠结下我和那两个同学讲述了我的顾虑，他们却一致让我去北川，让我十分感动，让我也可以代替他们做些有意义的事。于是第二天我参加了面试，最后也通过了成为了一个真正的志愿者，一个"中国心"种子计划的志愿者，一个"中国心"的自己人。从那一刻开始，我选择去帮助别人，选择成为一位志愿者，选择加入这个让我肃然起敬的组织，我也要，成为，像他们一样的，可爱的人。

身份转变

　　从小到大，自己都是那个被关爱被关心的对象，不论是家人还是各位志愿者叔叔阿姨，都关怀着我生活的方方面面。每一次我写感谢信的时候都会写到"将来让爱心传递"，我幻想过很多种方式，做社工，做资助人，等等。可是这次身份的转变我有点猝不及防，我以为那对我来说是一件很久远的事，可能要等我经济独立或者大学毕业，但是我高中结束就有机会去做这件事，让我也有点惶恐。在很多人眼里，我也还是个孩子，怕我在照顾其他小朋友的时候自己都控制不了自己的情绪，有很多事都还不能很理智地去思考和揣摩，更何况是面对一群年龄尚且不大的小朋友了。我询问着经历过的哥哥姐姐，自己也默默注意着哪些是要注意的，哪些东西要去克服，该做什么好的示范，如何控制自己的负面情绪。到了成长营，发现自己看着好多小孩就像以前的自己，他们有着各种不同的家境和经历，各种不同的心理问题，自卑，胆小，怯弱，等等。而我，现在是个大人了，我要学着照顾他们，照顾这些和我同病相怜的孩子们，他们内心的东西我能看得非常清楚，我可能比别人更能帮助他们好一点的成长，我可以为他们努力做点什么，让他们的世界因为我而有一点点不一样。可能这是我最值得骄傲的事了。

我的改变

关于助学，我觉得"中国心"不仅仅是经济助学，更是精神助学。受资助的儿童大部分都有各种各样的心理问题，这样的人更容易做出很多偏激的事，而让他们更加积极健康的成长成为了"中国心"一直以来的宗旨。对于我来说，我最重要的人就是我的爷爷奶奶，他们的愿望就是我过得好，他们就足够开心。他们知道，他们给不了我什么优势，在社会的竞争中，我只能靠自己。但是现在，他们知道，我背后还有一只手支撑着我，在我有困难的时候他们会义无反顾的帮助，那是"中国心"。除了他们，还有人一直关注着我，也渴望我积极健康的成长，他们的压力小了，笑容也就多了。对我来说，我觉得我得到最大提高的就是我的性格，从一个自卑的谨言慎行的唯唯诺诺的人变成了敢于说出自己观点敢于反驳的自信的人，"低调谦逊、不卑不亢"这八个字成为了我的做人的准则，恐怕这是我最大的收获。

社会很残酷，但是好人却很多，感谢每一个人的善心，感谢高队、刘队创立"中国心"，感谢雪梅姐的笑容，感谢格格姐的指导，感谢春宁姐的严厉，还有很多很多我不是很熟悉的叔叔阿姨哥哥姐姐们，你们的善意筑成了一座大厦，感谢你们让我遮风避雨，让我昂首挺胸。

十年是新的起点，未来我和你们，和"中国心"，一起前进。

第四章 "中国心"十周年记忆文稿

有幸遇见你

魏小初

2017年已经接近尾声，2017年，对我来说意义非凡，这是我成为一个真正的大人的一年，也是我进入西南交通大学的一年，更是我成为"中国心"种子计划第五期种子的一年。我叫魏小初，今年18岁，现在是西南交通大学一名大一学生，也是一名自2014年就受助于"中国心"的学生。我与"中国心"已有4年的渊源。

初遇

我的记忆中，我曾经是一个内向胆小的女孩子，不喜欢和陌生人接触，小学三年级有过被排挤孤立的经历，虽然是小孩子懵懂无知，但那段经历也对我造成了一定影响，便经不起别人对我的言论和批评，特别是初一、初二这两年，可能是班主任太过严厉，我越发的胆小，心理越发的敏感。直到初二毕业，初三分班换了个和蔼的班主任，加之交到了真正的朋友，我的性格才渐渐开朗乐观起来，到现在，感觉已经开朗到有点过头了，以至于每次给别人讲我以前是个内向文静的人时别人都不相信。说来，我是2014年上的初三，那一年是我性格大转变的一年，也年正好是我受到"中国心"帮助的第一年，看来，冥冥之中自有安排啊。

其实我初次接触"中国心"时对这个组织并没有什么概念，只知道有个人在资助我，每学期老师都会让我们写一封感谢信给资助人，然后饭卡里就会多出来750元钱，有了这750元钱，我大半个学期的生活费都不用家里操心了。由于"中国心"办公室离我当时的初中很远，所以这一切都是学校老师代办的，当时也还没认识高队、雪梅姐、格格姐他们，所以就觉得这就像当时的"两免一补"国家助学金一样，只不过多了几个流程而已。

相知

我的中考成绩很尴尬，因为就与当时的南山中学录取线差一分，虽然最开始就坚定了就在北川中学读书的想法，但是还是有点小失望，但这份小小的失望却开启了一场美好的邂逅。上高中后，每次领助学款都要去"中国心"办公室领，也正是因此，我才开始真正了解"中国心"。

高一领助学款都是在体育馆内，后来改到现在的办公室了。但我们每一次去都不仅仅是去领钱的，办公室的叔叔阿姨哥哥姐姐会带着我们一起做游戏，交流学习上的方法，为我们解答困惑和烦恼，慢慢的，我也与雪梅姐、格格姐、高队以及其他志愿者们熟悉了，通过他们我了解到，"中国心"并不是我想象中的那样，除了经济上的帮助，他们更注重的是心理关怀和陪伴，我能感觉到这是一个能带给人温暖的组织，那些志愿者叔叔阿姨哥哥姐姐们真的是一群可爱的人，无时无刻不带给我们这些贫困的孩子们温暖和慰藉，在他们的帮助下，我的家庭经济压力减轻了不少，更重要的是让我们这些孩子的心不再无处安放。

由于种种原因，我高一才第一次参加成长营，在成长营，我见到了来自各地的志愿者哥哥姐姐们，他们为我们不远万里赶来，虽是初次相见，看见他们，却有一种久别重逢之感。虽然只有短短的十天相处时间，他们却一直用心的与我们相处，十天，我们建立了深厚的感情，我还记得，离营那天，我的"班主任"给了我一个拥抱，我的眼泪顿时夺眶而出，搭上了班车才停止抽噎。

高二寒假时参加了由种子计划自主策划的减压营，在那里我发现了一群不一样的人，他们以前也和我们一样，是受到"中国心"资助的受助者，现在反过来成为了帮助他人的志愿者，他们就是种子计划。减压营期间听这些哥哥姐姐讲述他们在成为种子后的经历，讲述整个团队的成长和对未来的规划，讲述他们之间那份紧密又特殊的感情，他们还……一切都是那么有趣而有意义，我听得入了迷，我发现，这是一群懂得感恩的人，一群将爱心传递的人。从那时起，我就决定，我也要加入他们，成为一名种子，想穿上那一件印着绿色种子计划 logo 的队服，和他们一起去做那些有意义的事，一起心怀感恩，传递爱心。

转变

2017 年七月，我经历了我人生中的几次转变。一是在数天的犹豫与修改中提交了志愿，结束了我的高中生涯，那时我焦头烂额后如释重负；二是提交志愿后得到的西南交通大学的录取通知书，正式成为了一名大学生，那时我安心却又有些失落；三是我通过了种子计划的面试，正式成为了一名真正的志愿者，那时我激动却又担忧。我激动是因为终于成为了种子计划的一员，终于可以穿上种子队服成为一名真正的志愿者，我终于可以尽己之力去帮助他人而不单单是受助。担忧的是我怕自己身上还存在着许多不足，因为我认为我面临的是一件神圣的事情，我害怕我做不好。

怀着这份激动而又担心的心情，我参加了 2017 年夏季的成长营，不同的是，我不再是营员的身份，而是志愿者的身份，我身上穿的不再是营服，而是种子队服。其实我很紧张，因为我并不善于与小孩子相处。但是接触过后，我才发现，尽管这些孩子有着家庭或心理上的困扰，在志愿者的陪伴下，他们仍然可以笑得很开心快乐。这短暂的十天陪伴，真的可以让他们改变很多。今年，我才知道，为了给孩子们提供一个安全舒适的营会，每一个志愿者都默默在背后付出了许多，而这些付出，以往作为营员的我并未察觉，只有参与进去后才知道他们有多辛苦。我也终于知道，为什么这么辛苦他们也要在每年七月千里迢迢地来到北川，原来孩子们开心的笑容真的可以让人觉得一切都值得。

其实，成为种子计划的一员或者说一名志愿者之后，我才真正体会到什么是服务他人的快乐，因为在付出后，能看到他们的笑容，真的会有一种满足感；也真的不会在乎自己本身得到了什么，孩子们的改变就是最大的褒奖。或许这就是为什么高队他们能十年不懈坚持这份事业了吧。

感悟

这些年，遇到"中国心"，我真的感到很幸运，在"中国心"，我认识了许多可爱的人，他们就像家人一样，陪伴着我，关心着我。他们给我和我的家庭带来了福音。他们不仅在物质上给予我支持，减轻了我家人负担；还在精神上给予我鼓励，让我一步步改变。在"中国心"，我也收获了许多厚重的情谊，这种情谊不同于同学情，却如同学情般真挚；不同于血缘情，却如血脉相连般难以割舍。

每个人都会遇到不幸，但幸运的是有那么一群善良的人曾走进他们的不幸，驱散黑暗的阴霾，带来温暖的阳光。十年前，这群善良的人把阳光带给了成百上千个不幸的人；十年后，希望这群善良的人一直在路上，矢志不渝。

如今，我有幸能跟你一起前行，谢谢你，"中国心"。

致公益组织"中国心"十周年庆

黄 丽[①]

  高队的约稿,让我很意外,因为我做得很少很少,但是我一直很愿意为"中国心"做任何事。特蕾莎修女说,我们无法做伟大的事,但我们可以怀着伟大的爱去做小事。高队带着"中国心",就是这样用伟大的爱,去做了我认为很伟大的事。十年,我是资助人,也是见证人,见证高队的超人的毅力,见证"中国心"的成长。谨以此篇,献给"中国心"即将迎来的十周年庆。

  十年,追逐一朵鲜花盛开的时间,回头想想其实就转眼间,而于我,却是一场生命的重塑,因为在北川,我遇见了高队,遇见了"中国心",让我耳目一新,原来生命还可以换个活法。

  那些为自己而活的无数个日子,像是白活了,工作,挣钱,免不了的计较,我从来没有想过,有一天我会成为资助人。

  看"中国心"一路走来,看高队一路苦撑过来,我想是高队是"中国心"让我对生命的价值有了新的解读,重视自己的人生观价值观。

  第一次带队去北川,下着大雨,是给灾后的北川小学和幼儿园捐赠几千册国学书籍,上示范课。孩子们依依不舍的渴求的表情,和利用下课时写给我的信,让我看的恨不得把随身带的东西全掏出来给他们。那天午饭,我破天荒生平第一次主动捐款,托高队转给一个晚期癌症志愿者。其实这是我第一次见到高队。遇见高队,很偶然,也很必然,但从此,和"中国心"的缘分再也无法从生命中抹去。

  第二次去北川,经济还很不宽裕的我花掉了一个月的工资给孩子们买了文具,只是觉得他们需要。

  之后,我每个月去一次北川,送书,上示范课,看孩子们。

  直到儿子有意见,说我不带上他,然后我带他去了什邡板房学校,给孩子们上国学示范课。午饭时间,儿子看到那些孩子饭盒里只有一个素菜时,很吃惊。我想,在城里再多的说教,也不如带孩子亲自来体验一次。回成都后,儿子对饭菜不再有要求。

  每次高队带我去三台孤儿学校,看到那些被父母遗弃的孩子,高队如父亲般那急迫的心情,都让我很感动。在所有的孩子们面前,高队是没有分别心的,只感觉他是孩子们的拯救者。我从来没有真正体会到"舍得"二字的意义,在帮孤儿学校筹打井款的过程中,身边朋友们的鼎力相助,让我明白了一句话叫"积善之家,必

[①] 黄丽,成都某中学教师,"中国心"品质助学资助人。

有余庆"。高队做每件事都很认真,只要是善的,一定义无反顾。

那几年,每个六一儿童节我都去北川和孩子们在一起。特别难忘"中国心"的第一个暑期成长营,我只身去北川,营地我私自资助过的一个女孩知道我要去,借老师电话告诉了妈妈,女孩的妈妈从偏僻的大山骑车两小时来到营地,从上午等到下午,只为把油漆桶里装的满满一桶自家的鸡蛋亲手给我。那桶鸡蛋,我执意留给了孩子们,甚至好多年,我的梦想成了去山里当支教老师,那些纯朴渴望的眼神,已深深刻在了我的心里。后来我每次进山,看见路上的狗,朋友们就会笑我,说狗的眼神也比城里的纯朴哇。

有一年儿童节前夕,高队突然发信息说让我去秀水看看,尽管路途遥远,我和朋友们还是去了,孩子们就在田里搭建的烂棚子里,一无所有,我突然明白高队为什么让我去了。不管是哪里的孩子,只要是孩子们的疾苦,在高队心里,就是他的疾苦。

当"中国心"开始品质助学活动时,我毫不犹豫加入了,不是为了要当资助人,而是学校里孩子们那些期望的眼神让我有了恻隐之心。

2009年暑假,我接了一个四岁的羌族小姑娘来我家生活,一个月过得很快,在我心里她就是我的女儿。她是我去北川的幼儿园见到的第一个孩子。每次去幼儿园看她,经历地震失去至亲的她,不爱说话也从来不笑。至今我记得她在我家每早醒来后在床上唱歌的可爱笑容,她回北川后,她的幼儿园园长打来电话很激动,说小姑娘完全变了个人爱说爱笑了,一直夸我。那会儿我很震惊,我想有时无意的一个善举,或许能改变一个人的一生,也很值得了。

儿子上七中初中学校的三年里,全班孩子们自己设计明信片在学校义卖,所得资金两万元全部捐赠"中国心"品质助学,其间我数次组织家长和孩子们去北川贫困孩子家里家访,每一次都无比震撼。

每年暑假,带儿子去北川"中国心"成长营看望资助的孩子,善良和慈悲,都融在儿子的血液里,儿子会带成长营的弟弟们踢足球,会主动开口让我给光脚踢球的弟弟们买鞋。尝过至苦,才懂珍惜。

每一次去北川,都是一场心灵的洗涤。每一次都忍不住想倾尽所有。

所以,这些年,受益最大的是我们的孩子,在耳濡目染的行为里,让孩子看到自己的父母在做什么,让孩子知道我们为什么要这样做。父母真的是孩子的榜样,帮助别人就是帮助自己。把善良和慈悲刻在孩子的血脉里,未来的路才会心安。

"中国心"的品质助学,是我接触过的最透明最合理的资助。铁打般的信任,让我跟随"中国心"一直坚持下来。我的感觉不是在和一个机构打交道,而是我们就是一家人。

带动身边的朋友成为"中国心"的资助人,也是我乐意做的。善行的路上,才能遇见善友。我们和"中国心"一起成长。

愿"中国心"越来越好,前行的路上,愿大鱼公益成为孩子们温暖的依靠!

十年陪伴，成长路上的爱心桥

段晓凤[1]

我的成长环境及感受

我出生在一个不幸的家庭，从小到现在，家里妈妈残疾，爸爸没有稳定工作，弟弟和我读书，巨大的生活压力全部落在爸爸的肩上，而爸爸身体又不好，时常生病。在我的印象中，从踏入学校的那一刻起，我就是别人眼中的穷孩子，因而，对于"申请"两字，记忆尤为深刻，从小学到初中再到高中，直至现在的大学，"申请"二字从未离开过我，学费、住校费、生活费都是我写过无数次的减免申请。本该属于快乐的少年读书时光，然而在我眼中是痛苦的，我不会忘记从小学到初中那个阶段，还没有遇见"中国心"这个爱心团队的时候，我从来没有买过一件衣服，从没穿过一件新衣服、一双新鞋子，有的都是别人给的旧衣服；我不会忘记别的同龄孩子都喜欢过年，因为他们过年就可以穿上自己喜欢的新衣服，而对于我，并不期待过年，因为它像平常一样，甚至还会见到父母因为各种各样的问题发生争吵。那时过年的记忆是痛苦的，别人家的快乐，别人家在大年三十晚上围坐在一起看春晚的家庭温馨，我从未体会到过，因为家里没有一件像样的家具，更别提电视了。还清楚地记得，最艰苦最尴尬的那几年，每当学校需要学生上交各种费用的时候，我记得，每次我从学校回家向父母要钱的时候，他们都是向左邻右舍借钱来凑齐我的必要费用……

我，就生活在这样一个家庭里，一个脆弱又贫困的家庭。我曾抱怨过，也曾想放弃过，然而，在2009年之后，遇到了"中国心"爱心团队，我的人生发生了很大的改变，从一个自卑胆小的性格慢慢转变为开朗乐观。还记得以前在"中国心"认识的一位叫李鸿的好心阿姨对我说过一句话，"穷人的孩子早当家"，当时我不太明白这其中的意思，我只是记得，很多老师都说我是个懂事的孩子。现在回想起，我想我的懂事都是因为我生活在这样的家庭里吧，是这样的家庭迫使我不得不比同龄的人多懂事一点，让我早早地知道，要想改变生活，改变命运，必须通过自己努力。曾经我不明白为什么自己就这样不幸呢？我的父母为什么就和其他的父母有那么大的区别呢？但我有幸遇见许许多多一直关心

---

[1] 段晓凤，目前在四川民族学院英语专业就读，是一名大二学生，同时也是"中国心"种子计划的一名成员。从小学六年级的时候开始接受"中国心"资助，到现在为止，与"中国心"志愿者团队接触已有八年。

我、鼓励我、支持我的"陌生人"。"中国心",就是这座爱心之桥陪我度过了最需要帮助的艰难日子,让我遇见了改变我人生的爱心人士,成就了我现在乐观开朗积极向上的生活态度!

我与"中国心"及种子计划的相遇

(一)

还记得第一次参加"中国心"暑期举办的那山成长营是在 2010 年的时候,那时候成长营还不叫那山成长营,叫夏令营。地点在安昌蓝天幼儿园,条件极差,还住的板房。但是,也就是从那时开始,我开始真正近距离地接触到志愿者,感受到志愿者带给我的温暖,从那时开始,"志愿者"三个字就在我的心里种下了种子——等我有机会的时候,我也要向那些哥哥姐姐一样,用自己的行动去温暖他人。同时,在与志愿者他们的交流中,我也开始认识到大学,于是就在那个时候,我在心中种下了一个小小的大学梦。那一年夏天,除了认识了"中国心"的高队和刘队,也是最早接触到在"中国心"做专职的格格姐,当时并不熟悉,到后来的交流中,才知道当时还叫格格姐给我写了留言寄语。

以后,每年的夏季,我都参加了"中国心"团队举办的成长营活动,一直到 2014 年夏天结束,2015 年因为要高考的原因,假期缩短,没有参加。而到 2016 年,我再一次参加到"中国心"的活动中,以另一种角色——种子计划成员,志愿者。

在每年的成长营活动中，我都会认识很多的志愿者，他们来自不同的地方，不同的大学。我在不同的活动中，认识的人越来越多，自己的性格也变得越来越开朗，慢慢地喜欢与他人相处，和他人交流。在这里，我找到了自信，我发现这里也有和我一样的同学，他们的家境也不好，我在跟他们的相处中，他们并不会因为我家穷就鄙视我；在这里，我渐渐地看到了希望，我也对每一个明天充满期待！每一年的活动结束后，总会留下难忘的回忆，总会有不同的收获。即使好几年过去了，依然记得一些陪伴过我的志愿者，我管他们叫哥哥姐姐，甚至有些志愿者一直到现在也没有断过联系，他们会为我解答生活中或学习上的各种难题。我清楚地记得 2010 年的任艳霞姐姐、叶晓宇姐姐；记得 2011 年的张芬红老师、许晗琦姐姐；记得 2012 年的高霞姐姐、张悦姐姐、雷天来哥哥；记得 2013 年的罗星云姐姐、郑霞玲姐姐、刘航哥哥；记得 2014 年的尚文静姐姐、孙瑞岑哥哥……每一年成长营，每一次相遇，每一次陪伴，最后到每一次的分离，都会给我留下深深的印象！

除此之外，在与"中国心"专职工作人员的相处中，还认识了许多在"中国心"工作的哥哥姐姐，他们对我的陪伴，我一生难忘。从初中开始，就知道有个地方叫"办公室"，那是我心中的第二个家，在那里，从开始的高叔叔、格格姐、黄苹姐、晓龙哥哥、莹莹姐、伟琼姐、婷婷姐、清香姐到后来的雪梅姐、春宁姐、浩子哥、景叔叔……他们都是我现在美好的记忆，是在我成长途中留下过深刻印象、给过我深深关爱的重要人士，是我成长路上陪伴过或继续在陪伴我成长的人。我很感谢他们！"中国心"有个家，在那里，也许大家还都不知道彼此的名字却能够友好和睦得如家人一样！还记得在中学的时候，周末会去新北川，帮助在办公室工作的志愿者姐姐，他们会叫我做一些简单的资料整理工作，我一边学习怎样使用电脑，一边做点自己力所能及的事，短短的周末，和她们像家人一样一起吃饭、相互聊天。在那里，志愿者姐姐们并不会因为我家境不好而鄙视我，并不会因为我不懂怎么使用自动洗衣机而嫌弃我。我在那里，在"中国心"，在现在大鱼公益的怀抱下成长，长大。从此，"中国心"志愿者团队成了我生活中不可缺少的一部分。

（二）

2016 年高考结束后，我加入了"中国心"志愿者团队里的种子计划项目，我很高兴能够成为里面的成员，在这里，我和其他的种子们一起，作为一名志愿者，在大鱼公益为我们提供的平台下，和其他的种子们一起去做志愿活动，一起去探索了解学习领悟公益之路。这些有意义的活动一方面让我们服务他人，另一方面也帮助我们自己成长！渐渐地，加入这个团队已经一年多了，在这一年里，从去年的成长营到今年的成长营，中间有过很多次会议、分享会等，我们在交流中学习，在实践中领悟，传递公益精神，从我们自己身边能做的做起！

　　从以前总是被关爱的角色转变为去关爱他人的角色,我很开心,我能够在现在奉献自己的爱心,给他人带去快乐。我曾经以为我会在大学学习社工专业,让我在未来走在公益路上,去帮助更多需要帮助的人,将我曾经收到的那份爱继续传递下去,但幸运的是,即使我没有学习这个专业,而是选择了我更喜欢的语言学习专业,我还是能够有机会去做这一份喜欢的事情,去圆我心中的梦!我个子很小,也许到现在我已成年,然而依然在很多人眼中我还像个长不大的小孩子,但是我心中却有一颗充满热血的心,我做的小小的举动传递着我大大的爱心!在 2016 年和 2017 年的大鱼公益那山成长营活动中,我以一名志愿者的身份,我接触到了来自不同家庭有着不同性格的孩子,在他们其中,我看到了曾经的我自己,有胆小害羞,有自卑内向,我一直在想,我要用我的爱心去打开他们的心扉,让他们也能够以积极乐观的态度过好每一天。在未来,我也希望我自己能够学到更多,能够懂得怎样更好地关爱他人,让我能够为他们、为处在困境中的他们做我力所能及的事,让他们会因为我带给他们的一点快乐,生活得更好一点,我就知足!

改变,未来

　　好几年已经过去了,我也在我的家庭中渐渐成长。我想,那些最艰难的日子都已在"中国心"的陪伴下走过,在未来,不管再遇到怎样的困难,我依然会坚定步伐,勇敢地走下去!我不会忘记在我的身后,有一个永远关心着我成长的爱心团队。

　　在"中国心"、在大鱼公益、在那山成长营,我找到了自我,成就了现在这样一个能够不断努力、积极乐观生活的我!我的家庭,因为"中国心"团队的帮扶,让我的父母减轻了很大一部分负担,家庭在慢慢转好。现在的我,有自己的爱好,有自己的梦想,虽然有时候会想要快点有自己的工作,不再让父母那么累,让他们能停下来歇息,但是我也清楚,凡事都是不能急的,所以我会继续努力、继续懂事。

从进入大学的那一刻起,少给父母增加一点负担,多努力一点,让父母多一份欣慰,也许是现在给父母最好的回报!我也正在大学里学习自己喜欢的专业,朝着自己的梦想奋斗。对于"中国心"团队有太多的感谢,我会在未来继续将想要感谢的话语化为自己的行动去传递我想奉献的那份爱心。很感谢最初那时候,那些老师对我的关怀,很庆幸在家庭在成长路上需要帮助的时候遇上"中国心"这个爱心团队。

对于加入"中国心"种子计划这个团队,对于成为一名志愿者,从最开始到现在,如果还有人问我为什么要去做志愿者这件事,我想我还是会说:生命的意义在于奉献而不在于享受。在做志愿的过程中,我会以服务他人、锻炼自己的信念去做好每一件事,去成长自己!接触"中国心"志愿者团队以后,我真的收获了许多,也改变了许多,我始终在"中国心"的陪伴下成长!这座爱心桥给我的未来搭上了通道,而我会以我的行动传递那份爱与希望!

"中国心"的十年,也是我的十年,我的成长始终与你一起!

十年，一个孩子的童年

胡 亮

我叫胡亮，来自四川绵阳的一个小村庄，今年，我二十了，距离2008年的地震，过去了快十年了，距离"中国心"的成立也快十年了，现在，我在厦门读书，是一个如假包换的大学生，但是，最令我骄傲的铭牌不是农村出来的大学生，而是"中国心"种子计划第五期种子。

说我做志愿者的时间，其实并不长，算起来也还不到一年的时间，以前我的身份是接受志愿的学生，从学校学习期间的接受生活补助，到暑假营会期间的接受心灵的开导，"中国心"一步一步地让我的生活和心灵得到了改善，也让我一步步从地震的阴影，家庭的阴影里走了出来，我也慢慢地想要成为"中国心"大家庭的一员。

今年暑假我加入种子计划，很高兴我自己能够完成自己的心愿，也很荣幸能够跟随高叔、雪梅姐，这样一群优秀的志愿者将公益传递下去，去改变更多的人，进入这个大家庭后，我开始从一个不同的角度看这些和我当初一样处境的孩子，也慢慢在改变他们的同时让自己更为成熟。

"中国心"与其他的助学团队不同，她的成功不止在于经济上的助学，她更注重的是精神上的助学。

每年"中国心"都会为接受助学的孩子举办一个营会，来从本质上改变他们，营会期间有件事对我影响很深，记得那是乡土营回到北川的那一天，下午的时候高叔找到我，他说他发现营会中很多孩子都因为家庭的原因一直处于自卑的状态，不愿意与他人交流，不愿意放开自己，如果他们一直处于这样的状态，我们是没办法帮助他们的，他希望我能讲述我自己的故事，来开导他们，让他们走出来。由于那天晚上也是临时决定要我去讲述故事的，我也没做多少准备，上台的时候也只是讲出来了自己的经历，自己的感受，以及自己的改变，然后十分钟左右结束了自己的演讲，我没想过自己的话能对多少人带来改变，只是记得那天演讲结束，我去开一个会，一个读高一的小女生在外面等了我近一个小时，只是为了想和我谈一下，她告诉我她的家庭，她面临的困难，她担负的责任，以及她的自卑，在和她半个小时的聊天里我看到了她的坚强与无奈，我也用自己的事例慢慢地改变她，开导她，最后，她问我可不可以做她的哥哥，我答应了她，我希望以后可以通过这个身份继续慢慢改变她让她一步步走出来，突然，我感觉到了自己在营会里的作用，也看到了公益的作用，正所谓"授人以鱼不如授人以渔"，我们要做的重点不是去给别人多少钱去帮他们度过困难，我们要做的主要是通过自己的行为去改变他们，让他们更勇敢地去面对，更坚强地度过困难。这才是公益的本质，也是助学的前提。

"中国心"的助学在高中三年带给我的是学业上的坚持，而现在，"中国心"的助学带给我的是生命中的坚持，她让我了解到，我们一步一步逼近的社会生活不仅有尔虞我诈，也不仅有突然降临的困难，更有人在一步步帮助我们巩固内心，让我们慢慢有能力去抵抗这些试图打败我们的东西。说白了，这个社会还有公益，还有爱。

马上，"中国心"就十岁了，十年，是一个孩子童年的时间，虽然"中国心"没有陪我度过我的童年，但是，和"中国心"在一起的日子，似童年般令我惊喜，令我难忘，令我怀念。希望未来"中国心"可以陪伴更多孩子的童年，让他们进入一个更充实的青春。

我的"中国心"

牛晓琴

我是西华大学社会工作专业大一学生牛晓琴。北川坝底人，2008年"5·12"我读小学三年级。

大家一听社会工作专业，一定第一想到的是居委会大妈，或者连什么是社会工作都不知道。其实也不怪大家，因为社工在我国的确还在发展初期，并不成熟，但这并不是滞留社工发展的理由。我相信在大家共同努力下社工会发展得越来越好。

其实我还有一个身份，也是最让我引以为豪的身份："中国心"大鱼公益种子计划成员。

为什么说是我最引以为豪的呢？因为它让我成为了一名真正的志愿者，让我的这一颗"中国心"有处安放。在种子计划这个大家庭里我感受到了家庭的温暖和自身的价值所在。

因为"中国心"志愿者团队我有了接触公益的契机，同时也爱上了公益，并且打算将其作为终身事业去追求。

从灾难中走出来的孩子总是会有一种灾难情结，无论听说哪个地方受灾都会心中一紧。经历过地震，也看见过泥石流，灾害来临时的无助是受灾者最痛苦的回忆。

幸运的是自然灾害的无情催生了大批志愿者团队，他们用行动改造世界，用坚守表明态度，用真心感化世人。随着志愿者的增多，志愿者团队也在向专业化，多元化发展。

因为从志愿者团队中受益颇深，所以对成为一名志愿者也十分向往，对于公益更是情有独钟。在学校我也是不放过任何一个可以做公益的机会，最开始对公益的热情让我自己都不能理解，后来做多了后我才发现我是真的很喜欢。

所以这一次听说有这样一个灾害应对与志愿服务故事会，我迫不及待就想参加。虽然我没有那样丰富的救灾经验，甚至连志愿者经历都少之又少，但正是因为这样，我才会想要听更多的分享，学习更多的经验，认识更多公益前辈。

在故事会上，前辈们毫不避讳讲了自己的亲身经历，毫无保留分享了自身感受。成都心家园的茉莉姐，由全职妈妈到全职公益人，用一个母亲的胸怀关爱着地震幸存儿，也对社工本土化寄予期望。

成都授渔公益明珠姐，她自带女汉子气概，强悍的外表下隐藏着一颗脆弱的心。故事讲到落泪，依然阻挡不了她在公益路上前进的步伐，即使遭到误解，遇到困境也能坚挺站立，因为她有一群爱着她的孩子，大家都叫她"妈妈"。

"中国心"高队，铁骨铮铮的硬汉子，四个维度诉说着他的一生，转型，家庭，行动，学习，他的人生跌宕起伏，他的价值无与伦比。以个人影响团队，以团队影响个人，用脚步丈量土地，用生命创造价值。

深圳龙越基金会余浩，地震中"爬"出的青年公益人，由学生到志愿者，再由志愿者到全职公益人，他追逐着许多青年大学生欲追逐却最终没有追逐的梦，他就是当代大学生志愿者的公益领路人，对老兵的关爱更是对当代青年人的鼓舞，对军人崇高的致敬。

九寨沟赵伟，基层工作者，踏在脱贫攻坚的前沿，走在抗震救灾的第一线，当地震无情摧毁美丽九寨，他以有效的方式撤离群众，使救灾工作有序、高效开展。震后恢复重建更是少不了他的身影，他履行着一个基层干部的职责，也温暖着每一位老百姓的心窝。郭妈妈提出 2008 年是志愿者元年，灾害既带来了危，同时也带来了机，是"5·12"使志愿者蓬勃发展的。

如果说公益发展处于青少年时期，朝气蓬勃，那么社工发展就还在婴儿时期，是需要被细心呵护的。在这个人类与环境矛盾加剧，人类与人类信任度降低的社会，是不是需要有一些人来解决这些问题呢？志愿者遍布全球，可是志愿者也要吃饭，公益也要成本（来自高队），为什么不把志愿者专业化，社工本土化呢？虽全国高校设立多个社工专业，专业社工对社会组织也是供不应求，可是真正想要读这门课程的人，意愿走这条道路的人少之又少。人都是贪婪的，读了大学就想着要大富大贵，一夜暴富也是每个学生都做过的梦。可是听说社工做着居委会大妈的工作，拿着连自己都养不活的微薄工资，顿时对社工失去了兴趣。当一个人自己的心都死了还可以用什么来拯救？

所以在我看来，社工的发展不能仅限于研究出更多的社会学理论，而是要将社工理念"助人自助"精神渗透于每个人心里，像中国人民对中国共产党的认可一样。社工的学习也应该将理论与实践紧密联系，让学生在理论中获得知识，在实践中找到存在的价值。

我与"中国心"

黄董星

我叫黄董星,今年十九岁,目前就读于西华大学,我是在 2013 年开始接受资助的。

时间真的是过得快,从我接受资助到现在已时隔五年之久,而"中国心"志愿者落脚北川也已经十年了,记得 2008 年地震之后,一批又一批志愿者来到北川,随着时间的推移,一批又一批的志愿者又离开了,而"中国心"的众多志愿者一直坚守在这里,不仅有高叔、雪梅姐、格格姐、小龙哥等这些熟悉的面孔,还有很多许多充满朝气的新面孔。

由于自身原因,我参加"中国心"组织的活动并不多,我印象比较深刻的便是在高二参加的远眺计划,说实话当时参加活动最开始是因为可以请假不上课,由于当时比较厌学,再加上没怎么到外地转悠过,所以呢,这么好的"旷课"机会当然不会放过,于是活动开始的那天,我早早地找班主任拿了假条,直奔出发点。要说这次活动对我的影响,我觉得最大的莫过于改变了我对大学的认知。由于许多老师和长辈的影响,我对大学的印象并不好,记得有很多人跟我讲过"上了大学就轻松了,就自由了""上了大学想怎么玩就怎么玩"等类似的话,所以当时我就认为读了大学并没什么用,没有真正本事空凭一个文凭能有什么出息呢?当时是在成都医学院参加的活动,所以有很多该校的学长学姐也参加了,他们给我分享了很多自己的感受,再加上参观了学校的很多地方,我对大学的看法也逐渐地改变了,当回到当时就读的学校的时候,我明白了,原来大学所谓的自由、轻松,并不是他们所说的想怎么玩就怎么玩,而是可以放任的追求自己的所喜欢的东西,放手的靠近自己的理想,于是我便开始很认真地学习,跟参加活动之前的我判若两人,虽然坚持的时间并不久,但我对读大学的看法是不再像以前那样,不然,现在我也许在部队里持着或者在什么地方打工,靠着微薄的工资养活着自己。

我参加"中国心"的活动很少,原因之一就是我更想以一个志愿者的身份参加到活动中,然而条件不符合,所以,大家都懂得。说真的,帮助人的话,我还算是挺积极的,因为帮助人的时候会有一种自豪感和喜悦感,当然,帮助人并不是为了那一点点虚荣。我做志愿者的时候并不多,也是因为自己的一些原因,记得初三毕业后有一段时间,由于那几天快要开展成长营了,所以兴致勃勃地跑去"中国心"的办公室当了几天志愿者,帮着整理仓库和一些志愿者的资料,但是现在看来,有一种莫名的羞愧感,因为当时年纪尚幼,很多事情都不能处理得很好,忙没怎么帮到平添了不少麻烦。还有一次,是作为一个跟班去青片做一些事情,当时去了那里,看着那些孩子,真的感觉自己生活的环境实在是太好了,而我还时不时地抱怨自己的生活,真是太不知足了。

　　我觉得一个人的困难,经济上的困难其实并没有什么大问题,而精神上的困难才是真正的困难,在国内有很多支援机构,但他们很大程度上解决了人的经济困难,却很少解决人的精神上的困难,而"中国心"助学在这方面真的做得很好,成长营能帮助我们成长,更快的成为一个能顶天立地的人,影像计划可以给我们带来更多的欢乐,解压营可以为我们乏味的学习生活抹去困意,远眺计划能开阔我们的视野,让我们能更清楚的自己未来的方向。

十 年

韩 静

伴随着2018年的到来,"中国心"也整整十年了,于是,受高队之邀我也写下点什么来纪念这十年。

我叫韩静,现今十七岁,就读于北川中学,是一名高二文科生,同时也是一位受到"中国心"资助的孩子,从五年级开始被资助,到如今已有六年多时间了。

晓 晨

2017年的夏天,"中国心"的成长营依旧如期举行,而我,也毫无例外的如约参加,今年高段的营地在马槽小学,对于我来说,这是一个全新的地方,虽然去年去过一次马槽,但还是习惯于我们以往的营地——安昌幸福小学。于是,我怀着胆怯与期待来到了马槽小学,下车第一眼看到的是志愿者哥哥姐姐面带笑容,在烈日下迎接我们,阳光似乎因为他们而变得更加柔和,微风似乎因为他们而变得更加清凉。当他们接过行李的那一刻,眼力透着关怀,嘴里说着关心,如同对待自己的弟弟妹妹一般。

一番收拾之后我来到了教室,看到已经有不少同学了,三三两两围坐一团,有的在安静地写作业,有的聚在一起分享,又见黑板上罗列着各位老师的姓名及对应内容,得知我的班主任是王晓晨老师的时候,心里一阵狂喜,因为王晓晨老师我在去年就认识了,我相信在他的班上,我会放得更开,没有那么羞涩,事实证明,果真如此。

不过咱们的晓晨老师可是忙的神龙见尾不见首啊,一整天几乎都没有看见他。直到吃过晚饭才看见他出现在了教室里,一脸的倦容。对于晓晨老师,虽说去年就认识了,但是了解并不多,只知道他是一名飞行员。说实话,在营地的几天活动,晓晨老师陪我们的时间真的很少,因为他还有许多事要做,所以班上大部分的事都是由其他几位老师管理的。直到后来我们去往黑水羌寨,晓晨老师陪伴我们的时间渐渐多了,我们活动的时候他在,我们吃饭的时候他在,我们分享的时候他也在,只要我们有需要他总会出现。很幸运,分小组的时候,我们分到了一组,他有时候犹如一个特别天真的大男孩,调皮捣蛋,有时候犹如一个非常贴心的大哥哥,有时候又犹如一位严厉的老师,他的变化无常让我们与他的相处也更加有趣!

有一天早晨,我起床后看见晓晨老师坐在外面的椅子上,好似一个老爷爷在享受阳光，我打趣儿似的说到，"咦，晓晨老师，今儿这么早呀，又起来帮阿姨做饭啦！"晓晨老师摘下墨镜说，"我就压根没睡啊，在这儿守夜呢，得保障你们的安全呀。"我在他旁边静静地看着他，看着他那阳光下的影子，这时他身旁的阳光好似更加明亮了，似乎成为他身上的光环。终于，我还想说些什么，却始终没有说出口，讪讪地走开了。可能有太多的时候我们那到嘴边的感谢又被我们硬生生地吞了回去。当我们在蒙头大睡的时候，他在黑夜里与蚊子为伴，守护着我们，当我们精神抖擞的起床时，他们却只能在硬板凳上迷糊一会儿。试问，在这样的夜里，有多少志愿者为了营会的安全顺利进行在熬更守夜。那一刻，在晓晨老师的身上，我看到了责任，看到了无私的奉献，看到了爱的传递。他的负责任，热心肠，开朗，乐于助人都给我留下了深刻的印象。

潘 少

潘少他曾在活动时告诉过我们一句话，他说"跳出你现在所处的舒适圈"。无法改变的是，我出生在一个单亲家庭，从小与父亲相依为命，然而却不得不说，我一直生活在一个舒适圈中，虽然没有大富大贵，可是父亲总是尽他最大的努力给我营造一个良好的生活环境，努力为了我们两人的生存打拼，这也就造就了我独立的性格。潘少的这句话使我陷入了深深的思考中，没错，生活就是要跳出你现在所处的舒适圈，跳到那一时间令你无法接受的舒适圈外，你只有适应了你舒适圈以外的圈子，你才能够适应现如今的社会。

"中国心"，给予我们的不仅仅是金钱上的资助，更多的是心灵上的陪伴，他们也更希望我们能够有心灵上的成长，能够让我们对事物有正确的认识，通过心灵陪伴能够减轻我们的自卑。十年了，我最大的一个感受就是，高三毕业要去"中国心"当种子，大学以后如果有可能的话，步入公益的行业！

十年的坚守，送走一批又一批的孩子，十年的坚守，我们朝着越来越好的方向不断发展，十年的坚守会铸就我们更好的明天！"中国心"，我们的家，在未来会越来越壮大，越来越温暖，会走得越来越远！我们一起同行！

感恩前行

刘 阳

我叫刘阳，十五岁了，是北川中学 2017 级的学生，从初二开始受"中国心"的资助，目前为止已经有三年了。

以前，我生活在一个完整而看似幸福的家庭。在父母严厉的教育下，我成为别人口中的好学生、好孩子。他们经常夸我成绩好，懂事，会做家务，说我妈妈可以不用操心我了还可以享享福，我当时听到这些，心里还十分高兴。就在我初一的那年寒假，我失去了父亲，这时，我感觉生活变得黑暗，身边的一切也都变了。一瞬间，家里的重担全部落在了妈妈的身上，看到妈妈不太健康的身体，为了还债却要打两份工的辛劳，很多时候都疲惫不堪的样子，自己却无能为力。成绩也一线下滑，班主任也找了我谈话，同时也不断鼓励我前行这时，我再听到好孩子、好学生这几个字时，我却开心不起来了，反而会难过，因为我知道，自己现在并没有大家心目中的那样优秀，为了不让妈妈生气，我不得不隐藏自己。我依旧习惯性地注意自己的言行举止，不同于以前的是我还习惯了隐藏自己的脆弱，让别人看到我很坚强。因为父亲意外使我们的家庭雪上加霜。

在班主任的推荐下我接触到了"中国心"，但这到底是什么组织？干什么的？我并不清楚。当"中国心"的叔叔阿姨来我们学校发资助款时，我还很疑惑，他们真的会帮助我吗？我和同学来到学校阶梯教室，走到最后一排，找了个位置坐下来。同学们差不多到齐后，我看见身穿"中国心"团队队服的雪梅阿姨面带微笑走到了最中间，她打开 PPT，带我们了解"中国心"。通过雪梅阿姨的讲述，我知道了"中国心"是非政府公益组织，成立于 2008 年 5 月 15 日，2016 年 5 月注册大鱼公益，专注青少年成长和发展。从经济方面减轻困境家庭的经济负担，心灵方面通过成长营、驻校社工、影像计划等活动促进青少年身心健康成长。当我拿到助学款时，心是沉甸甸，同时也萌生感恩的心。

后来，每一个学期我都会准时收到"中国心"的支持款，让我的经济危机一次次顺利度过去，我也下定决心要好好学习，将来有机会能像"中国心"的叔叔阿姨们那样能够去帮助像我一样贫困的人。人生是一个不断探索未知世界的过程，在这个过程中，有成功的喜悦，也有失败的痛苦，更有疑惑的迷惘。一盏心灵的灯（"中国心"团队），它能照亮我们人生之路，带领我们前行。在生活中，我们需要不断地学习，让我们的一生更加充实。

第四章 "中国心"十周年记忆文稿

我初中毕业了,我顺利考上了高中,那个暑假,我好想去"中国心"当志愿者,但各种条件都不够,后来格格姐同意我去帮忙,我好高兴,来到了"中国心"办公室,当时很拘谨。不过跟大家一天相处下来,觉得每一个工作人员都和蔼可亲,我渐渐地放开了自己。格格姐把整理照片的任务交给了我,她问我两周可以完成吗?我说没问题。当时心里就在想:整理照片应该很容易吧,两周的时间真的绰绰有余。可当我坐在那里,打开了一个又一个文件夹后,发现照片真的太多了。一个下午,我不停地按着删除键,到了六点钟,格格姐叫我回家了,这时我看了一下,连十分之一都没有完成。接下来的一周里,我都做着同样的工作,潘博士哥哥还开玩笑说:"你还真静得下心来,不觉得无聊吗?"当时,我只是笑笑。到了星期五,格格姐说:"周六周日给你放两天假,回去好好休息,下周一再来。"这时我说:"我可不可以把这个拿回家做?""可以呀!"回家后,我便很努力地想要把它做完,可是发现真的好多,而且做着做着心里就很烦躁,我试着静下心来。在周日的下午终于完成了。第二天我很高兴地来到了办公室,把盘交给格格姐,当时格格姐还有点惊讶:"你这么快做完了?""嗯!"这个工作看似简单,但其实挺能磨炼意志的。

之后,还参加了两期 X 计划和成长营,还有拉赞活动。在这些活动中,我的收获有很多。同时也感受到作公益事业团队的艰辛。在乡土营的运动会中,有一个环节是"痛哭流涕"也就是徒手剥洋葱,一共有六颗洋葱,三个班,哪个班最快,就是谁赢,我们班上的同学都不太擅长剥洋葱,很讨厌那个味道,所以我就一个人剥完了六颗,速度是最快的,同学们就站在我旁边给我加油,听他们说那个洋葱的水都喷出来了,不知道我是怎么不流眼泪的。结果当我剥完的那一瞬间我的眼泪哗哗地流了出来,听见他们的欢呼声,我笑了。这就是一个团队的荣耀吧。还有很多感动的瞬间,有眼泪也有欢笑……

　　这些活动使我成长了许多，也看到了平等。"中国心"十年的奋斗，十年的汗水，十年的坚持，十年的成就。我虽然看到的和经历的不多，十年又是一个新的起点。新的起点我要与你同行，我们继续前进。我决不允许自己堕落。每当发现自己有小资情调，我总会想到自己辛勤的母亲，想到"中国心"大鱼给予我资助，给我不断自我发展、自我完善机会的团队，是他们让我有了今天的坚强。我不仅是母亲培养出的好孩子，更要做"中国心"资助出的好学生。得到"中国心"的资助，我觉得身上就更多了一份责任，那种大恩无法言谢，但我要懂得感恩。

"中国心"志愿者名单

大鱼公益2008年志愿者名单：

包利莎	王　欣	曹　琨	陆卫萍	陈出新	杨东钦
严　欣	唐锁强	杨　涛	邓丛文	刘　源	张　宇
刘　波	高思发	尤一新	高佳音	李　冲	唐　琳
赵冬雪	刘红丽	靳　莎	符　实	黄绎霖	王一飞
埃　伦	杜　鹃	王　锐	陈小武	王　宁	张顺治
张玉磊	苗　菲	牟新锟	李雪松	陈周菊	薛　林
卢靖珊	张　娜	董虹桥	那崇翰	袁　龙	时　晋
车雪菲	李向菲	胡婷婷	李　旭	牛俊丽	要颖娟
张海军	张　璐	毛奇奇	陈　哲	刘　音	朱　虹
段祖琼	廖光耀	毛玉华	张　梅	杨　茹	席富忠
钟　俊	周晖晖	刘剑峰	杨　敏	常志凯	唐　滔
杨焱森	何家清	胡泽琳	成　晟	陈　军	许松富
李　娜	庄　敏	刘　禹	孔繁成	钱　伟	陈晓曦
傅君竹	万　敏	母志平	陈玉琴	江建军	王　栋
戚心洁	杨宇杰	李明明	王卓莹	余　俊	余　宇
刘　斌	武　兵	张　科	曾思明	孟　迪	王　梦
薛熠焕	汪　昊	申　巍	周　涛	曾咏政	夏桂英
夏光惠	夏光琴	梁嘉琪	夏清坤	夏清发	林　静
吴　勇	段　康	吴　悠	刘湘宏	杨延东	杨志鹏
周培星	关小曼	蒋　玲	瞿小俊	北京智慧	

大鱼公益2009年志愿者名单：

李　鸿	朱晓春	于雅芳	蒲永红	周晖晖	陈晓曦
毛玉华	王　梦	曾思明	那崇翰	顾予迪	金　虹
常　湛	周　云	邱　韵	黄小娇	任　霜	王伊玥
唐　山	李彦萱	王　栋	刘　畅	唐飞燕	赵　昕

徐慧敏	马翘楚	张丹宁	周留龙	江建军	高成杰
方向阳	阎民	廖真强	刘跃链	王吉林	王艳茹
贾小宝	王跃璇	石孟轲	夏清富	田红	罗俏
王岚	徐艳	杨德敏	曾伟平	赵晨峰	赵婧
刘侠	黄春林	石涛	唐宗雨	张佑亮	周琴
任因	欧阳汶洮	唐礼涛	唐丽	张钟	叶超
曾文霞	张竞	张银	叶舟盈	茅宇	何定谦
巫洋	申朝林	夏伟			

大鱼公益 2010 年志愿者名单：

周洪	宋明民	靳大波	叶帆	张米斯	田华
曾越	常湛	叶浩男	郭星竹	任艳霞	周晓竞
周娇娇	李雯	高振玉	江静	孙波	姜弈帆
裴玉	吴广君	吴珊	程靓	安娜	叶晓宇
李周俊秋	孙仁骏	芮俊	严德山	郭纯	周凯辉
周通	邓雅馨	蒲鹤龄	陈坤	骆宗萍	梁小维
李希子	罗聪	米娜	刘佳	何咏秋	彭传汉
马天锐	郭珊	彭艳玲	周晓霞	李玲	刘侠
王伯军	邓方针	刘小桐	侯峻峰	鞠书岩	张海龙
贾立磊	段佳丽	郝晓林	穆欢	关雯	董自超
辛磊	于思含	高蔚东	郭梦露	王旭	鹿露
郝芳	张毅	李金泽	许盼	李文博	余鸣
严渭青	王青	曹颖君	张鸿敏	曹振	黄朝晖
王利芝	侯娟	瞿晓龙	刘俊雄	李菊	张薇
黄洁	阎念	罗思思	梅洋	李岳明	曹海英
杨芸霞	曾伟平	方海伦	毛思华	唐铖	王东杨
张冰玉	肖晓红	杜桢燚	吕宏	卢家彬	龚芬芬
左佳	杨晓琴	王腾	陈婵	王岚	陈燕如
张佑亮	肖婷	李萍	刘波	孙华	李林
王胜	唐宗雨	陈思斯	周琴	郑萍	任美程
庄杰	邱蓉	黄春林	杨艳艳	钟华冰	唐菲
李佳慧	颜嘉	周月强	刘芳	向杰	张斌
曾新灵	吴涛	涂文苑	苟慧颖	高文彬	史志杰

"中国心"志愿者名单

孙 盼	朱妍妍	曾 金	张 祎	黄 杰	娄华昆
陈南君	丰 婧	贾春梅	练姗姗	刘 君	刘 容
彭 茜	陶煊怿	晏 涛	梁 娟	曾 玲	黄 鑫
王向东	周文源	郭庆庆	李岳鸣	万里臣	谭 静
杨骏玮	李张男爵	裴 怡	黄斯雨	熊雨雯	周 珂
刘 强	罗 浩	马俊飞	覃 明	冉 薇	石庆月
魏晓华	吴 斌	杨罗瑞	杨正全	袁柳依	蒋宗金

大鱼公益2011年志愿者名单：

郭锦月	曹珍源	郑婕婷	李 亿	饶 瑜	谢浩然
秦 皓	郑 欣	黎桓妤	王 俊	彭金涛	罗 苒
罗 庆	刘多多	马 羚	马泽东	段驰骋	乔 腾
周 宇	蒋泽奕	张耀杰	郑天祺	卿 清	宋咏潮
陶 勇	万溪博	张星驰	周婷婷	朱立平	周 瑞
胡 钰	朱 庆	相大伟	泽 批	王楚航	谷小龙
杨 森	张 超	吕红玲	黄倩倩	邓天宇	吉 艳
仇林杰	宋 杨	周子健	林煦然	赵予之	董 雪
赵 星	张毓倩	陈思童	秦 玉	孙安琪	何维豪
吉觉诗梦	谢雅君	倪佳琴	陈雨诗	吴雯霞	李逸群
顾安妮	张影依	林晨浩	郁佳晨	梁 景	俞燕玲
徐菁媛	蒋梦舒	白 晨	王 拓	俞松姬	李雪青
朱 姝	叶慧珊	黄 于	徐林林	太国强	杨博文
戴 珊	黄 建	李文奎	李止观	罗朝议	刘 恋
杨飔婧	黄 禾	王一舒	王思诗	倪虹琳	杜小龙
彭思远	钟 霖	谢佩芸	梁秋瑾	邱文杰	王 烨
邓 媛	唐现伟	金仅杰	刘绍英	余红霞	何 磊
涂光勇	鲍安其	朱继开	冯 皓	杜洪林	杨晗婕
王梓莹	徐 彦	邵潇栋	张 偲	谢 彧	汪 鹏
邹燕萍	陈 元	赵江月	代 旒	张静思	龙显灵
蔡佳潼	包丽央	郑琼洁	罗 玺	陈 冬	候松林
陈天佐	程 靓	张俊一	李 胜	杨 亚	邱俊海
崔家钧	杨梦滢	龚春雨	龚若舟	郑剑锋	顾庆莉
代子俊	曾 成	刘 颖	秦荧华	卢 尧	袁 旭

胡 萍	徐一丹	张益丽	周金毅	田 萌	王 哲
王天瑶	刘天帅	李辛一	陈 静	王正丽	杨熙予
黄佼琪	应 力	罗佳婧	萧大成	苏香郁	彭可頔
李瑜菲	彭译萱	马丽娜	邱思淼	罗 青	信晓艺
何述涛	王 婧	罗 茜	刘怡君	杨婷婷	姜 宇
汪 艳	徐靖昊	何 燕	吴 凡	刘若涵	朱羚曦
唐继扬	曾 诚	杨昕珏	王力行	龙 浩	王琛中
孟凡奇	谷海龙	张 伟	王 宽	方炉荧	邓旭良
罗一鸣	刘宇涵	付书琪	蒋品丰	钱 凯	陆中奇
施 辉	程晖明	钱 鑫	施 勇	徐 超	雷天来
甘 凤	张 虹	辛 妍	方 笛	沈柏豪	陈 蔚
王琦闳	陈 娅	杨珏君	杨 娅	鄁筱曼	秦 阳
夏小雯	Jocelyn Tang	Katherine Fox	王丽寒	李 靓	王天逸
马千里	程忞姝	覃祯艺	陈 然	陈 澄	肖 萌
蓝惠岚	尚 前	叶 新	黄梓航	杜石雨	白 霖
鲁嫔文	茅思雨	曾琪然	陈小果	何梦筱	孔雪樱子
黄迅汲	涂 荼	谭晨辰	张缓缓	金允廷	曾 锐
李文超	黄梦雪	李苏依	李佳兰	邵 毅	王 乐
张含彬	王方艺	王江泓	倪丽清	胡梦婷	李美伊
许晗琦	毛丹菲	黎 兴	何 颖	米诗雅	杨 婕
冯 野	叶 骞	何 婷	何 璇	方梦雅	唐 旭
万里臣	常静雯	张芳珲	张静涵	杨 亮	田若琳
高雪萍	张 菁	王 峰	张雅洁	陈惠英	陈士豪
陈颐瑾	陈 奥	程旋晋	谭爱玲	Tae Woon Kang	
David Zheng	夏志毅	王 敏	廖登峰	颜材植	宋瑞玺
侯金宏	李 晶	陈怡然	温庭鹏	姚 欣	李 平
唐泽权	马 敏	彭 元	于 钦	吴 昊	易碧峰
高乙力	张潇文	周爱然	曾子莹	龚 迅	凌 格
张 斌	熊尹绮	艾少华	付麟杰	梁兰心	周 娟
张 凯	张小书	原 野	陈 立	李思思	刘鹏飞
刘硕秋	边心蔚	刘 冰	曹聃彤	宋翔宇	曾祥龙
刘晓雪	张 迪	乔大洲	杨秀婷	邢逸凡	夏天一
刘 伟	王 丹	潘旭晟	范慧聪	胡欣宇	王 强
郎沪昊	崔节胜	陈 舍	虞咪妮	吴 茜	吴祎雯

"中国心"志愿者名单

寿宏耀	陈文佳	罗从政	唐健文	陈宏宇	卢钇伶
王栋鹏	袁恺临	文千月	杨胜材	王 昕	许 诺
邱格屏	郭晓梅	彭 源	陈晓春	宋怀远	曾旭龙
周 莹	王 震	刘海彬	梁云霄	刘灵晶	朱 君
陈 晨	董 陈	赖淳原	周 茜	孙 琦	赵 伟
聂凯旋	曹慧娟	郑祖儿	卢成龙	林俊杰	曹 越
桑梓菁	赵子瑞	陈忆秋	刘 俊	杨紫瑶	李俊琏
周 婷	邓宇丹	石昌卿	徐 韬	孟浩期	王 杰
王赛栋	陶文文	董梦梓	施 展	欧洁瑜	刘岳川
静 玥	李 振	肖行舟	吴 冰	骆菲菲	叶 盈
林俊茂	杨 炀	马 楠	王婷婷	肖韵琪	同虹宇
陆海蓉	陈旭英	刘曦曦	张芬红	顾江南	陈嘉宁
田青松	彭 艳	赵 靓	周 敏	安 丹	何 明
屠亮亮	张 茜	缪皓月	马茂林	陶晓明	罗 雨
莫 阳	瞿 乐	石大雷	张 玲	刘航源	毛亚南
周梦怡	杨 乐	魏 星	于佳婧	郑月玥	董安琪
白 彦	邓中一	赵剑博	邓芳园	朱昆溥	杨 洋
张新蕾	李慧雨	王勇兴	杨 晨	魏洁明	杨晓宇
胡诗琪	吴江漫	李梓怡	李儒旻	史 册	江田小宛
强晓庆	Elisa Ashley	Stephanie Murrow		蔡佳芮	范 兴
王 宇	贾 真	刘俊雄	刘 浩	谢长良	王梓全
李 鹏	陈 浩	薛 波	唐雨婷	张 曦	樊 宇
吴迎飞	王梦然	曹雅晴	杨晓晨	叶宇彤	冯 霜
刘 玲	蒲迪文	彭允瀚	田 莉	赵雪乔	杨 光
黄 淑	郭燕飞	凡小东	邱沙沙	杨珂嘉	钟一新
曹少丽	张入云	杜中良	李 卉	段林君	尹思慧
薛 勇	杨峻一	武玲珑	陈薪如	Louis Leonidas	
萧 潇	陈 洋	申 娟	朱雪萍	郭利升	张 欣
刘 洋	刘东肖	邓思源	付玉梅	胡鑫婷	李 虹
彭俊玲	王 丽	吴晓晓	谢 佳	易开源	袁淑兰
戴志华	李芳珍	连 薇	龙玉姗	罗 欣	罗 平
王安龄	王 勇	王智慧	杨川秀	叶 茂	余 晓
余 雄	李 伟	张 一	李厚岑	廖 刚	何 川
何应菊	刘 虹	任传龙	孙建宇	张 露	

付　圆	游建辉	陈　林	郑　俊	俞　洁	刘　波	
唐宗勤	黄春林	何桂红	邹潇然	潘　蓉	莫东林	
刘　强	田　红	唐　伟	陈　熳	王彦力	龙柯宇	
罗华悦	庞宇飞	庞润凝	谢文学	冯一凌	谢牧辰	
罗　叶	张子涵	李富萍	王　宁	王俊杰	陈晓霖	
周传能	周　雳	刘晓惠	任文敏	文　杰	文珩羽	
李克俭	韩书蓉	李俊呈	王元成	余明洋		

大鱼公益 2012 年志愿者名单：

杨雅楠	张玉洁	谢　欣	石庆月	李晓凤	郑小清	
杨丹荔	唐　林	张　翔	任欣雨	蒲美鑫	严应萍	
杨　通	杜美雪	陈浩彦	陈　悦	陈　萌	罗　皓	
王蒙怡	邱俊海	汪浩杰	王爱琼	倪　宏	张原畅	
何星峤	吴　博	王星星	侯松林	田　姣	郑勇川	
杨　婷	颜　颖	郑海燕	张　霞	魏林涵	刘　红	
刘　静	唐　帆	刘若玢	孙雪梅	林　波	徐　淦	
周小红	叶为燊	罗南星	周瑶慧	岑静航	郑宝婵	
郑　洋	唐筱岚	毛晓慧	苟秦洋	苟　鹏	耿成慧	
冯雅坤	何雪娇	周丽佳	谢思洋	曹芐予	方程琳	
高　霞	曾祥龙	侯依梦	曾　洋	王　瑞	罗　静	
殷小涵	何明洋	龚仕波	李　晶	王晓宇	刘虹婷	
杨　笛	张　悦	刘　京	李倩云	刘芳苇	刘澜熹	
陈许卓	张芬红	郑健波	王子书	邱格屏	何定谦	
夏　婷	杨　岚	廖坤琴	雷天来	王栋鹏	马晓东	
岳燕雨	刘　孟	杨　鑫	吴　燔	张芸晓	姜雅婷	
张曼云	张　侃	李　娜	唐　华	杨　振	鲍默涵	
秦　恺	刘晓雪	何　敏	代苗苗	孙羽森	邹宇航	
王碧璇	汪春好	刘远洪	崔丽容	周旭彤	牟　川	
薛玉丹	谢雅嘉	黄　晓	乔大洲	徐雪馨	黄倩玉	
蒋梦珺	张雪倩	田　燚	魏婷瑶	周晨煜	秦继丹	
刘奇奇	吴雨桐	张　迪	刘方哲	姚　玲	顾铭阳	
华　澜	薛　萍	沈梦兰	郭　琰	廖　媛	荆延安	
胡倩颖	刘炜英	沈一坤	孔　君	徐佩佩	程　颖	

"中国心"志愿者名单

陈 晨	陈思楠	赖文琦	朱恒儀	李厚岑	高雪萍
董 航	王 贺	杜东霖	杜建南	辛 磊	郭栖杉
姜 雪	邢 威	尹国涛	邹 进	李 靓	赵兴华
段荣磊	王尘康	余 彬	黄 雯	尹 力	程 伟
段晓苗	栗成宇	许俊恺	魏子然	史 炯	唐健文
黎 霞	刘 畅	秦晨辉	罗燕林	查 鑫	李一鸣
沈隆翔	李 璐	霍婧媛	卢东东	徐 杨	黄 程
周 萌	张福生	郑 欣	陈 茹	田玉林	燕文霞
黄健忠	唐 萍	杜 越	庄耀祖	曹艳阳	赵 欢
黄 睿	贾 晶	荆 敏	刘 婷	龙 航	王 位
邓 杨	秦 璐	吕 娜	郭欣怡	黄 顿	宦 玲
杨雪荣	张 健	杨 洋	宋寰宇	严渭青	罗从政
梁春玲	袁 月	蝉 西	李 强	简昊霖	李 雪
江建军	姚文豪				

大鱼公益 2013 年志愿者名单：

刘梦笛	梁 爽	刘慧慧	邬成健	郑庭月	陈柯汶
刘天奇	郭家园	黄梦婷	刘 航	寇荣通	杨 楠
刘桦杰	徐博良	刘 航	张培宇	陈峻良	罗星云
李天琪	张 腾	范紫轩	艾东旭	乔振亚	杨 柳
程 令	段颖毅	李子阳	关芳芳	范听听	张誉龄
王腾飞	仲可心	钱 宇	许焕康	宣子仪	孙 楠
杨嘉鑫	董祥泉	冯露露	金 琳	张晶琰	苏蕤轩
陈 洁	王 贺	贾 珊	郑如意	王翊鸥	薛 昂
单志宇	黄雅琪	董博鹏	况 凯	尹 力	那 颖
陈竹晓雪	唐雪艳	鲁笑语	姚 磊	徐小芳	王慧瑾
周 萌	安 冬	曾晗瑶	陈 彪	耿晓楠	王 豪
杨永红	郑霞玲	方 燕	黄静副	黄亚双	费巧玲
郑 萌	田 岚	刘 娟	孟繁荣	刘奇奇	刘光红
杨 琴	肖 珊	庞 琳	潘佳佳	张怡昕	党 珂
韩 瑶	王 骁	吴仲秋	王婉玮	何星崤	鄢群芳
曾浩涵	刘晓颖	陈玉根	朱国红	周海明	邹子昊
杨 爽	刘云阶	岳妮娜	何金平	梁蔓琪	王力民

张　泳　　　母利莉　　　粟　娜　　　张兴华

大鱼公益2014年志愿者名单：

李双俊	徐依兰	王洪树	朱　爽	牛守梓	李瑞鸿
白雪杨	齐旺涛	陈丽然	闫　娜	程　瑶	潘　筱
房晓雪	杨云峥	何　山	卫雄飞	沈梦兰	张　枫
张　燕	李　珊	孙瑞岑	郭万杰	高　轲	张钟月
黄河颂	路明鑫	胡　坤	赵书瀚	李子鸣	杨佳澍
张云翔	王静怡	汤蓓蓓	谢雅旭	常若晗	孙旌程
王上青	李　桦	李　姗	安　冬	赵　靓	胡　瑞
柳思旭	樊敏帅	王金希	王　果	孙梦真	万晓彤
金丽燕	徐艳茹	吴介焜	那天一	李莹莹	马霖汐
刘星谷	马钰琪	李　阳	郑　萌	黄　菲	胡俊林
宋亮莹	苏　杰	王慧瑾	巫文思	杨晓凤	刘逸琼
邓莉莎	张明玮	尚文静	郭胜男	张　程	陶嘉辉
许　悦	张林蔚	王　泽	胡逸宵	刘　然	李　璐
杨　杨	王　健	蒋麒麟	马智豪	杨　洋	刘大宇
吴子帆	杨　淦	赵　茜	刘冷雪	肖天丰	杨　蕾
刘本玉	安德亮	刘晓颖	任正波	姜乃丰	肖　娜
田文娜	张　铖	李雪琴	谭铃川	王　丹	陈明圆
祝梦颖	冯唐强	陈小红	龚淑淇	李　丽	孙雅雯
陶冰玥	余冬冬	黄宁勇	王　莉	梁玉飞	杨　波
罗　萍	官正茂	王艺晶	曹　权	邓翰迪	樊懿峰
杨云鹏	张颖卓	吴　俊	李红艳	廖　琳	黄　雯
周昊訏	尹　梅	黄艳敏	田佳鑫	李　瑞	刘培财
陈红燕	陈钰萍	唐　丹	郭文帅	屈小芳	芮　萍
李秋艳	单　丹	朱思远	陈　烨	李安南	李文波
钱思竹					

大鱼公益2015年志愿者名单：

李秋艳	张晗雅	王静宇	罗叶萍	廖舒琅	罗莉舒
马　亿	李　泽	张楷承	李　逸	王立夫子	夏　添
徐玉玲	陈洁茹	李　昀	黄向容	尹　哲	贺阿信

"中国心"志愿者名单

孙晓爽	张　振	张海裕	张泽会	尹　梅	丁国昕
丁　雪	范冬雪	花为铭	黄含丹	李　丽	黄　雯
田春梅	朱子谦	郭文帅	阙玉梅	冯会霞	刘蓉蓉
高杨梅	杨青青	杨小林	王晶成	陶嘉辉	刘　燕
王茜辞	张哲元	罗韦唯	罗　琳	张　宓	李　林
石　琴	杨美琳	何　芮	章博言	郭万杰	胡　坤
陈秋月	聂婷娟	杨依心	张祖光	杜晨函	冯婉露
杨　倩	樊　昊	颜　嘉	陈俊先	吕克玉	廖　艺
高晨阳	高　轲	李诗森	龙明泉	薛翠丽	张乾昆
刘　虹	贾雨川	金成行	薛　婷	方思源	贾亦姗
王　媛	张　群	李春华	杨司琛	范建宇	石　静
冯嘉琪	周亚南	张　枫	臧传松	卢燕梅	夏露蜜
邓根芹	徐佩佩	李　伟	张业杨	张蓓蓓	孟兰俊
顾钊荣	罗馨月	王德璞	钟元媛	魏　一	韦　韧
陆顺莲	张力行	易涵露	陈安琪	魏　玲	李红林
蒋　茜	白宏鑫	张　婷	申松杰	张欣妍	赵梦婷
丁保如	王梦茹	刘书云	李　潇	解文茜	胡殿南
张子凌	郑传钰	王红蕊	时鑫瑜	东方旭	苏　月
陶贵生	万俊杰	华玉锦	吕向林	岑　伟	秦维杉
易凤兰	王　鹏	赖明辉	王子诺	许全军	朱雨含
安钰琳	李颖红	王　安	李之宏	汪　倩	张　聪
白如雪	潘　筱	李金埔	王吉芳	陈梦雅	王雨生
冯　虢	白雪杨	贾　薇	谢生浩	高　宇	董陈奇
马睿旋	刘　扬	王　静	李梦茹	吕　梅	周佐健
刘　航	卫雄飞	崔　欧	李华蓉	廖志垚	李　德
李俊波	田　菊	崔良玉	高廷艳	黄婉琴	刘晓蓉
唐　琴	董　艳	王　涛	张林涵		

大鱼公益 2016 年志愿者名单：

徐　恺	刘轶唯	耿良松	唐艳辉	祝嘉敏	薛佳佳
王　琴	李凌峰	刘瑞滋	张静雨	孙泉林	魏梓辰宣
王晓晨	邓艳玲	尤俊龙	赵　帅	庞　兆	刘汝慧
侯宇航	陈如萍	李润斌	王　浩	皮一涵	何文心

周　强	吕　傲	郑博轩	李清瑞	吴昀皓	李玮欣
西　疃	亢宏宇	王纪尧	杨　雪	张　萌	邓根芹
徐　洁	徐　遥	张蓓蓓	张　灿	张业杨	朱晓丹
阮婷婷	张洁伊	马　亿	陶嘉辉	侯佳红	苟　晨
王有丹	曹亚兰	潘　莹	黄文智	袁雪娟	陈海英
李名洋	李杰安	董美涵	廖舒琅	肖思琪	刘　畅
林　欣	朱欣儒	李博昊	曾海龙	司超然	黄向容
谢宇琪	蒯　钧	刘予晗	胡君颖	谢　江	张晟玮
芮　瑞	陈子豪	周佳楠	张婧涵	王晓梅	许馨月
唐秀云	戴子舒	董陈奇	张馨月	刘　宜	陈腾超
李瑞琛	韩　迪	周志韬	潘　筱	刘　鑫	田　胄
李嘉煜	张华琛	李惠慧	曾令芳	马文学	蒲瑜玲
王　珏	程思雨	薛世鑫	熊　羿	张培铃	李　春
唐若竹	王　璐	何正田	代　欢	冯　翔	刘　洋
周诗婕	胡梦竹	冯　力	李自达	李　婷	崔家雨
彭海翔	安子豪	刘　浩	丁梦慧	陈诗函	汪梓伊
侯蓓蓓	李英甲	范建宇	李佳露	王洁艳	朱　泽
傅冰颖	袁梦臻	朱玉欢	仇　桐	鲍成奇	赵敏越
靳凌俐	白雨可	马冬灵	姚　爽	赵梓源	张祖光
张哲元	张佳琛	王　齐	陈俊先	郭禹奇	贾　薇
李子文	吕儒东	魏恩慧	杨培培	昝兴浩	赵　旭
胡冬梅	胡欣玥	李京朴	梁伊迪	廖　涛	秦莹莹
唐　琴	李俊波	董　艳	李　德	高廷艳	秦　瑶
王　涛	汪　倩	魏永容	邓云飞	罗　欢	段晓凤
陆星霖	彭天云	段远东			

大鱼公益 2017 志愿者名单：

谭蒋梦	高廷艳	林　欣	赵芝凌	解怡康	陈宇豪
王钜涵	孙琦淞	罗志伟	徐雯敏	蒲瑜玲	黄　雯
丁国昕	曾令芳	程思雨	李　丽	罗睿心	朱雨葭
张久志	周　维	曾庆沛	何春茹	周　磊	刘　柳
池婉莹	杨　方	姚沛琪	周雨薇	房晓雪	马海伦
谭雅云	岳　艺	奂子豪	郑　言	吴明川	时玉帅

"中国心"志愿者名单

袁　铭	曹淼博	汤　艳	赖　一	赵胜强	程西慧
施莉莉	唐　佼	李宏玲	田　甜	张其昌	贺芃源
韦渺献	年盛伟	胡冬威	郭梦瑶	孟龄欣	张诗滢
李　骁	刘琳琳	徐　洁	陶商颖	陆　艳	葛　娇
王正敏	王雨薇	杜皓芸	田怀旭	母志然	潘治宏
胡燕妮	夏　梁	赵晨植	冯　雪	王建婷	邬　李
柴　畅	李　祥	贺堃宁	张馥麟	张梦莹	刘　曼
王　乾	陈文馨	薛　冰	王　瑞	杨惠雯	宋海英
崔明杰	付延庆	丁玉莲	沙仲慧	李　赢	张　慧
高　翔	戴岳松	洪　怡	何雨晨	杨开明	李佳伟
马　骏	张　超	韩雪纯	刘　婷	侯　悦	张　娇
杨翔宇	杨祖艳	秦　玥	贾　会	张楠楠	陆婷婷
郑轶雯	陈丹霓	张洁伊	高思宇	薛　倩	寇英杰
梁雪娇	支文杰	王子煊	陈　敏	解雪晨	宗志红
张婧涵	唐艳辉	徐　恺	王晓晨	赵梓源	徐　遥
李　濛	柯茂林	叶钰洁	谷瑞雪	吴烨晨	刘　瑶
简亦繁	陈新月	杨安红	井玉洁	奚淼鸿	佘齐钊
张　苇	杜艳雪	孟威彤	周　琴	朱悦悦	院小帅
惠彦博	贾诗梦	张培玲	马庆祎	董　艳	王　涛
陆星霖	段远东	彭天云	罗　欢	段晓凤	唐　琴
魏永容	邓云飞	颜本鑫	胡　亮	罗路芸	魏小初
牛晓琴	薛建成	蔡　琴	唐婷婷	简青蓉	

北川羌魂志愿者名单：

孙　哲	黄　涛	许　通	张梦雨	卢啸林	李舒敏

原点公益 2016 年志愿者名单：

兰培圣	王　欣	王　怡	余　军	明禄林	敬庆文
周　坤	王云江	何佳鑫	宋宇杰	向纹良	罗彩霞
尧雪梅	李玉莲	龙吉昌	徐　亮	朱建堂	曾桂梅
罗蓉丽	何　虎	陈　伟	吴　松	周南秀	刘芳岚
欧阳森	高　平	余兴力	邹文秀	张　江	李　凡
伍　勇	陈中军	钟　磊	侯　伟	瞿加露	王　涛

饶　鹏	王诗雨	邓　杨	何　婷	胡　敏	曹梦宇
李雅鸿	游　敏	徐欣然	林　进	张秋萍	张芮源
杨　晓	兰桂莲	苏晓清	贺诗婷	江　丹	吴金慧
宁　岑	姚静诗	邓静宇	文金玫	刘　霞	谢　璐
朱祥春	游宏穗	邹　洋	吴定英	陈娟会	毕　瑶
黄　梦	施成红	文小玲	何江涛	马康丽	罗　静
冷秋夏	李舒婷	刘媚媚	熊春梅	钟佳利	王　叶
冀丽丽	王　娟	伍银凤	范青蓉	夏小萍	林映辰
李孟璇	何庆霞	李　真	蒲远明	张　月	刘顺琼
祝　琳	罗　欣	周晓梅	朱雨秋	张汉雯	李燕萍
李　畅	钟　丽	江胜美	任思缘	徐尔菊	方　雪
吕引慧	李雨芯	李　艳	周梦姣	周　蓉	郑　丽
缪欣窈	杨　卓	蔡　谦	周玉露	童　晨	刘星会
林雨欣	肖芝伊	王永凤	肖　潇	杨宵妮	杨　婷
刘　星	曾　雪	林　鑫	李　丹	陈梦蝶	秦　玉
唐梦静	姚　莉	谈美真	阳运梅	付小叶	何　云
胡芳怡	王丽娟	王曼诗	陈春桃	李佳锐	石庆玲
程西慧	廖钰柯	左佳鑫	隆　雪	张茂瑶	桂　琴
曾学英	袁　鑫	刘　勤	胡　杰	代美智	贾志刚
孙开超	陈洪敏	朱丽君	饶　其	韩锦琳	杨成成
卢博文	徐舒婷	李志瑛	庞　苗	王昱燃	梁　英
陶　欢	文春雪	王雪如	何佳玲	赵燕琴	杨柳青青
江　旭	杨郸立	付文奇	唐　薇	王　鹏	饶　菁
旷亚兰	王兵玉	王希瑞	陈嘉玲	蒋　丽	何　蓉
何　倩	李　颖	冯　欣	张梦露	邵秋雯	陆少敏
杨玙歆	邹姣姣	孔维平	何家欢	向　怡	罗绒拥措
金雪婷	梁冰雨	杨茜茜	舒　洋	王美琳	张迪锴
卢慧玲	常恩泽	荣　哲	袁　敏	周玉洁	罗　鑫
龚申玉林	林　诗	陈邦茜	池婉莹	卓　娅	帅　蝶
李　豪	孙　敏	孙良菊	刘　瑶	杨盛虎	刘　海
罗雪松	猴文贵	赵利容	汪丽蓉	李　燕	苟小宁
赵春容	徐德军	邵俊玲	彭彩华	莫光新	张怀斌
姜华蓉	赵灯魁	黄友建	李兴达	任超伟	何东汶
吕开成	龚钦会	李金波	李志林	雍振兴	何　彤

"中国心"志愿者名单

汪 艳	吕仁静	刘 城	李华艳	李椿铧	蒋薇薇
樊 舒	侯葭玲	雷惠婷	曾 琴	陈 容	邓秋穗
赵 帆	张 玉	弋 霞	杨凤丽	熊顺兵	赵 苏
唐 燕	唐 甜	卢奕锦	刘晓宇	李真真	康颖瑜
高 燕	陈艳琳	陈新月	陈 婷	闻天骄	彭艳华
张媛媛	张隽翊	王 琳	苏 倩	谭 觐	刘小琳
罗思艺	卿 晨	朱志霖	马德芳		

原点公益 2017 年志愿者名单：

李东阳	李小群	王春芳	周桂英	林飞蓉	姜华蓉
赵 刚	邓小青	曾 蓉	饶 其	王丽娟	朱远芬
余小榆	杨 菊	肖毓甫	邓娇娇	赵红梅	王怡鑫
宋志馨	林 丽	王 淏	高睿巍	唐小梅	胡林湘
邓世丽	彭下芬	尔恩莫琉琬	安小芳	田 钦	刘晓清
向仲平	王琳芳	刘 肖	熊思琴	刘顺群	杨达春
余 梦	余 洁	罗 灿	姚艳秋	王鸿锦	魏 琪
李 雪	黄沐玥	高 倩	任思雨	邓佳琪	何 莉
向春燕	钱红令	范星月	张碧菲	欧 力	陈渝鑫
秦 梅	郑 乔	陈怡含	何兴婷	白云霄	冷秋夏
张 聪	曹梦宇	李 强	张 琳	陈 静	郭德荣
黄佳玲	祁国发	黄皓月	侯梦倩	秦子舒	徐 璐
文 鑫	廖钰柯	邹梦龄	颜巧玲	何梦琳	罗 杨
张添红	付 菱	潘 雯	王亚琼	王 慧	吴宇婷
安 男	王秋月	杨 俊	王楚妍	闫昊琳	万 洁
燕 芳	胡鸿琳	李若男	张瑞钦	龙 艳	曾 娜
陈珊珊	杨雅岚	黄倩雯	母秋坪	郑雄秋	伍佳佳
蔡萍萍	杨蕊洁	廖红英	王茂荚	杨萱怡	任夏仪
泽仁洛甲	刘 玲	薛雅文	程余露	罗晓云	黄雨洁
晏开丽	毛小铃	袁雨朦	黄馨鋆	黄瑞艺	许冬梅
范莲洁	何 川	李雅婷	王 琳	蒋秀莹	张冰燕
张和星	敬淑雅	邓 玲	文钰洁	付 雯	濮玉梅
吕茂花	黄 超	罗 肖	熊 燕	蒋 银	黄佳佳
雷青清	谭 静	代小辉	肖 红	陈义霞	李岚均

赵薇	邓维	蒲雯雯	陈思梦	李珊	滕腊梅
陈红玲	杨杨	苟吉小花莫	李苗	毕瑶	谢璐
龙淳蓝	蒋馥阳	刘烩	黄涛	冯青华	吴春莹
张丽	胡其慧	蒋婷	胡苗	谭明有	杨盛虎
张小红	李杭轩	李倩	邓潍	张红梅	贺叔清
彭彩华	赵贵春	李燕	郑林	张梦婷	李颜
李思琪	熊孙梅	陈蝶	杨依涟	田羽杨	叶元鑫
彭菁雯	何锐	粟梦玲	张雪	刘晴	李红
谢鑫	文小玲	蒲静静	石文杰	曾茂佳	罗海艳
杨茂琼	付思晓	杨可欣	易佳佳	刘颖	马德芳
肖雪	杨忠英	谢炎	龚丽娟	李娜	冯颖
平小芹	明亚霜	唐丽萍	黄兴睿	范雨	李琳
蒋序利	何潇	叶美琳	张入丰	韩其良	谢静
杨含月	禹欢	吴佳琦	孙蕾	常静	姜丹
陈铭	邱星月	梁欣怡	王艳	赵玮玲	曾浩月
张娇	杨茜	李奇林	唐佳莉	李柯臻	周海忆
卢奕锦	焦阳	贺巧玲	李艺琴	石庆玲	程浩
吴莎莎	蒋雨蓉	袁鑫	周鑫	徐欣然	宋月华
张晓舟	朱志霖	吴凡	王洪	王安	李金铺
何巧玲	李之宏	谭觐			

2008—2018 中国心离职专职、实习生名单

专职：

黄苹	张伟琼	何清香	王婷婷	秦莹莹	张天玉
鄢莉欣	何志兵	何双建	陈中勇	陈冬梅	景沙
杨芹	周铭凤	兰洋武	马茂林	张经纬	谢红梅
程龙	金梦	耿良庭	杨艳萍	石林峰	李静文
苏兴会	陈实	戴建华			

实习生：

张欢	邓秀兰	李凤霞	陈炳华	邱俊海	张娅楠
张超	张兴华	徐艳艳	孔雪	马钰	徐硕

"中国心"志愿者名单

赵晨植	陆 峰	肖 涵	刘晓晴	蔡 晴	乐佳文
田 菊	符耀峰	李直方	钟镇熙	马 静	白小霞
符 毓	张明宇	何 宇	陈 静	杜婉莹	杨礼剑
易凤兰	钱思竹	廖坤琴	李厚岑	申 娟	陈 洋

兼职：

刘中华　　徐 明

协助写书志愿者：

潘少杰　　肖 涵　　孔 雪

翻录整理志愿者：

高 翔	刘 曼	妙 之	刘 娟	牟希雅	艾莎莎
鲍 玉	林 欣	荣何萍	万裕宾	赵 雍	郑慧文
王凯文